その日、私は11冊の資料を持ち、知人の設計士が住むアパートに向かって歩いていた。

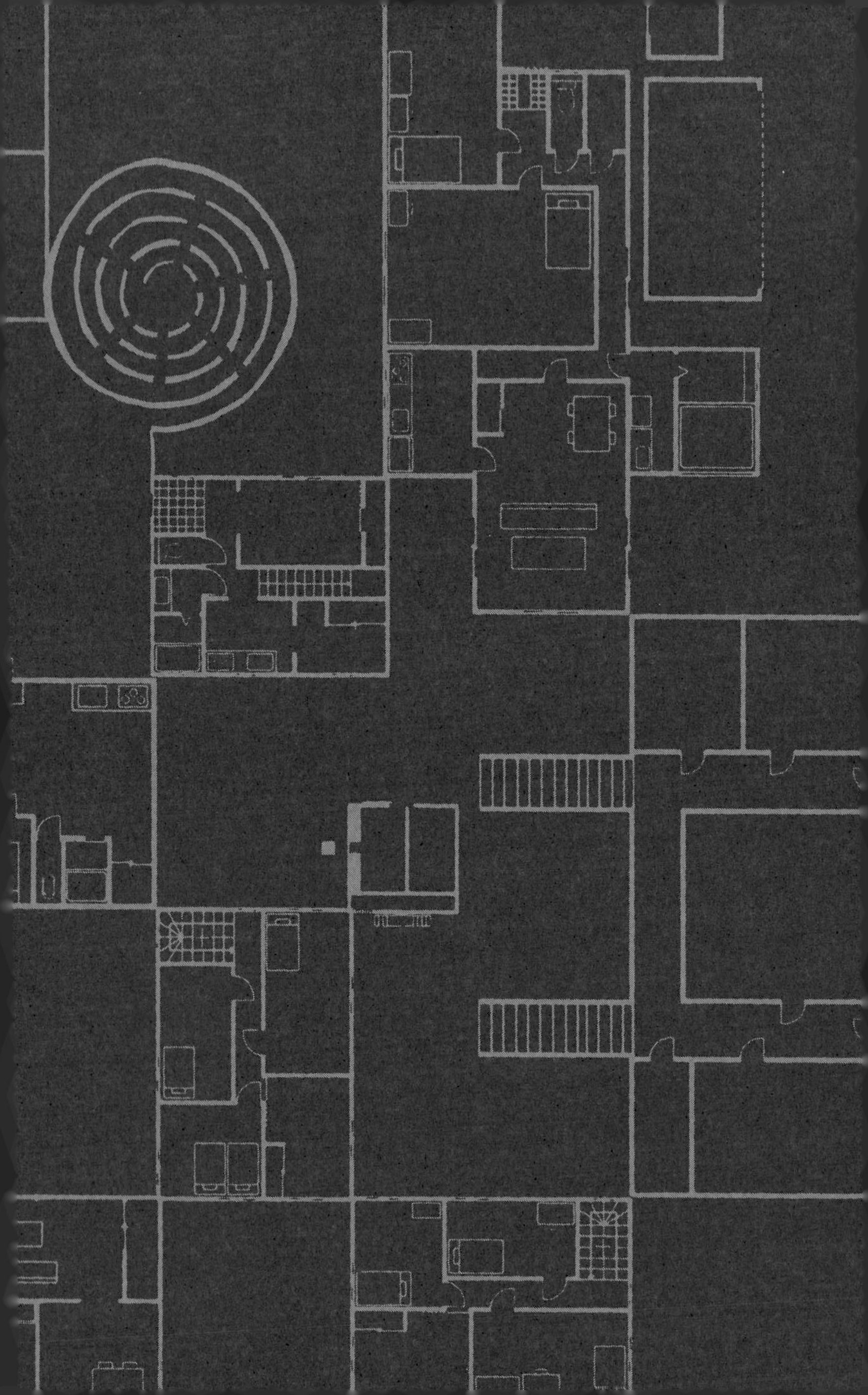

変な家 2

11の間取り図

Uketsu
雨穴

2年前、『変な家』という本を書いた。

1枚の奇妙な間取り図をもとに、その家が建てられた理由、そして、そこで起きた恐ろしい出来事を、知人の設計士とともに調査した、ドキュメンタリー小説だ。


ありがたいことに『変な家』は反響を呼び、多くの方に読んでいただいた。それと同時に、私のもとには「家」に関する数々の情報が寄せられるようになった。


「本を読みました。実は私の家も、間取りがおかしいんです」

「昔、おばあちゃん家に遊びに行ったとき、誰もいない部屋から変な音がしました」

「以前泊まった民泊で、不気味な柱を見つけました」

想像を超えて、「変な家」は全国にいくつも存在することがわかった。

さて、この本には、それら数ある「変な家」の中から、11軒に関する調査資料を収録した。

一見、それぞれの資料は無関係に思えるかもしれない。しかし、注意深く読むと、一つのつながりが浮かび上がってくる。

ぜひ、推理しながら読んでいただきたい。

目次

資料① 行先のない廊下……8
資料② 闇をはぐくむ家……47
資料③ 林の中の水車小屋……74
資料④ ネズミ捕りの家……92
資料⑤ そこにあった事故物件……118
資料⑥ 再生の館……151

資料⑦　おじさんの家……172
資料⑧　部屋をつなぐ糸電話……186
資料⑨　殺人現場へ向かう足音……209
資料⑩　逃げられないアパート……228
資料⑪　一度だけ現れた部屋……247
栗原の推理……282

資料①

行先のない廊下

2022年6月10日と17日

根岸弥生さんへの取材と、調査の記録

その日、私は富山県の喫茶店にいた。テーブルの向かい側には、女性が座っている。

彼女の名前は、根岸弥生《ねぎしやよい》さん。同県に住む30代のパートタイマーだ。根岸さんと私がこうして会うことになったのは、彼女の子供がきっかけだった。

根岸さんの息子・和樹《かずき》くんは、もうすぐ7歳になる。彼はある日、小学校の図書室に置かれていた『変な家』の単行本を借りてきたという。表紙に描かれた間取り図に興味を持ったそうだ。

しかし、まだ漢字もほとんど習っていない彼には、大人向けの本を読むのは難しかったらしく、母親に読み聞かせをせがんだ。根岸さんは「1日1回。寝る前に10分だけ」を条件に、毎晩ベッドで朗読をすることを約束した。

本を読み進めるうちに、彼女は子供の頃の記憶がよみがえってきたという。それは、心の奥底に閉じ込めた、不快で、薄気味悪い思い出だった。

根岸　私の実家には、1か所だけおかしな部分がありました。だけど、もうずっと前に取り壊されてしまいましたし、私も今の生活が忙しくて、思い出す暇がなかった……というか、忘れようとしていました。でも、本を読んでいたら、だんだんあの家と、母のことが頭に浮かんできて……。

「母のこと」という言葉を口にしたとき、根岸さんの顔が、明らかに暗くなった。

根岸　それ以来、家事をしていても、パートの仕事をしていても、そのことばかり考えてしまって……。それで、本を書いた方にお話しすれば、何か変わるんじゃないかと思って、出版社に問い合わせました。

とはいっても、真相を解き明かしてほしいとか、そういうことを期待しているわけではなくて……。とにかく、誰かに話すことで、私自身が過去の呪縛《じゅばく》から逃れられるんじゃないかと思ったんです。ご迷惑でしたよね。すみません。

筆者　いいえ、そんなことはありません。あの本を出版して以来、色んな方から「間取り」に関する話を聞かせてもらうようになりまして、「変な間取り図を集める」というのが、私のライフワークになっているんです。

今回だってその一環ですから、全然苦ではないんです。むしろ、私の趣味に付き合ってもらった結果、根岸さんの心が軽くなるなら、一石二鳥で嬉しいことです。

根岸　そう言っていただけると、気が楽です。

根岸さんは、ハンドバッグの中からノートを取り出し、テーブルの上に開いた。そこには、鉛筆で手描きされた間取り図があった。消しゴムの跡がいくつも見える。ぼんやりとした記憶を少しずつ掘り返しながら、消しては直しを繰り返して描いたという。

根岸　私の実家は、富山県高岡《たかおか》市の住宅街にある、平屋建ての一軒家でした。住みにくさを感じたことはなかったんですけど、ここだけが、どう考えても変だな、と……子供の頃から疑問に思っていました。

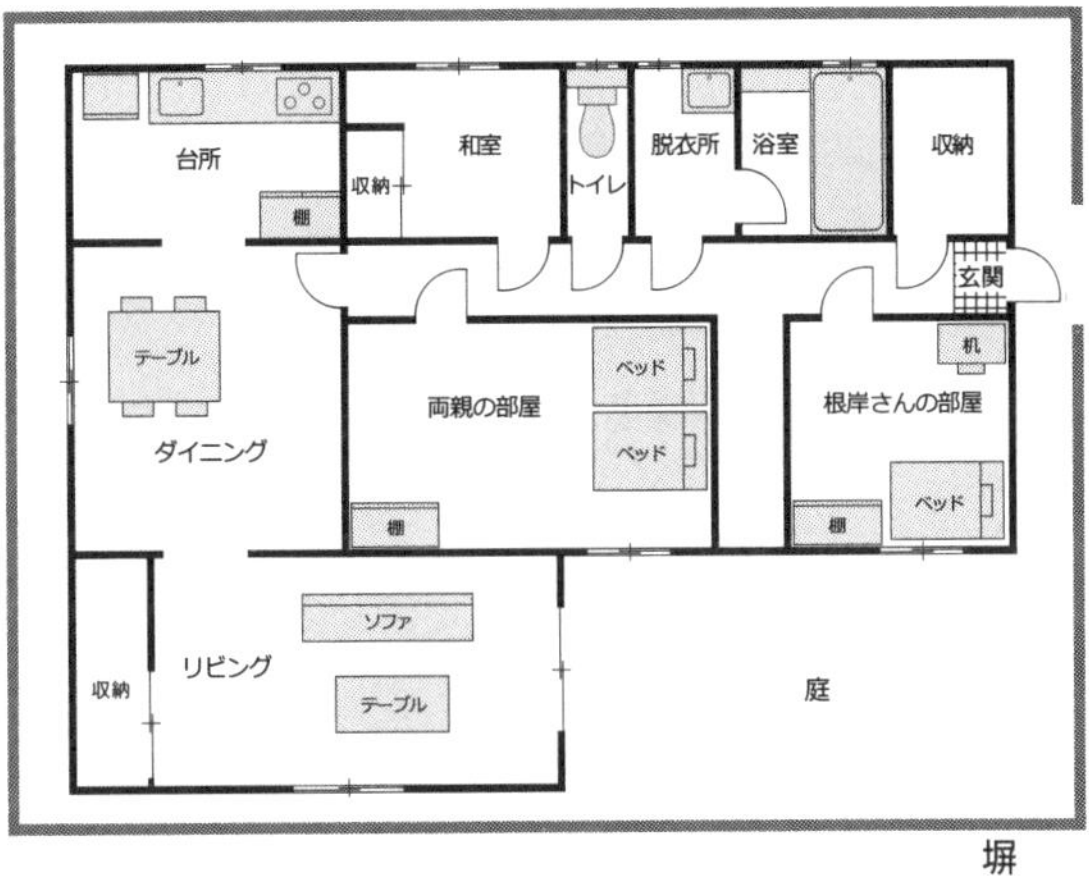

※根岸さんの間取り図をもとに筆者が清書したもの

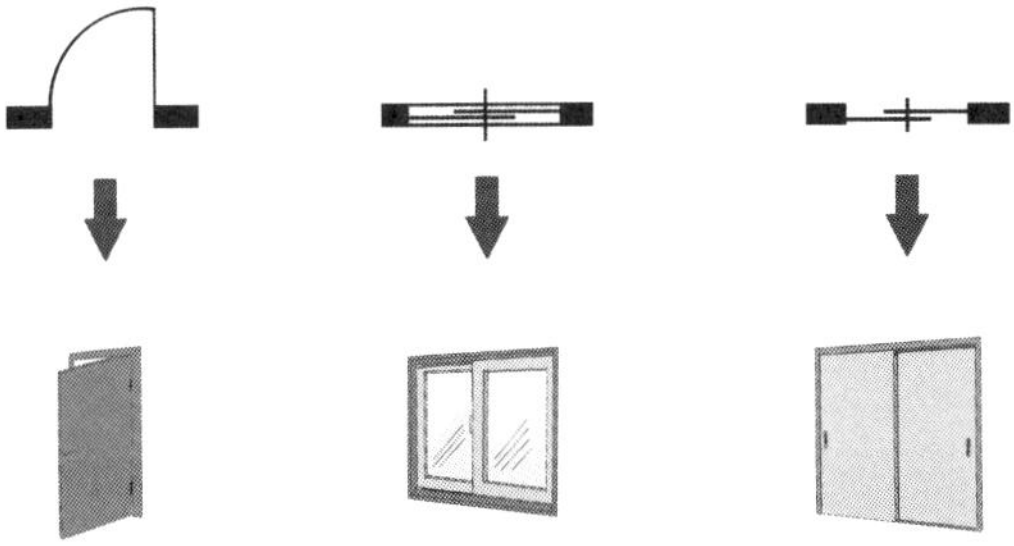

彼女は、図面の1か所を指さした。

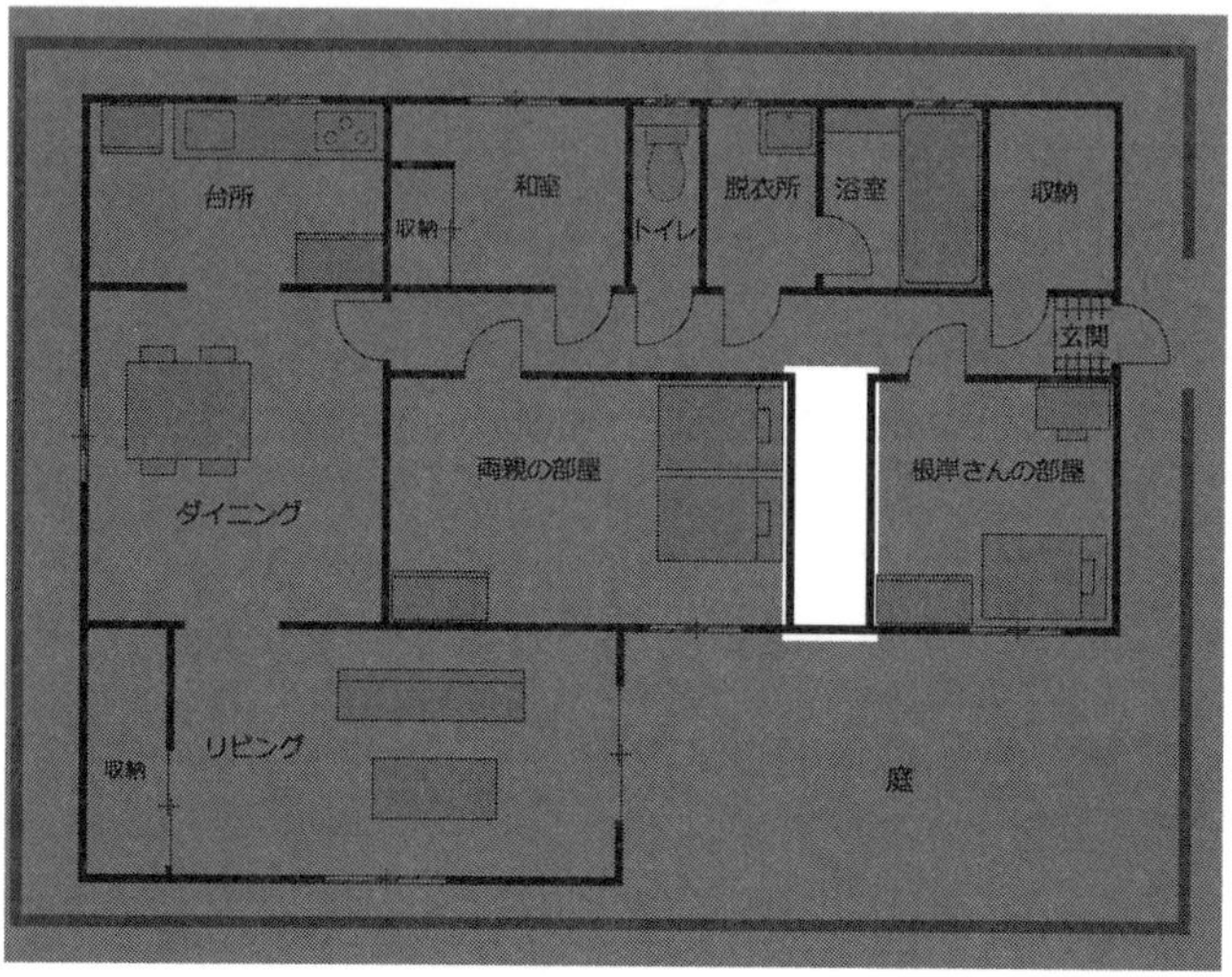

根岸　この廊下、必要ないと思いませんか？

筆者　必要ない……？

根岸　だって、行先がないんですよ。この廊下から、どこにも行けないんです。これがなければ、私と両親の部屋は、もっと広くできたはずです。なんのためにこんな無駄な空間を作ったんだろうって、ずっと不思議でした。

たしかに、言われてみれば妙な空間だ。収納スペースにしては細すぎるし、ドアや窓がついているわけでもない。

「行先のない廊下」……そう呼ぶしかない。

根岸　昔、一度だけ父親に聞いてみたんです。「この廊下、なんのためにあるの？」って。そのとき、なぜか父は焦《あせ》ったように、強引に話をそらしました。私は、自分の質問が無視されたのが悔しくて、軽く駄々をこねながら、しつこく「この廊下、なんなの？」と聞きました。

父は甘いので、普段だったらそこで折れてくれるんですが、そのときばかりは、最後まで何も教えてくれませんでした。

筆者　お父さんは、この廊下について、何か話せない事情でもあったんでしょうか？

根岸　そんな気がします。この家の間取りは、両親が建築会社の人と相談しながら作ったそうなので、父が何も知らないはずはないんです。それなのに教えてくれないというのは……隠し事でもあったんじゃないかって、疑ってしまいます。

筆者　ちなみに、お母さんは何と？

根岸　母には、聞きませんでした。聞けなかった……と言ったほうが正しいかもしれません。そんなことを気軽に質問できる関係性ではなかったんです。

母親の話になったとたん、また根岸さんの顔が曇った。

経験上「家」を知るためには、間取りだけでなく、そこに住む「人」を深く理解する必要がある。この家の謎を解く上で「母親」がキーポイントになる。そんな気がした。

筆者　話せる範囲でかまいませんので、お母さんについて、教えていただいてもよろしいですか？

根岸　……はい。

母は、ご近所さんとか、父に対しては、普通の明るい人だったんですけど、私にだけは、いつもきつく接していました。褒《ほ》められたことなんてほとんどなくて、ちょっとしたことで怒鳴《どな》るんです。それだけなら、ただの「厳しい母親」で片づけられるかもしれませんが、私のことを怖いものを見るような目で見てくることがあって……。

恐れられてる……っていうのかな。避けられてると感じることもありました。とにかく、私に対する態度が普通じゃなかったんです。

筆者　お母さんとの関係が悪くなったのは、何か理由があるんでしょうか？

根岸　わかりません。物心ついた頃から、ずっとそうだったので「自分は母に嫌われてるんだ」と当たり前のように思っていました。

でも、今思い返すと、そこまで単純じゃない気もします。母は厳しい半面、ものすごく過保護でもあったんです。

私は早産で生まれて、小さい頃、体が弱かったっていうのもあると思うんですが「具合は悪くない？」とか「体のどこかが痛かったりしない？」とか、毎日聞かれました。あと「大通りに行かなかった？」とか。

筆者　大通り？

根岸　ああ。これも説明しないといけませんね。

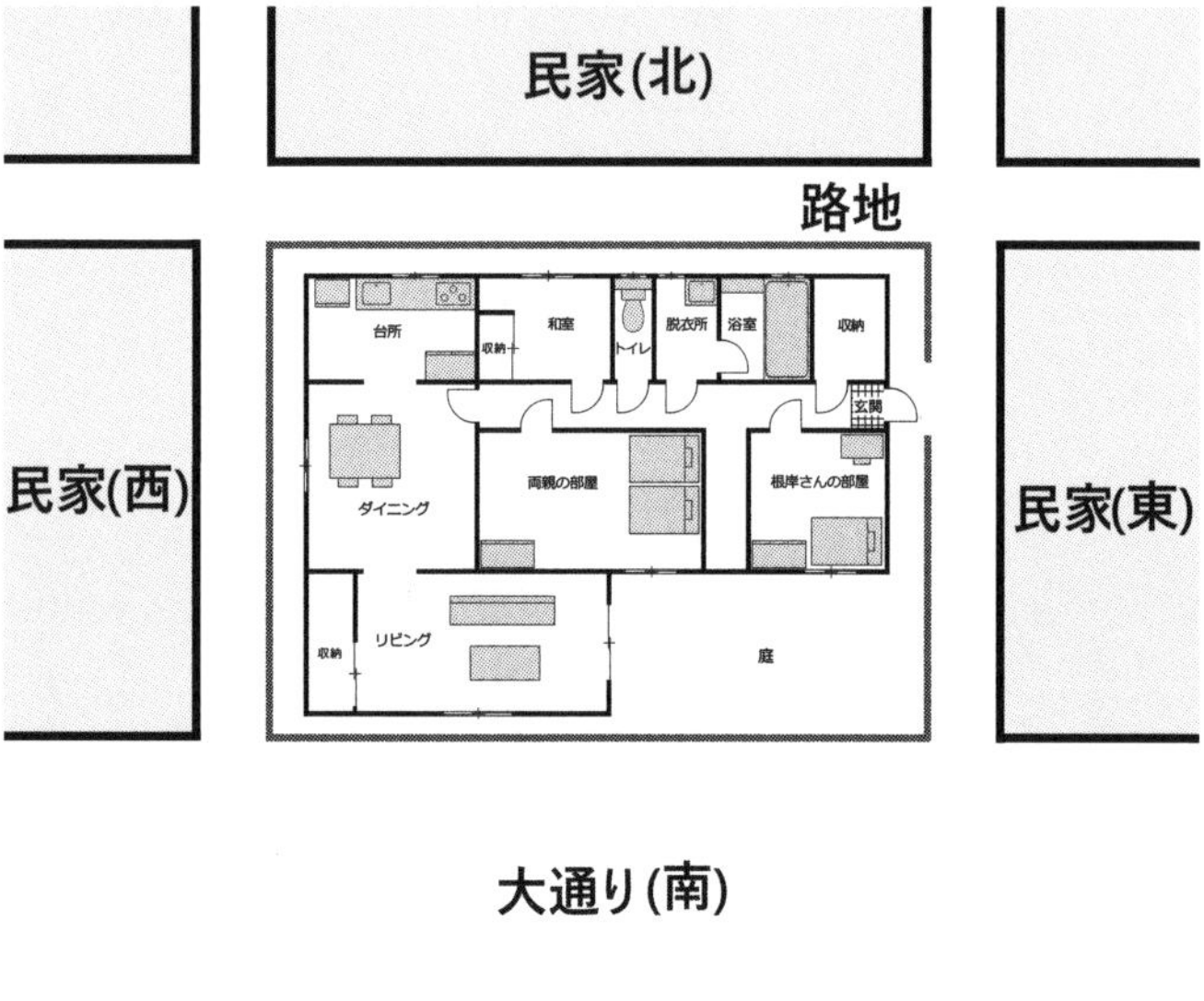
民家(北)
路地
民家(西)
民家(東)
台所
和室
収納
トイレ
脱衣所
浴室
収納
玄関
ダイニング
両親の部屋
根岸さんの部屋
収納
リビング
庭
大通り(南)

根岸　実家は、南側が大通りに面していました。北・東・西側には民家が建っていて、それぞれの家との間は、狭い路地のようになっていたんです。

母は「何があっても大通りには出ちゃダメ。出かけるときは路地を通りなさい」って言うんです。たしかに、大通りは歩道が狭くて、危ないといえば危ないんですが、田舎《いなか》ですからそこまで車が多いわけでもないですし、ちょっと心配性すぎるな、と思っていました。

まあ、言いつけを破ったら怒鳴られるから、言われた通りにしていたんですけど。


辛《つら》く当たる一方で、必要以上に過保護に扱う……この態度について、思い当たるふしがあった。

根岸さんの母親は、娘をどう愛せばいいのかわからなかったのではないか。

世の中には「子供の愛し方がわからない親」が一定数存在する。彼らは真面目だ。真面目すぎるあまり「親としての責任を果たさなければ」と過剰に思い込み、全力で子供を守ろうとする。

しかし、その緊張感が子供に伝わり、上手くコミュニケーションが取れなくなる。そのことに焦り、苛立《いらだ》ち、子供を避けるようになってしまう。

「親」という役割からくるプレッシャーが「過保護」「拒絶」という、まったく違った形で現れ、子供を苦しめる。だとしたら……私は、一つの可能性を思いついた。

筆者　根岸さん。今のお話を聞いて思ったんですが、この廊下は、お母さんの提案で作られたのではないでしょうか。

廊下は、両親の部屋と根岸さんの部屋の間にある。見方を変えれば、廊下があるせいで、二つの部屋は離れてしまっているともいえる。それこそが、この廊下の役割なのではないか。

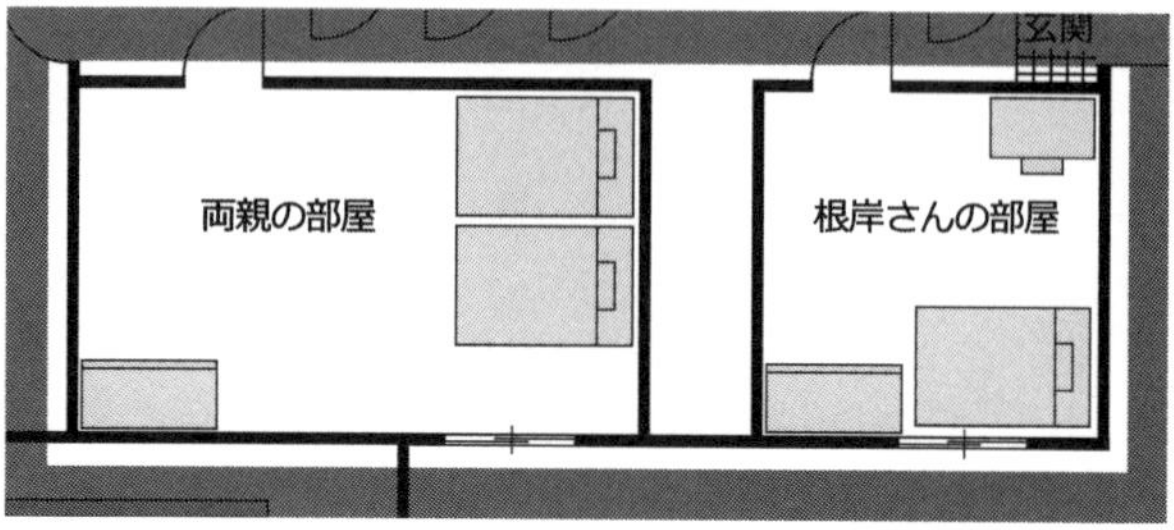

過保護ゆえ、自分の近くにいてほしいが、同時に距離を置きたい。そんな母親の矛盾した心理から作られた、「壁」のようなものではないだろうか。

私は、根岸さんを傷つけないよう、なるべくソフトな言葉を使って説明した。しかし、すべて聞いたあとで、彼女はゆっくりと首を横に振った。

根岸　実は、私も以前同じことを考えました。母は、私を遠ざけたかったんじゃないかって。でも、そう考えるとおかしいんです。この家が完成したのは1990年の9月……私が生まれてから半年後です。

1990年3月	根岸さん誕生
↓半年	
1990年9月	家完成

根岸　どんなに早くても、設計から完成まで、半年で終わるってことはないですよね。ということは、この間取りは私が生まれる前に作られたはずです。

さすがに、そんな頃から私を遠ざけたかった、なんてことはないかな……と。

たしかに、いくらなんでも、生まれる前から子供を避ける親はいない。

根岸　すみません。もっと早くにお伝えすべきでした。

筆者　いえいえ。でも「生まれてから半年後に家が完成した」というのは、重要なヒントになりそうです。

根岸　そうですか？

筆者　時期から考えると、ご両親は、子供ができたのをきっかけに、この家を建てることにしたんじゃないでしょうか。するとある意味では、根岸さんのために造られた家でもあると思うんです。だとしたら、この廊下が、根岸さんの誕生に関係している可能性はあります。今の段階では、それ以上は何もわかりませんが……。

根岸　もしそうなら……ちゃんと、両親に聞いておくべきでした。

筆者　……あの、たいへん失礼ですが、今、ご両親は？

根岸　二人とも、ずっと昔に亡くなりました。

根岸さんは、両親との別れについて話してくれた。

根岸　あれは、私が小学3年生の冬でした。家族3人で食事をしていたら、突然母が「頭が痛い」と言って、その場に倒れこんでしまったんです。急いで119番に電話したんですが、年末だったので救急車が出払っていたみたいで、治療を受けることができたのは、それからだいぶ後でした。

検査の結果、脳梗塞《のうこうそく》が発見された。

処置が遅れたせいで、全身に後遺症が残り、以降は寝たきり生活となった。父親は仕事を辞め、介護の合間を縫って、短時間のアルバイトをかけもちするようになる。根岸さんは、精一杯家事を手伝ったが、小学生にできることは限られていた。父は、まともに睡眠もとれず、過酷な日々の中でやつれていった。

そんな生活が2年続いた。根岸さんが11歳になった年、母は肺炎で亡くなった。それからすぐ、後を追うように父も病死した。2年間の介護生活と、妻を失った苦痛に耐えられなかったのだろう、と根岸さんは語る。

根岸 そのあと、私は遠い親戚の家に引き取られました。実家は売りに出されて、買い手がつかないまま、数年後、マンション建築のために取り壊されたと聞いています。

根岸さんはコーヒーを一口すすり、カップを受け皿にかちゃりと置いた。

根岸 ……両親が亡くなったあと、遺品を整理していたら、意外なものが二つ出てきました。
一つはお金です。母の引き出しに封筒があって、中には1万円札が68枚入っていました。
へそくりっていうんですかね。

筆者 68万円か……。けっこう貯めていたんですね。

根岸 母は元気な頃、弁当屋でパートをしていたので、決して貯められない額ではないんですが、
物欲のない人だと思っていたので、少し意外でした。それだけならよかったんですが……。

筆者 もう一つのもの、というのは？

根岸 ……人形です。和室の押し入れに、新聞紙にくるまれた木彫りの人形が入っていたんです。
父と母、どちらのものだったのかはわかりませんが……。
奇妙なのは、その人形……片腕と片脚が折られてたんです。

筆者 え……？

根岸 気持ち悪くて捨ててしまったんですけど、あれが何だったのか、誰がなんのために折った
のか……いまだにわからないんです。

謎の廊下、母の態度、68万円、手脚の折られた人形。まったくつながらない情報の欠片《かけら》が、頭の中でぐるぐるとめぐる。

そのとき、突然「かちゃかちゃかちゃかちゃかちゃ」という音がして我に返った。見ると、コーヒーカップを持つ根岸さんの手が小刻みに震え、カップと受け皿がぶつかり合っている。

筆者　大丈夫ですか？

根岸　はい……すみません。なんか、いきなり緊張してしまって。

筆者　緊張？

根岸　実は……今日、本当にお話ししたかったのは、ここからなんです。

＊＊＊

根岸さんは、まだ少し震えている指先を見つめながら、小さな声で言った。

根岸　両親が亡くなってから、ずっと考えていました。いったい、あの家にどんな秘密があったんだろうって。気になって気になって、仕方がなくて、建築関係の本を読んだり、気づいたことをノートに書き留めたりしながら、長い間、考え続けました。そしてあるとき、一つの答えにたどり着いたんです。

筆者　答え……謎が解けたということですか？

根岸　……はい。でも、根拠はありませんし、そして何より……もしその「答え」が正しかったら、それは私にとって、とても怖くて悲しいことなので……結局、捨てることにしました。忘れようと思ったんです。……でも、無理でした。何年経っても、大人になっても、結婚しても、子供が生まれても、ことあるごとに、その「答え」を思い出して、怖くなってしまうんです。今だってそうです。この話をしようとするだけで、こんなに緊張してしまう……。もう、いいかげん逃れたいんです。

彼女は最初「誰かに話すことで、私自身が過去の呪縛から逃れられるんじゃないか」と話していた。「過去の呪縛」とは、その「答え」のことなのだろう。それを私に話すことで、楽になりたかった。

筆者 今まで、ずっと辛かったんですね。正直、根岸さんの「答え」が正しいか、正確に判断できる自信はありません。でも、話すだけでも気持ちは楽になるはずです。焦らなくていいので、聞かせてください。

根岸 ありがとうございます。

軽い咳払いをして、彼女は話しはじめた。

根岸 どうして「行先のない廊下」が作られたのか。私は最初、その理由ばかりを考えていました。でもあるとき、ふと思ったんです。そもそも考え方が間違っているんじゃないか。あれは「行先のない廊下」ではなくて「行先がなくなってしまった廊下」なんじゃないか。

根岸さんはボールペンを取り出し、間取り図に記号を描き入れた。

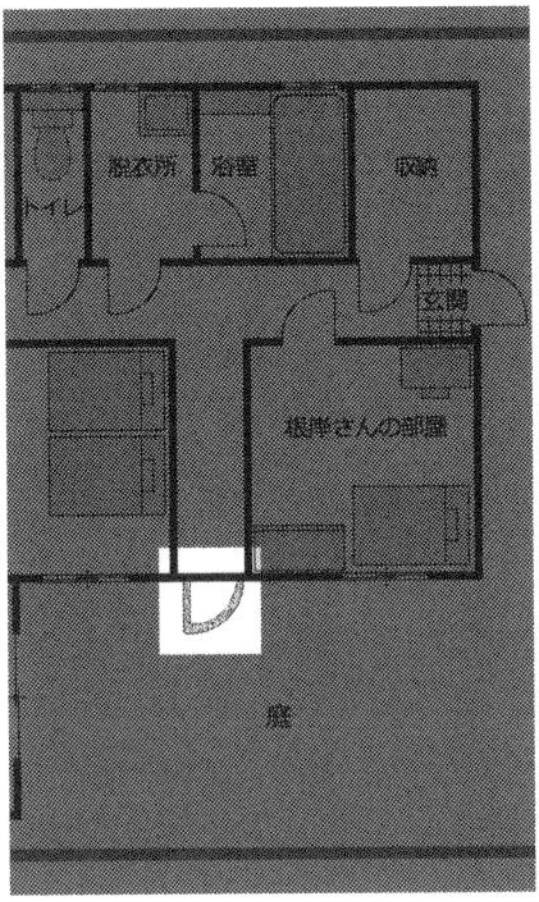

筆者　庭に通じる扉？

根岸　はじめはそう考えました。もともとここに扉をつける予定だったんじゃないかって。でも、庭に出る扉ならリビングにもありますし、玄関からも庭に行くことができます。わざわざここに出入口を作る必要はない。それに、廊下まで作っておいて、扉だけキャンセルするなんておかしいと思いました。そこで、こう考えたんです。

彼女はふたたびボールペンを握る。

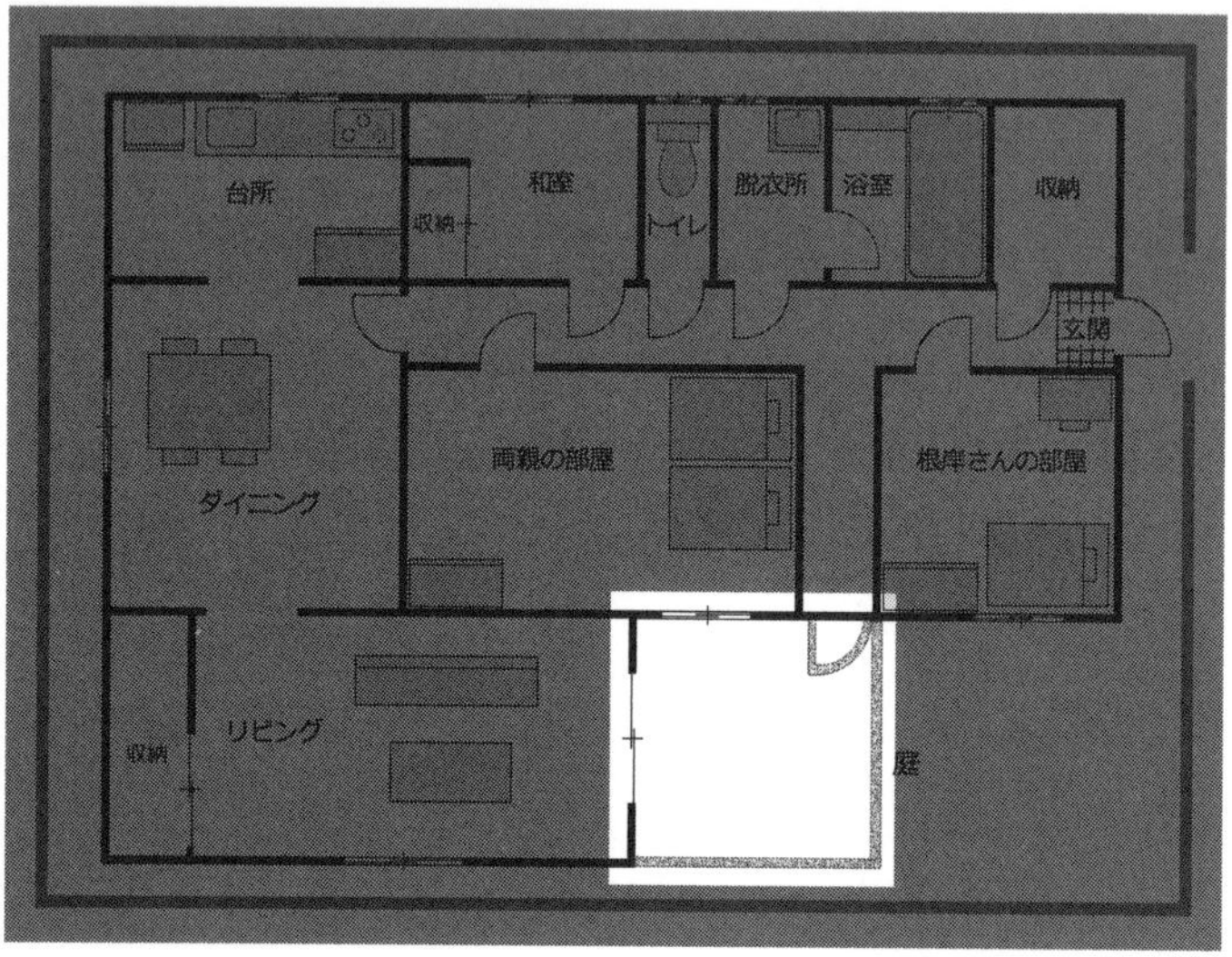
台所
収納
和室
トイレ
脱衣所
浴室
収納
玄関
ダイニング
両親の部屋
根岸さんの部屋
リビング
収納
庭

筆者　「部屋」ですか…。

根岸　計画段階では、もう一つ部屋が作られる予定だった。この廊下は、その部屋に行くための「通路」だった。でも、工事が始まる直前に、急遽予定が変更されて、部屋は間取り図から消された。その結果、通路だけが残ったんじゃないかと。

筆者　でも、部屋を一つキャンセルするなんて、かなりの大ごとですよね。

根岸　はい。だからきっと、そこまでしなければいけないほどの大事件が起きたんです。たとえば……家族が一人減った……とか。

筆者　え……？

この部屋には、「誰か」が住む予定だった。

祖父、祖母、叔父、叔母、親戚……誰かはわからないが、工事が始まる直前、その人物はいなくなった。

筆者　しかし、だとしても、わざわざ部屋をなくすなんて……。

根岸　普通はしないですよね。そう。普通ならありえない。「その人」は両親にとって、普通じゃなかったんです。特別な存在だった。

いったい、それはどんな人なんだろうって考えていると、変なことに気づいたんです。

根岸　この部屋、なんとなく私の部屋に似てるんですよね。大きさはほとんど同じだし、庭に面しているという点も同じ。なんか……双子みたいだな……って。

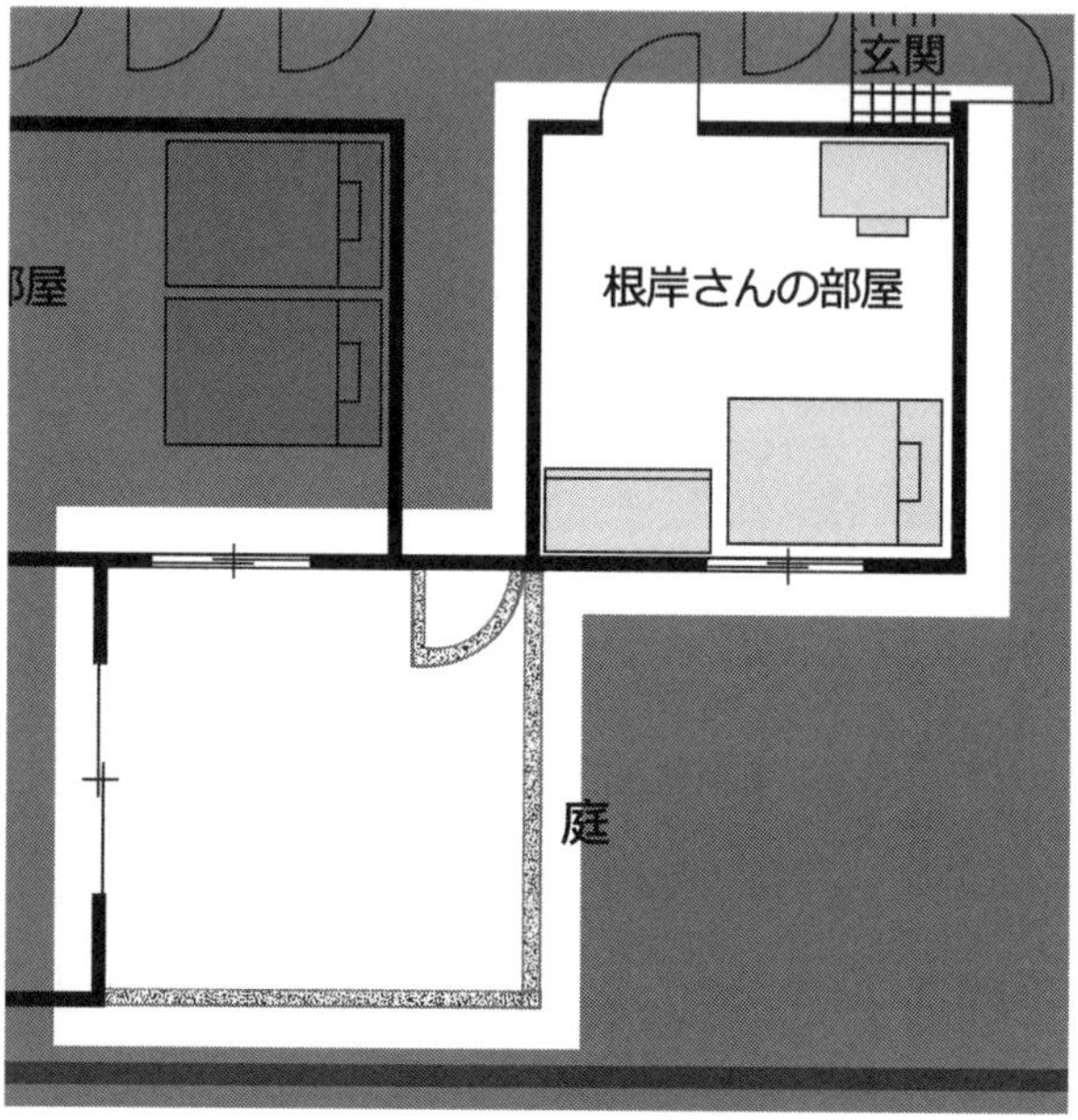

その言葉に、一瞬、胸がざわついた。

根岸 先ほども言いましたが、私は早産で、予定日より2か月も早く生まれたんです。しかも帝王切開。母子ともに、相当危険なお産だったはずです。
当時のことについて、両親はあまり詳しく話してくれなかったけど、もしかしたら……私にはきょうだいがいたのかもしれません。双子のきょうだいです。
妊娠中、母の体に異常事態が発生して、緊急手術になった。片方……つまり、私は無事に取り出されたけど、もう片方は助からなかった。

筆者 この部屋は、生まれるはずだった、もう一人の子供の部屋……？

根岸 それが私の「答え」です。両親は、きょうだいのことを私に隠すことにした。……一人の親として、その気持ちは理解できます。
自分の子供に対して「あなたには双子のきょうだいがいたけど、生まれる前に死んでしまった」と伝えるのは、トラウマを与えてしまうようで怖いですから。

筆者 ではご両親は、根岸さんがそれに気づいたり、疑いを持つことを避けるために、そのきっかけになるかもしれないこの部屋を消すことにした、ということですか。

根岸 はい。ただ、それ以上に、両親自身が忘れたかったのかもしれません。部屋を見るたびに、亡くなった子供のことを思い出すのは辛いでしょうから。

たしかに、それほどの事情がなければ「建築予定の部屋を直前にキャンセルする」などという決断には至らないだろう。

根岸　それが事実なら、母の態度もある程度納得できます。過保護だったのは、もう二度と子供を失いたくないから。同時に母は、私の存在を恐れていたのかもしれません。私は「死なせてしまった子供のかたわれ」ですから。私が生きていること自体が、母の罪悪感を刺激していたのではないかと。そう考えると、押し入れにあった人形の意味もわかる気がします。片方の手脚が折られていたのは「子供を半分失った痛み」を表現したかったのかもしれません。

根岸さんはハンドバッグの中に手を入れ、一枚の写真を取り出した。

根岸　遺品整理のときに、父の引き出しから写真の束が出てきたんです。すべて、建築中の実家を遠くから撮ったものでした。家ができていく様子をおさめておきたかったんでしょうね。これは、その中の一枚です。

写真には、まだ骨組みの状態の家が写っていた。骨組みには「建築中　ハウスメーカー美崎」と書かれた垂れ幕がついている。この家を建てた建築会社だろう。

ただ、何よりも目を引くのは、写真の端に写りこんでいる、小さな赤い物体だ。

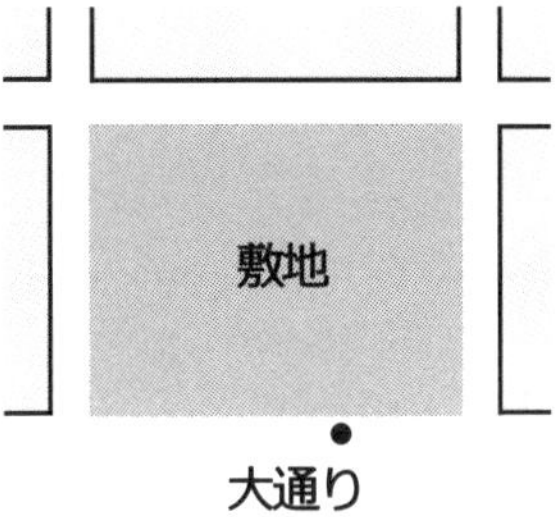

それは図面右下の、大通りの隅に置かれていた。

目を凝らして見ると、ガラスのコップに挿した、一輪の花だとわかった。

根岸　両親が、もう一人の子供にお供えしたのかなと思っています。

私は違和感を覚えた。

亡くなった子供に花を供える、という行為は当然理解できるが、建築中の新居に供えるだろうか。どう考えても、場所がおかしい。これは、我が子への供花《きょうか》というより、むしろ……。

根岸　どうでしょうか……。客観的に見て、私の考えは？

＊＊＊

筆者　そうですね……。根岸さんの推理はとても論理的で、説得力がありました。ただ、気になる点がいくつかあったことも事実です。

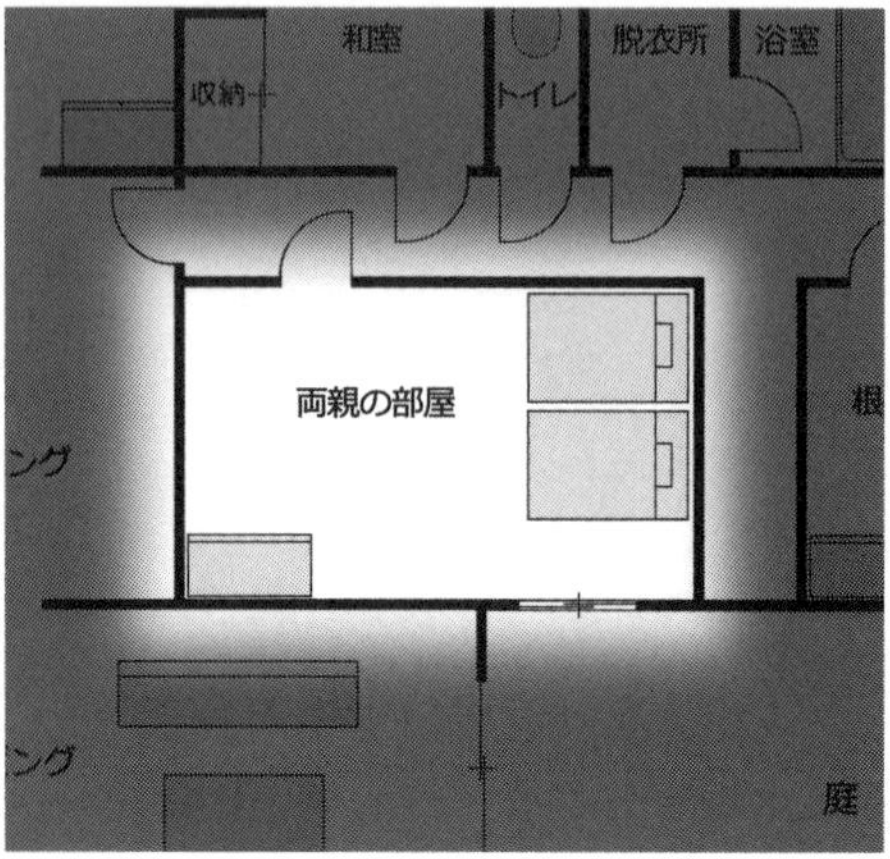

筆者　たとえば、もしこの位置に部屋があったら、ご両親の部屋に窓がつけられないんです。外に面している壁がなくなってしまいますから。
この間取り、ご両親が建築会社と相談しながら考えたんですよね。プロがついていて、こんな配置になるとは思えないんです。

根岸　……たしかに、言われてみれば……。

筆者　それから、直前になってここまで大規模な間取りの変更ができるのか、という疑問もあります。屋根の形も変えないといけないですし、資材発注などの面から見ても、かなりのお金と時間がかかる気がします。そもそも、建築会社が了承してくれるかどうかも……。

根岸　そう……ですよね。

筆者　これらを総合して考えると、根岸さんの推理は、現実的ではないと思います。

正直、そこまではっきりと否定しきれない、というのが本心だった。しかし、中途半端に肯定すれば、根岸さんはこれからも苦しむことになる。存在するかどうかもわからない、きょうだいの亡霊に怯《おび》え続けることになる。

それなら、ここできっぱりと否定して、過去の呪縛から逃れてもらったほうがいい。彼女もそれを望んでいるはず……だと思っていた。

しかし、予想に反して、根岸さんはなぜか悲しそうな顔をした。

根岸　ありがとうございます。自分の考えが現実的ではないとわかって、心が楽になった半面、少し寂しい気持ちになりました。今、はじめて気づいたんですけど、きっとこの「答え」は、私の願望なんです。

筆者　……どういう意味ですか？

根岸　私、今でも母のことが嫌いなんです。亡くなってから長い時間が経っているのに「今にして思えば良いお母さんだった」なんて全然思えなくて。それがすごく嫌なんです。だから少しでも「あの態度は仕方がなかったんだ」「母には、私にきつく当たらざるをえない事情があったんだ」って、思いたいんでしょうね。私。

＊＊＊

喫茶店を出ると、強い西日が照り付けた。根岸さんと別れ、駅に向かって歩き出す。

「母親を嫌いなままでいたくない」……そんな願望から生まれた推理。たしかにそうなのかもしれない。

だとしても、忘れるべきだと私は思った。もうこの世にいない母親のために、苦しみながら生きることはない。根岸さんの「答え」を否定したのは、間違っていなかったと信じている。

ただ、一つだけ胸に引っかかっていることがあった。
写真に写っていた赤い花。あれは何だったのか。誰が何のために置いたのか。
根岸さんは「両親が子供に供えたもの」だと考えていた。そんなはずはない。
置き場所がおかしい。あれは、道路に置かれていた。
道路に置かれた花……常識的に考えて……。
そのとき、頭の中で火花が散った。突如、一つの仮説が組みあがっていく。
まさか……。しかし、そう考えれば「行先のない廊下」の説明がつく。
私は、スマートフォンの地図アプリを使い、図書館の場所を調べた。

喫茶店から徒歩30分。市立図書館に到着した。そこには、県内の地方新聞のバックナンバーが保管されていた。私は、根岸さんの実家が完成した1990年の新聞を読み漁った。
やがて、一つの記事を発見した。

1990年1月30日　朝刊

昨日29日の午後4時頃、富山県高岡市で死亡事故が発生した。亡くなったのは、同市に住む小学生　春日裕之介くん（8）。裕之介くんは大通りを歩行中、建築現場からバック走行で出てきたトラックと衝突したものとみられている。トラックは建築資材を運搬していた。運転手の男は「視界が悪く、男の子には気づかなかった」と供述している。男はハウスメーカー美崎に勤務する従業員で………

記事には、事故が起きた道路の写真が掲載されていた。それは、つい先ほど根岸さんに見せてもらった、あの写真と同じ場所だった。

思った通りだ。「行先のない廊下」は、この事故のせいで生まれてしまったのだ。私は急いで図書館を出て、根岸さんに電話をかけた。

根岸　はい、もしもし。

筆者　根岸さん。お願いがあります。ハウスメーカー美崎に連絡してもらえないでしょうか。根岸さんの実家を造った建築会社です。社員さんに直接話を聞きましょう。

根岸　直接……？　でも、両親が家を建てたのは、もう30年以上前のことですし、それ以来、まったく関わりがないんです。そんな昔のお客に、まともに取り合ってくれるとは思えないですし、そもそも、当時のことを知っている人が残っているか……。

筆者　私も、そう思っていました。でも、たった今、図書館で過去の新聞を調べたら、重大な事実がわかったんです。ハウスメーカー美崎にとって、根岸さんはとても大事な人のはずです。

根岸　どういうことですか……？

筆者　実はですね……。

その後、根岸さんに問い合わせてもらったところ、予想通り、会社は彼女のことを覚えていた。さらに「当時のことを知っている人と話がしたい」とお願いすると、一人の社員を紹介してくれたという。その人は「池田《いけだ》さん」という人事部長らしい。

翌週の金曜日、私たちは本社に招かれ、彼と会うことになった。

＊＊＊

金曜日の昼下がり、根岸さんと私は、ハウスメーカー美崎本社の応接室にいた。

向かいに座る池田さんは、腰の低い、人のよさそうな初老の男性だった。彼は根岸さんの顔を眺めながら、しみじみと言った。

池田 そうですか……あのときのお嬢様が、こんなに大きくなられたんですね。

筆者 池田さんは、根岸さんのことをご存じなんですか？

池田 はい。お母様のお腹にいらっしゃる頃から存じております。当時、私は店舗でお客様のご対応をしておりまして、ご両親がお家を建てられる際、色々とお世話をさせていただきました。よく、ご主人が奥様のお腹をなでながら「女の子なんです」と嬉しそうにおっしゃっていたのを覚えております。しかし……せっかく弊社を選んでいただいたにもかかわらず、あのような事故が起きてしまったことは、我々にとって消えることのない恥です。

筆者 今日は、それについて伺いたくてお邪魔しました。事故について、詳しく教えていただけますか？

池田 はい。あれは……地盤調査が終わり、これから骨組みを建てようという頃でした。

うちの従業員が、敷地の前の道路で、男の子をひいてしまったんです。

筆者 男の子は、その事故で亡くなった。

池田 はい。決してあってはならないことです。

根岸さんは、例の写真を取り出した。

根岸 お花を供えたのは、池田さんですか?

池田 私だけではありません。家が完成するまでの間、我々社員は毎日交代で、事故現場にお花を手向《たむ》けました。むろん、それで許されるはずもありません。亡くなった男の子とご家族には、誠心誠意、償《つぐな》いを続けていくつもりです。ただ、それと同じくらい、根岸様とご両親には、申し訳なく思っております。
「ご自宅の前で死亡事故があった」という事実を、我々が作ってしまったのですから。

筆者 だから間取りを変更して、玄関の位置を変えたんですね。

池田 そのことを、ご存じなのですね。

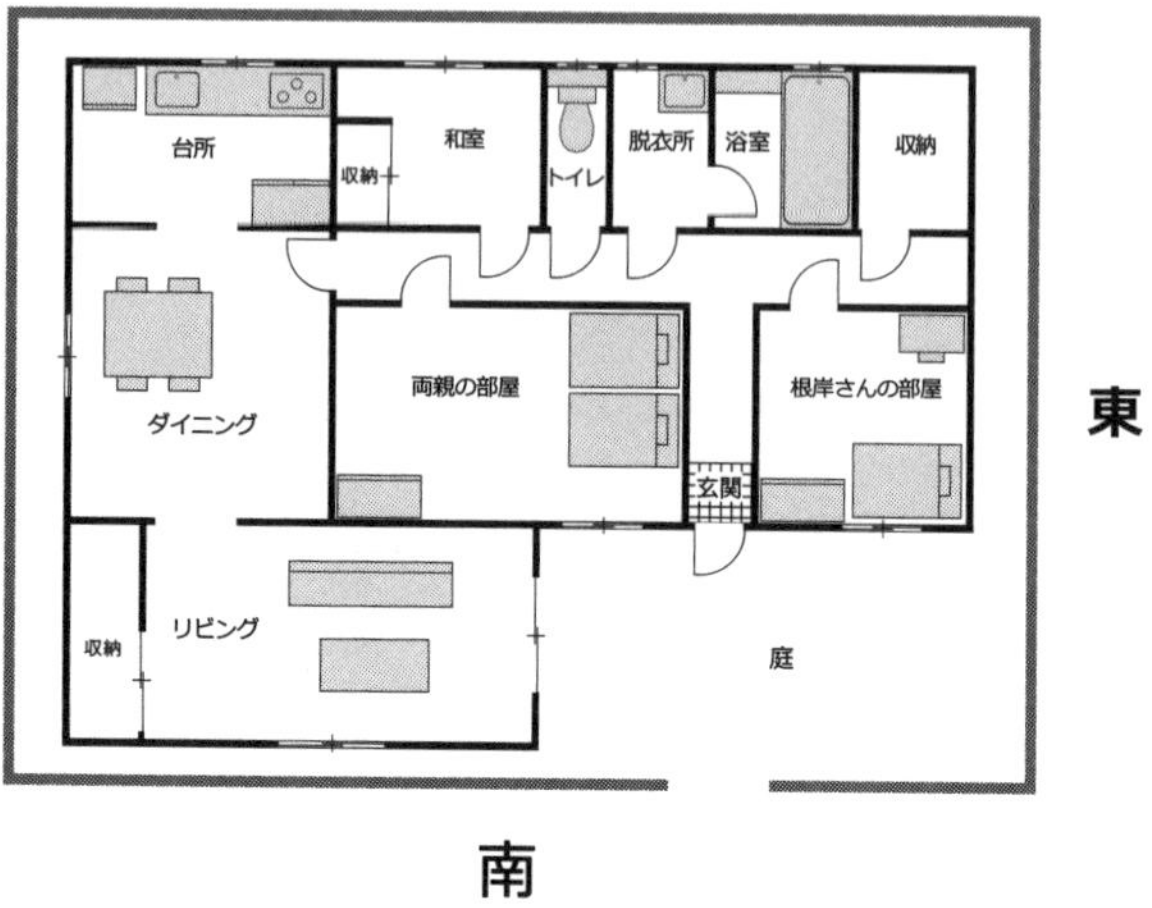

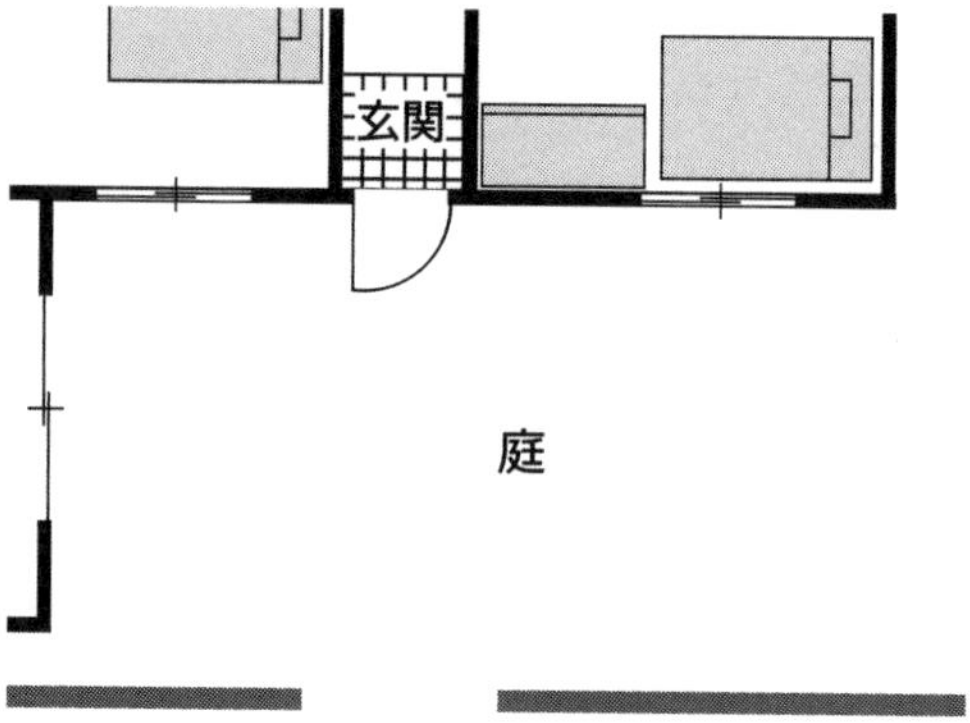

●事故

池田さんによると、当初の間取りでは、玄関は南側についていたという。

そして、玄関のちょうど真正面にあたる場所で、事故は起きた。幽霊を信じない人でも「玄関先が事故現場」というのは良い気がしないだろう。根岸さんの父親は、会社に激怒したという。

それをなだめたのは母親だった。彼女は代わりに、あることを要求した。

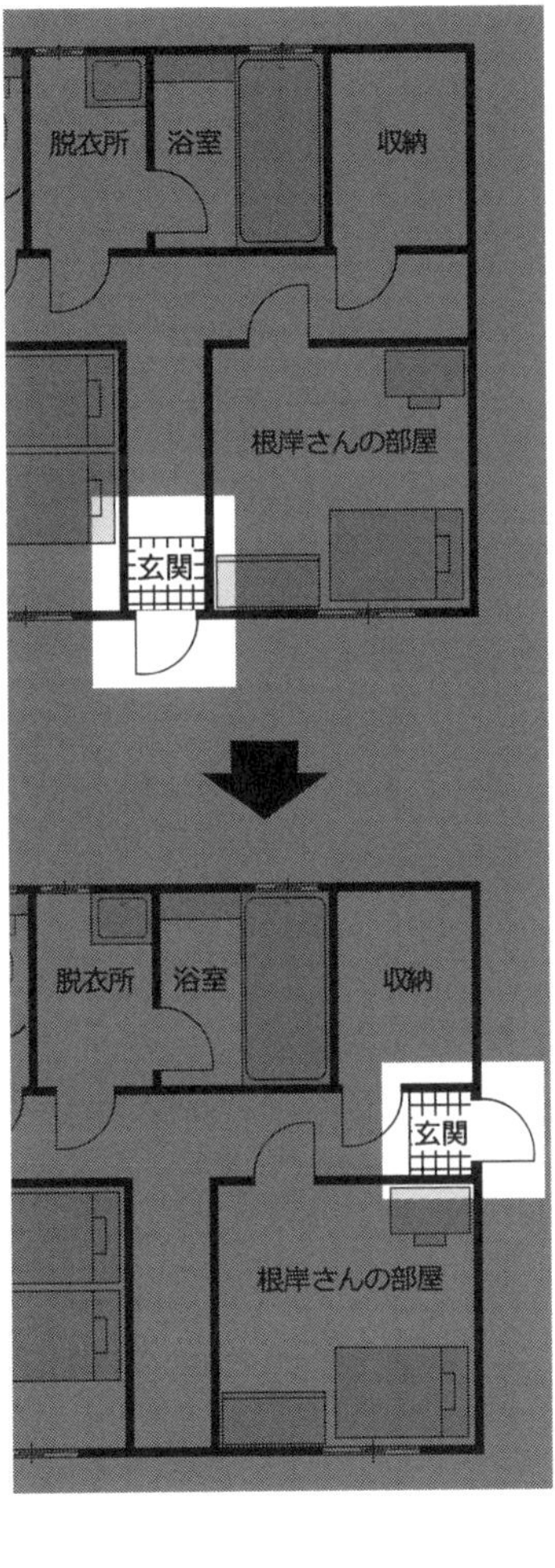

「玄関の場所を変えてほしい」……それが、母親が会社を許す条件だった。

もともと、その場所は行き止まりの廊下だったため、玄関を作ることは難しい作業ではなかった。会社は、変更を無料で請け負うことになった。

こうして「玄関ホール」になるはずだった場所は役割を失い「行先のない廊下」となった。

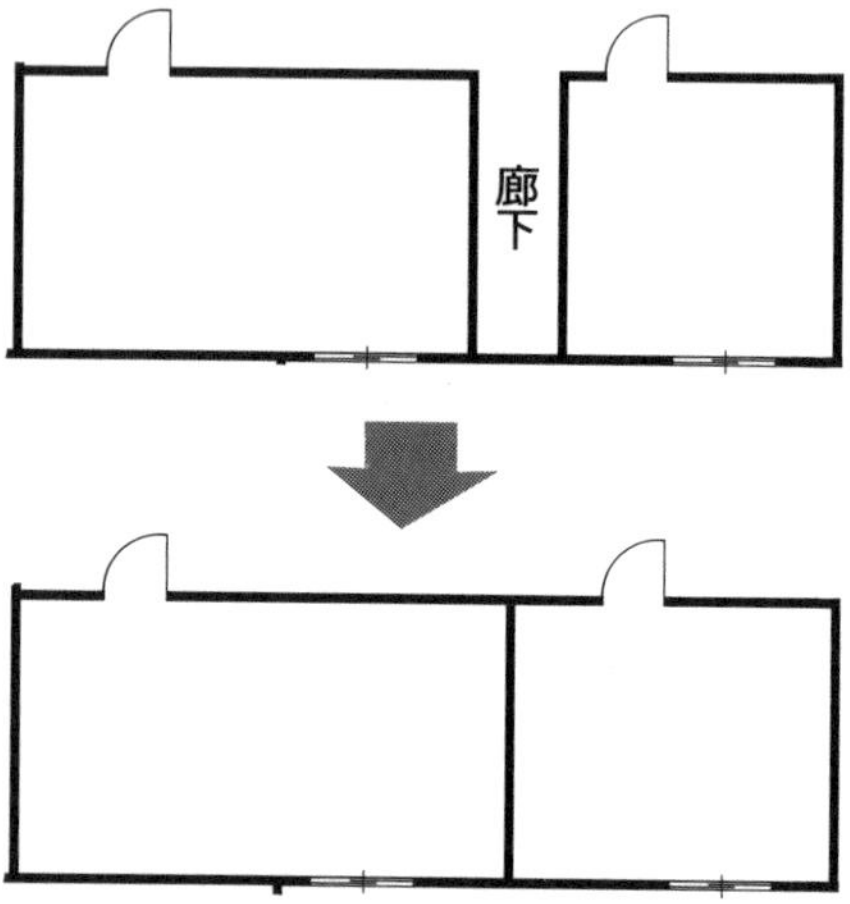

「廊下をなくして、部屋を広くする」という案も出たというが、耐震強度の都合上、壁を一枚減らすのは難しいという結論に達したそうだ。

池田さんは「お母様の素晴らしいご提案には、感服いたしました」と何度も褒めていた。たしかに、これなら家の中から事故現場は見えず、心理的にいくらか楽になる。だが、母親の目的は別のところにあったのではないかと感じた。

おそらく、生まれてくる我が子が大きくなったとき、玄関から大通りに飛び出して、同じような事故に遭う悲劇を避けたかったのだろう。

――母は「何があっても、大通りには出ちゃダメ。出かけるときは路地を通りなさい」って言うんです。

それは、実際に大通りで死亡事故が起きたことを受けての言葉だったのだ。事故が起きたことは悲しい。しかし「母親が根岸さんを心から心配していた」という事実がわかったことは、根岸さんにとってプラスになったのではないか。

接し方がわからず、怒鳴ったり、拒絶したこともあったが、本心では我が子を愛していたのだろう。……と思っていた。しかしこの後、我々は不可解な事実を知ることになる。

＊＊＊

一通り話し終えたあと、池田さんは思い出したように言った。

池田　そういえば、根岸様にお聞きしたいことがございました。

根岸　なんでしょう……？

池田　お母様は、どうしてあのような改築をご希望されたのかご存じですか？

根岸　改築……何のことですか……？

池田　ああ、やはり根岸様もご存じないのですね。

実は、家が完成してから5年ほど経った頃、お母様が一人で弊社にいらしたんです。そのとき、お母様は私に、不思議なことをおっしゃいました。

「南東の角部屋だけを取り壊す工事はできますか」と。

根岸　取り壊す……？

池田　我々は、家の一部を撤去する「減築工事」というものも請け負っておりますが、一つの部屋だけを取り壊すというのは、あまり例がないのです。理由を伺っても、何も教えていただけませんでした。

とはいえ、お母様の表情から察するに、並々ならぬ事情がありそうでしたので、ひとまず見積りだけ作成いたしました。そこまで安い金額ではないですから、お母様もお諦《あきら》めになったようですが、どういうことなんでしょうね……。

私は、母親の引き出しに入っていたという「68万円」のことを思い出した。

もしや、工事費用を捻出するため、密《ひそ》かに貯金をしていたのではないか。

筆者　ところで「南東の角部屋」というのは、どの部屋のことですか？

池田　ええと……玄関の隣ですから……。

根岸　私の部屋です。
筆者　え⁉

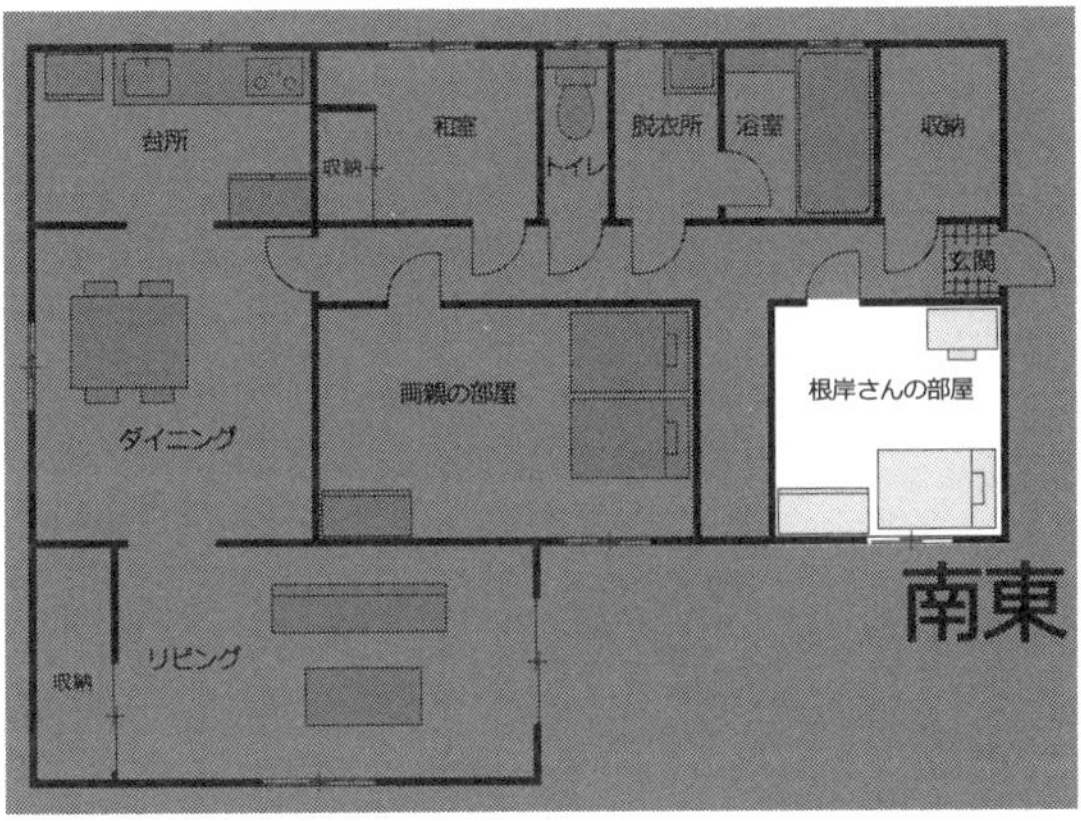

南東の角部屋……たしかにそうだ。しかし……。

根岸　やっぱり……母は私のことが、嫌いだったんでしょうか……。

筆者　いや、そんなはずはないですよ！　だって根岸さんが大通りで事故に遭うことを心配して……。

根岸　じゃあ、どうして……！

どうして、娘の部屋を取り壊そうなどと考えたのか。

私は、返す言葉が見つからなかった。

資料①「行先のない廊下」おわり

資料②

闇をはぐくむ家

2020年11月6日
飯村達之さんへの取材記録

「特殊清掃」という言葉がある。

孤独死や事故死のあった部屋を清掃する仕事のことだ。

通常、人が亡くなると、家族や知人によって葬儀が出され、数日以内に火葬される。しかし、身寄りのない人が自宅で死亡すると、数週間、あるいは数か月、誰にも気づかれないまま放置されることになり、遺体は腐敗し、床にはシミが広がる。

そういった、部屋に付着した「命の痕跡」を消すのが、彼らの仕事だ。

今回の取材相手である飯村達之《いいむらたつゆき》さんは、10年近く、特殊清掃業者として働いている男性だ。もともとは建築作業員だったが、40代半ばを過ぎた頃に、現在の仕事に転職したという。


飯村 まあ、体力の限界ってやつだな。30代まではどんなにキツい仕事をしても、酒飲んで寝ちまえば一晩で元気になってたのが、40超えるとさ、残るんだよ。前の日の疲れが。

そのちょっとの疲れがだんだん溜まって、いつのまにかあふれちまったんだろうな。ある朝起きると、体が動かねーのよ。そのまま入院して、あとはダメだね。筋力も落ちたし、とてもじゃないが大工には戻れなかった。

かといって、今さらデスクワークなんかできるはずもないし、それで、先輩のツテで特殊清掃《今の会社》を紹介してもらったんだ。

飯村さんは、枝豆を口に放り込み、ビールを飲む。


飯村　特殊清掃っていうのはさ。要は、人を家から解放してやる仕事なんだ。多くの奴は、逆だと思ってるけどな。「家が死体で汚れたから、きれいに掃除する」と。

まるで、人より家のほうが偉いみたいな言いぐさだよな。そんなわけないだろ。人様あっての家なんだ。いつだって人のほうが大事。これは大工の頃に師匠から教わったことだが、転職したあとも俺の仕事の指針になってる。

仏さんが、天国だか地獄だかに行くときに、体の一部が家にこびりついたまんまじゃ、未練が残るだろ？　だから俺たちがきれいさっぱりこそげとって、仏さんを家から逃がしてやるんだ。そういう仕事さ。なかなか面白いぜ。

……悪いが、ビールもう一本頼んでいいか？


私が飯村さんと知り合ったのは、知人の紹介がきっかけだった。私が欲しかったある情報について、彼が詳しく知っていると判明したのだ。そこで、彼の地元である静岡県の居酒屋で、こうして取材を行うことになった。

特殊清掃に関する彼の話は興味深かったが、このままでは、私が聞きたかった内容からズレていきそうな気がしたため、2本目のビールを注文したあとで、本題を切り出すことにした。

筆者　ところで、飯村さんは**津原**《つはら》**一家**の自宅の清掃をされたと伺ったのですが、そのことについてお聞きしてもよろしいですか？

飯村　ああ、そうだったな。脱線して悪かった。

＊＊＊

2020年、静岡市葵区の北部で、当時16歳の少年が、家族を殺害するという事件が起きた。被害に遭ったのは、仕事で外出していた父親以外の家族全員……**津原少年の母親、祖母、弟**の3人だった。母親の叫び声を聞いた、近隣住民の通報によって警察が駆けつけたが、そのときすでに3人は死亡しており、津原少年は無抵抗なまま拘束された。

凶器は1本の料理用包丁だった。台所には、切りかけの野菜が放置されており、料理中の母親から少年が包丁を奪い取り、犯行に使用したものとみられている。

3人の遺体は、次のような状態だった。

母親……台所に倒れている状態で発見。胸部に1か所刺し傷があり、衣服にはもみあった跡があった。

祖母……自室で布団に横になり、目をつむった状態で発見。体にかけていたタオルケットの上から、複数箇所を刺されていた。足が悪く、歩行が困難だったためか、一切抵抗することなく、死亡したものとみられている。

弟……台所の入口で倒れている状態で発見。腹部には包丁が刺さっていた。

津原少年自身も、上半身の複数箇所に傷を負っており、病院で治療を受けたあとに逮捕されることになった。

彼は警察に対し「いらいらしていた」「将来に希望が持てなかった」「母と祖母の仲が悪くて、家に居づらかった」などと供述したという。「Z世代が抱える絶望感」「家庭内でのコミュニケーション不足」など、あらゆる社会問題と関連付けて論じられる中、一部で不思議な噂《うわさ》が流れた。

「津原家の間取りに問題がある」というものだ。

たいして話題になることもなく、すぐに忘れ去られたが、当時『変な家』を執筆中で、間取りに対して強い興味を持っていた私は、どうしても気になってしまった。

個人的に調査を行ったが、どんなに調べても、めぼしい情報は得られず、それどころか、津原家の間取り図を入手することさえできなかった。

諦めかけたとき、あることを思いついた。

殺人事件があった家は、警察の現場検証が終了したあと、特殊清掃業者によって清掃が行われる。つまり、津原家の清掃を行った人物なら、間取りを知っているということだ。

そこで、飯村さんに取材を行うことにした。

飯村 あのときは、俺も含めて10人が駆り出された。普通、特殊清掃ってのは、多くても8人程度が上限なんだが、あのときばかりは特別だった。事件が事件だからな。

筆者 作業は大変でしたか？

飯村 ああ。特に、ばあさんの部屋から台所にかけて、血の海が広がってたから、床板ごと交換しなきゃならないのはキツかったな。まあ、体がしんどいのはいつものことだが……あのときは気持ちもしんどかった。被害者の中に子供がいたことは知ってるな？

筆者 はい。津原少年の弟ですね。

飯村 台所の入口に、小さな血だまりがあったんだ。子供の血痕だ。
そいつを見たときは苦しくなったよ。俺にも、別れた女房との間に、ガキがいたからさ。

筆者 そうだったんですか……。

飯村 ……悪いな、暗くなっちまって。……そういえばあんた、津原家の間取り図が欲しいんだったよな。持ってきてやったよ。枝豆の礼くらいにはなるだろ。

飯村さんはポケットの中から、折りたたまれた紙を取り出した。
そこには、間取り図がプリントされていた。

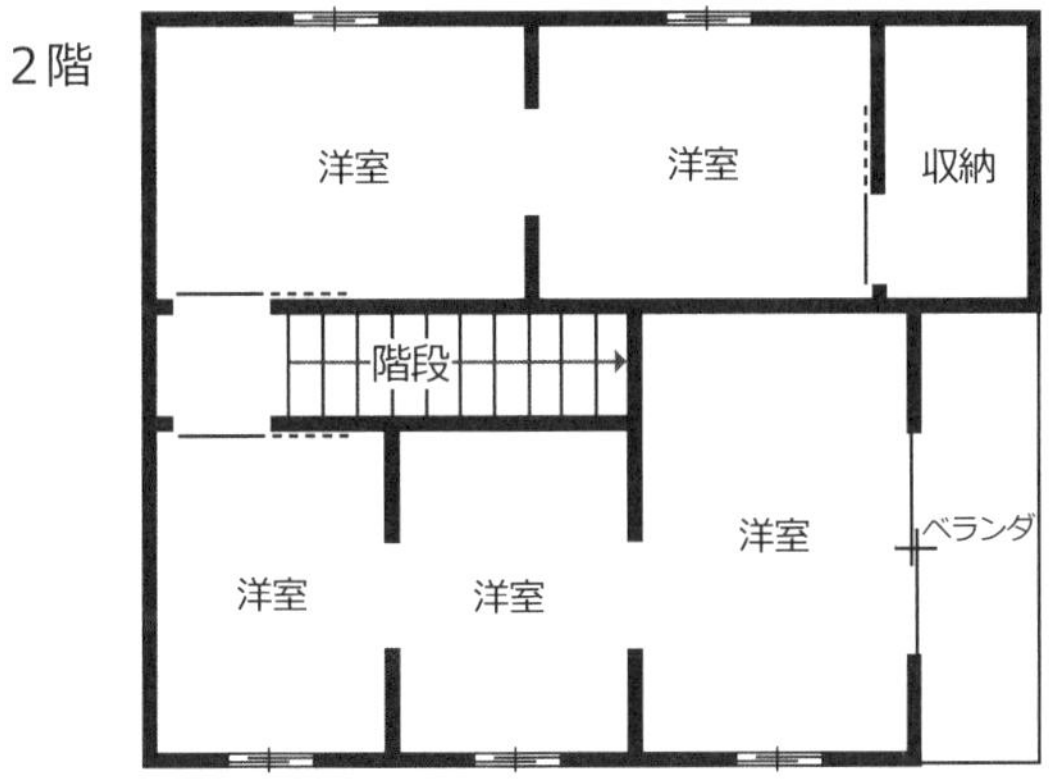

飯村　これが津原家だ。

筆者　え？　どうやって入手したんですか？

飯村　こんなもん、ネットにいくらでも転がってるよ。テキトーに拾ってきて、プリントしたんだ。

おかしい。

あらゆるサイトにアクセスして調べたが、津原家の間取り図を見つけることはできなかった。とはいえ、実際に家に入った飯村さんが言うのだから、本物なのだろう。私の探し方が甘かったのだろうか。

飯村　それにしても、ひどい家だよな。こんな家に長年住んでりゃ、気がおかしくなっても仕方ない。それくらい住みづらい家だ。

筆者　住みづらい……というのは……？

飯村　間取り図《こいつ》を見てみろ。それでわかるだろう？

筆者　すみません。私には、普通の一軒家にしか見えないんですが……。

飯村　なら一回、この家の住人になったつもりで考えてみてくれ。たとえば、あんたが1階のリビングで飯を食ってたとする。すると常に、食欲がなくなるような臭いがただよってくるんだ。この原理、わかるか？

筆者　台所や風呂場なんかの、いわゆる「水回り」が北側に集中しているんだ。北っていうのは日が当たらない。だから、冬場はいつまでも水気が乾かないし、夏場は蒸れる。そこにトイレの臭いが混ざったものが廊下を通ってリビングに流れ込むんだ。リビングの出入口には扉がついてないから、臭気を防ぐこともできない。

飯村　どうしてリビングに扉がないんでしょうか。

筆者　ケチったんだろうな。ちょっとでも工事費を安く済ませようっていう魂胆だ。

飯村　なるほど。

筆者　リビングに扉がないことの弊害は、他にもある。食事中、新聞の集金だか、宗教の勧誘だかが来たとするよな。するとどうだ。食いかけの飯やら、家族の顔やらが見られちまう。プライバシーなんてあったもんじゃない。

飯村　せめて、台所側に出入口があればよかったが、階段のせいでスペースが圧迫されて、作れなかったんだろう。

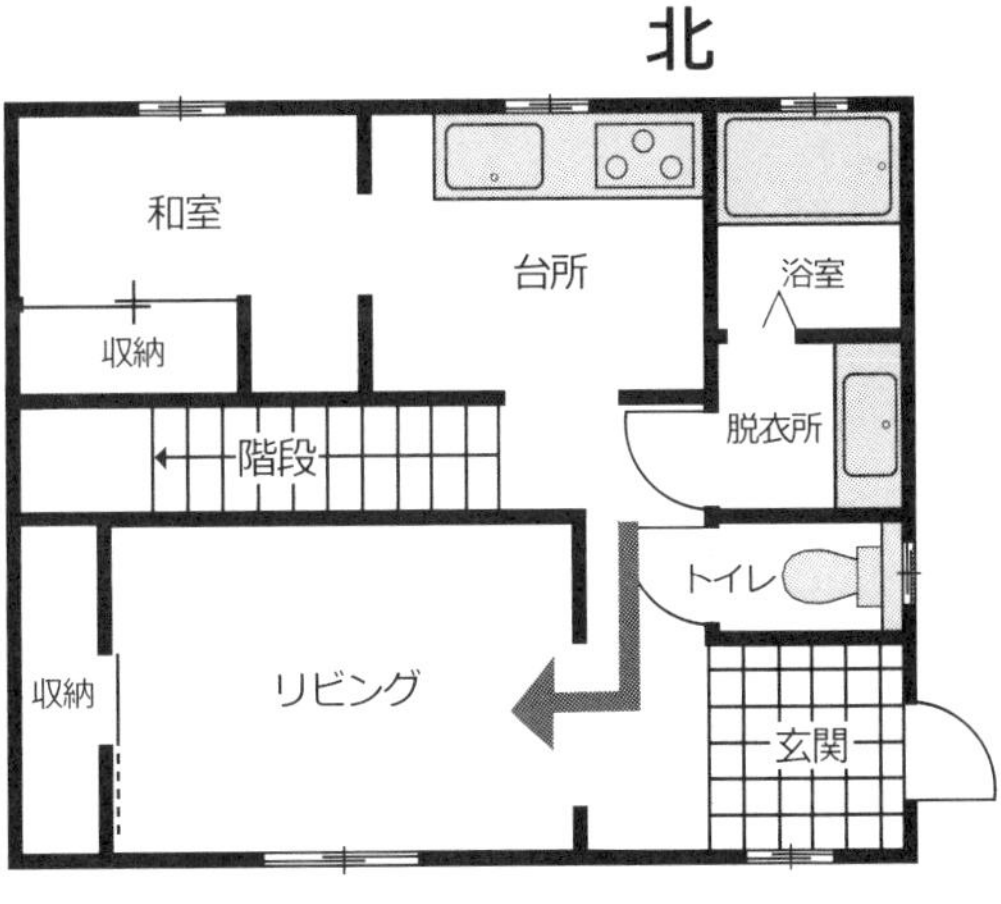

飯村　狭い土地に、無理やり家を建てようとすると、こういう不具合が起きる。言い換えれば、日本の住宅は不具合が起きやすいってことさ。
まあ、それでも優秀な設計士なら上手いことやるが、この図面を描いた奴は下手くそだ。

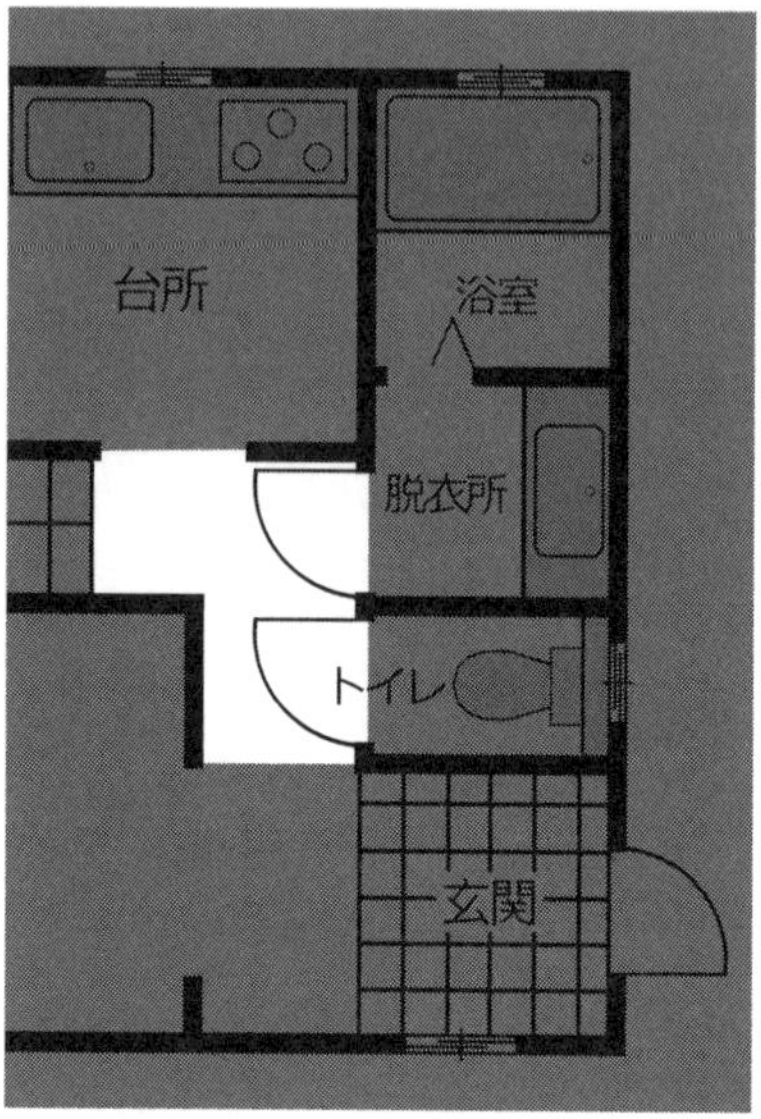

飯村　たとえばこの空間「台所」「脱衣所」「トイレ」の出入口が集中している。
家族同士、衝突が起きて、喧嘩に発展することもあっただろう。
筆者　たしかに、そう言われてみると住みづらそうな家ですね……。
飯村　だろ？　2階はもっとひどいぞ。

2階

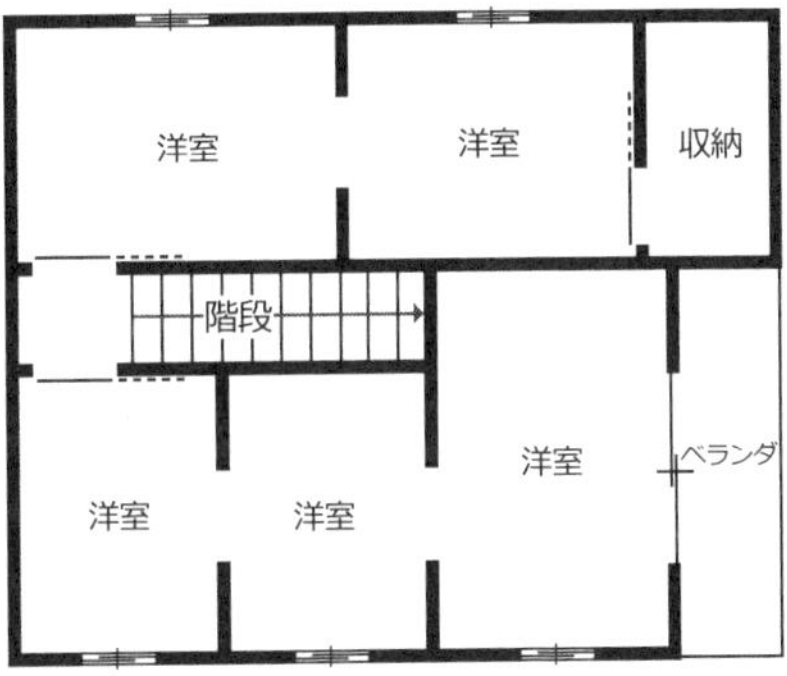

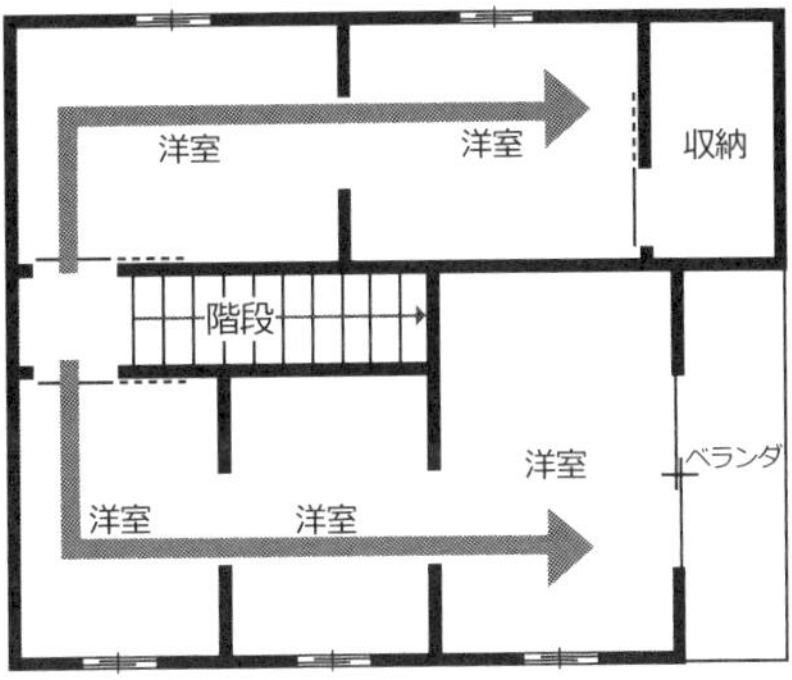

飯村　この広さなら、部屋数は3〜4くらいが適切だ。ところが5部屋も詰め込んでやがる。そのせいで、廊下を作るスペースがなくなっちまったんだろうな。廊下がないから、奥に行くには、手前の部屋を経由しないといけない。手前の部屋は「通路」も兼ねてるってことだ。そして例のごとく、扉もない。いわゆる「プライベートな空間」ってものがないんだ。

筆者　それは……落ち着かないですね。

飯村　ベランダが南向きじゃないのも気に食わねえ。洗濯物は南風でカラッと乾かすのが一番だ。

私は、自分の興味が徐々に薄れていくのを感じていた。たしかに、飯村さんの話には説得力がある。もともと、建築作業員として多くの家を建ててきた彼は、間取り図を見るだけで、その家の良し悪しが判断できるのだろう。そして彼の言う通り、この家は住みづらいのかもしれない。ただ「住みづらい家に住んでいた＝殺人犯になった」というのは、あまりにも無理やりな理屈ではないだろうか。私の内心を察したのか、飯村さんは軽く咳払いをして、声のトーンを変えた。

飯村　まあたしかに、一日や二日、この家に住んだだけなら、何の問題も起きないだろう。だが、5年10年と住み続けると、日々の小さなストレスが積もり積もって、情緒がおかしくなる。大げさだと思うかもしれないが、家ってのは、それだけの力があるんだ。

筆者　そういうものですか……。

飯村　だけどな。

彼は急に小声になった。

飯村　今までの話は、あくまで前提に過ぎない。重要なのは、この家に津原一家が住んだ結果、何が起きたか、だ。……あんた、子供はいるか？

筆者　いえ、いないです。

飯村　なら想像で答えてくれ。2～3歳の子供が家で遊ぶ場合、最も大事なことは何だと思う？

筆者　うーん……近くに危険なものがないこと、でしょうか？

飯村　間違いじゃないが、もっと大事なことがある。正解は「親が視界に入ること」だ。

子供はある程度成長すると、自立心が芽生えて一人で遊びたがる。とはいえ、完全にひとりぼっちではまだ不安な年頃だ。だから2～3歳の子供は、リビングで遊ぶことが多い。日本の住宅の多くは、台所とリビングが隣接しているからな。近くに親がいる安心感と、一人で気ままに遊べる自由。この両立が、子供にとって一番心地いいんだ。

で、この家なんだが、リビングから台所が見えない。かといって台所が視界に入り、なおかつ子供が遊び場にできるような部屋が他にあるわけでもない。

津原少年は小さい頃、不安を抱えながら過ごしていたんじゃないか？

筆者　ん？　待ってください。

台所の隣に和室がありますよね。この部屋、遊び場として最適じゃないですか？

飯村　いや、ここはばあさんの部屋だ。

「ばあさんの部屋」……その言葉を聞いたとき、ゾクッとした。

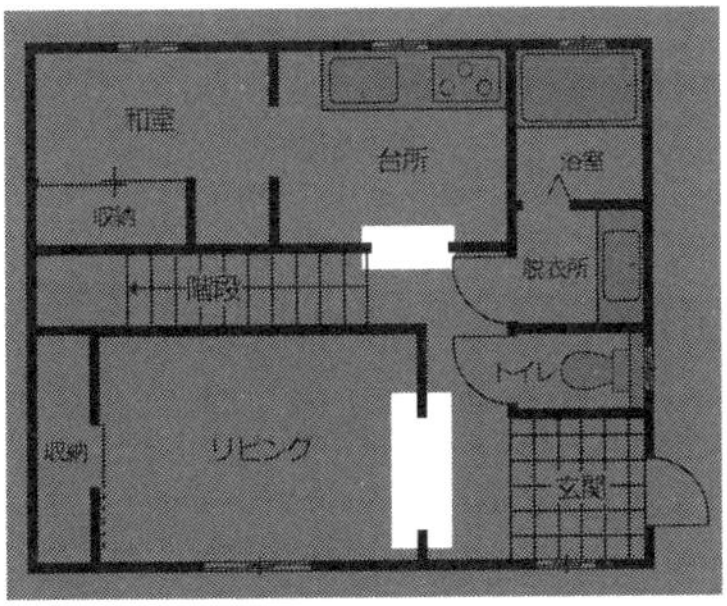

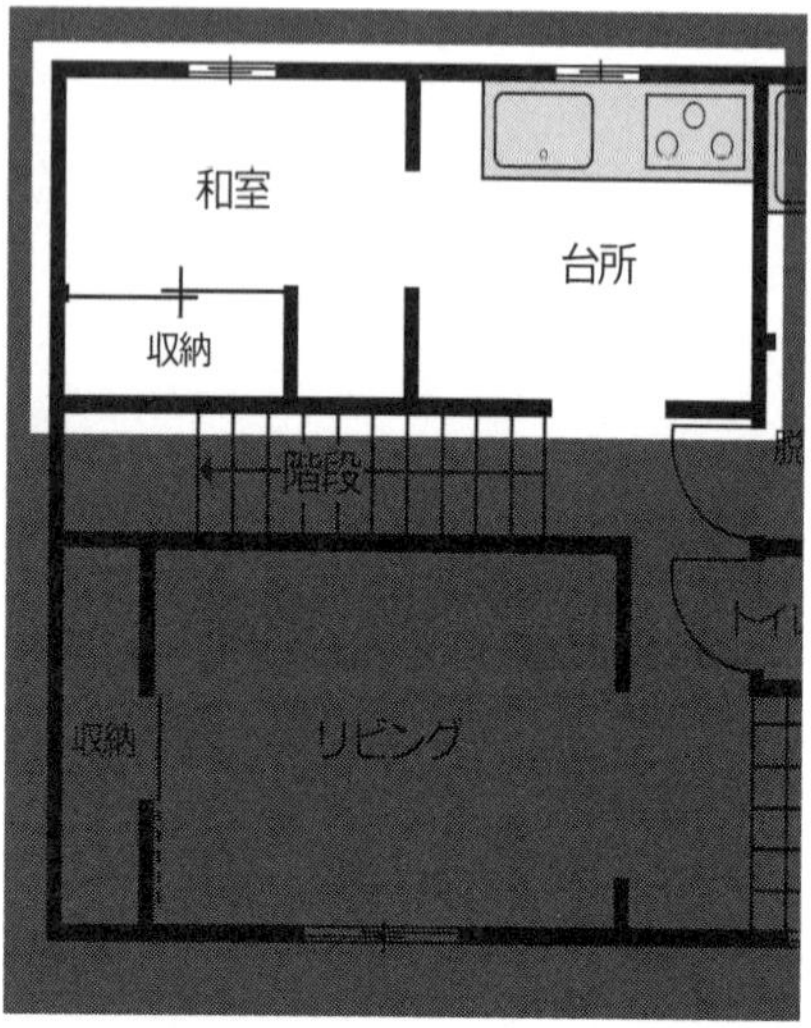

母親……台所に倒れている状態で発見。胸部に1か所刺し傷があり、衣服にはもみあった跡があった。

祖母……自室で布団に横になり、目をつむった状態で発見。体にかけていたタオルケットの上から、複数箇所を刺されていた。

弟……台所の入口で倒れている状態で発見。腹部には包丁が刺さっていた。

祖母は自室で殺された。そして、母親と弟が死んでいたのは台所。横に並んだこの2部屋で事件は起きた。いやでもその光景をイメージしてしまう。

飯村 津原家のばあさん、旦那の母親だったらしい。嫁さんからしてみれば、台所仕事をしている間、常に姑が隣にいるってことだ。血のつながった親子だって気が詰まる。義理の親ならなおさらだ。しかも、ばあさんは足が悪くてほとんど寝たきり。トイレの世話で、たびたび仕事を中断させられていたはずだ。嫁さん、内心ずっとイラついてたんじゃないか？子供は親の感情に敏感だ。母親がいつもピリついてるこの場所で、楽しく遊べるとは思えない。とはいえ、リビングはひとりぼっちで不安。子供時代の津原少年が落ち着ける場所は、この家になかったんだと俺は思う。

たしかに、少年は警察に対し「母と祖母の仲が悪くて、家に居づらかった」と供述している。

飯村 そして、子供は大きくなると、自分の部屋を持つようになる。そこにも問題があった。津原少年の部屋は、ここだ。

飯村さんが指さしたのは、2階の収納スペースだった。

飯村 清掃に入ったときに、ちょっと見ただけだが、ここに机とライト、布団が置いてあった。サッカーが好きだったんだろうな。Jリーグのポスターも貼ってあったよ。

筆者 でも、どうして収納スペースなんかに？

飯村 消去法だ。さっきも言ったように、2階にはプライベートな空間がない。思春期の子供にとっては地獄だ。唯一、扉があって落ち着ける場所は、この収納スペースだけ。津原少年は、好きこのんでここを自室にしたわけじゃない。ここを選ばざるをえなかったんだ。窓のない、狭くて暗い部屋。こんなとこに長いこと住んでたら、誰だって気分が落ち込んでくるだろうよ。

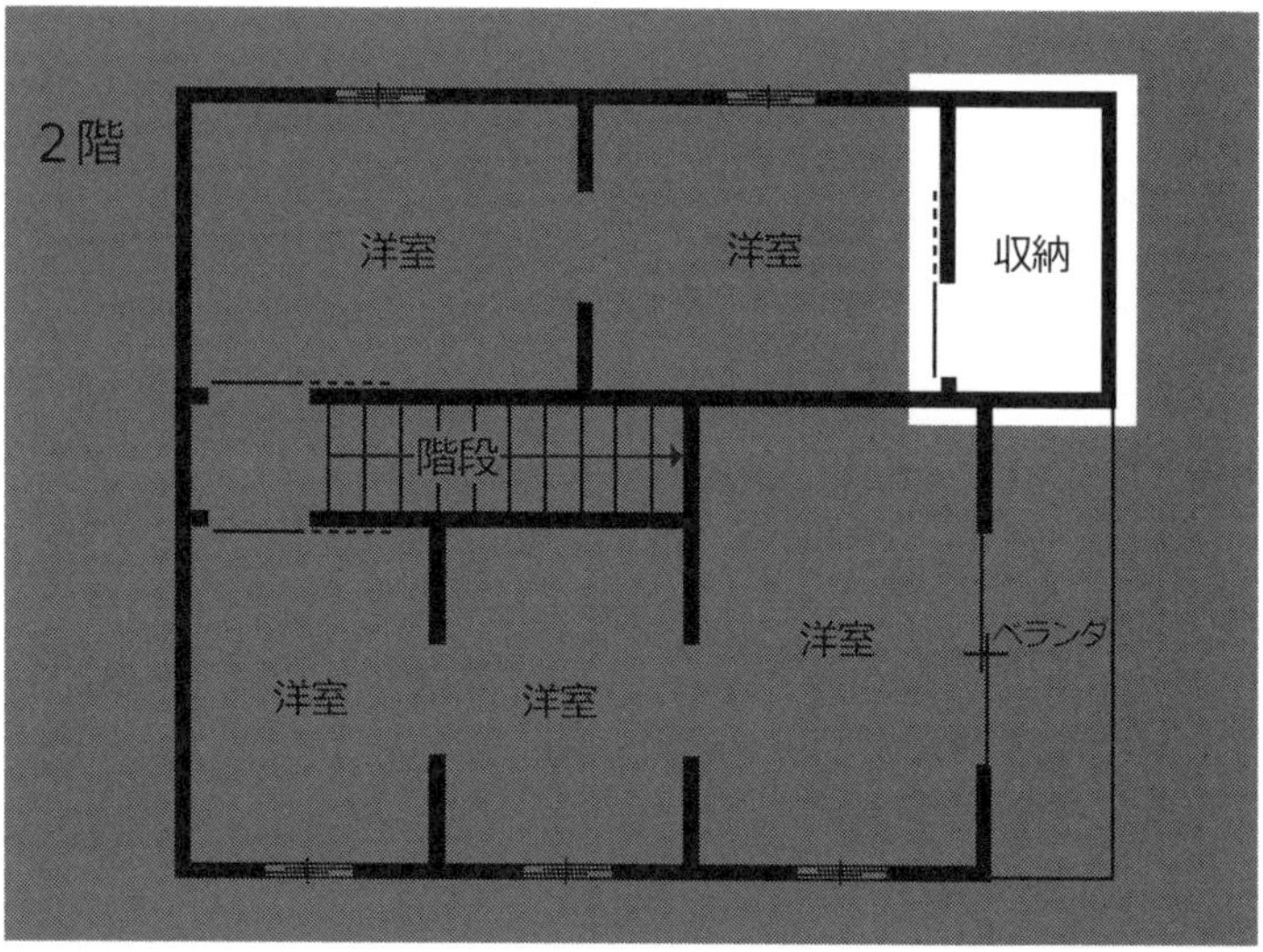

幼少期に感じていた不安と孤独。狭くて暗い場所で過ごした思春期。家全体の住み心地の悪さ。それらが重なり、津原少年は徐々に歪《ゆが》んでいってしまった……ということなのか。

飯村 まあ、当然のことながら、この家に住んだからといって、誰もが犯罪者になるわけじゃない。津原少年は、もともとそういう素質を持っていたんだろう。それをこの家が増幅させた……心の闇をはぐくんじまったんだ。

筆者 もし彼が、違う家で育っていたら、悲劇は起きなかったんでしょうか。

飯村 俺はそう思う。……だけど、同じようなことは別の場所で起きてたかもな。心に闇を抱えてるのは津原少年だけじゃねえし、この家だって一つじゃない。

筆者 ……「一つじゃない」って……？

飯村 言葉の通りだ。この家は、日本に１００軒以上存在する。

筆者 え？

飯村 あんた……「ヒクラハウス」って聞いたことあるか？ 中部地方を中心に営業している建築会社だ。大工の間じゃ「悪徳企業」として有名だ。奴らは、こういう商売をしている。

飯村　まず間取り図を作るんだ。仮に、それが30坪用の間取り図だったとしよう。そしたら、中部地方のあらゆる場所で、30坪の土地を買えるだけ買うんだ。そこに、判を押すように同じ家を建てる。

同じ間取り図を使いまわせるし、資材もまとめて発注できるから、コストは安く済む。そうやって大量生産した家を、客に安い値段で売る。いわゆる「建売物件」ってやつだ。

まあ、建売物件自体は、どの建築会社だって売ってるし、それ自体は悪いことじゃない。

問題なのは、元になる間取り図が悪いと、悪い家が大量に造られちまうってところだ。

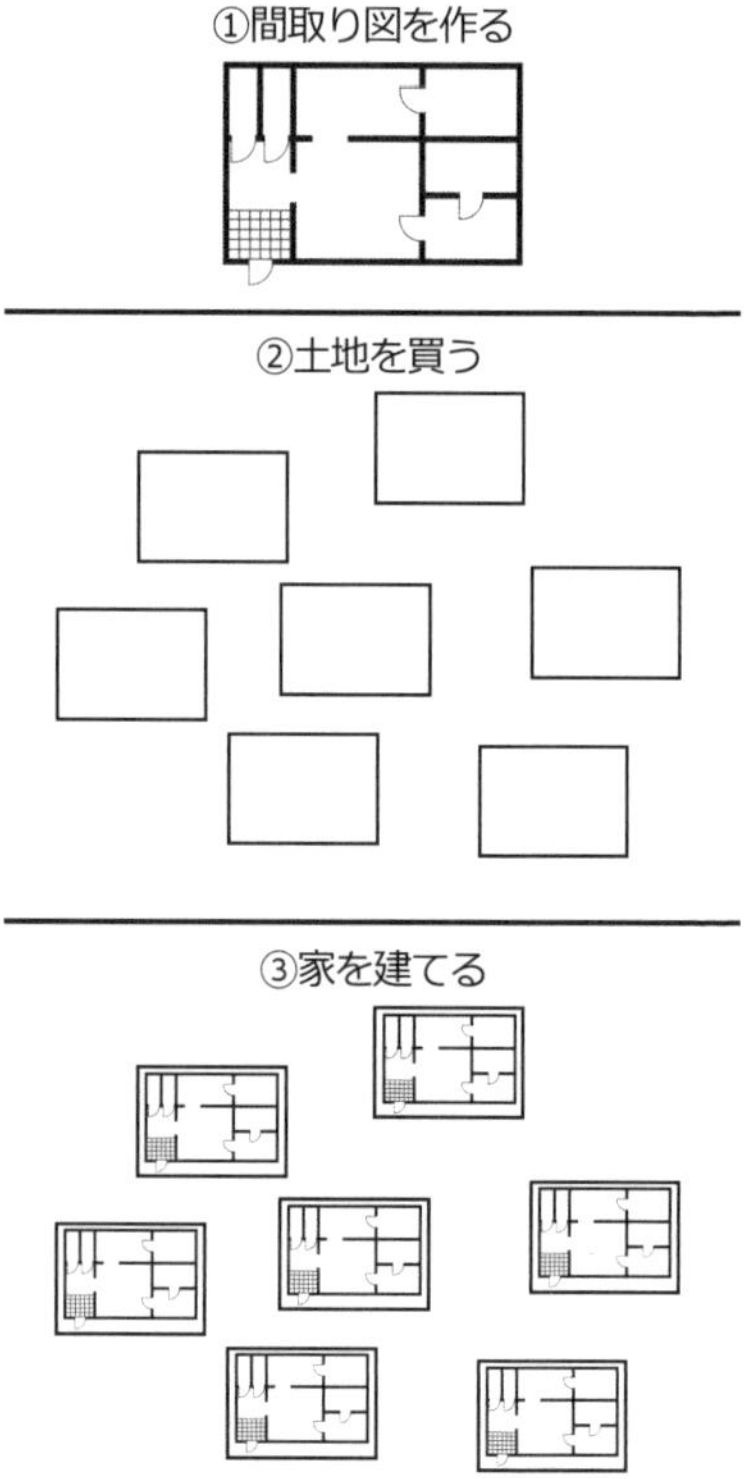
①間取り図を作る
②土地を買う
③家を建てる

この家みたいにな。

1階

2階

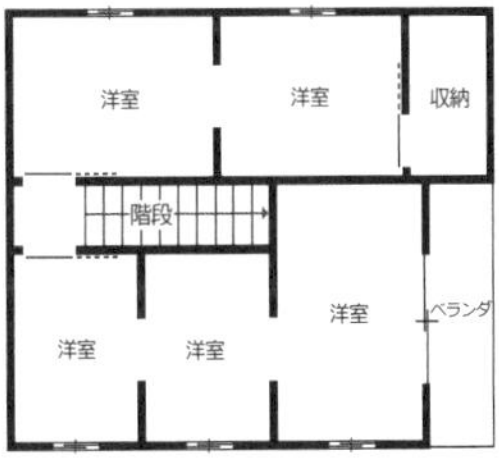

筆者 では、津原少年の家は、ヒクラハウスが大量生産した建売物件ってことですか？

飯村 そうだ。俺は長いこと中部《ここ》に住んでるから、チラシで何度も見たことがある。チラシには、間取り図と一緒に、こんなことが書かれている。

「新築一軒家 2階建て 6LDK 1500万円」……字面だけなら大したもんだ。一軒家の相場はだいたい3000万円。それに比べれば半額だ。しかも、リビングの他に6部屋もある。お買い得だと、素人は思うだろう。しかし、実態はこれだ。

広告の数字を立派にするために、ぎっちぎちに詰め込まれた窮屈な部屋。コスト削減のために犠牲になった扉。住み心地なんてものは一切考えていない。

飯村　派手な広告と、強引な営業で売り付けて、アフターケアはなし。そういう会社さ。
　津原一家は、まんまと騙されたんだろうな。

飯村さんは最初、津原家の間取り図について「こんなもん、ネットにいくらでも転がってるよ」と言っていた。今ならその意味がわかる。
おそらく、インターネットの住宅情報サイトからダウンロードしたのだろう。つまり、この家は、今もあらゆる場所で売りに出されている、ということだ。
もしいつかそこに、津原少年のような人物が住むことになったら……少しだけ、寒気がした。

＊＊＊

飯村さんは、２本目のビールを飲みほしたあと、バニラアイスを注文した。

飯村　悪いな。俺ばっかり色々食っちゃって。
筆者　いえ、貴重なお話を聞けましたので。
……でも、そんな悪徳営業をしているのに、よく潰れないですよね。ヒクラハウス。

飯村　奴ら、メディア戦略が上手いからな。広告にえげつない金をかけてるんだ。会社のイメージさえ良くすりゃ、たいがいの客は騙されるってことさ。

筆者　なるほど……。

飯村　ただ、昔からそうだったわけじゃない。ヒクラがメディアを重視しはじめたのは、ある事件がきっかけだった。

筆者　事件？

飯村　あれはたしか……俺がまだ大工見習いの頃だから、1980年代の後半か。ヒクラの社長に、妙な疑惑が持ち上がったんだ。「若い頃に、幼女虐待をしていた」っていう噂だ。結局、それはガセネタだったらしいが、テレビや雑誌が面白がって取り上げたせいで、一般市民の間でも話題になった。今でいう「炎上」ってやつだ。評判っていうのは恐ろしいもので、ヒクラの株価は急落した。それに関しちゃ「かわいそう」としか言いようがないがな。で、その隙を突くように、当時、中部地方のライバルだった「ハウスメーカー美崎」っていう建築会社がシェアを拡大した。それから10年以上、ヒクラは盛り返すことができなかった。
この苦い経験から「メディアの前で、事実は無力」ってことを学んだんだろうな。

＊＊＊

帰宅後、ネットで「ヒクラハウス」と検索してみた。

検索候補には「ヒクラハウス ひどい」「ヒクラハウス 詐欺」「ヒクラハウス 宗教」などの文字が並ぶ。一通り調べてみると、飯村さんの言う通り、彼らは劣悪な住宅を多く販売しているらしく、消費者からの評判は最悪だった。

続いて、ヒクラハウスのホームページを見てみる。

「素敵な住まいを、優しい価格で」という文字とともに、有名インフルエンサーたちが、おしゃれなリビングでホームパーティを楽しむ写真が掲載されていた。

同じページに動画が貼り付けられている。再生すると、大物ミュージシャンの楽曲をバックに、人気女優が「ヒクラハウスは、あなたの夢をかなえます」ときれいな声でささやいた。

「メディアの前で、事実は無力」という、飯村さんの言葉を思い出す。

かつて、メディアのせいで痛い目を見たヒクラハウスは、その反省を活かし、逆にメディアの力を利用して、自分たちの悪評を覆い隠すことを覚えたのだろう。

ページの隅に「経営陣からの挨拶」というボタンがあることに気づく。クリックすると、2枚の写真が表示された。1枚は会長。眼鏡《めがね》をかけた鷲鼻《わしばな》の老人だ。名前は「緋倉正彦《ひくらまさひこ》」と表示されている。もう1枚の写真には、短髪の中年男性が写っている。役職は社長。名前は「緋倉明永《あきなが》」。顔が会長によく似ている。特に、鷲鼻がそっくりだ。おそらく、親子なのだろう。

パソコンを閉じると、私はもう一度、飯村さんからもらった間取り図を眺めた。
2020年、この家で悲劇が起きた。被害に遭ったのは、**津原少年の母親、祖母、弟**。母親の叫び声を聞いた近隣住民の通報によって警察が駆けつけたが、そのときすでに3人は死亡していた。凶器は1本の料理用包丁。料理中の母親から津原少年が奪い取り、犯行に使用した。

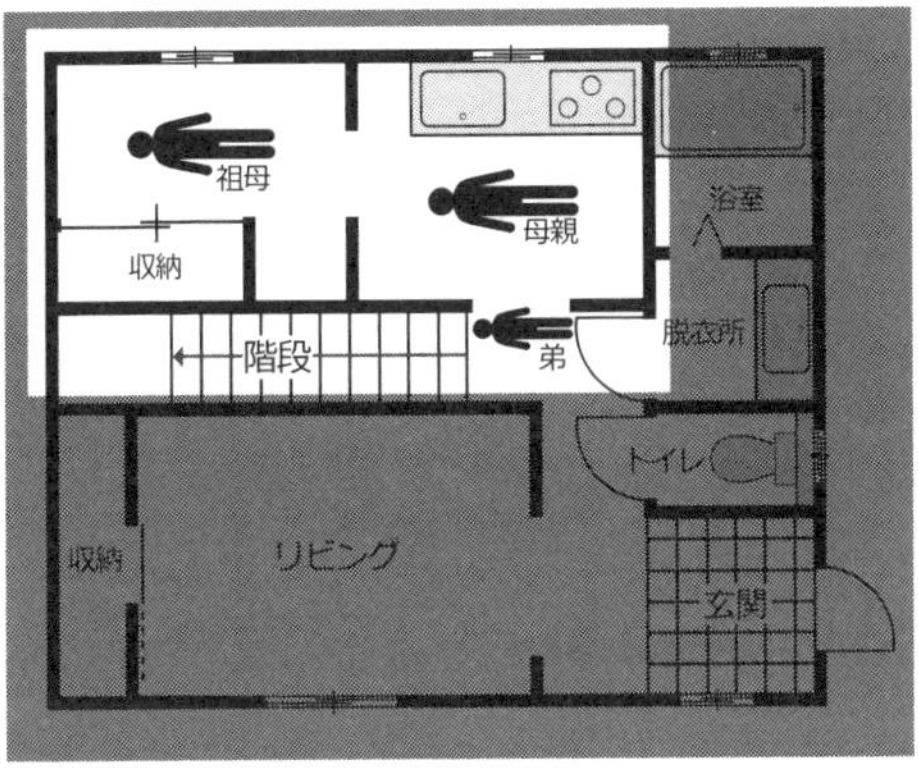

母親……台所に倒れている状態で発見。胸部に1か所刺し傷があり、衣服にはもみあった形跡があった。

祖母……自室で布団に横になり、目をつむった状態で発見。体にかけていたタオルケットの上から、複数箇所を刺されていた。

弟……台所の入口で倒れている状態で発見。腹部には包丁が刺さっていた。

津原少年自身も上半身の複数箇所に傷を負っており、病院で治療を受けたあとに逮捕された。

そのとき、一つの疑問が浮かんだ。3人はどの順番で殺されたのだろうか。
「弟の腹部に包丁が刺さっていた」という情報から、最後に殺されたのは彼だと考えられる。では、他の二人はどうだったのか。間取り図を見ながらイメージする。

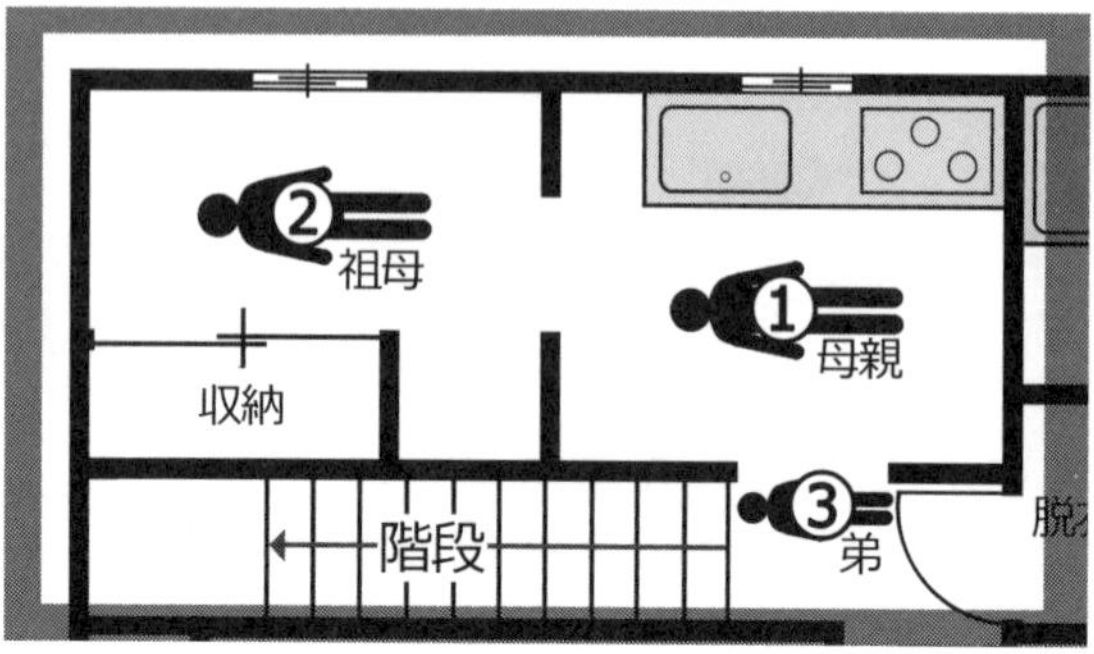

津原少年、料理中の母親から包丁を奪い取り、もみあったあとに母親を刺殺。

←

そのまま和室へ行き、寝ている祖母を刺殺。

←

騒ぎを聞きつけてやってきた弟を刺殺。

この順番が自然に思える。だが、よく考えるとおかしな点がある。なぜ祖母は起きなかったのか。
津原少年の母親は、近隣住民にまで聞こえるような大声で叫んだ。

隣の部屋にいた祖母が、目を覚まさないはずはない。だとすると……

「**祖母**……自室で布団に横になり、目をつむった状態で発見」……この情報と矛盾する。

では、祖母のほうが先に殺されたのだろうか。

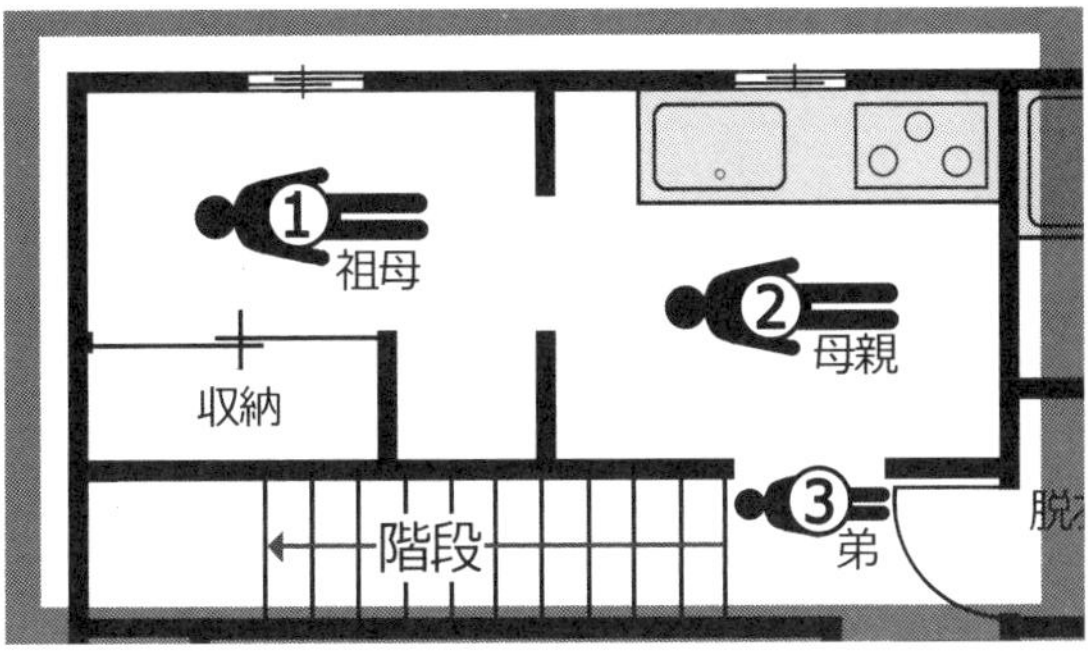

津原少年、料理中の母親から包丁を奪い取り、和室へ行き祖母を刺殺。

↓

母親がすぐに止めに入る。少年を祖母から引き離そうと、もみあいになりながら台所へ連れ出したところで、胸を刺されて死亡。

↓

騒ぎを聞きつけてやってきた弟を少年が刺殺。

これならば、祖母が発見時に目をつむっていたことの説明がつく。しかし同時に、別の疑問が生じる。

なぜ津原少年は、傷を負ったのか。

和室で祖母を刺殺したあとに、母親ともみあいになったのならば、包丁は最初、津原少年の手にあったはずだ。しかも彼は16歳の男子。圧倒的に母親よりも優位に思える。

にもかかわらず、母親は胸以外に傷がなく、津原少年は上半身の複数箇所に傷を負った。

「もみあいになったとき、包丁を持っていたのは母親だった」と考えるのが自然だ。

すると……恐ろしい可能性が生まれる。今まで見えていた景色が崩れていく。

祖母を刺したのは津原少年ではなく、母親だったのではないか。

義母との不仲。介護疲れ。住み心地の悪い家。

それらのストレスが溜まりに溜まって、あるとき限界に達した。彼女は、たまたま手に持っていた包丁を、隣の部屋で寝ていた義母の体に突き刺した。

その様子を偶然目撃した津原少年。止めようとして和室に走る。

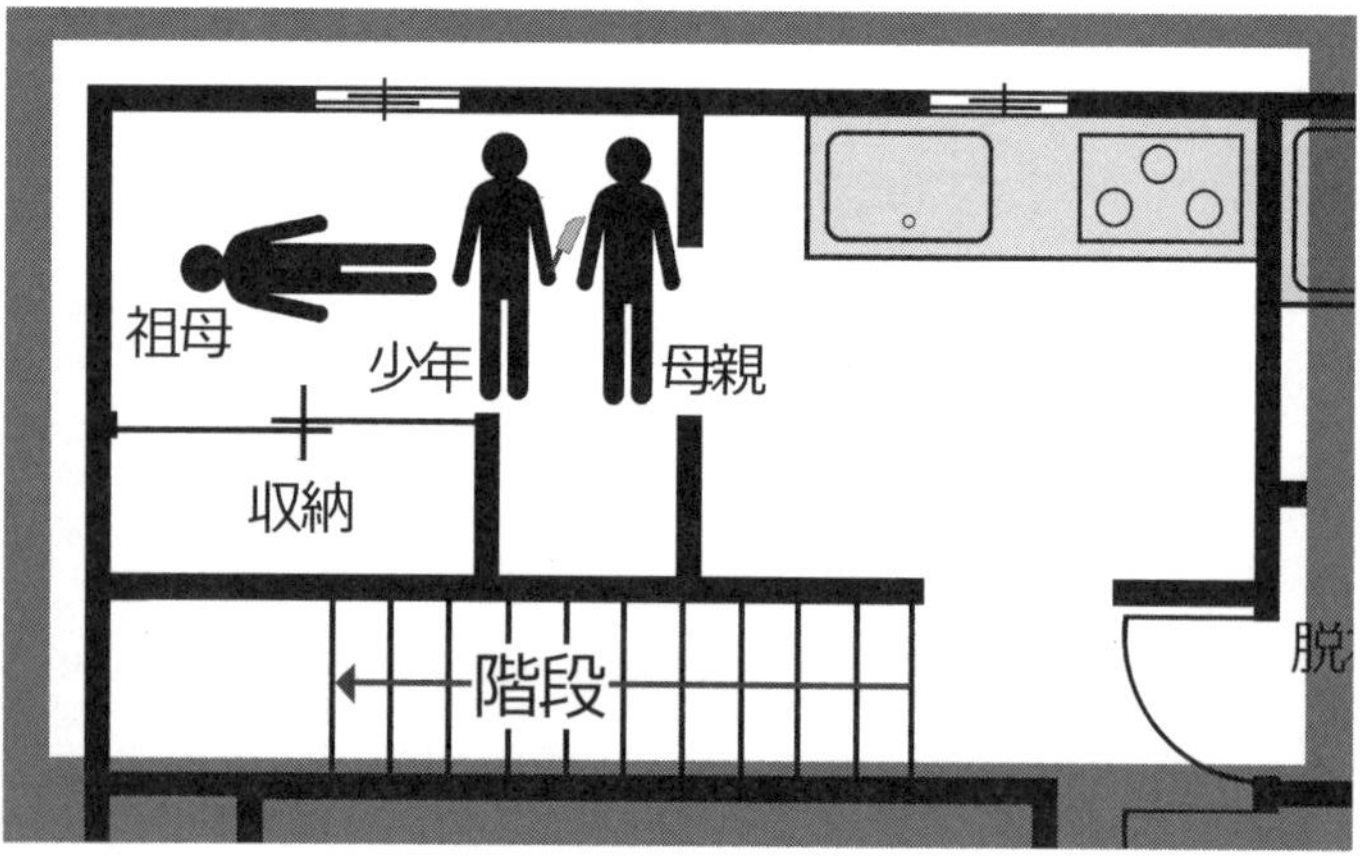

少年は、母親を祖母から引き離そうと、もみあいになりながら台所へ。

その途中、母親の手に握られた包丁が、少年の上半身を何度も刺した。

「ばあさんの部屋から台所にかけて、血の海が広がってた」……その血は、津原少年のものだったのではないか。


激しいもみあいのすえ、津原少年は、誤って母の胸を刺してしまう。

叫び声を聞いて、弟がやってくる。

「母を刺したところを見られた」……パニックになった津原少年は、包丁を弟の腹に……。


あくまで想像でしかない。しかし。

この家がはぐくんだ「闇」は、一つではなかったのかもしれない。

資料②「闇をはぐくむ家」おわり

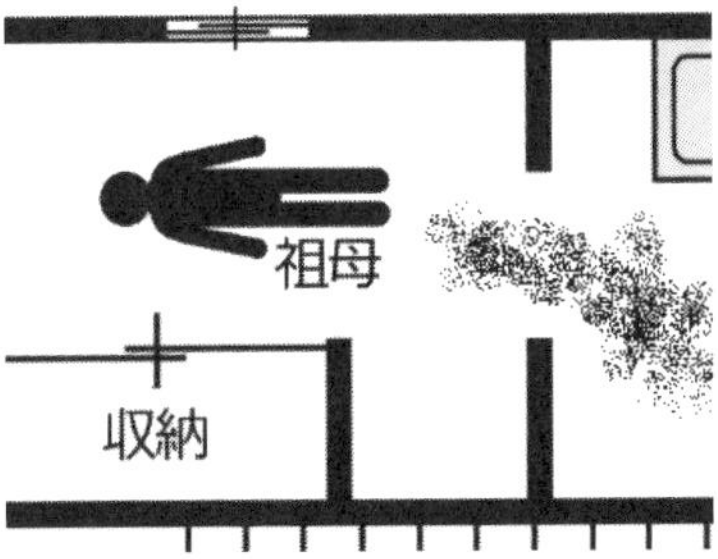

資料③

林の中の水車小屋

古い書物からの抜粋

『明晦逗留日記《めいぼうとうりゅうにっき》』という古い本がある。

昭和初期、地方に旅行した人々の思い出話を集めた紀行文集だ。1940年に出版され、すぐに絶版になってしまったらしいが、幸運にも、ある事情により入手することができた。

今回紹介したいのは、ここに収録されている「飯伊《はんい》地方の思い出」という章だ。この章を書いたのは、水無《みずなし》宇季《うき》という当時21歳の女性である。「水無」といえば、かつて製鉄業の一角を担った財閥であり、宇季は水無家の一人娘だった。

「飯伊地方の思い出」は、そんな宇季が避暑のため、叔父の家に滞在したときの出来事がつづられている。その中に1か所だけ、非常に不気味な記述がある。

宇季が近くの林を散策した際、謎の水車小屋を見つける、というエピソードだ。その箇所を、ここに転載させていただくことにした。

なお、元の文章は、古い言葉が多く使われているため、現代的な表現に変更していること、また、文中の図解は、宇季の記述をもとに、新しく作成したものであることを、ご了承いただきたい。

『明晰逗留日記』第十四章「飯伊地方の思い出」より抜粋　　著者：水無宇季

昭和十三年　八月二十三日

三日ほど続いた雨が上がりましたので、私は叔母様に「少々、散策をしてまいります」とお伝えし、林へ入りました。ぬかるむ地面を、転ばぬよう気をつけて歩いておりますと、いつの間にやら目の前に、木で造られた、小屋が現れました。

その小屋の壁には、大きな輪っかが付いておりました。幼少の折、東北の親類の家に招かれた際、似たものを見たことがございましたので、それが水車小屋（注）であるとわかりました。

注：水車小屋とは

※一般的な水車小屋の例

外壁に水車を備え付けた建造物のことである。
川の水流などを利用し水車を回転させその動力で歯車を動かし、小屋の中で脱穀《だっこく》や機織《はたお》りなどを行う。
1960年頃までは、日本の各地方に多く存在していた。

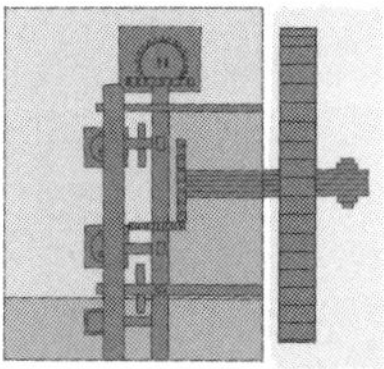
※水車小屋の内部

懐かしい気持ちで、しばらく眺めておりましたら、にわかに不思議なことに気づきました。水車のまわりに水がないのです。水車といいますのは、その名の通り、水の力で動かす車でございますから、たとえば川やため池などの、水場が付近にあるはずなのです。

ところが、どこを見渡してもそれらしきものはなく、果たしてこれは水車なのか、それすら怪しく思えました。もしやこの大きな車は、飾りなのではないか。そのように思い、小屋に近づいてみますと、水車の左側に、小さな格子窓が付いているのを見つけました。

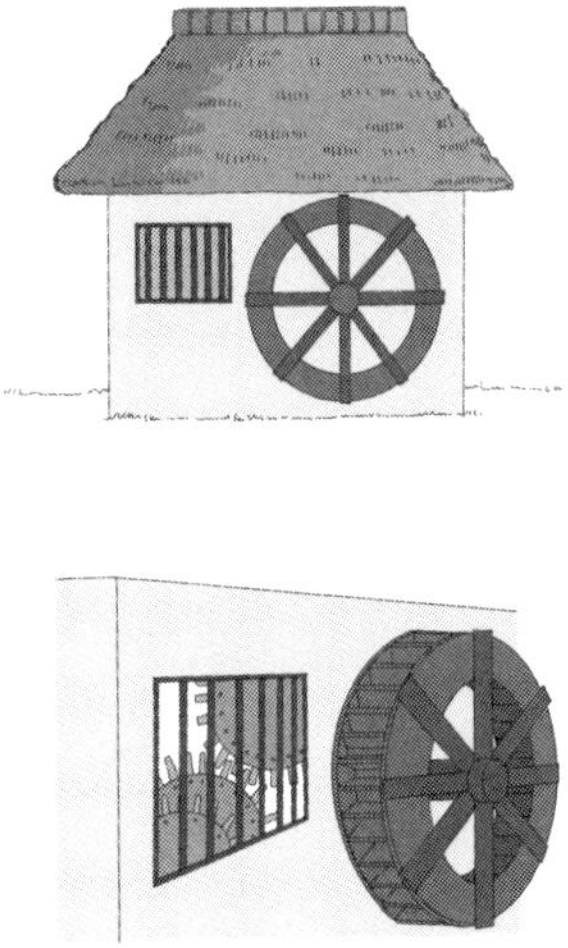

※記述をもとに作成したイメージ図

覗《のぞ》いてみますと、中に部屋が見えます。横に細長い部屋でした。そこには、眩暈《めまい》がしそうなほどたくさんの歯車が、芸術作品のように、複雑に組み合わされておりました。

これほどの緻密《ちみつ》さではないにせよ、同じような光景は、東北の水車小屋で見たことがございます。するとやはり、この大きな水車は飾りではないのでしょう。

さて、あたりを見渡しますと、小屋の左手に、祠《ほこら》のようなものが見えましたので、そこへ歩を進めました。

可愛《かわい》らしい三角屋根の祠は、まだいくぶん新しく、白くきれいな木で作られておりました。その中には、石像が置かれています。丸い果物を片手に持った、女性の神様の像でした。

神様は、小屋の方を向いて立っていらっしゃいました。私は両手を合わせてお参りをしたあと、そのまま小屋の反対側へ回りました。そこには、入口がございました。

木の板で作られた簡素な引き戸は開いており、不躾けな行いとは知りつつ、好奇心を抑えきれぬ私は、いそいそと中を覗きました。そこは三畳ほどの広さの、板敷の部屋になっておりました。先ほど格子窓から見えた、複雑に入り組んだ歯車はなく、おそらく、歯車の置かれている部屋とは、壁で仕切られているのでしょう。

部屋は、入口の他には、窓も、家具も、ランプも、飾りもなく、まるで四角い箱の中にいるような心地でした。ただ、唯一の特徴として、右側の壁に、大きな穴があったのです。

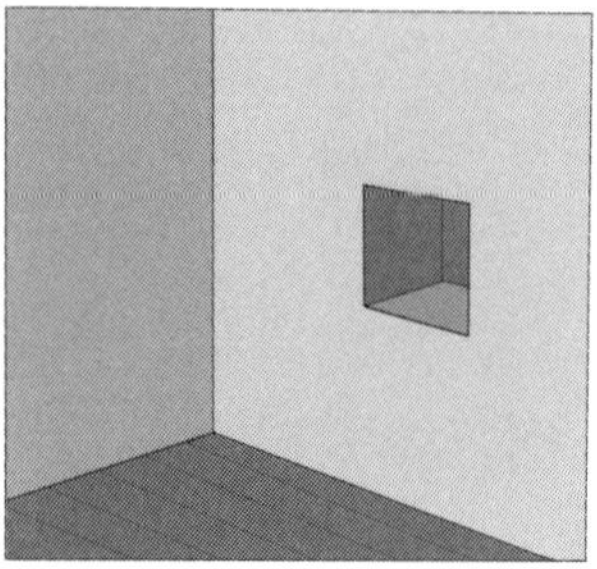

穴と申しましても、貫通して外が見えるわけではありません。ですので「へこみ」と表現すべきでしょうか。
壁の中央を、四角くくり貫《ぬ》いたような、その「へこみ」は、私が体を小さく丸めれば、すっぽりと入るくらいの大きさでした。それが何に使われるものなのか、私はしばらく思案いたしました。たとえばそこに花瓶を置いて、お花を飾るにしても、何もないこの部屋に、お花だけがぽつんと置かれている様は、少し異様に感じられました。
さて、しばらく部屋を眺めておりますと、徐々に、奇妙な心持ちになってまいりました。外から小屋を見た景色と、中の様子が、どこかちぐはぐな気がするのです。ああ。そのとき、私はようやく気づきました。この部屋は、小屋の外観に対して、あまりにも狭いのです。

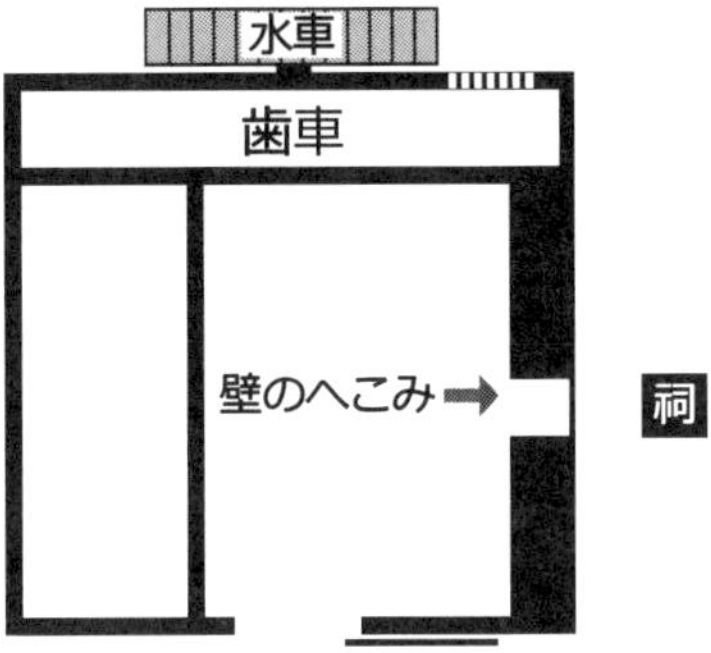

おそらく、私がいる部屋の左側には、別の部屋があるのでしょう。しかし、そこへ入るための扉が、どこにも見当たらないのです。では、小屋の外側に入口があるのではないかしら。そう思い、小屋の外壁を調べることにいたしました。

ところが、壁づたいに左へ回って歩いてみても、入口は見つからず、もとの水車の場所へ戻ってきてしまいました。小屋をぐるりと一周し、わかったことといえば、これが世にも不思議な水車小屋である、という、ただそれだけのことでございました。

水のない水車ですとか、壁のへこみですとか、開かずの間ですとか、まるで夢でも見ているようでした。

このままこの場所に居ては、気がおかしくなりそうでしたので、好奇心もほどほどにして、叔父様の家へ帰ることにいたしました。

ところが、歩き出そうとしても、なぜか足が動かないのです。足元を見ると、昨夜の雨でぬかるんだ土に、草履《ぞうり》が沈み、へばりついてしまっているようでした。

私はまず、左足を土から引き上げようと、右足にうんと力を込めました。すると「ずぽ」という音がして、草履が土から抜けたのはよかったのですが、その際、勢いあまって体勢を崩し、転びそうになってしまいました。

私はとっさに、目の前にあった水車に両手をつき、どうにか着物を汚さずに済んだのでした。

しかし、安心したのも束《つか》の間《ま》。突如、耳を裂くような音が鳴り響き、体が徐々に前のめりになっていきます。手をついたために、私の体重で、水車が回りはじめたのでしょう。

格子窓の中の歯車たちが、まるで巨大な虫のように、様々にぐるぐると動いております。あわてて水車から両手を離し、小屋の壁に寄りかかりました。

私の鼓動は、どくどくと脈打っておりました。しばし深呼吸をしながら、そのまま体を休めることにいたしました。どのくらい経ったのでしょう。心が落ち着いて来るにつれ、疑問が浮かんでまいりました。

先ほど、水車が回り、歯車が回転しておりましたが、それによって何が動いたのだろうか、という疑問です。

東北の親類の家で見た水車小屋は、歯車を回転させることによって、脱穀機を動かしておりました。また、それとは別に、機織機《はたおりき》を動かす水車小屋もあると聞いたことがございます。

それに対し、この水車小屋は、ただ歯車が回転するだけで、それによって動くものが何も見当たらないのです。実用的でない水車小屋。そのようなものに、果たして意味があるのでしょうか。

思い起こせば、先ほど水車が動いた際、耳を裂くような音が鳴りました。あれは、水車から出た音でも、歯車から出た音でもありませんでした。もっと遠くのほうから聞こえた気がいたしました。そのように考えたとき、ふと頭の中に、絵が浮かびました。ああ。もしや、そういうことなのではないかしら。

私はゆっくりと、転ばぬよう、壁づたいに歩きはじめます。先ほど見た祠の前を通り、再び小屋の反対側へまいりました。

その光景を見たとき、自分の考えが間違いでなかったことを知りました。

入口の左側に、先ほどはなかった、とても小さな隙間《すきま》ができているのです。入口が広がったわけではありません。壁が動いたのです。

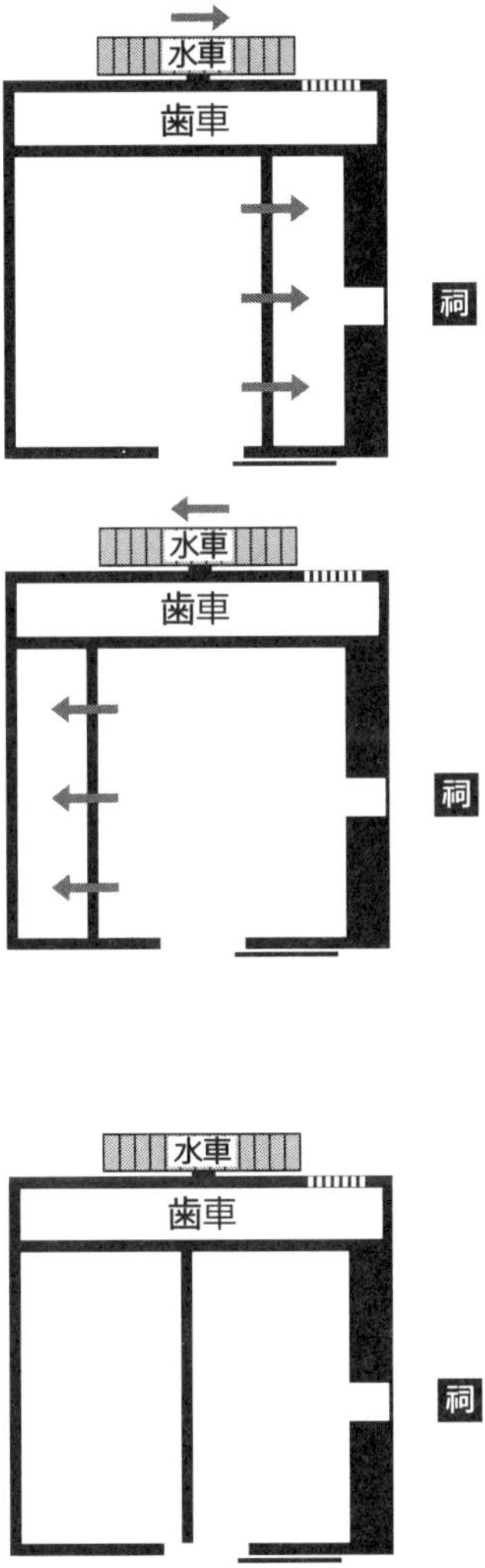

おそらく、水車を回すと、回した方向に内壁が動くからくりなのでしょう。
私が先ほど、意図せずに水車を回したことで、開かずの間と思われた、左の部屋が広くなり、その入口が現れたのです。いったい何のためのからくりなのでしょうか。
「動く壁」…その言葉から私は、以前読んだ本を連想いたしました。『白髪鬼《はくはつき》』という翻案小説です。妻を友人に取られ、嫉妬《しっと》に狂った男の物語でした。男は、友人に復讐をするため、彼を騙して、特別に用意した、狭い部屋に閉じ込めます。その部屋には「上下する吊り天井」が仕掛けられていたのでした。

外からの操作によって、ゆっくりと天井は落ちてきます。部屋は徐々に圧迫され、逃げ場のない友人は恐怖に叫び狂い、やがて天井に押しつぶされ、彼の体は……ああ、思い出すだけでも鳥肌の立つ、恐ろしい物語でございました。

さて、この水車小屋は『白髪鬼』の処刑部屋に似た構造をしているのです。

どちらか片方の部屋に人を閉じ込め、水車を回せば……。いえ、そのようなことが現実にあるはずはありません。きっと、何か別の使い道があるのでしょう。

おぞましい考えを、頭から振り払い、私は小屋の入口へと歩を進めました。先ほどは入ることのできなかった左側の部屋は、いったいどのようになっているのか。隙間から、中を覗きました。

その瞬間、強烈な悪臭が鼻をつきました。

それは、食べ物の腐《くさ》ったような、そこに鉄が混じったような、吐き気を誘う臭いでした。暗がりに目が慣れますと、何かが床に横たわっているのが見えます。

シラサギでした。

メスのシラサギが、死んでいるのです。きっと、誰かがいたずらで、閉じ込めたのでしょう。そうして、外に出られないまま餓死《がし》したのです。その状態になってから、長い時間が経過したのだと思われます。毛は抜け落ち、片方の羽の先は失われ、体は腐り、赤黒い液体が床に染みておりました。

私は怖くなり、そこから逃げ出しました。


その晩、叔父様、叔母様と夕食をいただいたあと、水車小屋について、尋ねることにいたしました。叔父様たちが所有しているものではないでしょうが、家から近い場所にありましたので、何かしら、ご存じのはずだと思ったのです。

しかし、私が口を開こうとした瞬間、奥の座敷で赤ちゃんが泣き出し、叔父様たちは急いで席を立ってしまいました。なんでも、術後の経過がよくないらしく、赤ちゃんの左腕の付け根が、膿《う》んでしまったようでした。

それから数日は、入院の世話でお二人とも忙しく、私が帰京するまで、結局、水車小屋については聞けずじまいでございました。


（中略）

翌年、私は結婚し、女の子を授かりました。せわしない日々を経て、飯伊逗留の記憶は、だいぶ薄れてしまいましたが、しかし、あの雨上がりの一日のできごとだけは、今も鮮明に思い出すことができます。

そして、そのたびに思うのです。

シラサギは、誰が閉じ込めたのか。

なぜ、そのような無残なことをしたのか。

そもそも、あの水車小屋はなんだったのか。

最初の二つについては、いまだに答えは出ておりません。しかし、三つ目の疑問、あの水車小屋の正体に関しては、私はひとつの答えを持っております。

あの日、「動く壁」を目《ま》の当たりにした際に連想した『白髪鬼』の物語。荒唐無稽に思えましたが、あながち間違いではなかったのかもしれません。

いえ、むろん、あの小屋が処刑場だったなどとは思っておりません。しかし、それに近いものではなかっただろうか。そのような気がするのです。

思い浮かぶのは、右側の部屋の壁に作られた、四角い「へこみ」です。あれは、なんのために作られたものなのか。

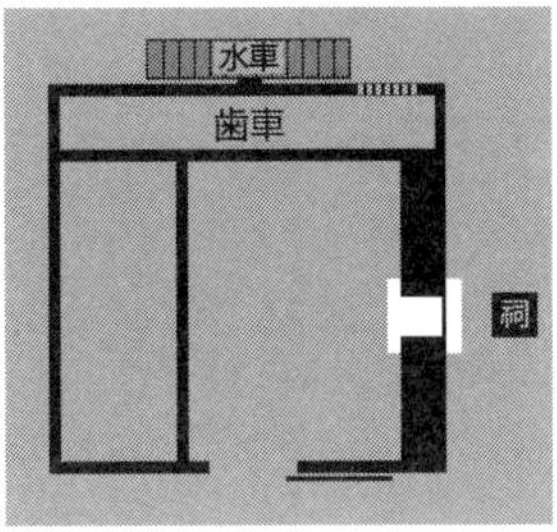

たとえば、右の部屋に人を閉じ込め、水車を回したとします。すると、壁は部屋を圧迫し、閉じ込められた人は、押しつぶされる恐怖におののくでしょう。その際、彼・彼女はどうするか。迫る壁から逃れるため、あの「へこみ」の中へ、体を丸めて逃げ込むのではないでしょうか。

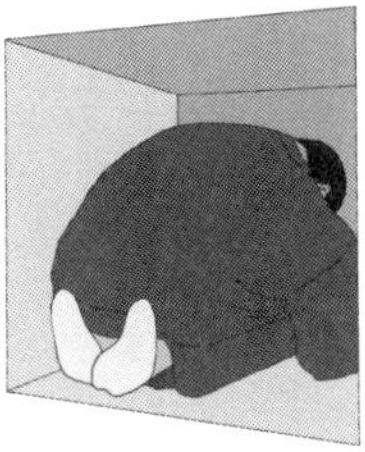

足を折り曲げ、正座をし、足の間に顔を埋め。それはまるで、罪を詫びる罪人のような姿です。

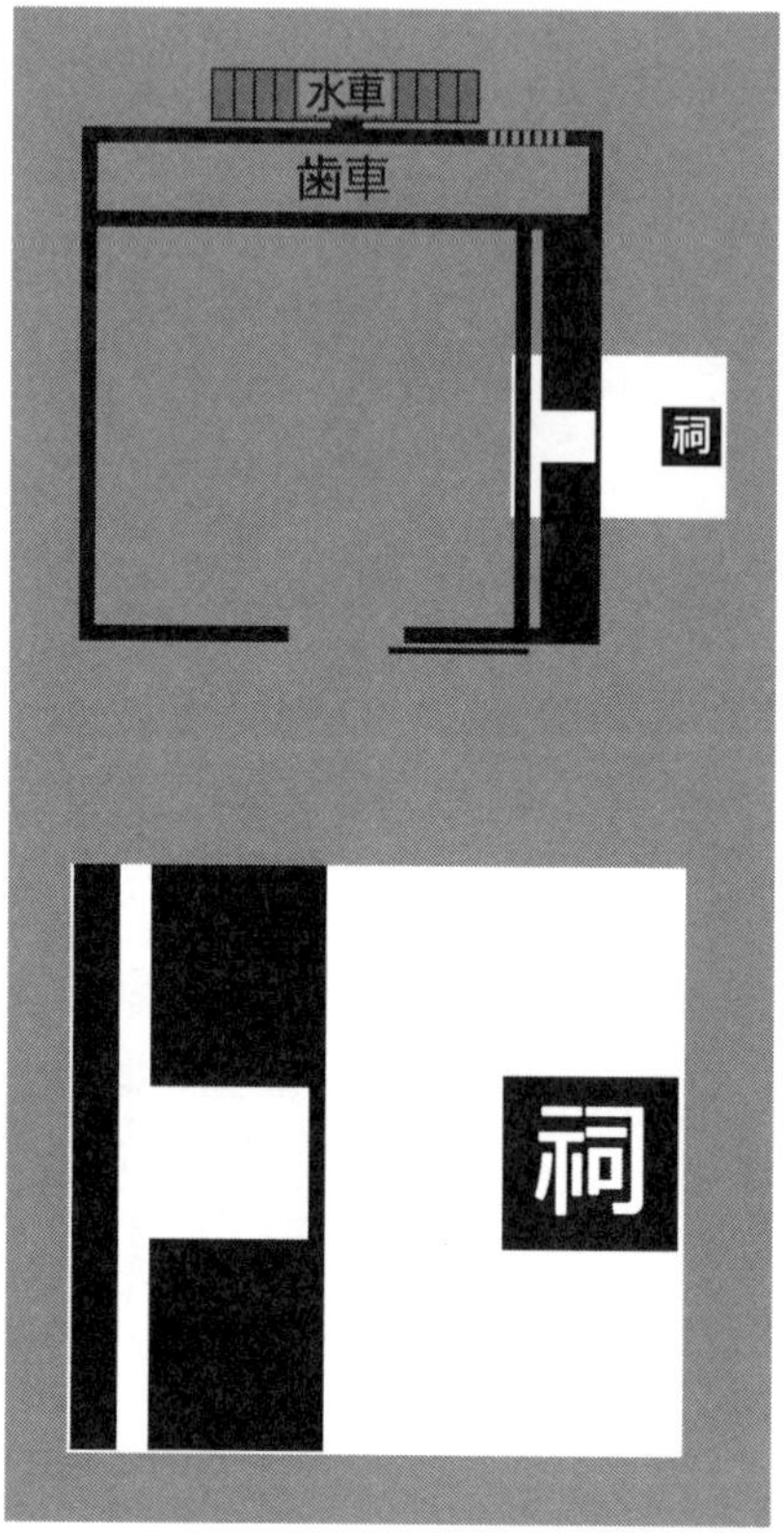

そして、彼が平伏する先には、祠。神様の石像があります。なぜあのような場所に祠があったのでしょう。あれは、意図的にあそこへ置かれたものではなかったでしょうか。

私は、こう思うのです。

あの水車小屋は、罪人に懺悔《ざんげ》をさせるための小屋だったのではないか。

罪を犯しておきながら、開き直って詫びようともしない者に、強制的に神様に謝罪させることを目的とした施設だったのではないか。

信心深い人々が、林の中にひっそりとこしらえた、教会の懺悔室のようなものだったのではないか。

そのような気がしてならないのです。

とはいえ、もう昔の話でございます。考えたところで、すべては空想にすぎないのですが。

資料③「林の中の水車小屋」おわり

資料④

ネズミ捕りの家

２０２２年３月13日

早坂詩織さんへの取材記録

「ずっと心のどこかで、この話をする日を待っていたのかもしれません」

大きな窓から都心を見下ろしながら、早坂詩織《はやさかしおり》さんは言う。

早坂さんは、33歳の会社経営者だ。六本木《ろっぽんぎ》の高層オフィスで、社員10人と共に、ウェブアプリ制作で年商数億円を稼ぎ出している。明るい茶色のロングヘア、シャープな化粧、そして、自然に着こなすブランドもののスーツ。まさに「やり手の女社長」といった風貌《ふうぼう》だ。

この日は日曜日ということもあり、社員はオフィスにおらず、私と早坂さん、二人きりの対面となった。私が彼女にインタビューすることになったのは、とある家と、そこで起きた死亡事故がきっかけだった。

早坂　私は中学生の頃、群馬県北部にある、私立の女子校に通っていました。いわゆる、お嬢様学校です。

同級生は、地元企業の社長令嬢とか、議員や地主の娘さんのようなお金持ちばかりで、私はずっと肩身の狭い思いをしていました。

早坂さんの父親は当時、自動車メーカーの部長職だった。

十分立派な肩書きだが、早坂さんは「家柄」を理由に、学校で静かな差別を受けていたという。

早坂　誰も口にはしないけど、やっぱりあるんですよ。スクールカーストっていうんですかね。お金持ちの中でも階級があって、その階級ごとに生徒同士のグループができていくんです。

私は、最底辺でした。「サラリーマンの娘」っていうだけで見下されるんです。たとえば、靴がブランドものじゃないのを、さりげなくからかわれたりとか、修学旅行の班決めで、隣の席の子を誘ったら「早坂さんとじゃ、あまり良いお店に行けないから」って断られたりとか。

筆者　結構、容赦《ようしゃ》ないですね。

早坂　そうなんです。両親は、私を良い学校に行かせるために、相当頑張ってくれてたんでしょうけど、私としてはありがた迷惑でした。

お金持ちの学校で快適に生活するためには、学費の何倍ものお金が必要なんです。高級な持ち物で身をかためて、自分の地位を証明しないと、ずっとみじめな思いをすることになりますから。

早坂さんは、脇に置いたブランド物のバッグから、タバコを取り出す。

「吸ってもいいですか?」と私に断ってから、純金製と思われる、金色のライターで火をつけた。

早坂　でも、そんな中で唯一、私と仲良くしてくれた子がいたんです。「ミツコちゃん」っていう名前で、中学1年生のときに、同じクラスになりました。ミツコちゃんは、クラス内のカーストでは、最上位でした。

彼女は「ヒクラハウス」っていう、中部地方有数の建築会社の社長令嬢だったんです。セミロングの黒髪をツインテールにした、色白で、目のぱっちりした、可愛い女の子でした。

ある日の休み時間、いきなり声をかけてくれて、話題は忘れましたが、二人ですごく盛り上がったのを覚えています。それからだんだん仲良くなって、おしゃべりしたり、交換日記をするようになりました。


あるとき私が、少女漫画の『たくらみペッパーガール』が好きだと言うと、偶然、彼女もその漫画の愛読者だったことがわかりました。

同じ趣味が見つかったのがすごく嬉しくて、それから、漫画の話ばかりするようになりました。もっとも、今思い返すと、私が一方的にしゃべってばかりだった気もしますが、ミツコちゃんは、いつもニコニコと微笑《ほほえ》みながら聞き役に徹してくれました。

そんな毎日が2か月ほど続いて、夏休み間近になってきた頃、ミツコちゃんは私に、ある提案をしました。

早坂　「夏休みが始まったら、お互いの家でお泊り会をしてみない？」と言うんです。私は嬉しい半面、困ってしまいました。私の家は小さな一軒家です。しかも、自分の部屋は6畳の和室で、とてもじゃないけど、お金持ちのミツコちゃんを泊められるような場所ではありませんでした。

よっぽど断ろうか迷いましたが、結局、私は誘いを受ける決断をしました。決め手になったのは『たくらみペッパーガール』です。私の部屋には、単行本が全巻揃《そろ》っていましたし、グッズもたくさん持っていました。

豪華な部屋じゃなくても、これさえあれば、ミツコちゃんは喜んでくれる。一晩中、楽しく語り明かせると思ったんです。「同じ趣味を持つ仲間なら、身分の差を超えられる」という……甘い考えでした。

早坂さんは、タバコの煙を吐き出し、少しの間ぼんやりと窓の外を見た。

早坂　順番はジャンケンで決めました。ミツコちゃんが勝ったので、最初に彼女の家でお泊りをすることになりました。夏休みが始まって最初の土曜日、お泊りかばんを持って、家を出たときの気持ちは、今でも覚えています。友達の家にお泊りなんて、はじめての経験でしたから、本当にわくわくしていました。

ところが、門の前に到着したとき、そんな気持ちは吹き飛びました。広い家なんだろうな、とは予想していましたが、実物は、私の貧しいイメージを遥《はる》かに超えていました。100人は住めるんじゃないかというほどの大きさで、庭は、映画に出てくる英国庭園のようで、こういうのを「豪邸」と言うんだなって……自分とミツコちゃんの、絶望的な差を思い知らされた気がしました。

呼び鈴を押すと、ワイシャツにネクタイの、かっこいい男性がやってきました。緊張しながら用件を伝えると、男性は優しい声で「お待ちしておりました。お嬢様は2階のお部屋にいらっしゃいますので、そちらまでお連れいたします」と言って、まるでエスコートするように、私を案内してくれたんです。

「この人はきっと使用人さんなんだろうな」と、ぼんやり思いました。自宅に使用人がいるなんて、本来なら驚くべきですが、そのときの私は、むしろ納得していました。この家に使用人がいないほうがおかしい……それくらい、とんでもない豪邸だったんです。

早坂さんはメモ帳に、おおまかな間取り図を描いてくれた。

2階

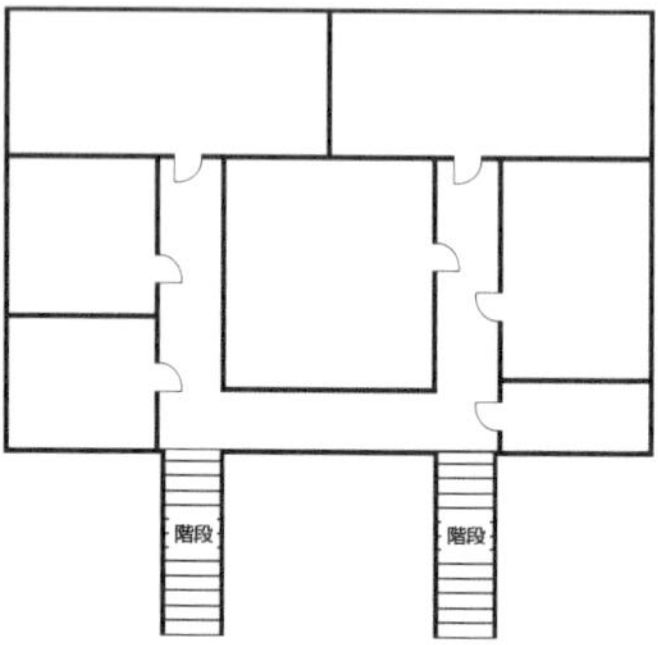

1階

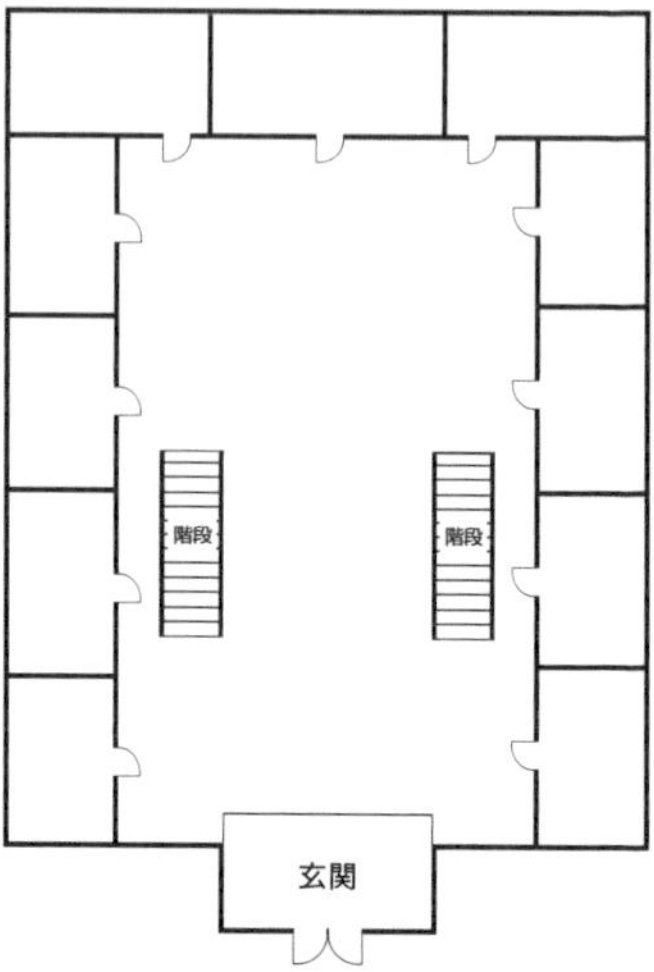

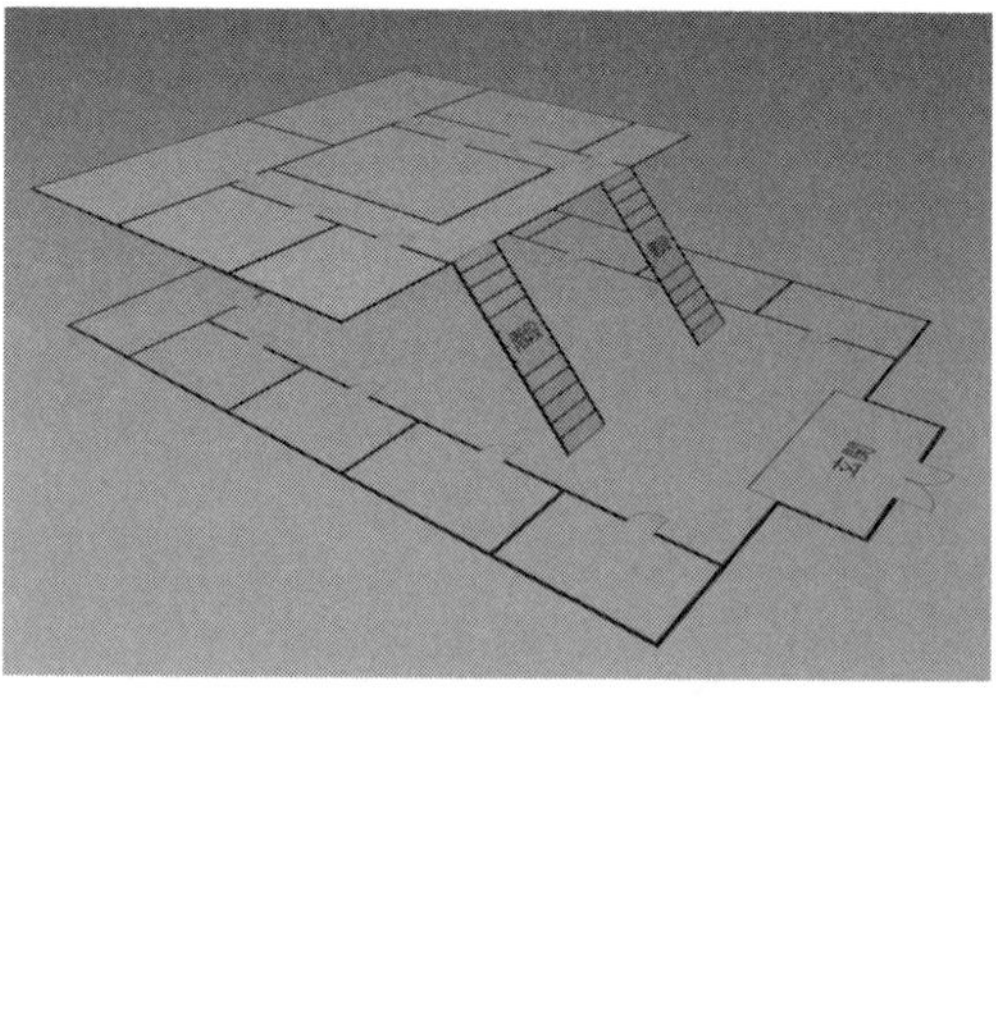

早坂　玄関を入ると、左右対称に二つの階段がありました。1階は、来賓室や使用人室、厨房などで、家族は基本的に2階で生活している、と使用人さんが教えてくれました。

筆者　「家族」というのは、ミツコちゃんとご両親のことですか？

早坂　いえ。ご両親は仕事の都合で、遠い所にある別宅に住んでいたそうです。当時、この家に住んでいたのは、ミツコちゃんとお祖母《ばあ》さんです。

この家は、二人のために建てられたものだと聞きました。

筆者　二人のために豪邸を？　すごいですね。

早坂　ミツコちゃんのお父さんが設計したそうです。さっきも言いましたけど、ミツコちゃんは建築会社の社長令嬢。お父さんが社長だと、家を造ってくれるんだ……って、無邪気に感動したのを覚えています。

今思えば、田舎の同族企業だからできた贅沢なのかもしれないですけど。

階段をのぼると、すでに廊下にはミツコちゃんが待っていました。私は母から「相手のご家族にきちんとご挨拶しなさい」と言われていたので、ひとまず、お祖母さんのお部屋に案内してもらうことにしました。真ん中にある部屋です。

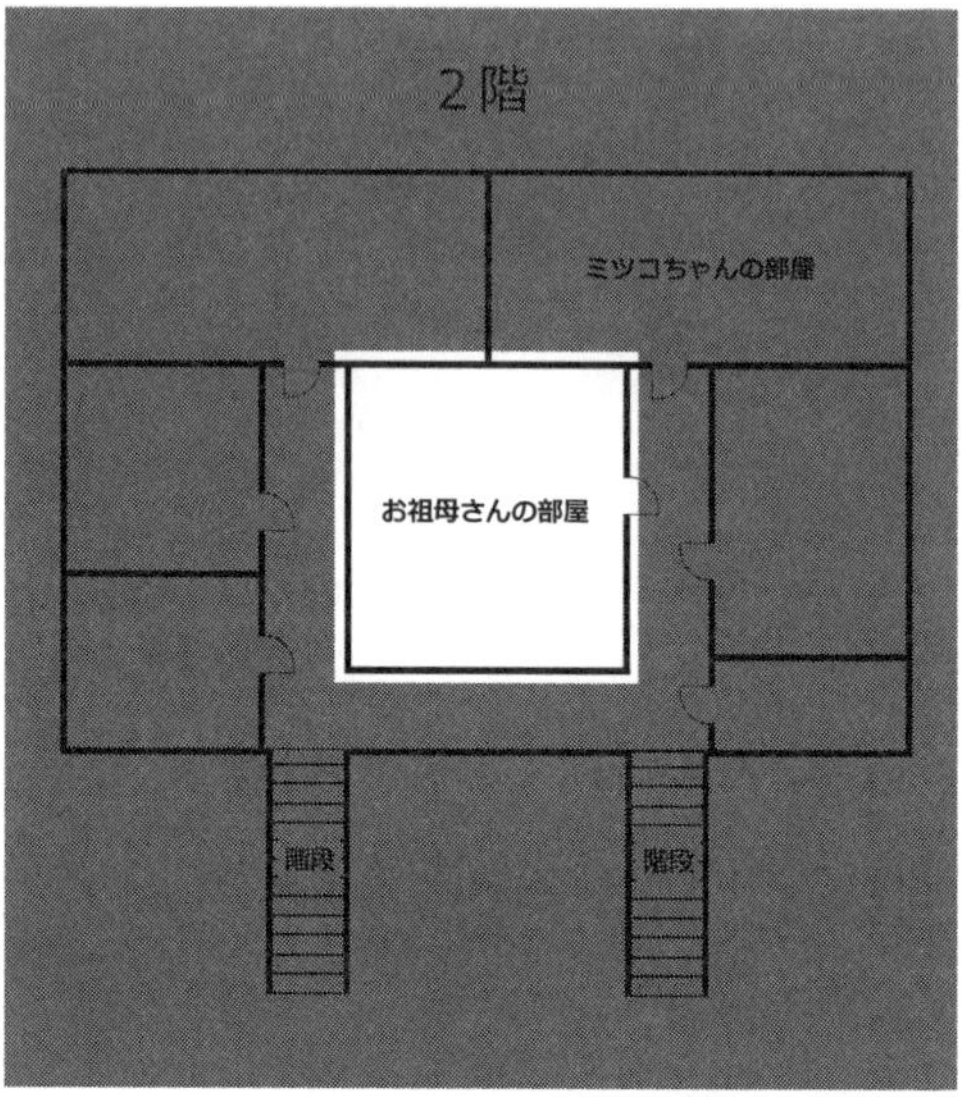

早坂　ドアを開けると、ふわっと甘い匂いがしました。たぶん、お香を焚《た》いていたんでしょうね。部屋には、調度品や絵画が飾られていて、お祖母さんは、椅子に腰をかけて本を読んでいました。「お祖母さん」という言葉が不似合いに思えるくらい、若々しくてきれいな女性でした。

足が完全に隠れるほど長いスカートをはいて、花柄のカーディガンを羽織《はお》って、両手には白い手袋をはめていました。まるで絵のような風景に見とれていると、彼女はニコッと微笑んで「ようこそ」と言ってくれました。

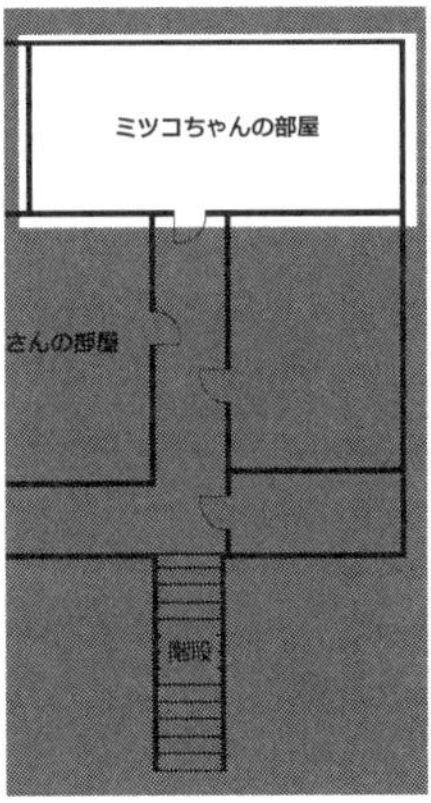

早坂　挨拶を済ませると、ミツコちゃんの部屋に行きました。お祖母さんほどではないにせよ、庶民には一生手の届かないような部屋でした。一番に目についたのが、奥にあった大きなクローゼットです。私の家にもクローゼットはありましたけど、そんなものと比べたら失礼なほど、大きくて高級感がありました。それから、二人でしばらくお菓子を食べたり、おしゃべりしたりして、2時間くらい経った頃でしょうか。

ミツコちゃんが「おトイレに行ってくるね」と言って、部屋を出ていきました。一人になった私は、貧乏根性で、部屋中をきょろきょろと見まわしました。珍しいおもちゃとか、海外の化粧品とか、本当に色々なものがある中で、やはり私が一番気になったのは、クローゼットでした。

早坂　近づいてじっくり見ると、うちのとは何もかも違っていて、扉に彫られた模様とか、なめらかな光沢とか……かっこよすぎて、ため息が出ました。扉には鍵穴がついていて「鍵をかけられるんだ！」と、よく考えれば、そこまで珍しくないことに対しても、感動したのを覚えています。

しばらく眺めていると、だんだん「この中には何が入っているんだろう」と気になってきて、悪いこととは知りながら、取っ手に手をかけました。卑《いや》しいですよね。「見せて」って、本人に直接言えばいいのに。

少し引っ張ると、音もなく扉は開きました。中にあったのは、たくさんの本でした。クローゼットではなく、本棚だったんです。

文学書とか、図鑑とか、外国語の辞書とかがたくさんあって「こんな難しそうな本を読めるなんて、やっぱりお金持ちの子は頭がいいんだな」と感心しました。

ただ、背表紙を見ているうちに、妙なことに気づきました。私たち二人の、共通の趣味である『たくらみペッパーガール』がないんです。それどころか、漫画本すら一冊もなくて。

不思議な気持ちで眺めていると、廊下から足音が聞こえました。

まずい、ミツコちゃんが戻ってくる、と思って、慌てて扉を閉めて、元いた場所に戻りました。

それから、食堂で夕食を食べました。お祖母さんが来ないので心配していると、ミツコちゃんが「おばあちゃんはいつも、自分のお部屋で召し上がるの」と教えてくれました。そのあと、ホームシアターで映画を1時間ほど見てから、お風呂に入りました。パジャマに着替えて、二人で一緒のベッドに寝転ぶと、もうちょっとで、この楽しい一日が終わってしまうのが寂しくなりました。本当は、一晩中おしゃべりしたかったんですが、電気を消すと、急にまぶたが重くなって、いつの間にか眠ってしまいました。

どれくらい眠ったんでしょうか。目を覚ますと、まだ部屋は真っ暗で、ミツコちゃんは隣で寝息をたてていました。私は、今日一日の出来事を一つずつ思い出して、宝物を愛《め》でるように懐かしみました。本当に、すべてが夢のような時間でした。

ただ……一つだけ、小骨のように心に引っかかっていたのが、本棚のことです。あんなに好きと言っていた『たくらみペッパーガール』が一冊もないのは、やっぱりおかしいと思いました。本当はあったのに、私が見落としていただけなんじゃないか……そんな気がして、もう一度覗いてみようと思ったんです。

お泊りかばんに入れてあった懐中電灯を持って、音を立てないように、本棚の前に行って、扉の取っ手をゆっくりと引っ張りました。

……でも、なぜか開かないんです。

早坂　私は力を込めて、もう一度引っ張りました。でも、びくともしません。そのとき、扉についている鍵穴に目が留まりました。私は、ぞっとしました。
もしかして、さっき勝手に扉を開けたことに、ミツコちゃんは気づいていたんじゃないか。それで、また覗き見されないように、鍵をかけたんじゃないか……。そのとき、なぜか背中に視線を感じて、ベッドのほうを振り向きました。

ミツコちゃんは、さっきと変わらず、寝息をたてていました。

私はなんだか、自分がとても浅ましい人間に思えてきました。そもそも、本棚に『たくらみペッパーガール』がなかったからといって、何の問題があるんでしょう。漫画だけは別の場所に保管しているのかもしれないし、どこかに書斎があるのかもしれません。

なのに、夜中にこそこそベッドを抜け出して、覗き見しようとするなんて……。ミツコちゃんに対して、すごく申し訳ない気持ちになりました。

＊＊＊

早坂　翌朝、私はミツコちゃんに起こされました。
時計を見ると、まだ5時を過ぎたばかりでしたが、ミツコちゃんが「せっかくなんだから遊ぼうよ」と言って、トランプの準備をしているので、私も眠い目をこすって、起きることにしました。

しばらくトランプで遊んでいると、私は急に尿意を催して、トイレに行くために部屋を出ました。すると、廊下にお祖母さんがいました。

お祖母さんは、右側の壁に手をついて、階段のほうへ向かって、今にも倒れそうに歩いていました。たぶん足が悪かったんだと思います。

その上、長いスカートを引きずりながら歩くので、つまずいて転んでしまうんじゃないかと心配になって、私は駆けよって、手助けしようとしました。

そしたら「いいのよ。すぐそこのお便所に行くだけだから」と断られてしまって。でも「はい、そうですか」と引き下がるわけにもいかず「私もトイレに行くから、一緒に行きましょう」と肩を貸そうとすると「気を使わなくていいわよ。お先に

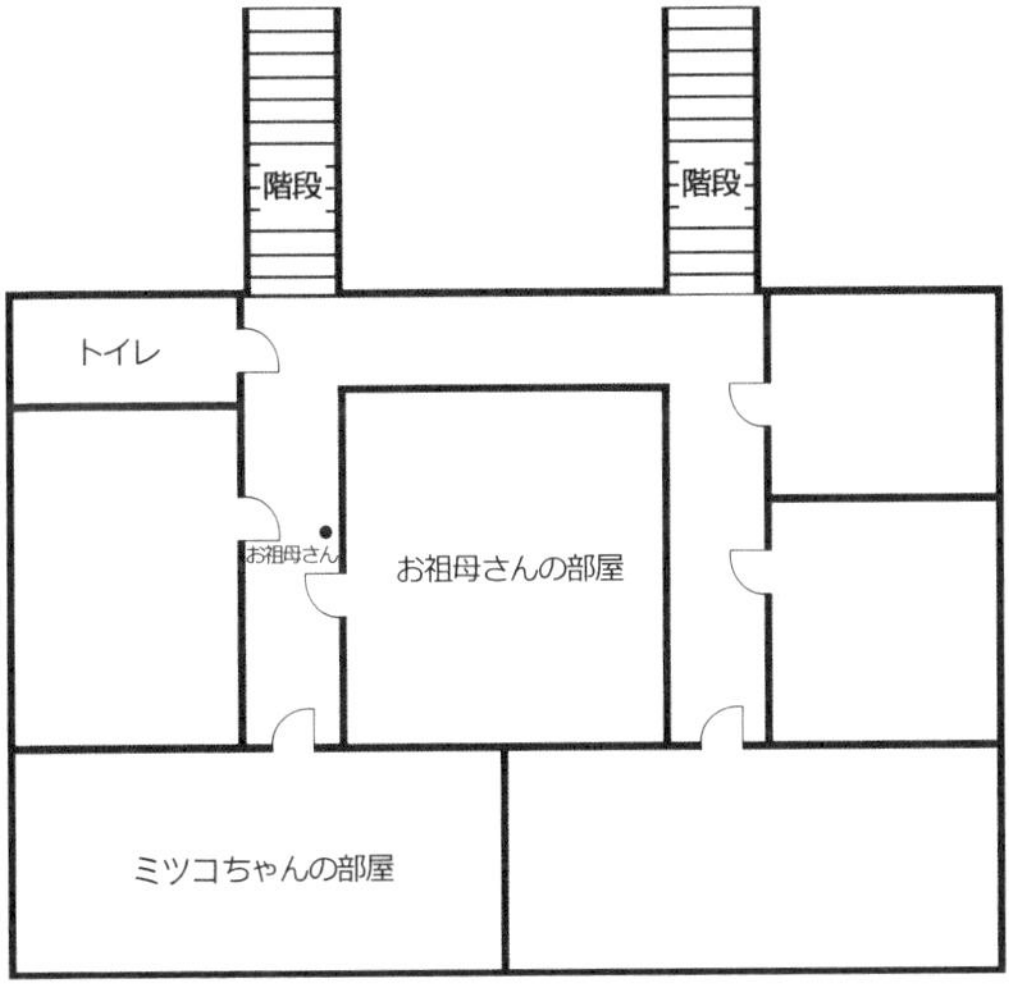

行ってらっしゃい。漏らしてしまったら大変よ」と言われてしまいました。

たしかに、そのときは結構、限界近くだったので、お言葉に甘えて、一人で先に行くことにしました。そのことを、いまだに後悔しています。

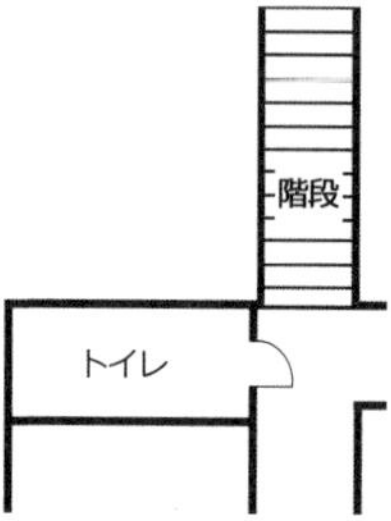

早坂

トイレを済ませて、手を洗っているときでした。

ドアの外で突然「ゴトッ」という大きな音がして、そのあと、何か重たいものが、階段を下へ下へと転がり落ちていくような、遠ざかっていくような音がしたんです。私は慌ててドアを開けました。廊下には、いるはずのお祖母さんがいませんでした。

私は「探しに行かなきゃ」と思って、とっさに廊下を引き返して、お祖母さんの部屋に行きました。今でも、どうして自分があんな行動を取ったのか不思議です。……もしかしたら、すぐそこにある現実から目を背《そむ》けたかったのかもしれません。

部屋にはもちろん、お祖母さんはいませんでした。しばらく立ち尽くしていると、次第に1階が騒がしくなってきました。使用人さんたちの悲鳴や、慌てる声が聞こえて、それに混じって、誰かがどこかへ電話をかけていました。

すぐに救急車が来て、ミツコちゃんはお祖母さんと一緒に病院に行くことになりました。私は、最後までお祖母さんの姿を見ることはありませんでした。どんなふうになっているのか知るのが怖くて、ずっと隅っこで、下を向いていたんです。ずるいですよね。そんな私に、ミツコちゃんは別れ際、優しい言葉をかけてくれました。「こんなことになって、ごめんね」って。

今、一番辛いのはミツコちゃんのはずなのに、私のことを気にかけてくれるなんて、なんて良い子なんだろうと思いました。同時に、自分が情けなくなりました。ミツコちゃんを気づかうどころか、私は自分のことしか考えていなかったんです。私は、ずっと心の中で、何回も何回も繰り返し、つぶやいていました。

「私のせいじゃない」って。

＊＊＊

早坂　お祖母さんが、搬送先の病院で亡くなったと聞いたのは、2日後のことでした。頭を強く打ったのが致命傷になったそうです。

後日、私は警察に呼ばれました。もっとも、何かを疑われているとか、そんなことは全然なくて、事故当日はどんな感じだったか聞かれただけでした。

私は、自分が見たことはすべて話しました。警察の人は、肩を貸さなかったことを、責めませんでした。

でも……私が一番欲しかった「君のせいじゃないよ」という言葉は、かけてくれませんでした。


早坂さんは、タバコを灰皿にぐりぐりと押し付けて、火を消した。


早坂　それ以来、ミツコちゃんとは疎遠になりました。当たり前ですよね。

二人で何を話したって、嫌なことを思い出しちゃいますから。結局、彼女が私の家に泊まりに来る約束も、立ち消えになりました。

以上が、私が体験したすべてです。

話し終えると彼女は、私の目をジッと見つめた。

早坂　どう思いますか？　お祖母さんの死因について。

筆者　……今のお話を聞くかぎりでは、階段から転落したことによる事故死……かと。

早坂　本当に、事故だったと思いますか？

筆者　え……？

突然の質問に、何も答えられないまま、沈黙が流れた。

早坂　もちろん、誰かに後ろから突き飛ばされたとか、そういうことを疑っているわけではありません。音がしたあと、すぐに廊下に出ましたが、誰もいませんでしたから。お祖母さんは、間違いなく一人で転落した。それは事実です。でも……。

早坂さんは、間取り図の1か所を指さした。

早坂　ここ、あまりにも危険じゃないですか？

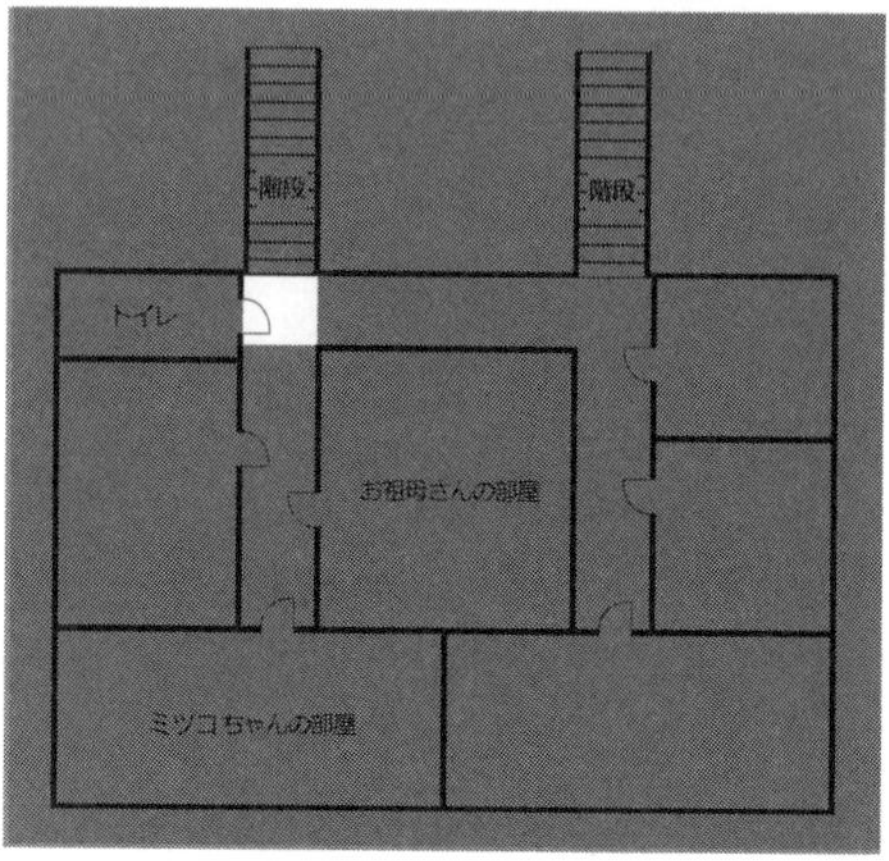

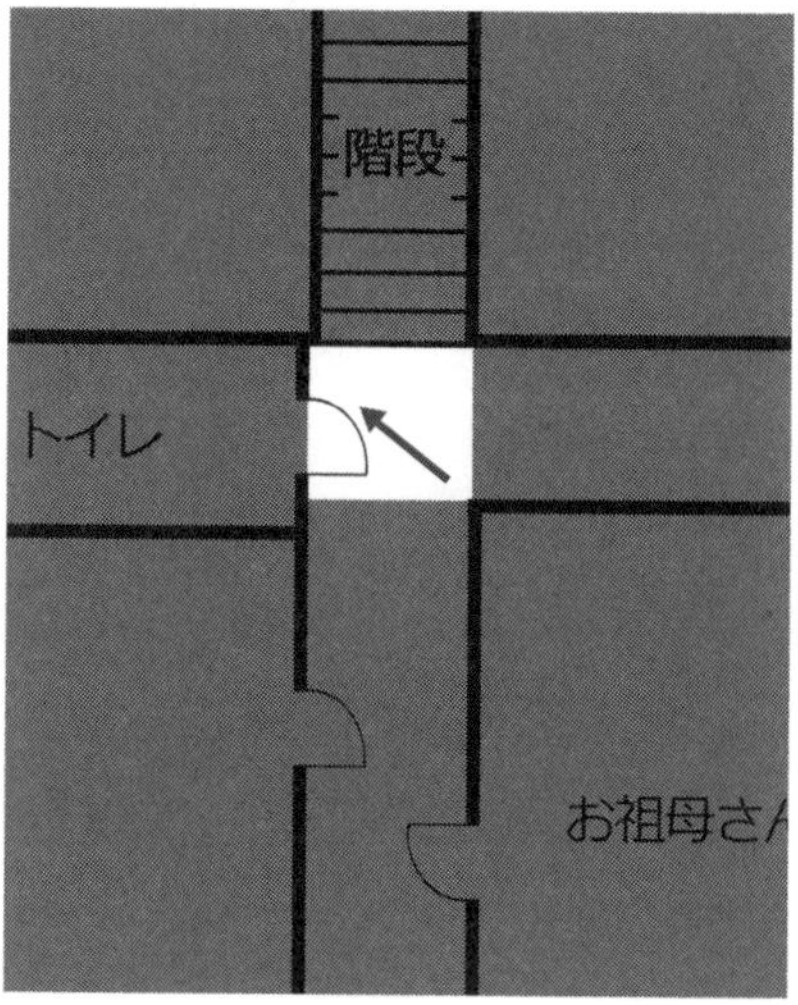

早坂　お祖母さんは、右側の壁に手をついて、トイレに向かって歩いていました。道順を考えると、その先に手をつくものが何もない空間があるんです。

筆者　壁の終わりから、トイレのドアまでの間ですね。

早坂　お祖母さんは、壁から手を離して、トイレのドアの取っ手をつかもうとしたはずです。廊下の幅は2メートルくらいありました。結構な距離です。その間で体勢を崩して、転落してしまったんだと思います。

筆者　たしかに、そう考えるのが自然ですね。……しかし、それはつまり「事故」ってことなのでは？

早坂　そうでしょうか？　この家は、お祖母さんとミツコちゃんのために建てられた家なんですよ。それなら、二人が住みやすいように設計するのが普通じゃないですか。
お年寄りが住む家に、こんな危険な空間を作るなんておかしいです。そもそも、お祖母さんは足が悪いんだから、たとえば廊下に手すりをつけるとか、部屋の中にトイレを作ってあげるとか、バリアフリーの工夫があってもいいじゃないですか。
この家には、そういう「優しさ」がまったくないんです。

筆者　まあ……言われてみれば。

早坂　この家を建てたのは、ミツコちゃんのお父さん。「ヒクラハウス」の社長です。建築会社の社長ともあろう人が、こんなミスをするなんてありえない。
たぶん…………ミスじゃないんです。

筆者　……だとすると……。

早坂　この家は、お祖母さんを事故に遭わせるために造られたんじゃないでしょうか。

筆者　…………。

「そんなもの、存在するはずがない」「考えすぎだ」……以前なら、そう思っていただろう。しかし、私はすでに知っている。

3年前に調査した都内の一軒家……「変な家」

それはまさに、人を殺すために造られた家だった。

早坂　「ヒクラハウス」は、典型的な同族経営の会社です。お祖母さんも、相当な権力を持っていたはず。社長からすれば、目の上のたんこぶです。

筆者　邪魔者を排除するために、お祖母さんを殺そうとした……ということですか。

家族がそれぞれ利権を握る、閉鎖的な企業。家族だからこそ生まれる恨みもあるだろう。直接的な殺人まではいかなくとも、このような、一線を越えた「いやがらせ」はあり得るのではないか……そんな気がしてしまう。

早坂　トラバサミって知ってます？　ネズミが仕掛けの板を踏むと、バネがはじけて叩き殺すっていう。

筆者　ああ、ネズミ捕りですね。

早坂　あれに似ていると思ったんです。罠《わな》を仕掛けておいて、ターゲットがかかるのを黙って待つ。直接殺すわけじゃないから、自分の手は汚れない。

筆者　リスクのない殺人……。

早坂　そして偶然、私が泊まりに行った日に、罠が作動してしまった。

筆者　なるほど。

早坂　……と、今までは思っていました。

筆者　……え？

早坂さんは、テーブルの上のライターを握って、立ち上がり、窓の下の都会を見下ろす。

早坂　……でも、本当にそうなのかなって……最近、思いはじめたんです。だって、できすぎじゃないですか？　偶然、お泊り会の日に、偶然、廊下で会ったお祖母さんが、偶然、転落して亡くなる……あまりにも偶然が重なりすぎてる気がするんです。おかしいですよ。

筆者　……でも、偶然じゃないとしたら……？

早坂　意図的に、罠を作動させた人がいるってことです。

筆者　……誰ですか？

早坂　一人しかいません。ミツコちゃんです。

冷たく、無表情な言い方だった。

私はなぜか、背筋に悪寒《おかん》を覚えた。

早坂　あなたは、どっちだと思いますか？

筆者　……何が……ですか？

早坂　ミツコちゃんは本当に『たくらみペッパーガール』の読者だったかどうか、です。
漫画の話をするとき、いつも私が一方的にしゃべって、ミツコちゃんはそれを聞いてるだけでした。おしゃべりな私のために、聞き役に徹してくれてるんだと思っていたけど……もしかして、読んだことなかったんじゃないかな。
だって、あの事故があった数か月後に、私、聞いてしまったんです。ミツコちゃん、クラスで別の子としゃべっているとき、たしかにこう言ってました。
「漫画なんて読むわけないじゃん。だって、貧乏な子が読むものでしょ？」って。

突然、「ガチッ」という音がして、何かが床に叩きつけられた。ライターだった。

早坂　私……たぶん、何かに利用されたんですよ。だって、おかしいですもん。ミツコちゃんが私をお泊りに誘ってくれるなんて。そんなの、お姫様が乞食をお城に招待するようなものです。私が何回、あの子を家に招いたって、一生釣り合わない。
彼女には……何か、目的があったんです。

昼間、本棚の鍵は開いていました。でも、夜中には閉まっていた。ミツコちゃんは、いつ鍵を閉めたのか。

あの日、夕方から夜までずっと、私たちは一緒に行動していました。トイレも二人で行った記憶があります。だから、彼女が鍵をかけることができたのは、夜「おやすみ」を言って私が眠ってから、夜中に目を覚ますまでの間しかなかったはずです。

あの子は、私が寝たのを確認したあと、ベッドを抜け出して、鍵を閉めたんです。

筆者 なんのためにそんなことを……。

早坂 本棚の中に、何かを隠したんじゃないでしょうか。たとえば……杖とか。

筆者 あ……！

「杖」……どうして今まで思いつかなかったのだろう。たしかに、足が悪いのであれば、普段から杖をついていたと考えるのが自然だ。

ミツコちゃんは夜中、お祖母さんの部屋に忍び込み、杖を盗んで本棚に隠した。翌朝、尿意で目を覚ましたお祖母さんは、トイレに行くため、杖を探した。しかし、なぜか見つからない。

そのとき彼女はどうしただろうか。トイレは部屋の近くにあるのだから「杖なしでも行ける」と、安易に考えてしまったのではないか。

普段は杖をついていたので、この空間が危ないことを、お祖母さんは知らなかった。

「これくらいの距離なら、きっと大丈夫」……そう過信して、彼女は……。

筆者　ネズミ捕りのバネを支えていた棒を、ミツコちゃんが取ってしまった、ということですか……。

早坂　私は、そう思っています。

筆者　でも、ミツコちゃん、当時中学1年生ですよね。まだ幼くて、会社の利権にも関係ない彼女がどうして……？

早坂　想像でしかありませんが、お父さんにそそのかされたんじゃないかと。たとえば「おばあちゃんの杖を隠しなさい。そうすれば、何でも好きなものを買ってあげるよ」みたいなことを言われて。

幼いからこそ、誘惑に負けて、大した罪悪感もなく、言われた通りにしてしまったのだろうか。

早坂　そうなると、私が呼ばれた意味もわかります。アリバイ工作です。「転落事故があったとき、ミツコちゃんは部屋でトランプをしてました」って、私に証言させたかったんじゃないかな。だから、あんな早朝に無理やり起こしたんだと思います。廊下で偶然、私とお祖母さんが出会ったのは、嬉しい誤算だったはずです。死ぬところを実際に目撃してもらったほうが、アリバイは強固になりますから。……どうして私だったんだろう。やっぱり、貧乏だからかな。クラスのカーストが低いから、使い捨ててもいいって思われてたのかな。みじめですよね。本当に。

早坂さんは、床に落ちたライターを、ハイヒールの先で軽く蹴り飛ばした。

純金がキラリと光る。


早坂 このライター、趣味悪いでしょ？　成金丸出しで。

この景色だって、3日で見飽きました。高い服も、海外の香水も、ブランドもののかばんも、全部くだらない。お金で買えるものって、どうしてこんなにくだらないんだろう。

……でも、私は持ち続けなきゃいけないんです。纏《まと》っていないとダメなんです。

ミツコちゃんを、見返したいから。

あの子に、言ってやりたいから。

「親の金でお姫様みたいにふるまうあなたと違って、私は自分の力で地位を得たよ」って。

資料④「ネズミ捕りの家」おわり

資料⑤

そこにあった事故物件

２０２２年８月

平内健司さんへの取材と、調査の記録

『変な家』を出版した翌年の夏、一人の男性から相談を受けた。

長野県下條《しもじょう》村に住む、平内健司《ひらうちけんじ》さんという30代の会社員だ。彼はその数か月前、同村の中古の一軒家を購入したばかりだった。

その家は、彼の勤める会社から、バスで1時間ほどの山間部に位置していた。

通勤に時間はかかるものの、徒歩圏内にスーパーや雑貨屋などの店は揃っているため、生活自体に不便はなかったという。また、家の周辺は自然が豊かで、ウォーキングとカメラが趣味の彼には、理想的な環境に思えたらしい。そして何より、都市部に比べ、地価が格段に安いというのが最大の魅力だった。

不動産屋から「築26年」と言われていたので、内見に行くまでは、さぞや古い家に違いないと覚悟していたが、実際に見てみると、意外にもきれいで使用感がなく、すぐに購入を決めたという。

ところが、入居してしばらく経った頃、平内さんは一つの事実を知ってしまう。

＊＊＊

ある夜、彼はベッドに寝転がりながら、スマートフォンで事故物件マップを見ていた。

「事故物件マップ」とは、かつて殺人事件や死亡事故などが起きた場所を、利用者同士で共有しあうサービスだ。「大島てる」が有名だが、その他にも類似のサービスがいくつか存在する。

彼がそのとき見ていたのは「全国いわくつきスポット」というスマホ専用のアプリだった。その日の昼休み、同僚との雑談でこのアプリの存在を知り、帰宅後、話のタネに見てみることにしたのだという。

アプリを開くと、日本地図が表示される。「いわくつき」の場所には、☆マークがついており、それをタップすると、詳細を見ることができる。

彼はまず、大学時代に住んでいた東京の錦糸町《きんしちょう》を調べることにした。日本地図を拡大し錦糸町駅北側にある、4年間暮らしたアパートを探す。アパートを見つけると、その3軒隣の家を見る。その家には、☆マークがついていた。☆マークをタップすると、画面の下に文字が表示された。

場所：東京都墨田区錦糸○丁目○○番地
日時：２００９年５月26日
形態：２階建ての一軒家
詳細：この家で一家心中があった。夜、窓にぼんやり人影が見えたという噂もある。

平内さんは感心した。

たしかに、この家ではかつて一家心中があった。警察と報道陣、そして野次馬で近所が大騒ぎになったのをよく覚えていた。その後「空き家の窓に人影が見える」という噂も（真偽は不明だが）近隣住民の間で流れた。

おそらく、近くに住んでいた誰かが投稿したのだろう。

平内さんはそれから、自分が知っているいくつかの「いわくつきスポット」を探してみた。

高校の夏休みに、友達と肝試しに行った東北の廃病院。

好きな動画配信者が紹介していた、四国の自殺名所。

衝突事故が起きて5人の若者が亡くなった、実家近くのトンネル。

これら、ほぼすべてに☆マークがついていた。また、興味本位で京都市の本能寺跡を調べてみると、ご丁寧に「1582年6月21日 織田信長 謀反《むほん》により死亡」と表示された。

なかなか信用できるアプリだと、彼は思った。

しばらく夢中で地図を見ていると、いつの間にか0時を過ぎていた。翌日も出勤だったため、さすがに寝なければと思ったが、その前に、1か所だけ調べることにした。

彼は、長野県下條村の山間部に地図を移動させた。

「この家の近くに、いわくつきスポットはないか」……好奇心というより、何もないことを確かめて安心したい、という気持ちだったという。

画面に、自宅付近の地図が表示される。

そこには、一つの☆マークがあった。

地図を拡大して、☆マークの位置を確かめる。拡大するほど、それがかなり近所にあることがわかってきた。やがて、住宅一つ一つが目視できるほど近づいたとき、彼は不思議な感覚に襲われた。その立地、家の前の道路、近隣住宅の配置、すべてに見覚えがあった。

思わず、息をのんだ。

☆マークは、自分の家についていた。

＊＊＊

「今、その画面を出しますね」

平内さんは、そう言ってスマホを操作しはじめた。

もともと、メールで彼からこの相談を受けたとき、私は下條村まで足を運ぶつもりだった。しかし急遽、平内さんに東京への出張が入ったため、その空き時間で、千代田区にある飛鳥新社（この本の出版社）のオフィスに立ち寄ってもらい、そこで話をすることになったのだ。

彼は、応接室のテーブルの向かいに座る、私と担当編集者の杉山《すぎやま》さんにスマホの画面を見せた。地図を見るだけで、そこがかなり寂しげな場所であることがわかった。およそ7割以上が森林で、民家は数えるほどしかない。そんな中にあって、ひときわ目立つ派手な☆マークは、やや場違いに感じられた。

平内さんが☆をタップすると、画面の下に文字が表示された。

場所：長野県下條村大字〇〇△△番地
日時：1938年8月23日
形態：家
詳細：女の遺体

1938年……80年以上前だ。

平内さんの自宅は築26年なので、家が建つよりずっと前の出来事ということになる。かつてそこにあった「家」で「女の遺体」が発見された、ということだろうか。

平内　もちろん、ガセの可能性も考えました。実際、この手のアプリって、誰でも簡単に情報提供できるから、ふざけて嘘を書き込む人もたくさんいるでしょうし。だけど、嘘にしては妙にリアリティがあるというか……ちょっと、いたずらとは思えないんですよね。

筆者　たしかに、いたずらで書き込むなら、もっと大げさな表現になりそうなものですよね。「人が大量に死んだ」とか「首のない幽霊が出る」とか。

平内　はい。そういう「怖がらせてやろう」みたいな魂胆が感じられないんです。淡々と事実だけを述べるような書き方に、妙な真実味を感じてしまって。

筆者　ちなみに、この家に住んでいて、怪奇現象に遭遇したことは？

平内　いえ、一回も。もともと僕は霊感がなくて、幽霊を見たことがないんです。ただ、とはいっても、やっぱり気味が悪いんですよね。「昔ここで人が死んだ」って思うと、夜、電気を消したあととか、色々想像しちゃって。

筆者　うーん……。

そのとき、ずっと黙って話を聞いていた、編集者の杉山さんが口を開いた。

杉山　何が起きたかだけなら、調べられるんじゃないかな。

彼は、平内さんのスマホの画面を指さした。

場所：長野県下條村大字〇〇△△番地
日時：1938年8月23日
形態：家
詳細：女の遺体

杉山　まず考えるべきは「誰がこれを投稿したか」だと思うんだ。この手のアプリに情報提供をする人は、大きく分けて2パターンある。

一つは、実際にその付近に住んでいて、事件を間近で経験した人。錦糸町の一家心中なんかがその例だろうね。

二つ目は、本やネットの情報を見て、間接的に事件を知った人。信長の本能寺とかがそれにあたる。

今回の件に関しては、後者なんじゃないかと思うんだ。だって、実際にその出来事をリアルタイムで経験した人がいたとしたら、すでに100歳近いことになる。そんな人がスマホのアプリにわざわざ情報を入力した、というのは、ありえなくはないけど可能性は低い。

筆者　では、どこかにこの事件に関する情報が載ってるってことですかね。

私は自分のスマホで「長野県下條村 女性の遺体 1938年8月23日」と検索した。
しかし、それらしい情報は見つからなかった。

筆者 何も出ないですね。

杉山 やっぱりネットじゃ限界があるか。

筆者 どういう意味ですか？

杉山 実は僕、前に勤めていた出版社で、郷土史に関する雑誌を担当していたんだ。そのとき、先輩によく言われたのが「田舎を知りたければネットは使うな」という言葉だった。彼が言うには、郷土史のようなローカルな情報を管理している団体は、みんな高齢化が激しくて、ネットに情報を移す作業……いわゆる電子化がまったく進んでいないらしい。つまり、地方の情報は、ネットにはほとんど載っていないんだ。
僕も当時、肌で実感したよ。ネットをいくら探しても出てこなかった情報が、実際にその地に足を運んでみたら、驚くほど簡単に、しかも豊富に手に入った、ということが何度もあったからね。

筆者 要は「足を使え」ってことですね。

＊＊＊

翌日、私は平内さんに同行し、長野県へと向かった。

新幹線からJR飯田線に乗り換え、4時間ほどで下條村近辺の駅へ到着した。私たちはまず、駅の近くにある図書館に行くことにした。

図書館は、駅から徒歩20分ほどの場所にあった。館内図を見ると、2階に過去の新聞を読めるスペースがあるらしい。

筆者　とりあえず、新聞を調べてみましょう。遺体発見の記事がどこかに載ってるかもしれません。

平内　でも、そんな昔の新聞が保管してあるんでしょうか？

筆者　さすがに現物はないでしょうけど、コピーなら残ってる可能性はあります。

幸い、この地域のローカル新聞の複写が、過去100年分保管されていた。私たちは、1938年8月を中心に、その前後に発行された新聞を、手分けして調べることにした。

2時間ほど読み漁ったが「女性の遺体が発見された」という情報は発見できなかった。その代わり、平内さんが興味深い記事を見つけた。

1938年10月18日　梓馬《あずま》家当主　梓馬清親《きよちか》氏死去
梓馬家の当主である梓馬清親氏が、邸宅の自室で死亡したことが判明した。死因は縊《い》死《し》（注：首吊り）と見られる。清親氏に子供はなく、梓馬家の家督を誰が相続するかについては、今後の判断が待たれる。

筆者　1938年10月18日……女性の遺体発見から、約2か月後ですね。でも、梓馬清親って誰なんでしょう……。

平内　実はこの前、カメラを持って家の近くを散歩していたら「梓馬家跡地」っていう石碑があったんです。

筆者　近くに邸宅があったんですね。……関係があるかはわからないですが、ためしに梓馬家について調べてみますか。

私たちは、関連がありそうな本を探すことにした。

しばらくして、平内さんが「地域の歴史」と書かれた特設コーナーを見つけた。そこに置かれた小さな棚には、郷土資料が数十冊並んでいた。背表紙を見ていくと、その中に『南信《なんしん》名家の歴史』というタイトルの本があった。

筆者　南信？

平内　南信州……長野の南部という意味です。

筆者　じゃあ、下條村《こここ》も含まれますね。「名家」か。もしかしたら梓馬家のことも書いてあるかも。ちょっと読んでみましょう。

梓馬家に関する記述は数ページしかなかったが、以下のようなことがわかった。

平内さんの住む地域一帯は、かつて森林に覆われていた。森林の東側には集落が、そして西側には梓馬家の邸宅があった。

梓馬家は、かつてこの地域の荘園領主だったが、荘園制度が廃止されたあとも、名家として強い影響力を持ち続けたという。

しかし1938年に、当主の清親が自殺すると、一家は混乱に陥った。それを立て直せないまま、太平洋戦争と、戦後の混乱に追い打ちをかけられ、梓馬家は急速に力を失っていった。

やがて、1980年代前半に屋敷は解体され、森林は徐々に切り開かれ、民家が増えていった。その中の一つが、平内さんの家なのだろう。

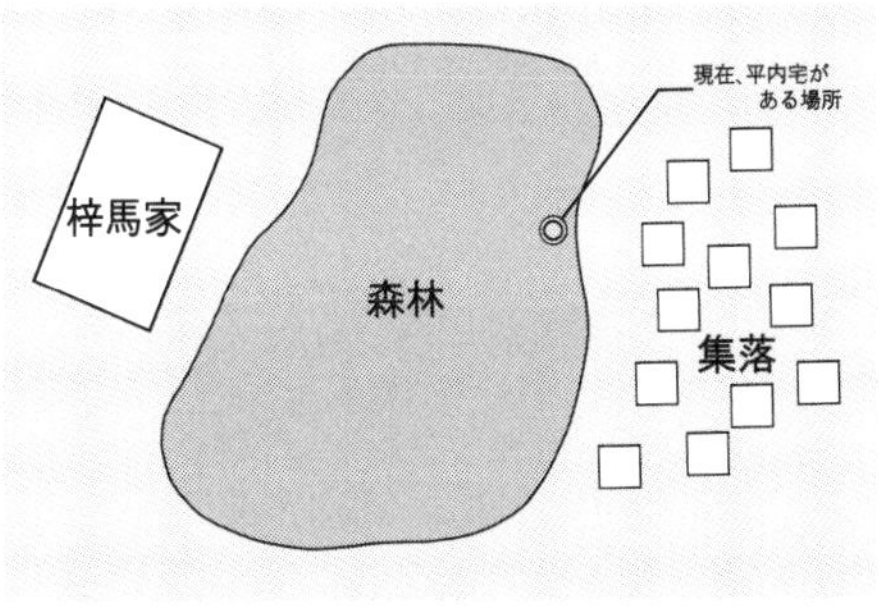

平内　じゃあ、女性の遺体が発見された1938年当時は、僕が住んでいる場所は森林だった、ということですか。

筆者　そうなりますね。森林の中に家があるとは考えづらいので、たぶん、あの情報が間違っているんだと思います。

場所：長野県下條村大字○○△△番地
日時：1938年8月23日
形態：家
詳細：女の遺体

筆者　女性が発見されたのは「家」ではなく、森林の……おそらく土の中、とかでしょう。

平内　埋められた遺体が出てきたってことか。

筆者　そう考えれば、梓馬清親の自殺と関連付けることができます。

- ・梓馬清親　女性を殺害→屋敷付近の森林に埋める
- ・遺体が発見される
- ・捜査開始
- ・追い詰められた清親　自殺

筆者　梓馬清親は、一人の女性を殺害し、屋敷近くの森林に埋めた。1938年8月23日、遺体は何者かによって発見され、警察は捜査を開始。
捜査が進み、逮捕されることを恐れた清親は自殺した。

平内　つながりますね。

筆者　ただ、もしそうだった場合、新しい疑問が生まれます。

平内　何ですか？

筆者　「全国いわくつきスポット」に情報を投稿した人が、どうやってそれを知ったか、です。
この地域に一番詳しい新聞にすら、遺体発見の記事は出ていませんでした。ローカル新聞で報道されなかった事件が、それ以上大きな報道機関で扱われるとは思えない。
つまり、この事件は一切報道されなかったはずなんです。それなら、アプリに投稿した人は、どこからその情報を得たのか……と。

平内　なるほど……。

そうこうするうちに、閉館時間が近づいてきた。『南信名家の歴史』を含め、参考になりそうな資料を5冊ほど選び、平内さんの図書館カードで借りることにした。

郷土資料を一度に5冊も借りる利用者は少ないらしく、受付の女性は珍しがっていた。彼女は「郷土史を研究しているなら」と、あることを教えてくれた。図書館から徒歩20分ほどの場所に、歴史資料館があるという。夜までやっているらしく、私たちは、その足で向かうことに決めた。

そこは、民家の一室を展示スペースに改造した、8畳ほどの資料館だった。文字資料はほとんどなく、地域の自然や、昔の住人の生活を写した写真が、壁に十数枚飾られているだけだった。期待していたような情報は得られそうにないため、早々に帰ろうとしたところ、奥から初老の男性が出てきた。男性の胸には「館長」とプリントされた名札がついていた。

館長　いやあ、お出迎えが遅れてたいへん失礼しました。久しぶりのお客様なもので、慌ててお茶の用意をしとったもので。

そう言って、お盆に載ったお茶と、切り分けたどら焼きを出してくれた。
私たちは、当分は帰れなくなってしまった。

館長　お二人は、どちらから?
平内　僕は10年ほど長野です。
筆者　私は関東から来ました。
館長　そうですか。いやあ、最近ですと若い方は、あまり地域の歴史に興味を持ってくださらんもので、こうして足を運んでもらうだけで、えらく嬉しいのですわ。私でよければ、何かお手伝いしますけども、知りたいことなどございますか?
平内　実は我々、梓馬清親という人物について調べているのですが、何かご存じないでしょうか。

館長　清親さんていうと、梓馬の旦那さんですね。私はあまり詳しくないんだけども、この近くに久三《きゅうぞう》さんっていう人がいましてね。私の茶飲み仲間なんですがね。その人のお祖母さんが、昔、梓馬家に奉公していたらしくて、よく話を聞かされたっていうんですよ。

筆者　え⁉　そんなすごい人が近くに⁉

館長　いつも暇してる人なんで、呼べば来てくれると思いますよ。

そう言うと、彼はすぐに電話をかけた。二、三言話しただけで、久三さんは来てくれることになったという。地域社会の恐るべき情報網に、私と平内さんはただただ圧倒された。

「田舎を知りたければネットは使うな」……その言葉の正しさを思い知った気がした。

10分ほどで久三さんがやってきた。館長と同じ年代の、白髪の男性だった。

筆者　わざわざご足労いただいて申し訳ありません。

久三　いやいや、いいよ。定年でなんもやることないんだから。で、なんだっけ。梓馬さんの話？

筆者　はい。我々、梓馬家の清親さんについて調べているんです。先ほど図書館で資料を読んだら、彼が1938年に自殺した、ということがわかりまして。その原因というか、清親さんに何があったか知りたいんです。

久三　ああ、そりゃあね、色事。要は浮気。

筆者　浮気？

久三　これは死んだ祖母さんからしょっちゅう聞かされてたことなんだけどな。清親さんの奥さんっていうのが、まあ、ひどく強欲な人だったらしいんだ。清親さんに嫁いだのも、梓馬家の金と権力が目当てだったんじゃろう。家の金で散財しよるわ、従者《じゅうしゃ》と屋敷を乗っ取ろうとしよるわ。それで、清親さんには見向きもせん。奥さんからは相手にされず、親からは「このボンクラ息子。あのひどい嫁をなんとかしろ」と小突かれ、清親さんは相当気を病んでいたという話だ。

そんなとき、彼の心の支えになったのが「お絹《きぬ》さん」っていう女中だった。若くて可愛い女だったと祖母さんは言ってた。自然のなりゆきで、清親さんはお絹さんに惚《ほ》れた。お絹さんも、清親さんに愛されて嬉しそうにしてたそうだ。

だがあるとき、それが奥さんにバレた。妻の座を奪われることを恐れた奥さんは、権力を総動員して、お絹さんを殺そうとした。彼女はギリギリのところで屋敷から逃げ出したが、一人になった清親さんは、悲しみのあまり首を吊った……とまあ、こんなところじゃ。うちの祖母さんは「清親さんが可哀《かわい》そうだ」とずっと言ってたな。もちろんお絹さんもな。

筆者　屋敷から逃げたお絹さんは、どこへ行ったんでしょう？

久三　それはわからない。実家に帰ったか、そうでなきゃ野垂れ死にじゃろう。

平内　屋敷の近くに森林があったそうですが、そこで女性の遺体が発見された、みたいな話は聞いていませんか？

久三　うーん、それは知らん。すると、お絹さんは無事にどこかへ逃げたのかもしれんな。

・梓馬清親　お絹と不倫
・清親の妻　それを知り激怒　お絹を殺そうとする
・お絹　屋敷から逃げる

館長と久三さんに礼を言い、私たちは資料館を出た。

遅くなってしまったので、その日は、平内さんの家に泊めてもらうことになった。駅前のスーパーで総菜を買い、18時発のバスに乗る。

バスが進むほど、建物の数は減っていき、代わりに鬱蒼《うっそう》とした草木が増えていった。1時間ほどで、最寄りのバス停に到着する。すでに空は薄暗く、虫の声だけが単調に鳴り響いていた。

平内さんの家に向かって、舗装されていない道を歩く。建物は数分に1軒ほどの頻度でしか現れない。いずれも人が住んでいる気配はなく、おそらく別荘か何かだろう。

しばらく歩くと、平内さんの家が見えてきた。「自然の中にぽつんと建っている」という印象を受けた。築26年ということもあり、全体的に経年劣化は感じるものの、前の住人が大切に使っていたのか、そこまでくたびれてはいない。なかなかきれいな一軒家だった。

しかし、家の中に入ると、奇妙なことに気づいた。

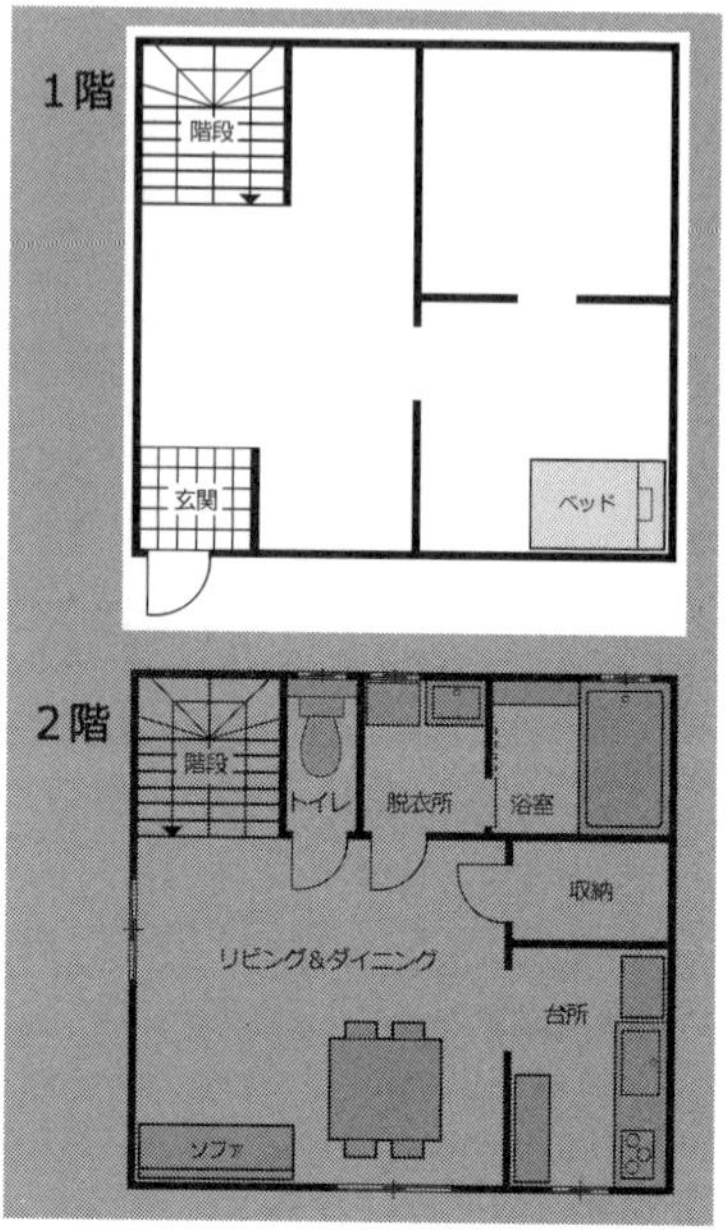

1階に窓が一つもないのだ。そのため電気をつけてもじっとりと薄暗く、陰気な感じがした。

平内 内見のときに不動産屋に聞いたら、1階は倉庫なんだそうです。「だから窓がない」って。

筆者 変な造りですね。

平内 田舎の人は農作業をやったりするんで、道具を収納するために、こういう広い倉庫が必要なんでしょうね。僕は農作業はやらないので、1階はベッドを置いて寝室に使ってます。

その後、一通り家を案内してもらった。途中、ある部屋で妙な違和感を覚えた。

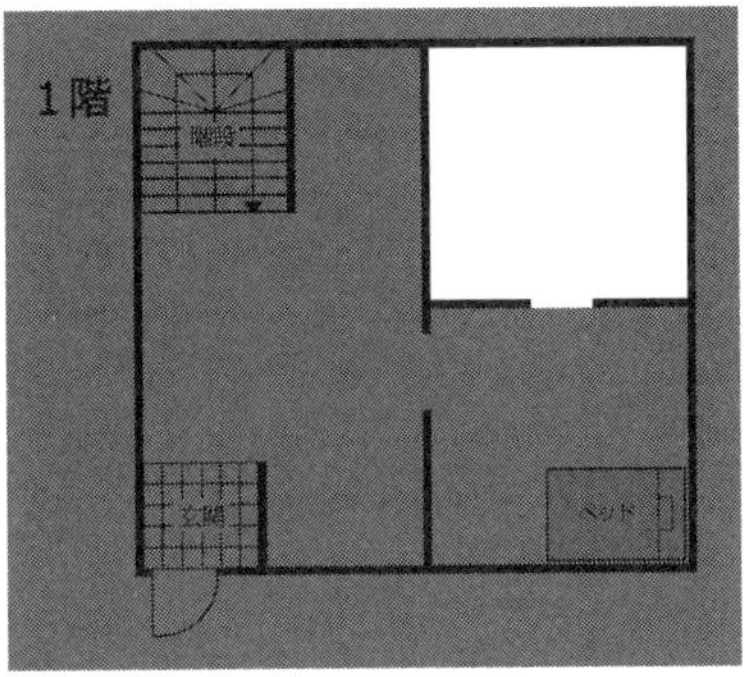

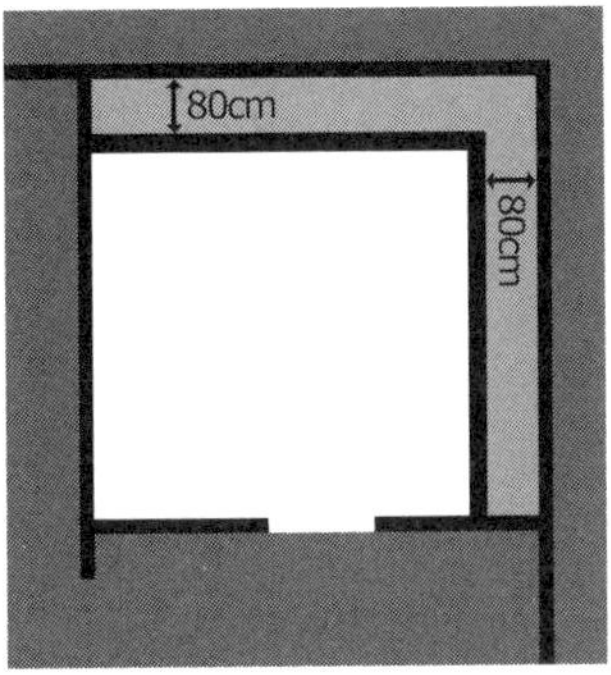

1階、北東の角部屋。ここに入った瞬間、謎の圧迫を感じたのだ。

筆者　平内さん。この部屋、なんかおかしくないですか？　狭いっていうか……。

平内　わかります？　僕も最初に入ったとき「窮屈だな」って思ったんですよ。入居してしばらく経った頃、ためしにメジャーで測ってみたら、案の定、隣の部屋よりちょっとだけ狭かったんです。縦横の幅が80センチほど短いんですよ。なんか、外に面した壁が分厚いみたいで。

平内さんの話を参考に図面を描き直すと、このようになる。

彼は「パイプスペースか何かでしょうか」と言っていたが、パイプスペースがこんな場所にあるのは変だ。

＊＊＊

その後、2階で夕食をとった。平内さんが茹《ゆ》でてくれた信州そばと、スーパーで買った地物野菜の天ぷらを一緒に食べると、お互いの豊かな風味が混ざり、なんともいえない贅沢な味わいになる。

食事が終わり、お茶を飲んでいたところ、私のスマートフォンが鳴った。見ると、編集者の杉山さんからだった。

筆者 もしもし。

杉山 ああ、夜分にごめんね。今、電話しても大丈夫かな？

筆者 はい。何かありました？

杉山 平内さんの家のことなんだけど、今日、長野県の郷土史を研究している、知り合いの作家さんに連絡を取って聞いてみたんだ。そしたら、古い本を紹介してくれてね。その中に、例の投稿と関係がありそうな記述があったんだよ。

筆者 なんて本ですか？

杉山 『明眸逗留日記』っていう、昭和初期の紀行文集。その中に「飯伊地方の思い出」という章があるんだけど、ちょうど、1938年8月23日のところに、不気味な体験談が書かれているんだ。今からそのページを写真で撮って送るから、ちょっと読んでみてくれるかな。

送られた写真には、黄ばんだ古い本が写っていた。
『明晫逗留日記《めいぼうとうりゅうにっき》』第十四章「飯伊《はんい》地方の思い出」著・水無宇季
著者が散歩の最中に、林の中で奇妙な水車小屋を見つける、という内容だった。

杉山　飯伊地方……今でいう南信地方のこと。もちろん、平内さんの家がある下條村も含まれる。それでね、僕が一番興味を持ったのは、著者の水無宇季が小屋の中でシラサギの死体を見つける、という場面なんだ。

シラサギでした。メスのシラサギが、死んでいるのです。きっと誰かがいたずらで、閉じ込めたのでしょう。そうして、外に出られないまま餓死したのです。その状態になってから、長い時間が経過したのだと思われます。毛は抜け落ち、片方の羽の先は失われ、体は腐り、赤黒い液体が床に染みておりました。

杉山　ここを読んだとき、すごく不思議な気がした。どうして宇季は、それがメス、、、のシ、、ラ、、サ、、ギ、、だとわかったんだろう。
だって、死骸の毛は抜け落ちて、体は腐っていたんだよ。ひどい状態だよね。普通、そんなものを暗がりの中で見たら、鳥の死骸だということはわかっても、種類までは判別できないと思うんだ。

杉山　にもかかわらず、宇季は「メス」の「シラサギ」と断言している。百歩譲って「シラサギ」まではわかったとしても、どうしてメスということまでわかったのか。
僕はね、これは一種の暗喩《メタファー》なんじゃないかと考えているんだ。つまり、宇季が水車小屋の中で見たのは、本当は別のものだった。でも、文字にするのは忍びないから、あえて「シラサギ」という「たとえ」を使ったんじゃないかな。
あくまで想像だけど、宇季が見たのは、女性の遺体だったんじゃないだろうか。

筆者　女性の遺体……。

杉山　そう考えると、あの投稿内容とも合致する。

場所：長野県下條村大字○○△△番地
日時：1938年8月23日
形態：家
詳細：女の遺体

1938年当時、平内宅《ここ》は森林に覆われていた。森林の中に家があるはずはないと思い込んでいたが、宇季の体験談によれば、水車小屋は「林の中」にあった。
「家＝水車小屋」と考えれば、この投稿の「日時」「形態」「詳細」はすべて正しいことになる。

杉山 ただ、残念なことに、宇季の日記には詳しい地名が書かれていないから、水車小屋が、今の平内さん宅の場所にあったのかはわからないんだけどね。

筆者 いや、それも正しい気がします。今日、図書館で調べたんですけど、昔はここ一帯が森林に覆われていたようで、平内さんの家はちょうど森林の出口付近にあたるんです。
そして、その近くには集落があったみたいで、宇季がその集落から歩いて林に入ったとすれば、位置的にも辻褄《つじつま》が合います。

杉山 そうか。じゃあやっぱり……。ところで今は下條村にいるの？

筆者 はい。遅くなったので、平内さんの家に泊めてもらうことになりました。

杉山 変なことを言うようだけど……気をつけてね。

筆者 ん？　……大丈夫ですよ。幽霊が出るわけじゃないし。それに、この家自体は事故物件ではないんですし。

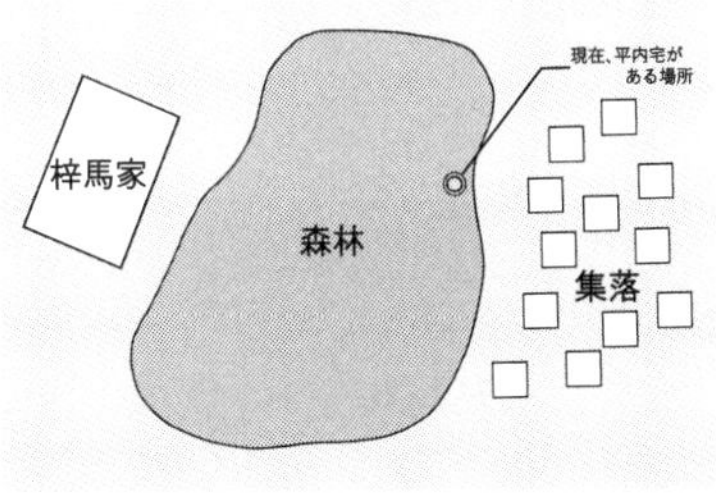

その言葉を口にした瞬間、なぜか胸がざわめいた。
心のどこかで、得体の知れない不安を感じていることに気づいた。

電話を切ったあと、平内さんに「飯伊地方の思い出」に目を通してもらった。

平内　じゃあ、こういうことですか。

お絹さん、梓馬家を出て、近くの森林に逃げ込む。
↓
森林の中をさまよい歩いている最中、水車小屋を見つける。
↓
雨風をしのぐため、そこに住み着いたが、食べるものもなく、小屋の中で餓死した。
↓
それを宇季が発見し、その出来事を本に書いた。
↓
その本を読んだ誰かが、宇季の真意に気づき「全国いわくつきスポット」に情報を投稿した。

筆者　一応、ストーリーはつながりますよね。
平内　でも、そうすると、誰がお絹さんを閉じ込めたんでしょうね。
筆者　閉じ込めた?
平内　だって、そうでしょ?

平内さんは、その場にあったチラシの裏に、水車小屋の間取り図を描いた。

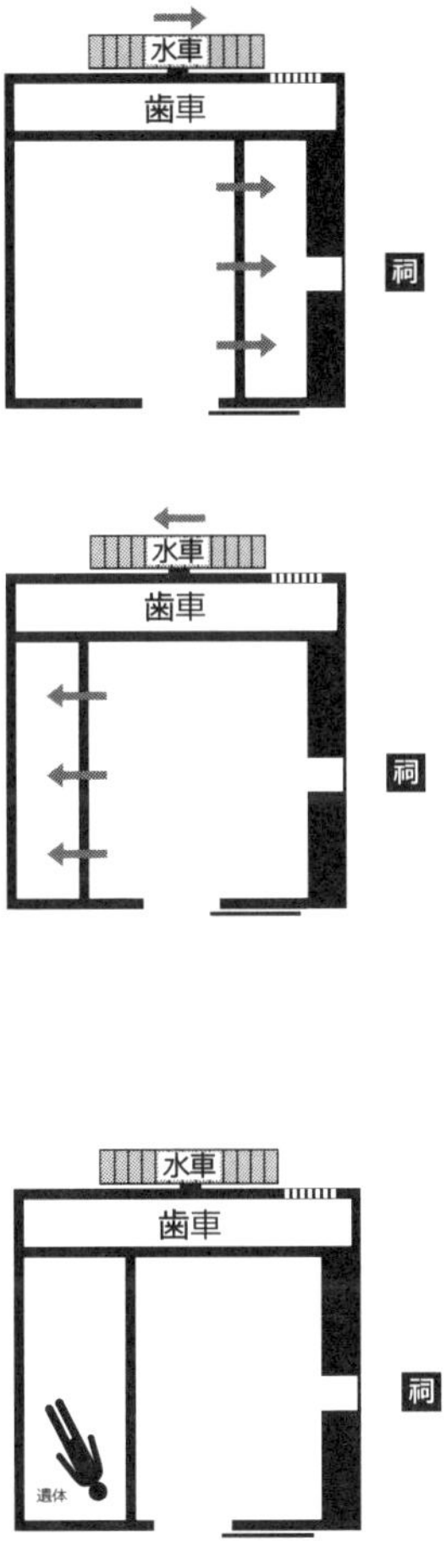

発見時

平内　水車小屋の内壁は、水車を回転させることで移動するんですよね。つまり、中からは動かせない。宇季が水車小屋を発見したとき、お絹さんの遺体は「左側の部屋」に閉じ込められていた。ということは、お絹さんが亡くなったあと、外側から水車を回転させた人物がいる、ということだと思うんです。

筆者　たしかにそうですね。誰がそんなことを……。

いや、というより、本当に亡くなったあとなんだろうか。

平内　でも、この水車小屋って、そもそも何だったんだろう。

筆者　集落の近くにあったことを考えると、そこに住む人たちが造ったものなんでしょうね。宇季の言う「罪人に懺悔をさせるための小屋」だったのかどうかはわからないけど。

二人でしばらく、水車小屋の間取り図を眺めていた。すると、なぜだか、だんだんと妙な気分になってきた。既視感……というのだろうか。

筆者　平内さん。……この水車小屋……あの部屋に似てませんか？

平内　……実は……僕も同じことを思ってました。

私たちは、どちらからともなく立ち上がり、1階へ駆け下りた。

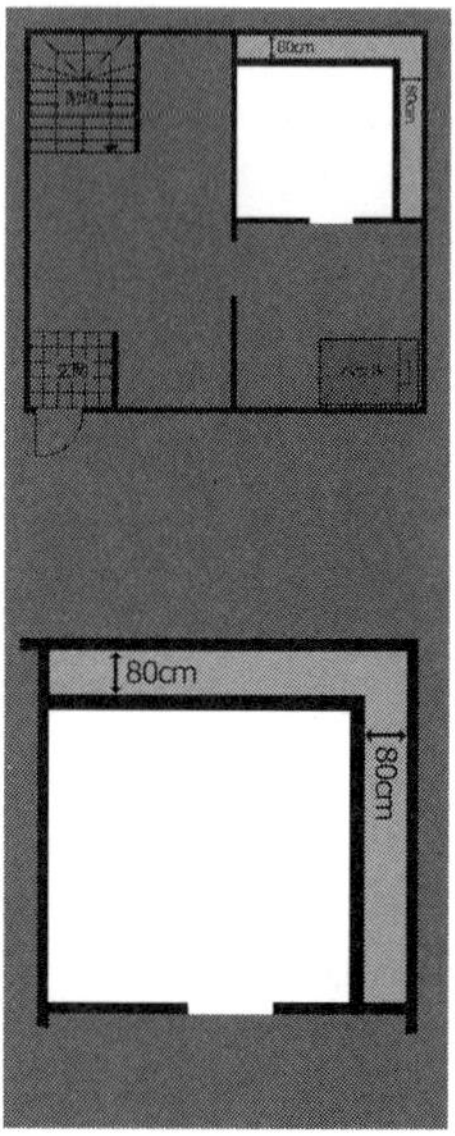

北東の角部屋。隣の部屋より、縦横の長さが80センチも短い、窮屈な部屋。

平内　そんなまさかね……。

筆者　とりあえず、試してみますか。

私は、東側の「分厚い壁」の端をノックした。「コッ、コッ」と、中身の詰まった音がする。それから、ノックする位置を徐々に中央に移動させていく。ある地点から明らかに音が変わった。「コーン、コーン」……壁のちょうど真ん中あたりを叩くと、音が響く。つまり、この壁は中央だけが空洞ということだ。

部屋は、入口の他には、窓も、家具も、ランプも、飾りもなく、まるで四角い箱の中にいるような心地でした。ただ、唯一の特徴として、右側の壁に、大きな穴があったのです。

穴と申しましても、貫通して外が見えるわけではありません。ですので「へこみ」と表現すべきでしょうか。壁の中央を、四角くくり貫《ぬ》いたような、その「へこみ」は、私が体を小さく丸めれば、すっぽりと入るくらいの大きさでした。

私たちの想像は、あまりにも現実離れしており、常識的に考えればありえない妄想ですらあった。しかし、あらゆる手がかりが、その結論に結びついていた。

この家は、水車小屋を増築して造られたのではないか。

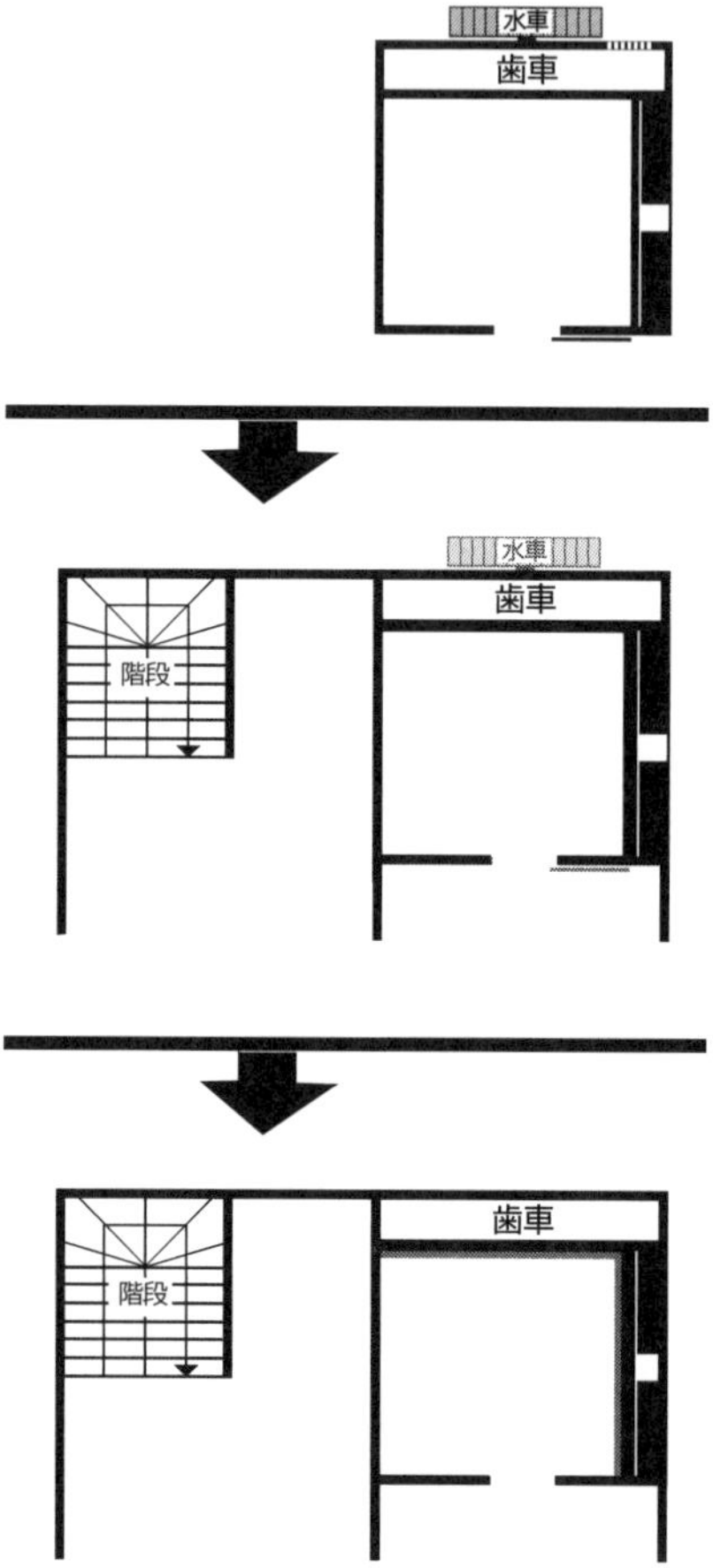

平内 いや……誰が何のためにそんなことを……。それに、おかしいですよ。不動産屋はたしかに、この家は「築26年」と言ってました。宇季が水車小屋を見つけたのは80年以上前。まさか、不動産屋が嘘をつくわけが……。

筆者 あの、平内さん。不動産屋は、築年数以外に何か言ってませんでしたか？

平内 築年数以外？

筆者　以前、知人の設計士に聞いたことがあるんです。不動産屋が物件を紹介する場合、その家の築年数を客に伝える義務があります。ただ築年数をどうやって計算するかについては、いくつかのパターンがあるそうです。
たとえば、10年前に建てられた物件を、5年前に増築した場合、基本的に築年数は「10年」と表記しなければいけません。
でも、増築するときに、元の物件に大規模な補強工事を施せば、築年数を「増築した年から数える」ことが許される場合があるらしいんです。

平内　え？

筆者　つまり、10年前に建てられた物件を、5年前に補強した上で増築したなら、不動産屋は築年数を「5年」と表記してもいい、ということです。

平内　おかしいでしょ……。

筆者　もちろん、その場合、不動産屋は客に対して「これは増築されたものですよ」ということを説明する必要があります。ただ、詳しい説明の仕方までは法律で定められていないの

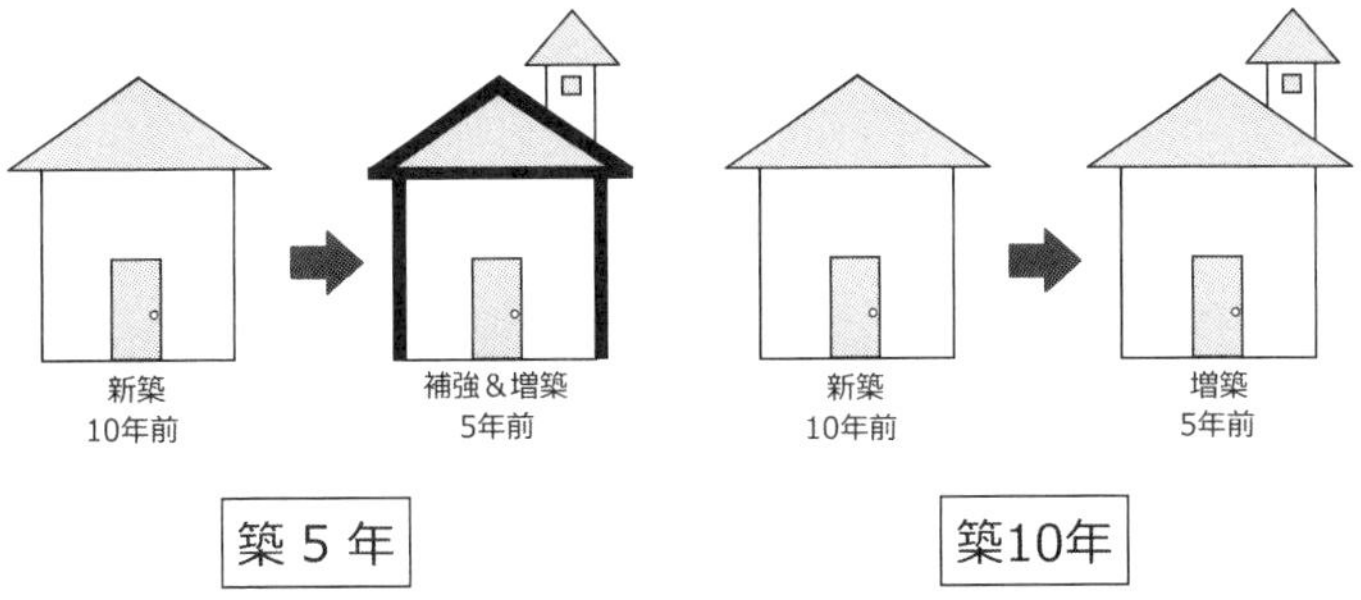

で、悪質な業者は、あえて煙に巻くようなややこしい説明をして、客に本当のことをわからせないようにするケースもあるみたいで……。

平内　たしかに、わかりづらい説明を聞き流すことは……正直、あったと思います。でも……まさかそんな……。じゃあ、この部屋は……。

私は今まで「女の遺体」という言葉に距離を感じていた。遠い昔の出来事だと思っていたからだ。この地でそれが起こったとしても、今の自分たちとは地続きにはない……そんな感覚を持っていた。

間違いだった。

事故物件は、すぐそこにあった。

＊＊＊

正直、この家には居たくなかった。

すぐにでも逃げ出したい気分だった。しかし、すでに最終バスは出てしまっており、近くに宿泊施設もない。私たちは2階で、一晩中眠らずに、話をしながら夜を越した。

翌朝、二人でバス停に向かって歩いていると、昨日、無人の別荘かと思った家から、高齢の女性が出てきた。挨拶がてら、立ち話になった。

彼女は長年、この地域に一人で住んでいるという。早寝早起きが体に染みついて、午後7時前には電気を消して寝てしまうそうだ。明かりがついていないのは、そういう理由だったのだ。

長年住んでいるのなら、何か知っているのではないかと考え、あの家について質問してみた。

女性　そうね……。私が越してきたときにはもう建っていたから、いつできたかはわからないけど、平内さんが来るまでは、ずっと誰も住んでなかったわね。

筆者　空き家だったんですか？

女性　だと思うのよね。誰か住んでいれば、一度や二度は道ですれ違ったりして、住人を見るはずでしょ？　そういうことが一切なかったから。

でも……どうなのかしらね。一回、工事をしていたし、私が気づかないだけでひっそり誰か住んでたのかも。

平内　工事というのは？

女性　20年くらい前にね、大きい工事が入ったのよ。ほら、あの家って2階建てでしょ？　私が越してきたときには、1階建てだったの。工事が終わると2階ができてたから「へー、増築したんだ」って思ったのを覚えてるわ。

その話が本当であれば、平内さんの家は当初、台所とトイレと風呂場がなかったということになる。そんな家に人が住むことはできない。

— 内見のときに不動産屋に聞いたら、1階は倉庫なんだそうです。

つまり、最初はただの「倉庫」だったということか。
26年前、誰かが水車小屋を増築して「倉庫」を造った。
その数年後、そこに2階を付け足し「民家」にした。

いったい、なんのために？
考えるほどに、謎は深まっていった。

資料⑤「そこにあった事故物件」おわり

資料⑥

再生の館

1994年8月

某月刊誌掲載の記事

かつて、長野県西部・焼岳《やけだけ》のふもとに、巨大な建築物が存在した。

その名は「再生の館」……カルト教団「再生のつどい」の宗教施設として使用されていたという。


教団はすでに解散し、施設も取り壊されてしまったため、それについて詳しく知るには、過去の資料に頼るしかない。今回紹介したいのは、1994年8月発売の某月刊誌に掲載された、ほとんど唯一といっていい「再生の館」への潜入レポート記事だ。

記事はもともと「前編」と「後編」の二部構成になる予定であったとされるが、前編が発売されたあと、とある企業からクレームが入ったため、次号に掲載されるはずだった後編は別の記事に差し替えられ、一切、世に出ることはなかった。

よって、今回お見せできるのは「前編」だけとなる。

ちなみに、文中の挿絵は、雑誌に掲載されたものをそのまま使用している。

「謎多きカルト教団の内側を徹底解析――
『再生のつどい』施設潜入レポート 前編」

☆一風変わった運営方針とは？

「再生のつどい」は、長野県を拠点に活動するカルト教団である。

彼らは、生き神・御堂陽華璃《みどうひかり》（通称：聖母様）を教祖とする。「生き神」とは、生きている人間を神として崇《あが》める際によく使われる言葉だ。要は「私は神である。私を崇めなさい」とおっしゃる教祖のもとに、信者が集まってできた教団ということだ。

それ自体は珍しくないが、彼らにはいくつかの風変わりな特徴がある。

①「ある事情」を抱えた人々が集まる教団

私はこれまで、数多くのカルト教団に潜入取材をしてきたが、そこで出会った信者たちは、実に様々であった。金持ちの妻子持ちもいれば、貧乏な独身もいる。東大卒もいれば、中卒もいる。育った環境、年齢、性別、職業、趣味……いずれもバラバラで「こういうタイプの人が宗教にハマりやすい」と一括りにすることはできないと知った。

ところが「再生のつどい」の信者には、一つの共通点があるらしい。「ある事情」を抱えた人々だけが集まっているというのだ。すべての信者に共通する「事情」とはいったい何なのか？

②洗脳しない宗教

カルト教団は、不可思議な超能力（その正体は、単なる手品であることがほとんどだが）を見せたり、あるいは、暴力や違法薬物の力を使って、信者を洗脳することが多い。

ところが「再生のつどい」は、そうした方法を一切使わず、信者からの信仰を勝ち取り、高額な商品を買わせているのだという。商品とは言っても、壺や水晶玉のようなケチくさいものではない。数百万円、時には数千万円の超高額商品を売りさばいているのだ。

教団は、電話勧誘と口コミによって、発足から6年で、数百人の信者を獲得しているという。人数と金額を掛け算すれば、彼らの儲けがどれくらいのものか、おおよそ推測できるだろう。恐ろしい（うらやましい）かぎりだ。

③特殊な修行方法

「再生のつどい」は、長野県西部に施設を所有している。その名も「再生の館」。

そこでは月に4回ほど、集会が開かれており、信者たちが泊まり込みの修行を行っているらしい。その修行方法が、あまりにも特殊なのだという。

月に数回しか行われない「特殊な修行」……ここにこそ、信者を虜《とりこ》にして、高額な買い物をさせる秘密があるに違いない。真相を明らかにすべく、潜入のプロを自任するこの私が「再生の館」にもぐりこみ、取材を行うことにした。

当然、施設に潜入するには、教団に入会する必要がある。毎回、これが大変だ。多くのカルト教団は、内部情報が世間に漏れることを嫌うため、入会希望者を徹底的に調べて「潜入目的の記者ではないか」をジャッジする。百戦錬磨の私でも、彼ら特有の嗅覚で気づかれ、断られることも多い。

それらに比べ「再生のつどい」は、ガードがかなり緩かった。電話で名前・年齢・住所を伝えたあと「ある質問」に答え（質問の内容は、教団の正体に深く関係するため、次号掲載予定の後編までお待ちいただきたい）、最後に教団への信仰を誓うだけで、あっさり入会が許された。

それだけでなく、次回開催される「再生の館」での修行の予約もすることができた。あまりにもスムーズすぎて少し怖い気もしたが……。

修行当日、電車を乗り継いで長野県までやってきた。

教団の敷地は、周囲を自然に囲まれた広大な平地で、その中央に真っ白な建築物が建っていた。これが噂に聞く「再生の館」である（以下「館」と呼ぶ）。宗教施設というよりは、現代アートと呼んだほうがしっくりくる歪《いびつ》な外観だ。

敷地内にはすでに数十人の信者がおり、皆、館に向かってぞろぞろと歩いている。私もそれに続くことにした。館から突き出た細長いトンネルに入り、しばらく歩くと集会場に到着した。

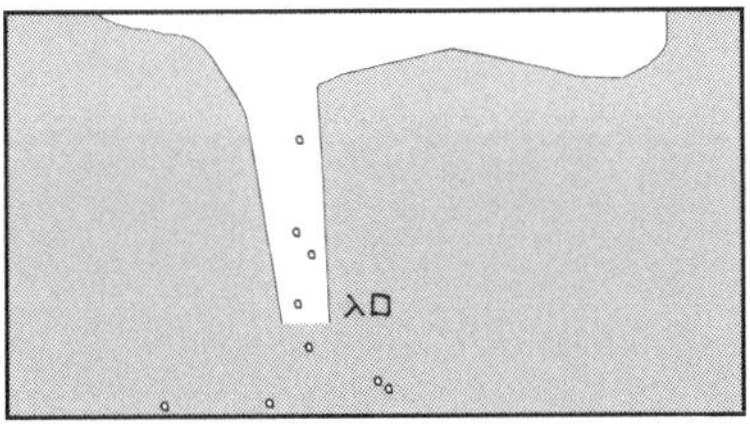

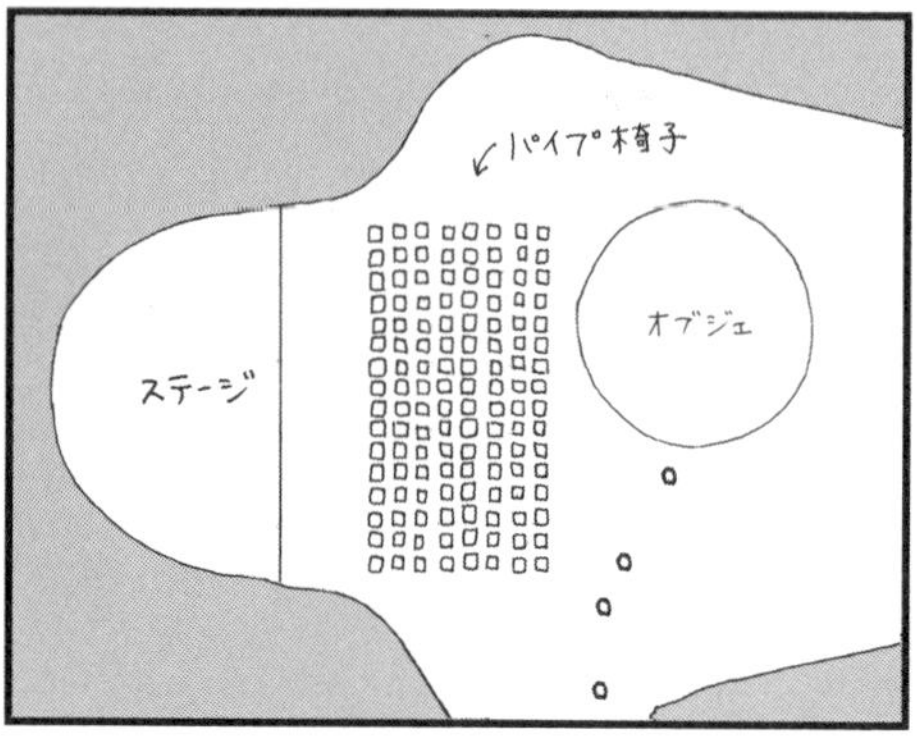

そこには、たくさんのパイプ椅子が並べられていた。向かって左には半円形のステージがあり、右には円筒状の真っ赤なオブジェがある。信者たちは、皆この巨大なオブジェの前で、深く長い一礼をしてから、パイプ椅子に座る。おそらく、これが教団にとってのシンボルなのだろう。

30分ほどでパイプ椅子は満席となった。椅子からあぶれ「立ち見」状態の信者も多い。男女比は男と女が半々ずつといったところか。夫婦と思われる二人組もいる。年齢層は30～40代くらいが最も多い。皆、一言もしゃべらず背すじを正して、誰もいないステージを見つめている。その異様な光景は、これまでの潜入取材で何度も目にしてきた。無心で教祖の登場を待つ……ある意味、カルト信者の典型的な態度だ。

ただ、彼らにはこれまで見てきた者たちとは異なる点があった。カルト教団の修行では「祭服」と呼ばれる、そろいの衣装を着ることが多い。しかし、ここの信者の服装はバラバラだ。おそらく私服だろう。しかも（センスに差はあれど）誰もが高そうなブランド服を身に着けている。よく見ると、時計やネックレスなども、高級そうなものが目立つ。

「再生のつどい」は、信者に数百万円～数千万円の高額な買い物を要求する。それに応えられる財力を持つ者だけが集まっているということか。

しばらくすると、ステージ上に一人の人物が現れた。教祖・御堂陽華璃ではない。スーツを着た、40代半ばあたりの男だった。

不機嫌そうな眉間《みけん》の皺《しわ》、落ちくぼんだ目、そして特徴的な鷲鼻。その男の顔に、見覚えがあった。中部地方有数の建築会社「ヒクラハウス」の社長・緋倉正彦氏である。

事前に噂は聞いていた。「カルト教団『再生のつどい』には、ヒクラハウスの社長が深く関係しており、多額の資金援助をしている」……まさか、本当だったとは。

緋倉氏はステージ中央に立ち、威嚇《いかく》するような声で話しはじめた。

以下は、隠し持ったレコーダーに録音した音声を、文字起こししたものである。

「すでに、自覚なさっていることでしょう。己の抱えたおぞましい罪を。その罪は、あなた方の哀れな子へ受け継がれてしまったのです。親の罪によって生まれた子。罪の子。その穢《けが》れは、様々な不幸を呼び込み、あなた方を地獄の沼へ沈めることでしょう。

残念ながら、穢れは決して消えることはありません。しかし、薄めることはできる。修行を重ねることで、浄化できるのです。まずはあなた方が、この館で穢れを清めましょう。そして明日の朝、今よりも少しだけ穢れの薄らいだ身で家に帰り、今度はあなた方の子に、修行の手ほどきをしてあげてください」

さすがに、一企業を束ねているだけあり、威厳のある声と話し方だった。しかし、内容自体は極めてオーソドックスだ。平凡と言ってもいい。

まず「罪」だの「穢れ」だの「不幸」だの、抽象的な言葉で恐怖心をあおり、最後に「修行を重ねることで、浄化できる」と解決法を示す。つまり「この教団に入っていれば、あなたは救われます」という意味だ。

あまりに初歩的な演説だ。それでも、信者たちは緋倉氏の話に、真剣に聞き入っていた。言葉を噛《か》みしめるように何度も頷《うなず》いたり、目に涙を浮かべたり。

「『再生のつどい』は信者を洗脳しない」と聞いていたが、それはどうやら間違いのようだ。信者たちは明らかに、何らかの方法で洗脳されている。

緋倉氏の話が終わると、どこからか数名の教会員（信者の世話をする係員）がやってきて、我々を立ち上がらせ、一列に並ばせた。

なんでも、これから教祖・御堂陽華璃への参詣《さんけい》（神へのおまいりをすること）がはじまるらしい。「聖母様」と呼ばれる生き神・御堂陽華璃……いったいどんな人物なのだろうか。

信者の列は、真っ赤な円筒状のオブジェに向かって続く。聖母様はこの中にいるらしい。するとこれはオブジェではなく「神殿」ということになる。

教会員によって、神殿の扉が開けられると、信者は5人1組で中に入っていく。1組あたり10分以上かかるため、進みは遅い。

神殿から出てきた信者たちは皆、満たされた表情をしている。もしやこの中に、洗脳の秘密があるのではないか。1時間ほどで順番がやってきた。

まず、神殿の構造を説明しよう。内部には、渦巻き状の壁があり、その中央に聖母様が座っている。壁にはいくつかの窓があり、我々5人はそこから聖母様を覗きつつ、中央に向かってぐるぐると歩いていく。

道は真っ暗だが、聖母様の真上には小さな電球が吊るされているので、彼女の姿はぼんやりと見える。最初の穴を覗いたとき、私は自分の目を疑った。

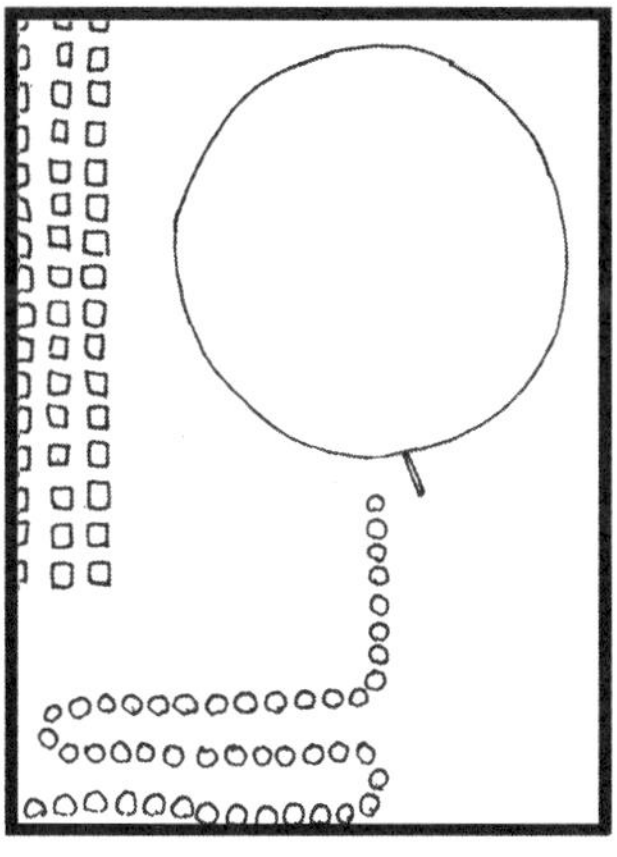

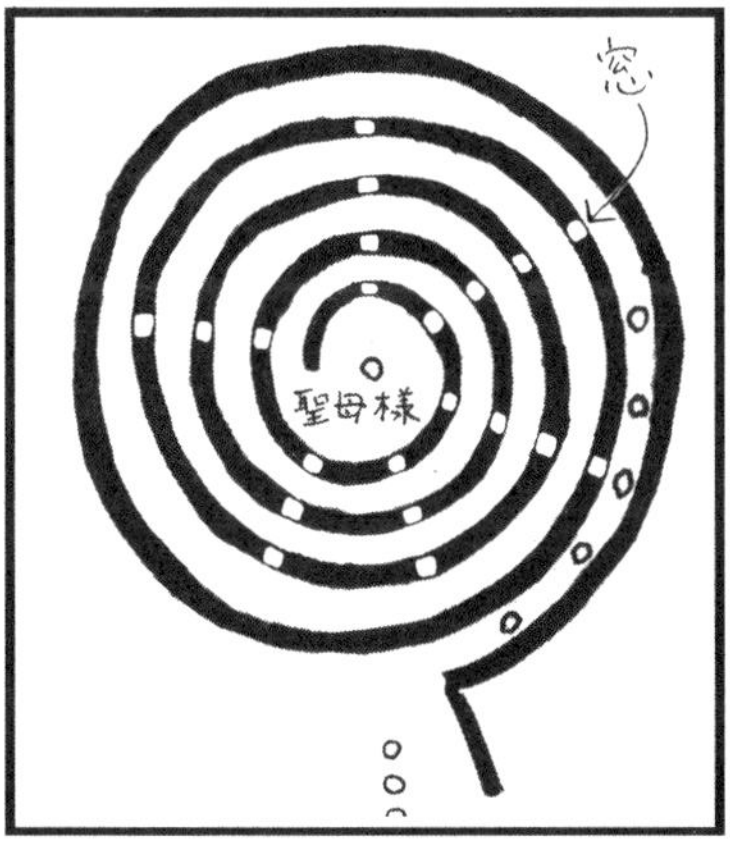

見間違いかと思った。しかし中央に近づき、よりはっきり見えるようになると、私は確信した。聖母様は身体障碍《しょうがい》者だ。左腕と右脚がない。

☆片腕片脚の聖母様

噂によれば、聖母様は50歳を過ぎているらしいが、皺の少ない顔、長く艶《つや》やかな黒髪、そしてハリのあるなめらかな肌は、彼女を10歳は若く見せている。

付け根から先がない右脚の代わりに、スラッと長く伸びた左脚で体を支え、簡素な椅子の上で、少しも動かず座っている。身に着けているのは白い絹《きぬ》の布だけ。ほとんど半裸と言っていい。「神々しい」と言うべきかはわからないが、見る者を釘付けにする、異様な美しさがある。

中央に到着すると、私以外の4人は、誰からともなく聖母様の前で正座をした。私もそれにならう。聖母様は私のほうを見ると「はじめていらした方ね。ゆっくり修行をしてお行きなさい」と優しい声で言った。

「あなたも、あなたも、あなたも、あなたも、そして今日はじめていらしたあなたも、ご自身の罪に苦しんでいらっしゃることでしょう。大丈夫ですよ。じきによくなります。

ご存じのとおり、私は罪の子として生まれました。罪の母に左腕を奪われ、そして、罪の子を救うため、右脚を失いました。残された体で、あなたがたを、そしてあなたがたのお子を救いたいのです。さあ、再生しましょう。何度でも」

信者たちは、目の前で話す聖母様を、うっとりとした目で見つめている。

話が終わると、我々は先ほど来た渦巻きの道を戻り神殿を出た。交代するように、後ろに並んでいた5人が中へ入っていく。最後尾《さいこうび》を歩く男の目が、異様にぎらぎらしているのが気になった。

さて、神殿に入った感想を素直に述べよう。私から言わせれば「陳腐な装置」でしかなかった。小さな窓から何度も覗かせることで、その先にあるのが、あたかも貴重なものであるかのように錯覚させる。渦巻き状の道をぐるぐると歩かせたのは、軽いめまいを誘発するためだろう。くらくらする頭で、何度も穴を覗き見る。その先には貴重で美しく、不思議な体の女性が座っている。人は、自然と魔法にかけられたような気分になる。

宗教に限らず、あらゆるエンターテインメントで使われてきた、古典的な手法だ。

次に、肝心の聖母様だが、私の経験から推測するに、おそらく「操り人形」だ。彼女からは、教団を束ねられるだけのカリスマ性は感じなかった。たぶん、教団幹部が金で雇って教祖に仕立て上げたのだろう。

古来人間は、体に欠損のある者を「神の生まれ変わり」として崇めてきた。その、よくある例にのっとったに過ぎない。彼女は手脚のない神ではなく、手脚がないから「神」を演じさせられることになった、ただのオバサンである。

ただのオバサンを神に見せかけるための装置が、この神殿なのだ。もちろん、こんなチープな仕掛けで、人間を洗脳することはできない。

せいぜい、すでに洗脳されている信者の信仰心を高めるくらいだ。結論を言えば、洗脳の秘密は神殿にはなかった。

☆洗脳の秘密はどこにある？　驚くべき修行方法が明らかに！

我々が出て少し経った頃、突然、神殿内部から音が聞こえた。それが、男の怒鳴り声であることに気づくまで数秒かかった。耳をすますと、男の放つ言葉が聞き取れた。

「聖母様！　あなたは嘘をつかれたのですか！　私と息子を救ってくださるのではなかったのですか！」

すぐに数名の教会員が駆け込む。1分もしないうちに、彼らに羽交《はが》い絞《じ》めにされた男が一人、連れ出された。目をぎらぎらさせていた、最後尾の男だ。年齢は40代くらい。二重瞼《ふたえまぶた》に鼻筋が通った顔は、ハンサムの部類に入るだろう。

ハンサム男は「インチキ女め！　お前が本物の神なら、どうして俺の息子は……ナルキは死んだんだ!?　殺してやる！　お前の心臓をふさいでやる！」と、叫びながら外へ運ばれていった。

他の信者は心を乱される様子もなく、刺すような目つきで男を見送った。それは、反逆者を見る目だった。

反逆者が退出すると、ふたたび静寂が戻ってきた。我々5人は教会員に案内され、修行が行われる部屋へ連れて行かれることになった。修行部屋は館の中にあるが、そこへ行くには、いったん外を経由しなければいけないらしい。なんとも面倒くさい設計だ。

細長いトンネルから外に出て、館の外壁に沿って歩く。5分ほど歩くと、入口が見えてきた。

広い玄関ホールの先に、1枚の扉がある。その先で修行が行われているのだろう。我々は一列のまま、ホールを進む。

月に数回しか行われない修行で、ここまで信者たちを洗脳しているのだ。よっぽど厳しいか、あるいは、見たこともない奇妙な行為を強《し》いられることは間違いない。鼓動が高まっていく。

やがて、教会員の手で扉が開かれた。

そこに広がる光景は、予想もしないものだった。

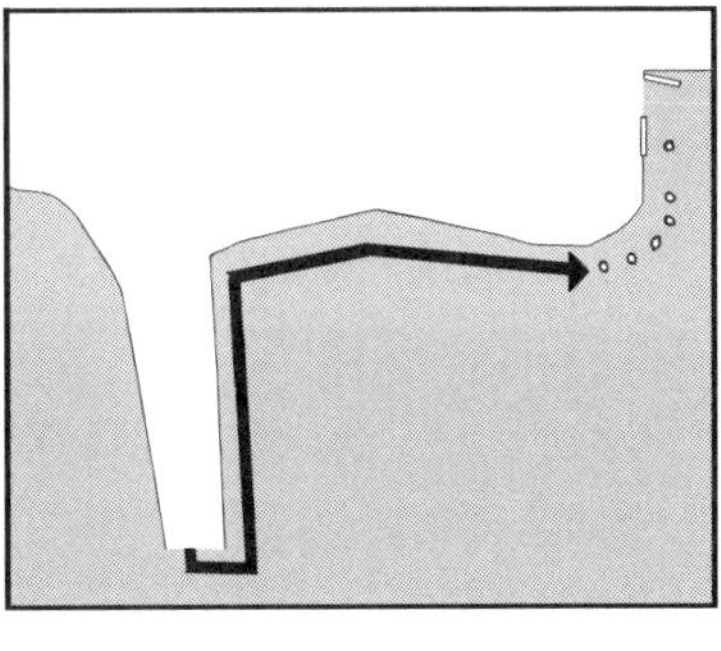

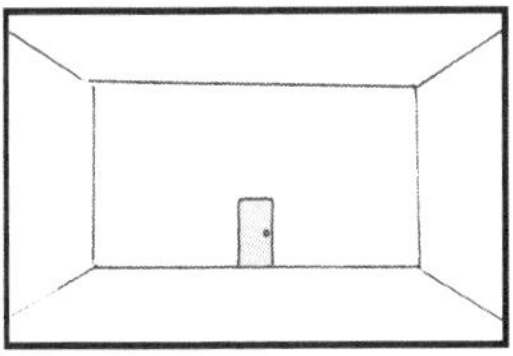

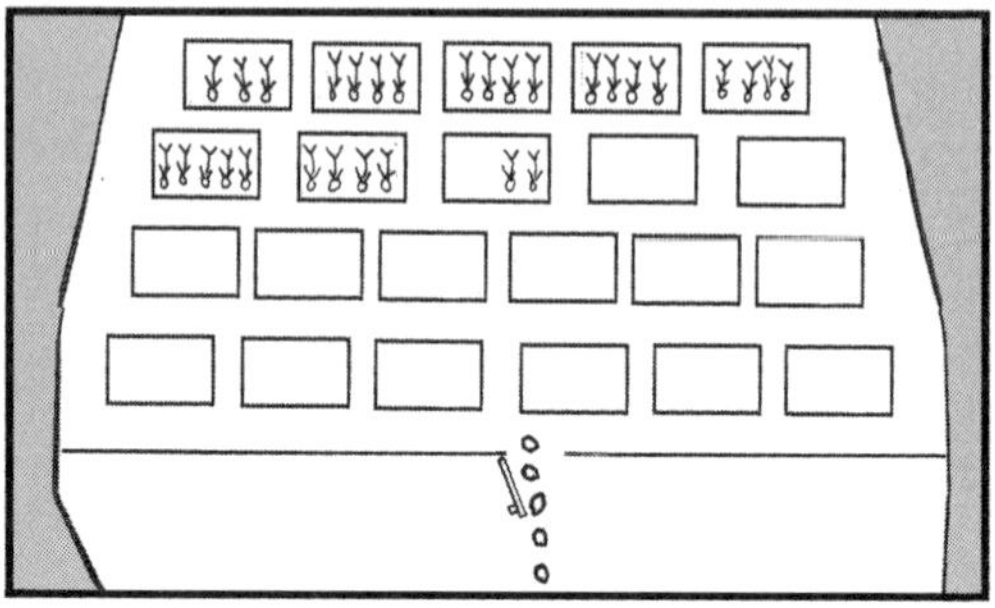

巨大な部屋には、いくつもベッドが並べられ、我々より先に到着した信者たちが、その上でぐーぐーと眠っているのだ。他の4人も、空いているベッドに次々と横たわり、目を閉じて眠りはじめた。仕方なく、私も彼らと同じようにする。これは修行の下準備のようなものなのだろうか。

しばらくすると、ふたたび扉が開き、次のグループが入ってきた。彼らもまた、ベッドに横たわった。時間が経つにつれ、信者の数は増えていく。やがてベッドは満杯になり、床に寝転がる者まで出てくる。部屋が広いとはいえ、さすがに息苦しい。

いつ修行が始まるのかと、寝たふりをしながら待っていたが、何時間経っても、何も始まる気配がない。やがて夜が来て、日付が変わった。自分の腕時計が午前4時を指した頃、私は思った。

もしかして「眠ること」が修行なのではないか。

いや、そうとしか考えられない。これが修行でないなら、信者たちはわざわざ宗教施設にやってきて、ぐーすか寝ているだけ、ということになってしまう。しかし奇妙だ。

「寝ることが修行」……そんな宗教、聞いたことがない。何か意味があるのだろうか。考えているうちに睡魔に襲われ、いつの間にか眠りに落ちていた。

☆館の外で見た異様な光景

目を覚ますと、すでに午前10時を過ぎていた。周りを見ると、数人の信者はまだ寝息をかいていた。そういえば、起床時間は指定されていない。「何時に起きてもよい」ということなのか。だとしたら、宗教施設というより宿泊施設だ。

私はベッドから体を起こし、ドアを開けた。ドアの前には教会員がおり、紙パックのお茶とあんぱんを手渡してくれた。至れりつくせりだ。昨日から何も食べておらず空腹だったため、玄関ホールの隅に行って、パクついた。そのとき、玄関の左側に、長い廊下があることに気づいた。

廊下と言っても、その先は行き止まりで、ドアもない。トンネル状の袋小路が十数メートル続いているだけだ。

それを見て、私はふと、ある考えが浮かんだ。この教団に関する、私なりの推測である。おそらく、勘のいい読者の皆様ならば、私の稚拙《ちせつ》なイラストを見て、すでに何かに気づいたのではないだろうか。

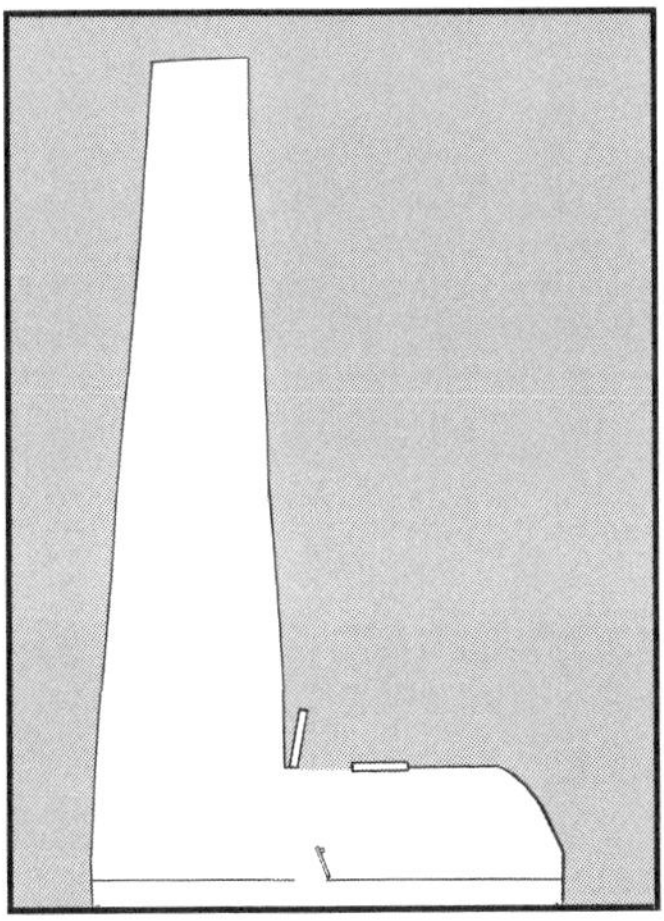

さて、パンを食べ終え玄関から外に出ると、その光景に思わず目を見はった。

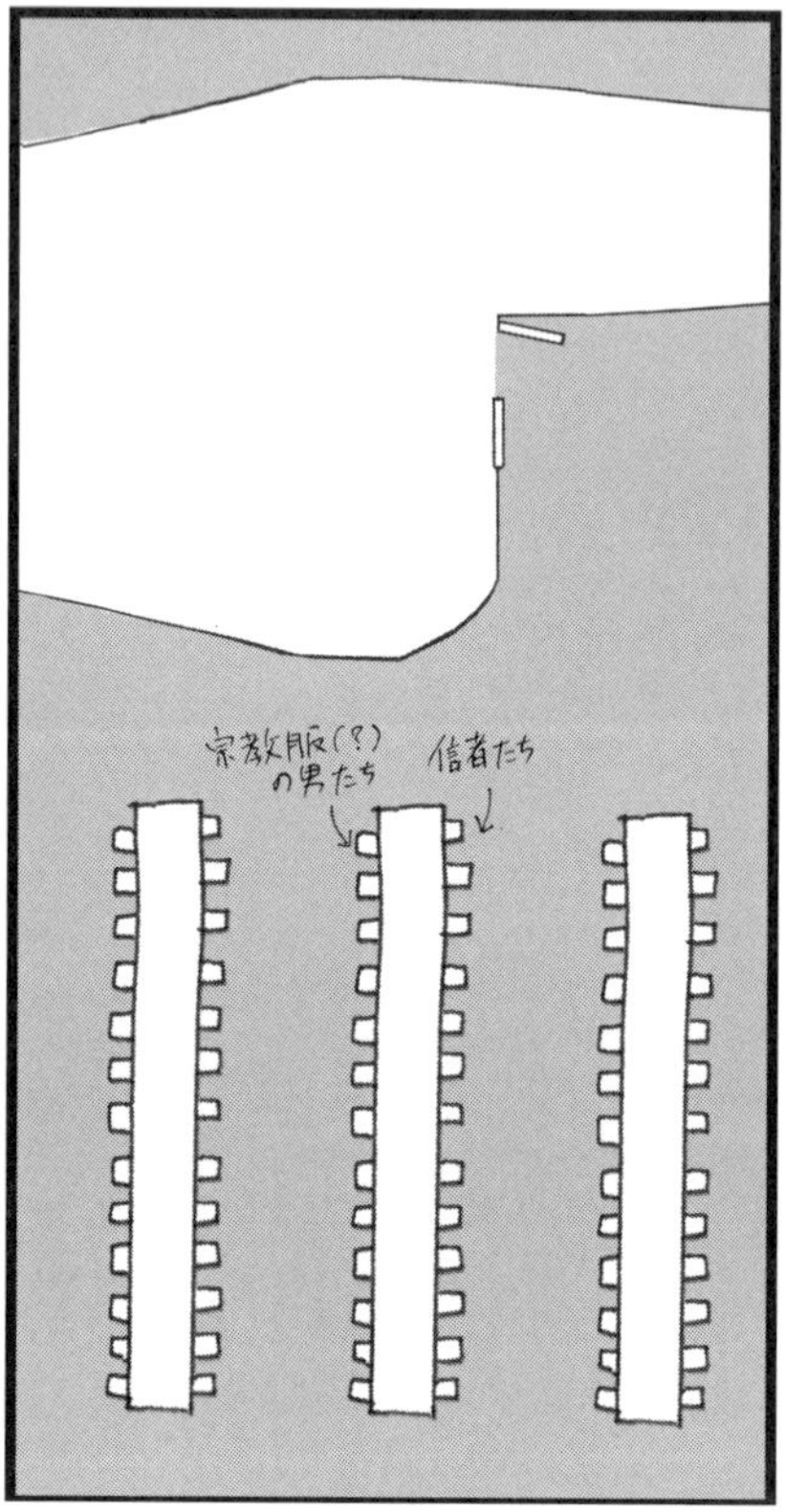

広い敷地に長いテーブルが置かれ、昨夜、寝室をともにした信者たちと、白い宗教服を着た男たちが、向かい合って何かを話しているのだ。

テーブルに近づいて見てみると、その上には、いくつもの間取り図が並べられていた。そこでとうとう合点がいった。

先ほど、玄関ホールで考えた推測は、やはり正しかったのだ。それは……

と、ここで残念ながらページが尽きてしまった。
次号掲載予定の後編までお待ちいただきたい。

☆次号予告

「再生のつどい」とはいったい何なのか⁉

洗脳方法は？　眠る理由は？　信者が抱えた事情とは？　数々の謎を、記者が徹底考察！

感想

全編を通して、カルト教団「再生のつどい」の奇妙な実態が丁寧に描かれている。
ただ、後編への期待を煽《あお》るためか、思わせぶりで曖昧《あいまい》な言い回しが多く、解明されない謎がいくつも残っている。特に気になるのは、次の記述だ。

——おそらく、勘のいい読者の皆様ならば、私の稚拙なイラストを見て、すでに何かに気づいたのではないだろうか。

記事に掲載されたイラストには、何らかのヒントが隠されている、ということだろうか。

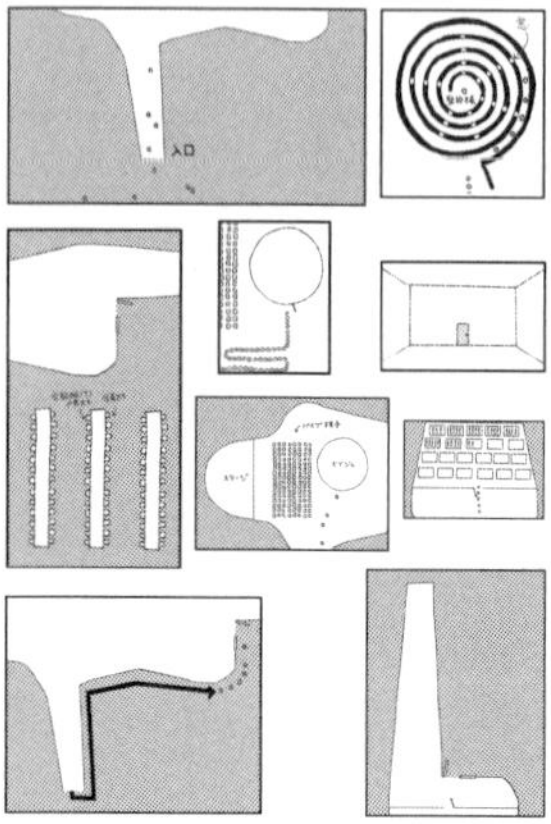

並べて見てみる。施設を上から描写した絵が多い。どことなく、奇妙な感じがした。

記者は、施設の外観について「宗教施設というよりは、現代アートと呼んだ方がしっくりくる」と表現していた。たしかに、アート建築のような歪な形をしている。だが、単に歪なだけではない気がする。

私は、館の間取り図を切り抜き、断片を組み合わせて、全体像を作ることにした。まるでジグソーパズルのような作業だ。完成したのは、実に奇妙な図形だった。

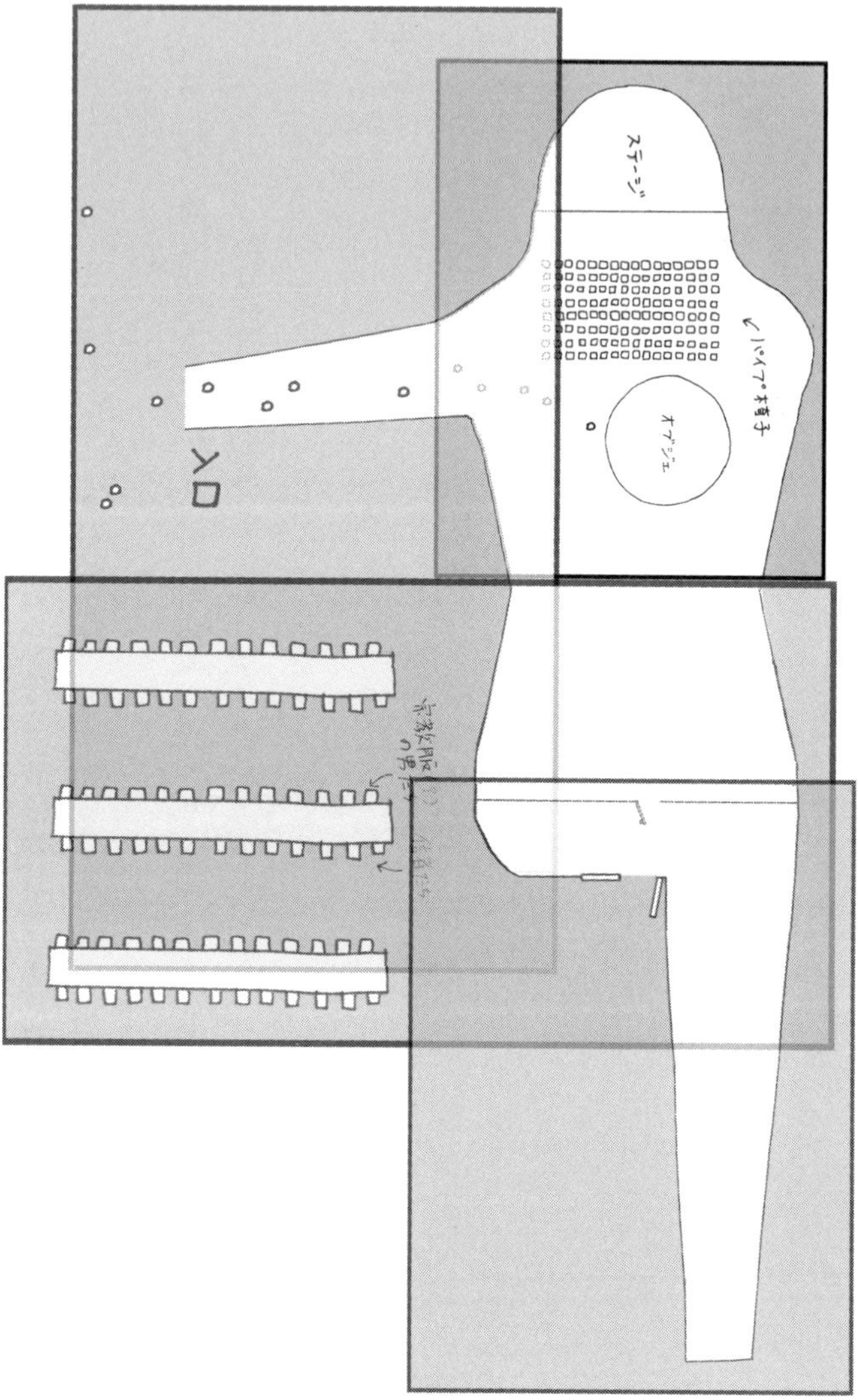
ステージ
←パイプ椅子
オブジェ
入口

間違いない。

人の形だ。しかも、ただの人ではない。

――聖母様は身体障碍者だ。左腕と右脚がない。

左腕と右脚がない女性を、正面から見た図……見ようによっては、そう解釈することもできる。

「再生の館」は、聖母様の体をかたどった建物だった……ということか。

しかし、それがわかったところで、教団の謎はまだまだベールにつつまれている。

ちなみに「再生のつどい」は１９９９年に解散し、その翌年、「再生の館」も取り壊されたという。

資料⑥「再生の館」おわり

資料⑦

おじさんの家

少年の日記からの抜粋

11月24日

きょうは、いえの中で、ずっといた。お母さんは、まだかえってこなくて、さびしい。
おなかがすいたのが、がまんできなくて、台どころの、パンを1こ食べた。

11月25日

きのうの夜に、パンをかってに食べたことを、お母さんにおこられた。せいざですわりながら「ごめんなさい」を100かい言った。お母さんは夕がたまでねて、おきてから、ぎゅっとだいてくれた。なく気ぶんじゃなかったけど、なみだが出て、へんなかんじがした。

11月26日

おなかがすいたと、うるさく言ったから、お母さんがおこって「うるさいよ」と言って、ぼくのはなをつまんで、いきをできなくした。口でいきをすればいいと思って、口でいきをしたら「ズルをするな」とお母さんが言って、ズルをしたことが、はずかしいと思った。せいざですわって

「ごめんなさい」を言った。

11月27日

夕がた、おじさんが来て、お母さんといっしょに、おじさんの家にいくことになった。行くのが、はじめてだから、きんちょうした。車にのって、すぐについた。

おじさんの家は、ぼくのアパートより、大きい家で、ドアのところの左に、大きい花だんがあって、すごいと思った。中にはいると、まん中にろうかがあって、ドアがたくさんあった。

一ばんちかい、右のドアにはいると、大きなテレビと、テーブルがあった。まどから花だんと、家のドアが見えた。反たいのまどから、車がぶんぶん走ってるのが見えて、かっこよかった。

そのへやで、夕ご飯を食べた。オムライスを食べておいしかった。おなかいっぱい食べても、お母さんにおこられなかった。

ごはんを食べたあと、ろうかに出て、となりのへやにいった。「ここがナルキのへやだよ」とおじさんが言った。へやにはベッドがあって、ベッドにねるのははじめてだから、うれしかった。

しかも、まどから、車がはしってるのがみえて、たのしいへやだと思った。

11月28日

朝おきて、おじさんとお母さんと、ごはんを食べた。ぐちゅぐちゅのたまごと、やいたハムがおいしかった。

そのあと、ろうかに出て、ごはんを食べるへやの、となりのへやに行った。大きいまどがあって、花だんが見えた。へやの中に、自てんしゃみたいなのがあった。おじさんは「エアロバイクだよ」と言っていた。こいでみて、たのしいと思った。

そのへやに、べつのドアがあった。あけると、なにもないへやだった。そのへやも、まどから花だんが見えて、べつのまどから川が見えた。

夕がた、おじさんの車で、家にかえった。おじさんとバイバイするときに、さみしかった。夜、お母さんが、ぼくがおじさんに「ありがとう」を言わなかったのをおこって、はなをつまんで、いきをできなくした。口でいきをするのはズルだから、がんばって口をとじた。

(中略)

2月24日

お母さんが、おひるにかえってきて、ねたあとに、タオルをかけたら「ありがとう」といって、ぎゅっとしてくれた。そのあと、となりでいっしょにねた。

夕がたに、お母さんとぼくのごはんを作ろうと思って、パンにジャムをぬって、パンやきにいれて、やいたら、こげてくろくなった。お母さんに見つからないように、ゴミですてようとしたら、見つかって、おこられた。「ズルはダメ」って言われて、またズルをしたのが、はずかしくなった。

2月25日

お母さんが「あしたは、おじさんの家にいく日だよ」と言って、たのしみだと思った。でも、おじさんの家でたのしみすぎると、かえったあとに、お母さんにおこられるから、たのしまないように、気をつける。

2月26日

お母さんと、おじさんの家に行った。花だんを見て、なつかしいと思った。3人でお店にいって、ラーメンを食べた。おいしかったけど、オムライスがまた食べたいと思った。

おじさんとおふろに入ったあと、おじさんとお母さんがケンカをして、お母さんがないていた。

おじさんは、ぼくのからだが、やせていてかわいそうと言っていた。仲なおりしたあとに、おじさんが「これからは、よいくひをわたす」といった。お母さんは「ありがとう」と言っていた。

2月27日

朝ごはんの、コーンスープとめだまやきが、おいしかった。そのあと、また、うごかない自てんしゃがこぎたくなって、ごはんを食べるへやの、となりのへやにいって、うごかない自てんしゃをこいだ。ごはんを食べたばっかりだから、おなかがちょっといたくなった。

そのあと、もうひとつのドアをあけたら、前にあったへやがなくて、川がザーザーながれてた。へんだと思った。

夕がた、おじさんの車で、家にかえった。さいごにわかれるときに、さびしくてなきそうになったけど、ちゃんと「ありがとう」を言った。おじさんはわらって、ぼくのあたまをなでた。

（中略）

3月3日

台どころにパンが1こもなくて、今日もごはんを食べれなかった。おなかがすいて、いたくなったから、えんぴつをなめて、はでかんで食べた。おなかがいたいのが、すこしよくなった。

3月4日

おじさんから、でんわがかかってきて「お母さんにかわって」と言ったから、お母さんにかわった。そのあと、お母さんは、でんわでおじさんとケンカをしていた。でんわがおわって、お母さんは「もうおじさんとは会わないからね」といったので、かなしかった。

3月5日

お母さんが出かけたあと、おじさんが来た。「おじさんといっしょに行こう」といわれて、おじさんの家に行くことになった。お母さんにおこられないか、しんぱいだったけど、おじさんが「だいじょうぶ」と言ったのと「オムライスを食べさせてあげる」といったので、行くことにした。

おじさんの家で、オムライスを食べて、おいしかった。そのあと、いっしょにテレビを見た。おじさんは「ずっとここにいていいよ」と言った。「学校にも、行かせてあげる」と言った。お母さんもいっしょにすむなら、おじさんの家で、すみたいと思った。

そのあと、ろうかの遠くにあるへやに、おじさんがつれていってくれた。ちいさいへやで、茶いろい人形があって、こわかった。おじさんは「ここは家の心ぞうだよ」といった。「だから、かぎをかけたらダメだよ」と言っていた。どういういみか、わからなかった。

3月6日

おじさんと、おひるごはんを食べたあと、家のまえに車がきて、お母さんと、金いろのかみの毛の男の人がきた。お母さんと男の人は、おじさんとケンカをしていた。ぼくは、お母さんにだかれて、男の人の車にのった。おじさんは、おいかけてきたけど、車がはやく走るから、すぐにおじさんは見えなくなった。

車でかえってきたのは、ぼくのアパートじゃなかった。男の人のアパートだった。お母さんは「これから3人でここに住むよ」と言った。おじさんに会いたくて、泣きたくなった。

3月7日

男の人のなまえは、えいじさん、という人だとおそわった。えいじさんは、ぼくにごはんをくれたけど、くさいにおいがして、口から出しちゃったから、お母さんがおこって、えいじさんに、あやまっていた。

お母さんが、えいじさんにおこられるのがいやだから、がんばってたべたら、きもちわるくなってゲーした。そのせいで、お母さんがえいじさんにおこられた。ぼくはじぶんで「ごめんなさい」を100回いった。

3月8日

おなかがいたくて、げりをしそうだけど、ぼくがめいわくをかけると、えいじさんがお母さんをおこるから、がまんした。

（中略）

3月16日

えいじさんに言われたから、ぼくは、ものおきの中で、すむことになった。お母さんは「ごめんね」と言って泣いていて、ぼくも泣きそうになったけど、がまんした。お母さんが、こっそりパンをひとつくれた。音をたてないように食べた。

3月17日

ずっと、ものおきの中で、すわっていると、おしりとせなかがいたいけど、音を立てると、お母さんが、えいじさんにたたかれるから、音をたてないように、がんばった。あたまの中で、まえに見た、たのしいテレビのこととかを、おもいだしてがまんした。

3月18日

おとをたててしまったので、えいじさんに、なぐられた。お母さんは泣いて「やめてください」と言ったら、えいじさんは、お母さんをなぐった。

3月19日

えいじさんの、大きな声がして、お母さんが、さけんで泣くのが聞こえた。耳のあなに、ゆびをいれて、聞こえないようにした。

（中略）

4月12日

今日もごはんをたべれなかった。おなかがすいて、おなかがいたい。たのしいこととかを考えて、おなかがいたいのを、わすれようとしたけど、うまくできなかった。おじさんの家にいって、またオムライスが食べたい。

4月13日

おなかがいたいのは、なくなったけど、ずっとつまってるかんじがして、ツバがにがい。

4月14日

お母さんが水をくれた。いつもは、水はあじがしないのに、あまいあじがした。

4月15日

おきれなくて、ものおきのかどに、あたまをくっつけて、よこになった。おふとんでねたい。

4月16日

お母さんが、おにぎりをくれたけど、かんでものみこめなかった。

4月17日

目がしぱしぱして、ペンをじょうずにもてない。

4月18日

ねても、ずっとあたまが、ぐるぐるまわってるかんじがする。

4月19日

からだのぜんぶがいたい。

4月20日

目がよく見えない。

4月21日

水がのみたい

（日記は、ここで途切れている）

筆者注

1994年5月8日。愛知県一宮市のアパートの一室で、三橋成貴《みつはしなるき》くん（9）が遺体で発見された。死因は、栄養失調による複数の合併症とみられた。遺体には、全身に打撲痕があり、成貴くんが日常的に、虐待を受けていたことは明らかだったという。

成貴くんの母親・三橋沙織《さおり》容疑者と、その交際相手・中村栄二《なかむらえいじ》容疑者は、保護責任者遺棄致死《いきちし》罪で起訴され、それぞれ懲役8年、懲役14年の刑が確定した。

成貴くんの死から2年後、亡くなる寸前まで彼がつけていた日記の内容が『少年の独白～三橋成貴くん、最後の手記～』というタイトルで出版された。

この章は、その書籍から一部を抜粋したものである。

資料⑦「おじさんの家」おわり

資料⑧

部屋をつなぐ糸電話

2022年10月12日

笠原千恵さんへの取材記録

笠原千恵《かさはらちえ》さんが、取材場所として指定したのは、岐阜県の住宅街にある、おしゃれなカフェだった。彼女はメニュー表とにらめっこしながら「うーん、どれがいいかしら……」と、10分近く悩み、結局、モンブランとローズマリーティーのセットを選んだ。

笠原さんは、同県に住むフリーイラストレーターだ。現在は、マンションに母親と二人で暮らしているという。

今年で40歳になる彼女だが、若々しく、まるで少女のような雰囲気をまとっている。軽やかなボブヘアと、柔らかくのんびりしたしゃべり方のせいだろうか。

やがて、モンブランセットが到着すると、笠原さんは「わあ、おいしそう」と言って、フォークで小さくすくい、口に運んだ。

***

この日の取材テーマは、彼女が子供の頃に体験した「家」にまつわる話だった。

笠原さんが生まれ育ったのは、岐阜県羽島《はしま》市の住宅街に建つ、2階建ての一軒家だった。

家族構成は、彼女の他に、父親、母親、兄の4人。父は輸入車ディーラーのトップセールスマンで、年収は一般的な会社員の数倍はあったという。しかし、一家の暮らしは豊かではなかった。

笠原 私の父はね、最低な人だったの。

稼いだぶんは、ほとんど自分一人で使っちゃって、家には全然お金を入れてくれないのよ。だから、私たち3人の生活は、とっても貧しかった。母がパートタイムで毎日働いて、ようやく晩御飯のおかずが買えるくらい。

なのに父ときたら、どこで遊んでくるんだか、毎晩夜遅くに、お酒の匂いをぷんぷんさせて帰ってきて、いびきかいて寝ちゃうの。いい気なものよね。

筆者 お母さんは、それを許してたんですか？

笠原 許してはないけど、気が弱いから何も言えなかったのよ。昔は今よりも男が強かったしね。父に直接言えない代わりに、母はいつも私たちきょうだいに、愚痴《ぐち》を聞かせてた。

「あんな男と結婚するんじゃなかった」って。なら、なんで結婚したの？　って不思議に思ってたけど、今ならなんとなくわかる気がする。

父は、年の割には男前でね。性格は軽薄だけど、時々、ちらっと見せる優しさがあったりして。いわゆる色男だったのよ。たぶん、若い頃はモテてたんだと思う。母は騙されたんでしょうね。

笠原さんは、そんな父との間に、忘れられない思い出があるという。

笠原　私が小学4年生になった年、兄が全寮制の高校に進学して、家を出ていくことになったの。私は「お兄ちゃんっ子」だったし、兄も年の離れた妹の私をずっと可愛がってくれてたから、さみしかった。でも、それよりもっと深刻な問題があったの。
私、ものすごく怖がりでね。夜、一人で寝るのが怖いから、兄が中学生になっても、私のわがままで一緒の部屋にしてもらってたのよ。兄からしたら、いい迷惑だったと思うけど。

筆者　じゃあ、お兄さんが家を出ていったら、大変じゃないですか。

笠原　そうなのよ。「ひとりぼっちで寝るのが怖い」って母に訴えたんだけど「小さい子供じゃないんだからがまんしなさい」の一言。小さい子供じゃなくても、怖いものは怖いのにね。

筆者　親って、そういうことに関しては冷たいですよね。

笠原　そうそう。でも、親に言われちゃったら、子供は逆らえないから、がまんするしかなかった。で、肝心なのはここから。
ある夜、父が私に「お前、一人で寝られないのか？」ってニヤニヤしながら言ってきたの。たぶん、母から聞いたんでしょうね。バカにされてるんだと思って、ムッとしてたら、父はいきなり紙コップを差し出して「怖かったら、これでパパと話そう」って言ったの。
何かと思って見てみると糸電話だった。……あ、糸電話って今の若い人は知らないかしら？

糸電話とは、二つのコップを糸でつないだ玩具のこと。糸をピンと張った状態で、片方のコップに向かってしゃべると、振動が糸を伝わり、もう片方のコップにその声が届く。

途中に障害物がなければ、数百メートル先の相手とも会話ができる。

ただし、糸が少しでもゆるんでいると、声は届かない。

笠原　父は自慢気に「これは俺が発明した、部屋をつなぐ糸電話だ」って言うのよ。

筆者　部屋をつなぐ糸電話？

笠原　えーとね……そうだ、これがあったほうがわかりやすいわね。

笠原さんは、かばんの中から、古い間取り図を取り出した。

筆者　ご実家の間取り図ですか？

笠原　そう。昨日、母に聞いてみたら出してくれたの。まさか、こんなものがまだとってあるなんて思わなかったから驚いちゃった。懐かしいな……。それでね、ここが子供部屋。壁側が私のベッドで、その隣は兄が使っていたもの。で、両親はここところ。ベッドはこのへんにあったかしら。つまりね、お互いのベッドを、糸電話でつなぐってこと。

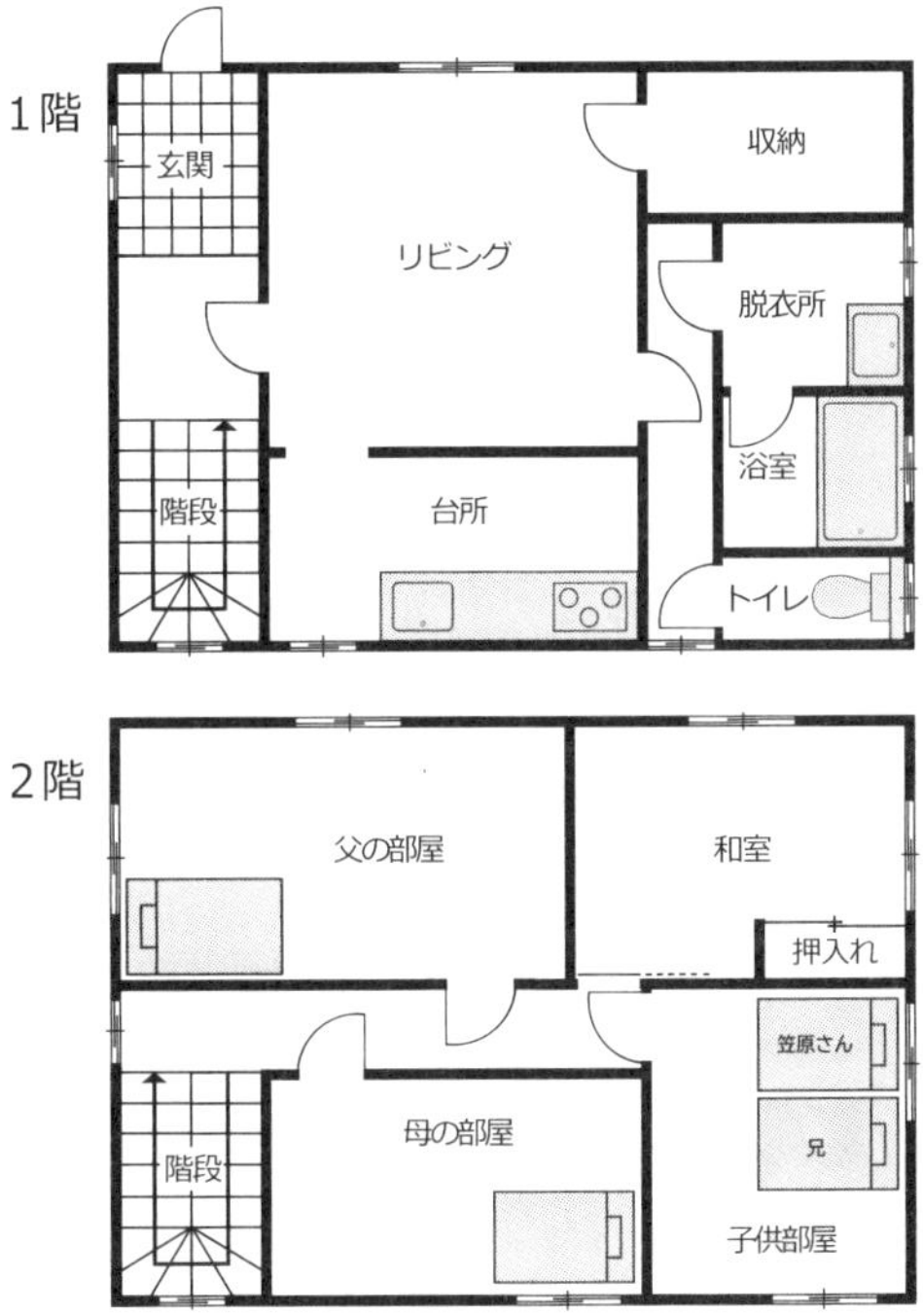

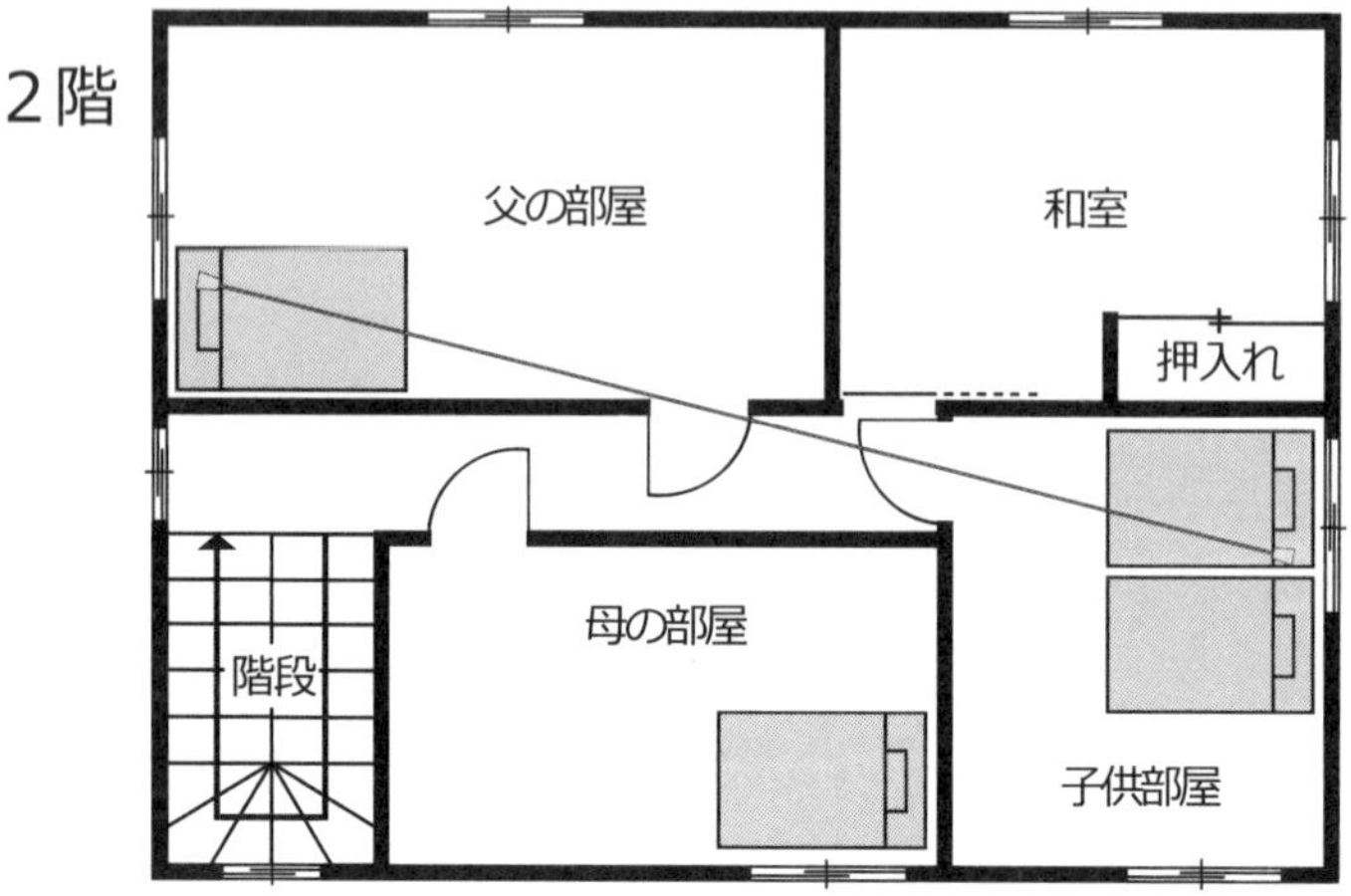

筆者　それぞれの部屋に紙コップを持っていって、廊下をまたいで父娘《おやこ》で会話をする、ということですか。

笠原　そう。「怖くて眠れないなら、パパとお話ししながら寝よう」って。それを聞いたとき私は、恥ずかしながら、胸がときめいちゃった。「なんて素敵なアイデアなの！」って。だって、当時はスマホも携帯電話もないし、電話は一家に一台の時代だったからね。「ベッドの上で電話でおしゃべり」なんて、洋画みたいでおしゃれに思えたのよ。まあ「そこまでするくらいなら、一緒に寝てくればいいのに」って、今なら思うんだけどね。

筆者　でも、たしかに「一緒に寝る」よりも「糸電話でおしゃべりする」のほうが、子供心にわくわくする気がします。ロマンチックっていうか。

笠原　そうなの。あの人は、生き方も考え方もロマンチックだったのよ。だから、真面目な生活ができないし、そのせいで家族を苦しめてたんだけど。……でもね、すごく悔しいけど、一時《いっとき》でも父が、そういうロマンの欠片みたいなものを私に見せてくれたのが、とっても嬉しかった。母と一緒で、私もチョロいわよね。

筆者 それから、お父さんとは毎晩糸電話でおしゃべりをしたんですか？

笠原 いいえ。さっきも言ったけど、父はいつも帰りが遅いし、帰ってきてもすぐ寝ちゃうことがほとんどだったから、おしゃべりに付き合ってくれたのは、全部で4～5回くらいしかなかった。でも、楽しかったな……。

夜、眠れずにいるとね、ドアがほんの少しだけ開いて、片方の紙コップが「コロン」って部屋に投げ込まれるの。私はそれを取りに行って、ベッドに入って、耳に当てる。すると父がちょっと気取った声で「よふかしさん、こんばんは」って言うから、私はお返しに「よっぱらいさん、こんばんは」って言うの。それがお約束だった。

筆者 どんなことを話したんですか？

笠原 最初は、他愛のない雑談ばかりだったけど、だんだん悩みごととか、デリケートなことも話すようになった。面と向かっては相談しづらいけど、紙コップにならなんでも話せる気がしたの。

耳に響く父の声も、普段より甘くて優しい気がして……秘密にしてたことも、いっぱいしゃべった。そんなだから、父は母よりも私の内面に詳しくなっちゃったの。本当に、上手いこと考えたものよね。たぶん、そういう小手先のズルい技で、上手に生きてたんだと思う。

しかし、父娘の糸電話は、ある日を境に途絶えることになる。

笠原 ある夜、父と糸電話でおしゃべりをしていたの。夜の10時前だったかな。でもね、なんかいつもと様子が違うの。声が震えてて、言ってることも支離滅裂で。

筆者 支離滅裂？

笠原 言葉は返してくれるんだけど、会話になってないっていうか……全然かみ合わないの。途中でノイズ?……っていうのかしら。ガサガサ変な音が聞こえてくるし。数分間、意味のないやりとりを繰り返したあと、突然「もう寝なさい、おやすみ」で勝手に終了されちゃった。

筆者 ちょっとおかしいですね。

笠原 でしょ？ それに、いつもだったらおしゃべりが終わったあと、紙コップを取りに来るんだけど、いつまで経っても来る気配がないの。そのままにしておいたら、母に「廊下に糸があって邪魔だ」って文句言われそうだから、糸を手繰《たぐ》り寄せて、私が父のコップを回収した。

糸電話を引き出しに仕舞《しま》い、仕方なく寝ることにしたという。

笠原 しばらくうとうとしてたら、いきなり母が部屋に飛び込んできたの。「お隣が火事だから、外に逃げるよ」って。手を引かれて部屋から出ると、廊下に父もいた。3人で外に出ると、家の前の通りには、ご近所の人たちがたくさんいて、みんな、お隣の家を心配そうに眺めてるの。

火事が発生したのは、笠原さんの隣人「松江《まつえ》さん」の家だった。
松江家は、30代の夫婦と小学生の息子の3人家族で、笠原さん一家とも交流があったという。

笠原 炎が屋根の上で燃え盛ってて、窓から見える家の中も火の海だった。松江さん家の息子さんの「ヒロキくん」っていう、私より一つ年下の男の子が、近所の世話好きのおばあちゃんに抱っこされて泣いてた。あの光景は、今でも忘れられないわね。

筆者 ヒロキくんのご両親は……？

笠原 いなかった。……亡くなったんだって。
火事が収まったあと、家の中から二人の遺体が見つかったらしいの。ショックだったな……。家族ぐるみの付き合いがあったし、ヒロキくんのお父さんには、教会のコンサートに連れていってもらったりしてたから。
お母さんも、若くてきれいな人でね。まさか、自殺するなんて思わなかった……。

筆者 自殺⁉

笠原　……あんまり大きな声じゃ言えないけど……火事は、ヒロキくんのお母さんの、焼身自殺が原因だったそうなの。当時、地方局のニュースで見たんだけど、2階の和室で灯油をかぶって自分に火をつけたんですって。

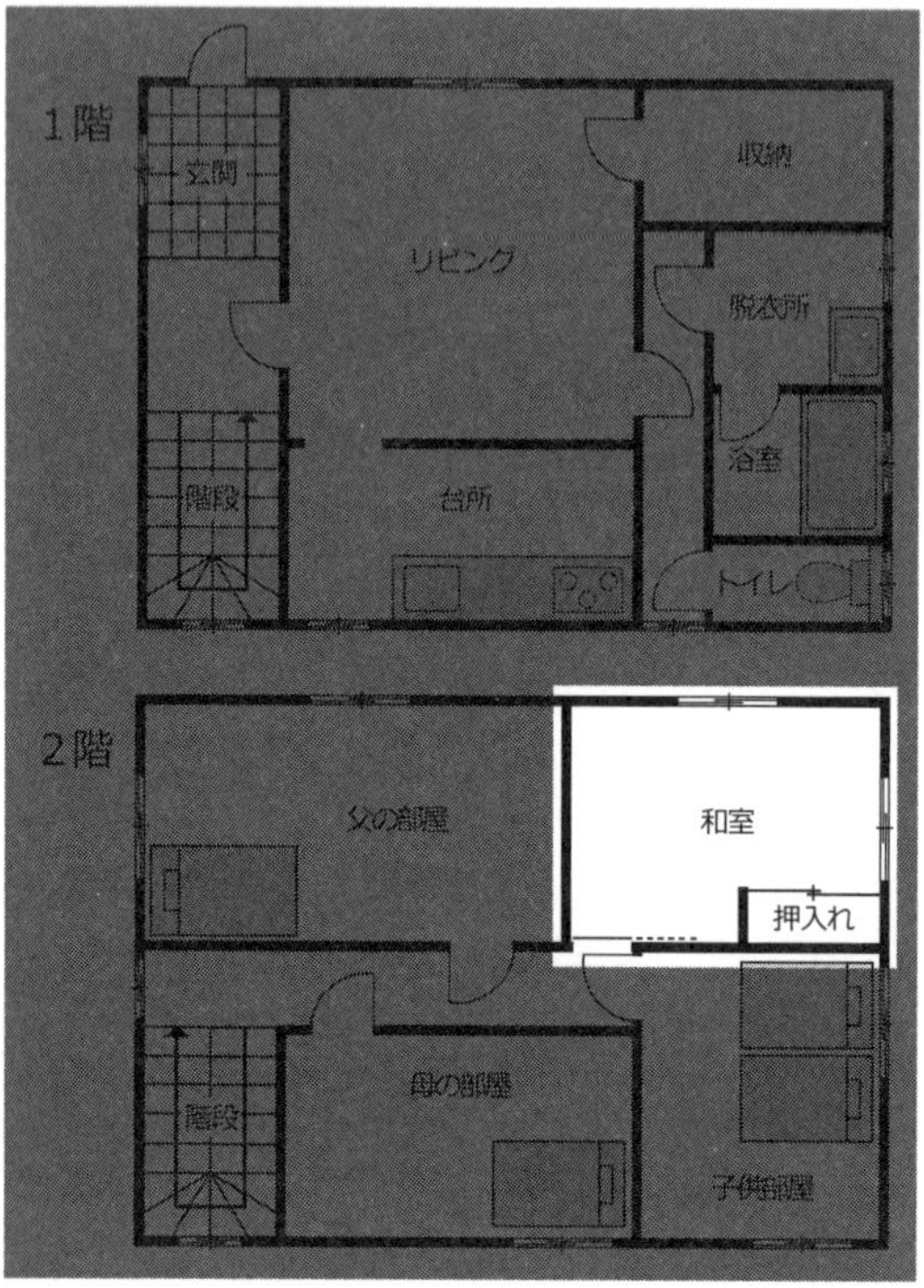

笠原さんは、テーブルの上の間取り図を指さした。私はその行動に、頭が混乱した。

筆者　え？　待ってください。この間取り図は、笠原さんの実家のものですよね。

笠原　ああ、ごめんなさい。言ってなかったわね。

うちの地域は、宅地開発で建売住宅が大量に造られてできた町なの。だから、ご近所さんは全部間取りが一緒なのよ。「クローン住宅」って、よくご近所さんたちが冗談で言ってた。

筆者　なるほど……。では、この間取り図は松江家の間取り図でもあるんですね。

笠原　そういうこと。だから、ニュースで「和室」って言葉が出たとき、いやでも場所がわかっちゃったのよ。「和室」っていったら、2階のこの部屋しかないから。

全焼した松江家は、すぐに取り壊され、売地となったが、さすがに買い手はつかなかった。一人残された息子のヒロキくんは、県内に住む祖父母に引き取られたという。

痛ましい火事だったが、不幸中の幸いで、火が近隣に燃え移ることはなく、笠原さんの家もほとんど被害はなかったらしい。

しかし、火事は意外な形で、笠原家に変化をもたらした。

笠原　そのあと、どういうわけか、父の様子がおかしくなったの。軽薄で陽気な性格だったのに、人が変わったみたいに陰気になっちゃって。

筆者　隣のご夫婦が亡くなったことが、ショックだったんですかね。

笠原　どうかしらね。人のために悲しむような性格とは思えなかったけど。

それからしばらくして、父親は突然、家を出ていった。

笠原　リビングに離婚届と手紙だけ残して……ね。

手紙は事務連絡みたいな味気ないものだったけど「手切れ金として2000万円を払う」「この家は家族に譲る」って書いてあったから驚いちゃった。母は半信半疑だったけど、翌月、本当にお金と、家の譲渡契約書が送られてきたの。

筆者　では、お父さんは手紙の約束を守ったんですか？

笠原　そう。「あの人が約束を守るなんて結婚以来はじめて」って、母は不思議がってた。とっくに愛想尽かしてたみたいだから、離婚もあっさり受け入れたみたい。夫婦の絆なんて脆《もろ》いものよね。

父親が残した2000万円のおかげで、笠原家の暮らしは、以前よりも豊かになったという。夫のストレスから解放されたためか、母親の機嫌もよくなり、家の雰囲気は明るくなった。

しかし、そんなある日、笠原さんは奇妙な事実を知る。

＊＊＊

笠原　父が出ていった年の暮れに大掃除をしたの。せっかくだから、自分の部屋のいらないものも一気に捨てちゃおうと思って、久しぶりにタンスの引き出しを開けたら……糸電話が出てきた。

いつもだったらおしゃべりが終わったあと、紙コップを取りに来るんだけど、いつまで経っても来る気配がないの。

そのままにしておいたら、母に「廊下に糸があって邪魔だ」って文句言われそうだから、糸を手繰り寄せて、私が父のコップを回収した。

笠原　あの日の夜に、仕舞ったまんまの状態で、紙コップが二つ重ねてあった。……それを見たら、急に父のことを思い出しちゃってね。なんだかたまらなくなって、泣くつもりもないのに、涙が出てきたの。

「あれ？　どうして私泣いてるの？」って不思議で仕方なかった。母と二人で暮らす毎日は幸せだったし、父のことはそんなに好きじゃなかったのに。でも、涙は全然止まらなくて……。無性に、父の声が聞きたくなったの。あの軽薄で、いいかげんで、かっこつけた父が恋しくなっちゃったのよね。

それで、あんなことをしたんだと思う。

笠原さんは糸電話を持って、父の部屋へ行った。
父が去ったあとも彼のベッドは置いたままだった。

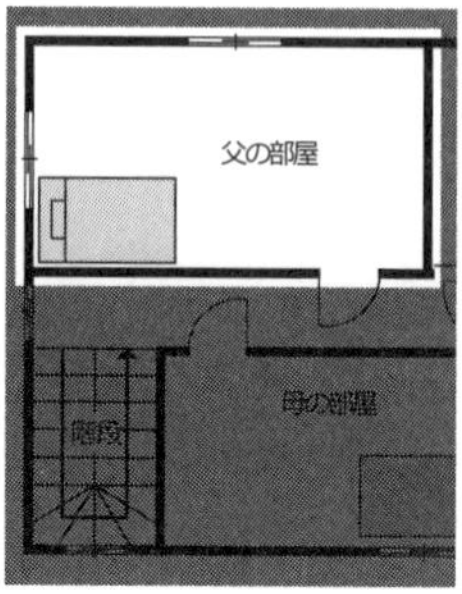

笠原さんは、片方のコップをベッドに置き、もう片方を持って、自分の部屋に戻った。久々に、父と自分の部屋を糸電話でつないだ、ということだ。

笠原　布団にもぐって、紙コップを耳に当ててたの。何も聞こえるはずないのにね。だけど、しばらくそうやっていたら、不思議と心が落ち着いてきた。いつのまにか涙も乾いちゃって、私は気持ちを切り替えて、掃除に戻ることにしたの。いつまでも思い出に浸ってたって仕方ないしね。

ベッドから起き上がり、糸電話を片付けようとしたとき、彼女は不思議な光景を見た。

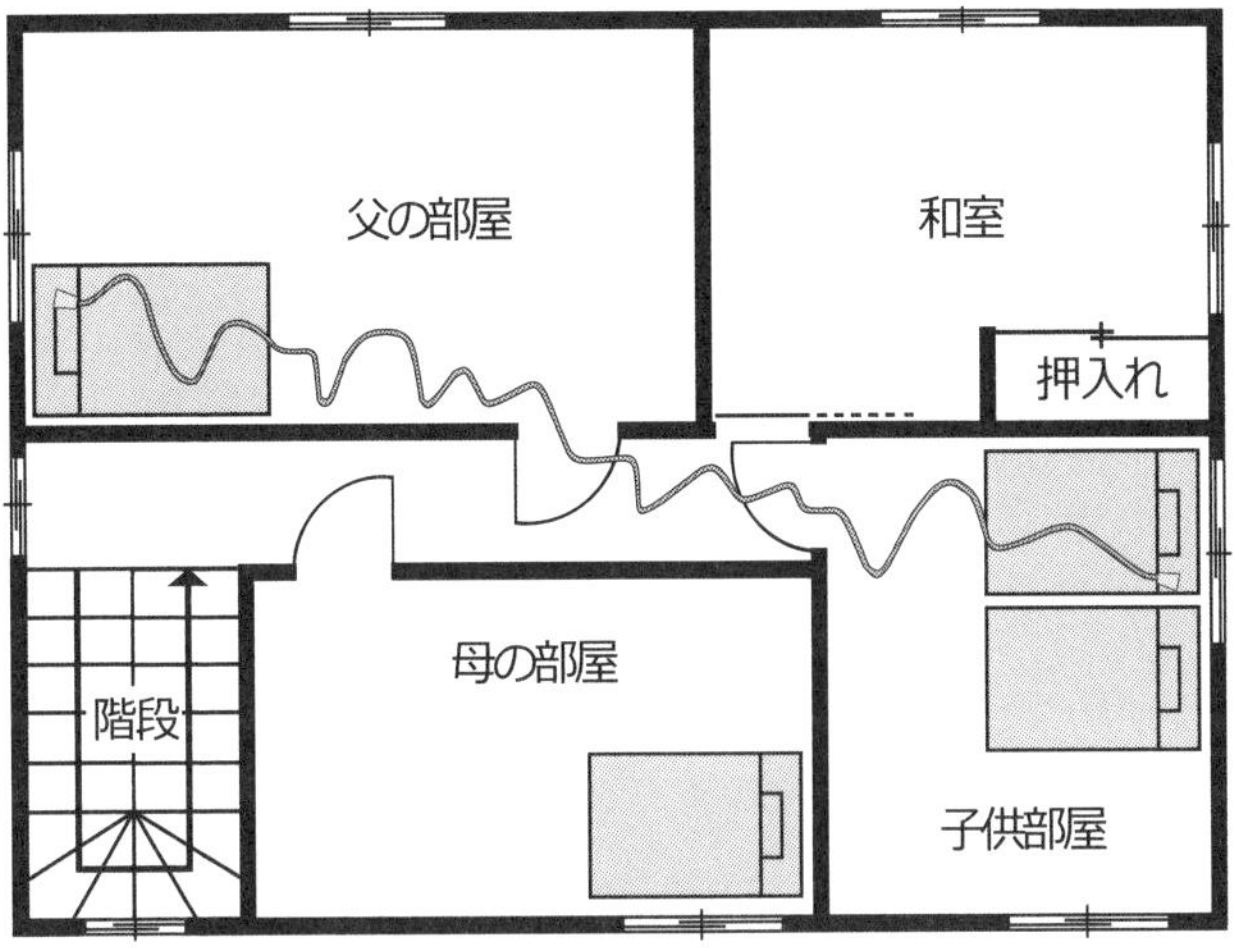

笠原　そのときはじめて気づいたんだけど、糸がね、うねうねした状態で床の上に落ちてたの。

筆者　ゆるんでいたということですか？

笠原　そう。おかしいでしょ？　糸電話って、ぴんっと張らないと、相手の声が聞こえないから、糸の長さは父の枕元と、私の枕元の距離と同じくらいでなきゃいけないはずなのよ。

筆者　……そうですね。

笠原　でも、ゆるんでるってことは、それより糸のほうが長いってこと。それじゃあ、相手の声が聞こえるはずがない。糸が自然に伸びるわけもないし……おかしいなと思って。

筆者　でも以前は、その糸電話でお父さんと会話ができていたんですよね。

笠原　ええ。父の声はたしかに、紙コップから聞こえてた。

筆者　では、お父さんは別の部屋でおしゃべりしていた……ということでしょうか？

笠原　図面をよく見て。そんな場所ないでしょ？

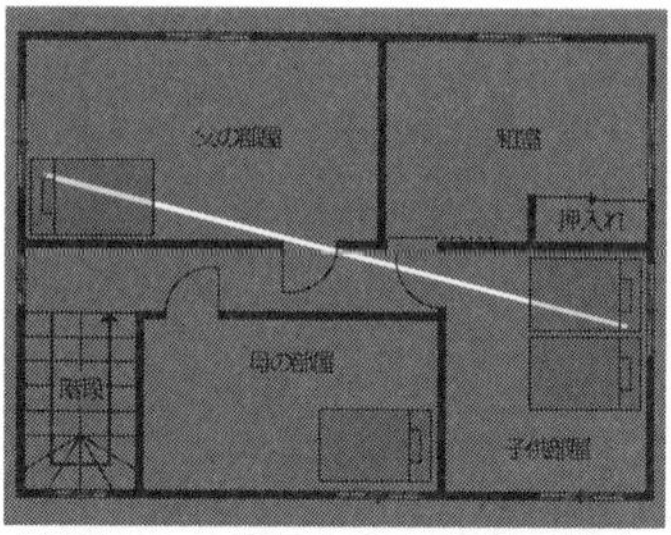

笠原さんの枕元から糸を張る場合、もっとも遠い場所は父親の枕元

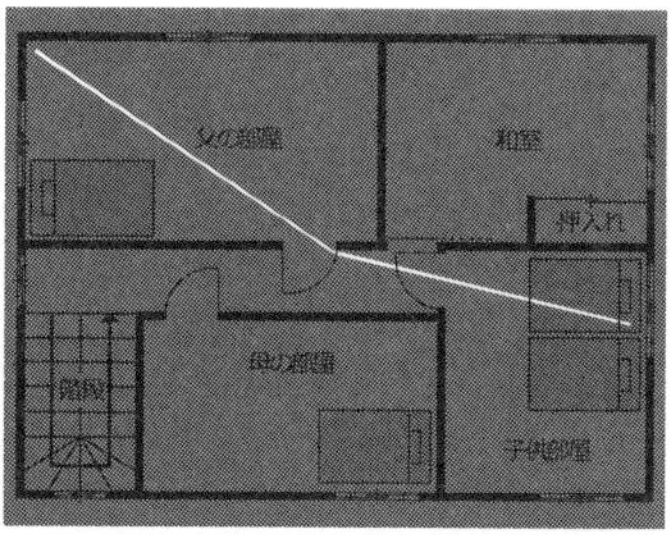

さらに遠い場所だと、糸が部屋の入口にひっかかり、声が届かない(障害物があると糸電話は使えない)

たしかに、笠原さんの枕元から糸を張る場合、一番遠い場所にあるのが父親の枕元だ。この2点間でゆるんでしまうとなると……。

笠原　この家の中に、糸電話が通じる場所なんてないのよ。

筆者　しかし、それならお父さんはどうやって……。

笠原　こう考えるしかない。父は、私とおしゃべりをするとき外にいたのよ。

たしかに、それ以外考えようがない。だが、笠原さんの部屋は2階にある。

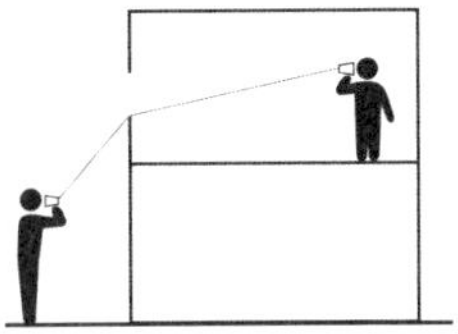

外へ伸ばした糸が、途中で窓枠に引っかかり、それが障害物となって、音が通じなくなってしまうだろう。

たとえば、2階と同じ高さの建物があったら可能かもしれない。しかし、そんな都合のいいものは……と、そこまで考えたとき、私はようやく、笠原さんの言おうとしていることがわかった。

筆者　隣の家、ということですか？

笠原　そう。父は、隣の家の2階から糸電話をしていたのよ。
そう思いはじめたら、いてもたってもいられなくて。私、メジャーを持ち出して、長さを測ったの。糸電話の長さ。廊下の長さ。お隣までの長さ。
そしたら……恐ろしいことがわかってしまった。

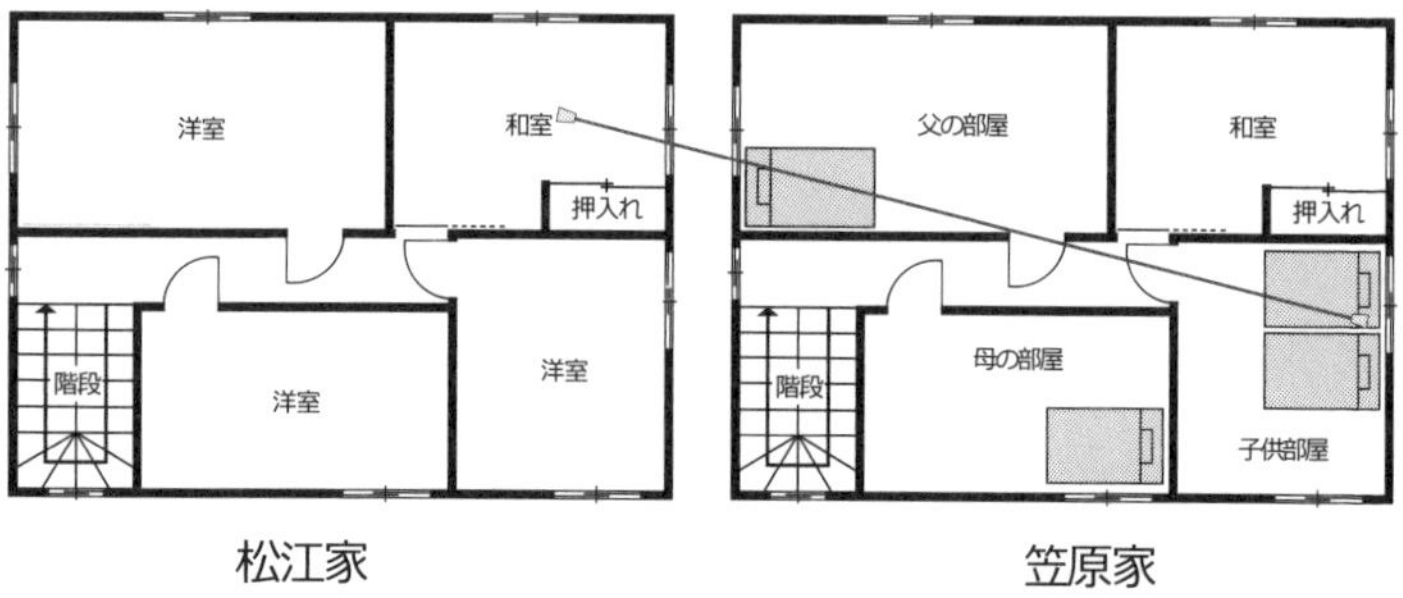

笠原　私の枕元から、糸をピンと張ると、ちょうど、松江さん家の和室に行きつくの。

――あんまり大きな声じゃ言えないけど……火事は、ヒロキくんのお母さんの、焼身自殺が原因だったそうなの。当時、地方局のニュースで見たんだけど、2階の和室で灯油をかぶって自分に火をつけたんですって。

笠原　もちろん、糸電話をするとき、父が毎回そこにいたとは思わない。糸をつけ替えることはできるしね。でも、少なくとも最後に会話をした夜……お隣で火事が起きた夜、父は間違いなく、和室にいた。
あの夜、父の様子は明らかにおかしかった。声が震えていて、返答も支離滅裂で。きっと、あの火事と何か関係があるのよ。

筆者　でも、火事は奥さんの焼身自殺が原因だったんですよね。お父さんが関係しようがないと思うんですけど……。

笠原　本当に自殺だったのかしら？

このたびは飛鳥新社の本をお購入いただきありがとうございます。今後の出版物の参考にさせていただきますので、以下の質問にお答え下さい。ご協力よろしくお願いいたします。

■この本を最初に何でお知りになりましたか

1.新聞広告（　　　　　　新聞）
2.webサイトやSNSを見て（サイト名　　　　　　　　　　　　　　　　）
3.新聞・雑誌の紹介記事を読んで（紙・誌名　　　　　　　　　　　　　）
4.TV・ラジオで　5.書店で実物を見て　6.知人にすすめられて
7.その他（　　　　　　　　　　　　　　　　　　　　　　　　　　　　）

■この本をお買い求めになった動機は何ですか

1.テーマに興味があったので　2.タイトルに惹かれて
3.装丁・帯に惹かれて　4.著者に惹かれて
5.広告・書評に惹かれて　6.その他（　　　　　　　　　　　　　　　　）

■本書へのご意見・ご感想をお聞かせ下さい

■いまあなたが興味を持たれているテーマや人物をお教え下さい

※あなたのご意見・ご感想を新聞・雑誌広告や小社ホームページ・SNS上で
1.掲載してもよい　2.掲載しては困る　3.匿名ならよい

ホームページURL https://www.asukashinsha.co.jp

郵 便 は が き

63円切手を
お貼り
ください

1 0 1 - 0 0 0 3

東京都千代田区一ツ橋2-4-3
光文恒産ビル2F

(株)飛鳥新社　出版部　読者カード係行

フリガナ ご氏名	性別　男・女 年齢　　　歳
フリガナ ご住所〒 TEL　（　　）	
お買い上げの書籍タイトル	
ご職業　1.会社員　2.公務員　3.学生　4.自営業　5.教員　6.自由業 7.主婦　8.その他（　　）	
お買い上げのショップ名　　所在地	

★ご記入いただいた個人情報は、弊社出版物の資料目的以外で使用することはありません。

筆者　しかし、自殺じゃないとしたら……。

笠原　殺人。これは長年考えた結果、達した結論なんだけど……父は、糸電話で私とおしゃべりしながら……人殺しをしていたんじゃないかと思うの。

ふんわりとした口調と、物騒な言葉のギャップに、思わず寒気がした。

笠原さんはそのまま、静かに語りはじめた。

笠原　うちとお隣の間は、1メートルくらいしか離れてなかった。夏だったから、松江さん家が換気のために、窓を開けていてもおかしくない。
父は学生時代、陸上をやっていて、運動神経には自信があったみたいだから、窓を通って隣の家に行くことは難しくなかったと思う。私だったら、怖くて絶対にそんなことできないけど。

筆者　お父さんは、松江家の和室に窓から忍び込み、糸電話で笠原さんとおしゃべりしながら、奥さんを殺害して、遺体に火をつけた……と？

笠原　だとしたら、会話に集中できないのは当たり前よね。そのあと、また窓から自分の家へ戻って、騒ぎになるのを知らん顔で待っていた。

筆者　焼身自殺に見せかけた殺人……。

笠原　動機はわからないけど、家族ぐるみの付き合いがあったし、子供が知らないところでトラブルがあったのかもね。

奥さんだけに恨みがあったのか、松江家全員を殺すつもりだったのか、どうして焼身自殺に見せかけようとしたのか、色々謎はある。でもね、一つだけ確信していることがあるの。父は、私をアリバイの証人にしようとしたのよ。

筆者　つまり、犯行の間、糸電話で会話を続けることで、笠原さんに「その時間、父親は寝室にいた」と思わせたかった、ということですか？

笠原　ええ。それを警察に証言させることで、自分の「嘘の無実」を証明しようとしたんじゃないかしら。

筆者　でも、直接会って話していたならまだしも「糸電話でおしゃべりしていた」ではアリバイとして弱すぎますし、そもそも家族……特に親子の証言は、裁判ではあまり有力な証拠にならないんです。

笠原　そうなの？　知らなかった……。たぶん、父も知らなかったんでしょうね。

よく調べもせずに、見切り発車でやったんだとしたら、いかにも父らしいと思うけど。

筆者　ちなみに、お父さんが警察に呼ばれたことは？

笠原　一回もなかったと思う。不謹慎な言い方だけど、運が良かったのね。きっと、父のことだから、自分なら完全犯罪ができると思って、軽い気持ちでやってしまったような気がするの。

でも、実際に人を殺したあとで、罪の重さに耐えられなくて、逃げるように家を出ていったんじゃないかな。ショックだったわ。私も、糸電話も、父にとっては殺人に利用するための道具でしかなかったなんて……。

＊＊＊

それ以来、笠原さんはこの疑念を抱えたまま、誰にも打ち明けられずに過ごしたという。

そんなある日、父親が亡くなったという報せが入った。松江家の火事から2年後……1994年のことだった。

笠原　自殺だったみたい。自分の家の一室に内側から鍵をかけて、テープで目張りして、睡眠薬を大量に飲んだんだって。遺体のそばには、変な人形が落ちてたって聞いたけど……もう、何がなんだか。たぶん、精神的におかしくなっていたんだと思う。

筆者　「自分の家」というのは、お父さんの新居のことですか？

笠原　そう。離婚してから、愛知県の一宮《いちのみや》市に、中古の一軒家を買ってたみたい。お葬式のとき、はじめて行ったんだけど、玄関前に花壇のある平屋建ての大きな家だった。ご近所さんの話によると、亡くなる少し前まで改築工事をしていたらしいの。

筆者　改築工事？

笠原　うん。それもよくわからない改築でね。たしか減築……って言ったかしら。部屋をまるごと削り取るようなことをしていたって聞いたわ。

「部屋をまるごと削り取る」……どこかで、聞いたことがある。

笠原　あ、そうだ。父の家に関して、もう一つ不思議なことがあるの。遺品を整理していたら、写真が1枚出てきたのよ。小さな男の子が、父の新居でオムライスを食べてる写真。ずいぶん痩《や》せっぽっちで、体にはたくさん痣《あざ》があった。

筆者　痣……？

笠原　痛々しかった。親戚にそんな子はいないし、面識もなかったんだけど、私はその顔に見おぼえがあったのよ。あとになって思い出したんだけど、テレビのニュースで顔写真を見たことがあったの。三橋成貴くんっていう、親から虐待を受けて亡くなった子。その子と父がどういう関係にあったのか、いまだにわからないのよね。

資料⑧「部屋をつなぐ糸電話」おわり

資料⑨

殺人現場へ向かう足音

２０２２年11月12日

松江弘樹さんへの取材記録

笠原千恵さんへの取材から1か月後、岐阜県のレンタルスペースで、私は一人の人物を待っていた。約束時刻のちょうど5分前、彼はやってきた。

整髪剤でなでつけた髪と、高価そうなスーツ。その姿は、脂の乗った壮年のビジネスマンそのものだった。

松江弘樹《まつえひろき》さん……笠原さんの隣人・松江家の長男だ。かつて、ご近所のおばあちゃんに抱かれて泣いていたという、幼い少年の面影はない。

弘樹さんは、火事で両親を亡くしたあと、県内に住む祖父母の家に引き取られた。祖父母ともに教育熱心であり、金銭的な余裕もあったため、彼は大学まで進学することができたという。卒業後は、新卒で証券会社に入社し、今年で16年目を迎えるキャリアを積み上げている。

松江　しかし、驚きましたよ。まさか、あの火事について調査している記者がいたなんてね。どうして、あんな昔のことを調べようと思ったんです？

筆者　民家の火災の歴史に関する記事を書こうと思っておりまして、その過程で、松江さん宅のことを知ったんです。当時のニュースを調べると、気になる点が多々ありましたので、個人的に深掘りをしようと考えました。

松江　ふーん。

言うまでもなく、嘘だ。

本当の理由は「笠原さんの父親が本当に犯人なのか」を確かめることだった。

正直なところ、私は笠原さんの説……彼女の父親が、糸電話をしながら松江家に忍び込み、殺人と放火をした、という推理に、いまいち納得できずにいた。そこで、松江家側の意見を聞くため、弘樹さんに取材をすることにしたのだ。

＊＊＊

はじめに私は、火事の規模や発生時刻、近隣への被害などを質問した。おおむね、笠原さんから聞いた通りだった。

そしてついに、話題は核心的な部分へと移る。

筆者　松江さんは、火事が起きた原因をご存じでしょうか？
松江　警察は、母の焼身自殺と断定したそうですね。
筆者　それについて、どう思われますか？
松江　間違っていると思います。

彼は、当然のようにきっぱりと言い切った。

筆者　原因は他にある、と？

松江　はい。母はむしろ被害者です。あれは焼身自殺なんかじゃない。放火です。

ドキッとした。まさか松江さんも、笠原さんと同じことを考えているのではないか。

筆者　放火をした人物に、心当たりはありますか……？

松江　当時の状況を冷静に分析するなら、犯人は僕の父でしょうね。

まったく予想外の答えだ。まさか、松江さんも自分の父親を疑っていたとは。

筆者　どうして、そう思われたんでしょう……？

松江　僕なりの考えを説明することはできます。しかし、これはあなたの調査テーマに関係あるんですか？　野次馬的なゴシップ記事にするつもりなら、お断りしますが。

筆者　……いえ、そのようなことはありません。私は本気で、この火事に向き合いたいと思っています。ゴシップ記事にしないこともお約束します。

松江　ふーん………わかりました。でも、約束したからには「命をかけて」守ってくださいよ。不誠実な人は嫌いなので。

筆者　……はい。

松江さんは、かばんからメモ帳を取り出すと、ボールペンで図を描きはじめた。どうやら間取り図のようだ。

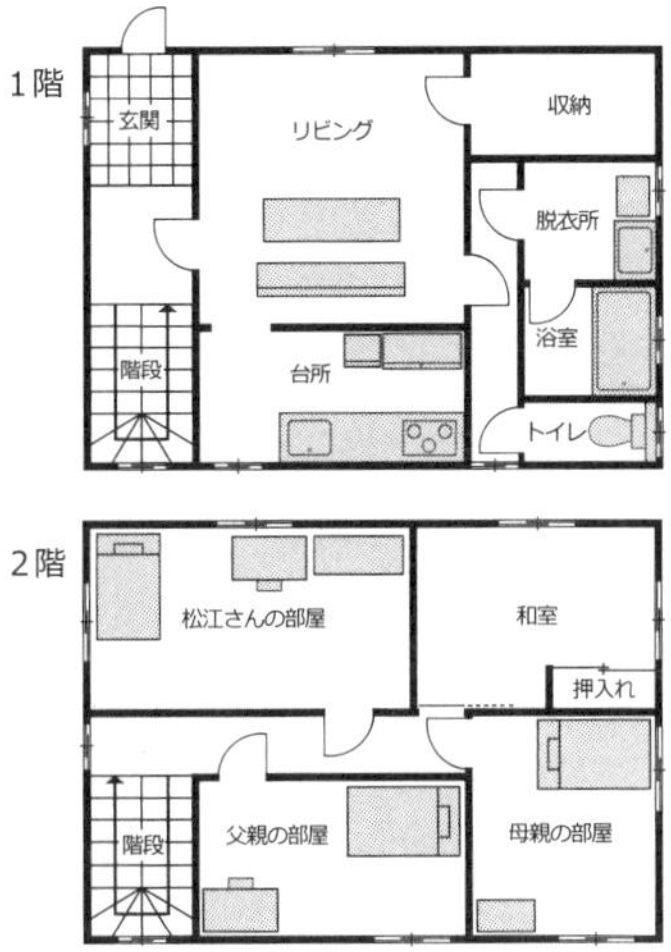

※松江さんの図を参考に筆者が清書したもの

5分ほどで完成したその間取り図は、先日、笠原さんに見せてもらったものと、ほとんど同じだった。異なるのは家具の配置くらいで、家の造りは完全再現といっていい。

松江さんの記憶力に驚いた。

筆者　お上手ですね。

松江　学生の頃、一時期建築家を目指していたものでね。稼げないと聞いて諦めましたが。

松江　ではさっそく、あの日の話をしましょう。
火事があった夜、僕は1階のリビングで、一人でテレビを見ていました。父と母は2階の自室にいたはずです。夕飯が片付くと、それぞれそうやって過ごすのが日課でしたから。

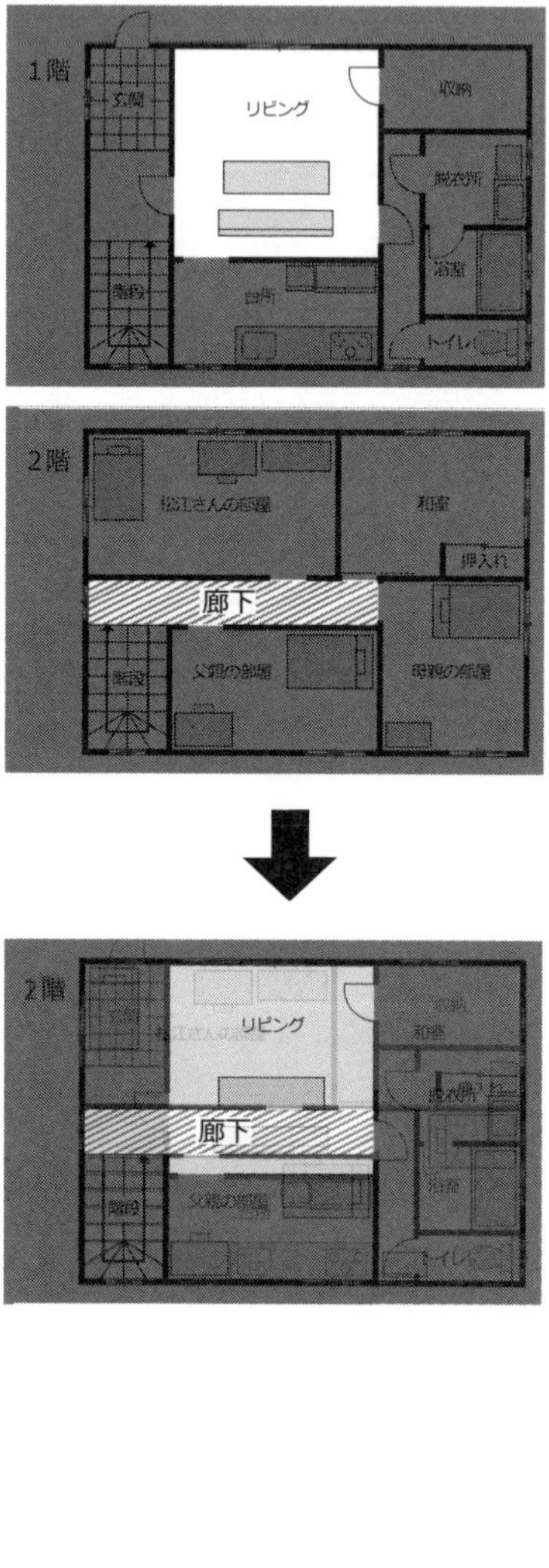

松江　間取り図を見ればわかると思いますが、リビングの真上には、2階の廊下が通っています。だから、家族が廊下を歩くと、その音で誰がどっちに行ったかわかるんですよね。父と母の足音は、結構違いましたから。
その夜も、僕は足音を聞きました。『サンデースポーツ』がはじまってすぐだったから、

10時過ぎかな。父が2階の自室から出て、図面右側に向かって歩いたんです。僕の部屋を通り越して、奥に行ったようでした。僕は「あれ？　おかしいな」と思いました。というのも、その方向には「和室」と「母の部屋」しかないからです。ほとんど空き部屋状態で、誰も使っていなかった和室に、父が行くとは考えられないし、そうなると、残るは母の部屋しかありません。父が母の部屋に行くなんて、いったい何事だろうと不思議に思ったんです。

筆者　お母さんの部屋に行くのが、そんなに珍しいんですか？

松江　普通の夫婦なら、珍しくはないでしょうけど、父と母は仲が悪かったんです。一緒にいても全然しゃべらないし、顔も見たくないって感じでした。性交渉もなかったんじゃないかな。母には経済力がないし、父は家事ができない。だから離婚しないでいるだけの、仮面夫婦のような状態だったんです。ですから、お互いの部屋を訪ねるなんて、数年に一度あるかないか。二人に何かあったのかな、と少し不安になりました。

筆者　なるほど……。

2階

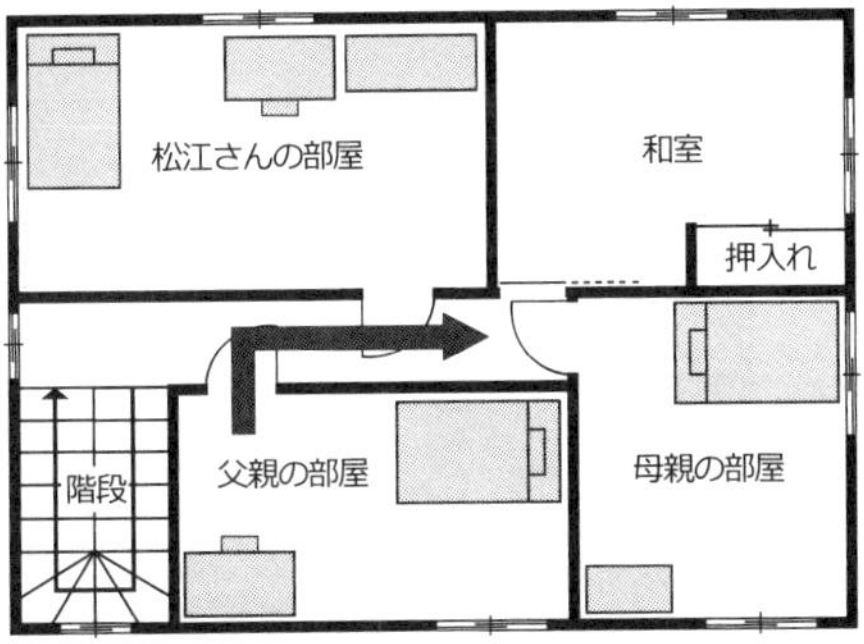

松江　それから30分ほど経った頃でした。突然、廊下を図面左側に走る音が聞こえて、そのまま階段を下りてきたかと思うと、父がリビングのドアをすごい勢いで開けたんです。
慌てた様子で「火事だ！　逃げるぞ！」と言って、僕の手をつかんで、玄関に向かって走り出しました。

筆者　ずいぶん唐突ですね。

松江　ほんと、びっくりしましたよ。外に出ると、父は僕に１００円玉と、十字架のペンダントを握らせて、こう言いました。
「向こうの角にある公衆電話で、消防署に電話をかけてくれ。１１９だ。１００円玉を入れて１１９を押して『消防車をお願いします』って言うんだ。あとは指示にしたがって、聞かれたことを答えればいい。お父さんは今からお母さんを探しに行く。お母さん、どういうわけか部屋にいないんだ」

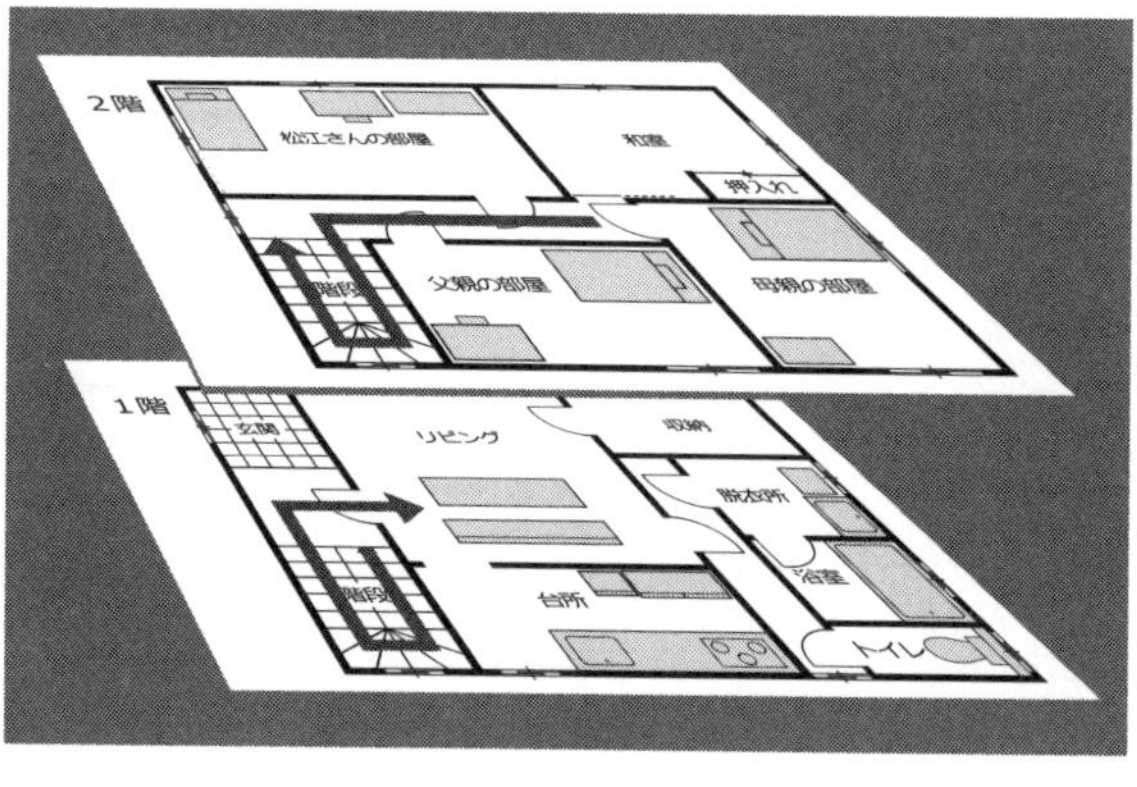

父は僕にそう伝えると、また家の中へ走っていきました。外からだと火は見えませんでしたが、きっとどこかの部屋から出火したんだろうと思って、僕は公衆電話に向かって全速力で走りました。

消防署に連絡するなんてはじめてだったから、手こずって10分くらいかかっちゃったのかな……。電話を終えて家の前に戻ると、ご近所さんたちが寝巻き姿で外に出ていて、僕の家を見てるんです。そのときにはもう、家から煙が上がっていました。

お向かいのおばあさんが僕を見つけて、慰めてくれたのを覚えています。結局、両親が家から出てくることはありませんでした。


松江さんは、胸のポケットから銀色のペンダントを取り出した。

キリストが磔《はりつけ》にされた、十字架のペンダントだった。


松江　父は熱心なクリスチャンだったんです。僕にも洗礼を受けさせるつもりだったみたいですが、母に反対されて、なかなか実現できずにいたようです。

僕は結局、クリスマスにシャンパンを飲んで、正月に初詣に行くような、典型的な無宗教の日本人に育ってしまいましたが、これだけはずっと持ち続けてるんです。

家が全焼してしまったんで、唯一の形見なんですよね。

松江 火事の2日後、家の中から両親の遺体が発見されました。父は階段の途中に倒れていたそうです。母を探して、家中を探し回っているときに力尽きたんだろう、と警察から聞かされました。「君のお母さんがあんな場所にいたんじゃ、見つけられないのも仕方がない」って、まるで父を弁護するように言っていました。

筆者 あんな場所……って、和室のことですか？

松江 和室の押し入れです。

筆者 押し入れ!?

松江 ニュースでは報道されませんでしたが、押し入れの中で仰向けで倒れていたんです。近くには、灯油缶が落ちていたらしくて、それで自殺だと断定されたんでしょうね。

筆者 では、押し入れの中で灯油をかぶって、自分に火をつけた……と。

松江 そういうことです。

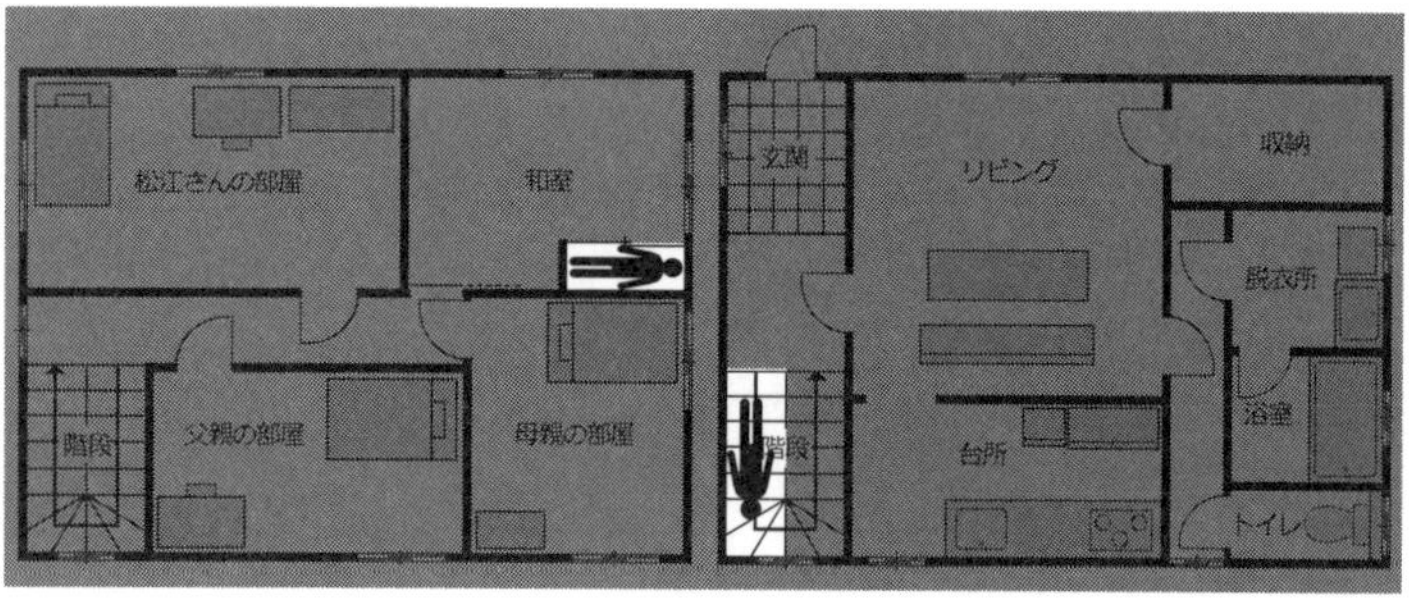

いや、そういうことにされてしまいました。
だけど僕だけは、真相は他にあるとわかっていました。
父の足音を聞いていたからです。

10:00 過ぎ

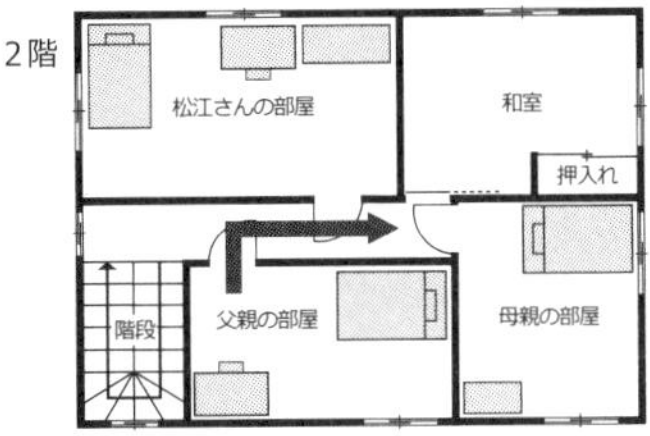

10:30 頃

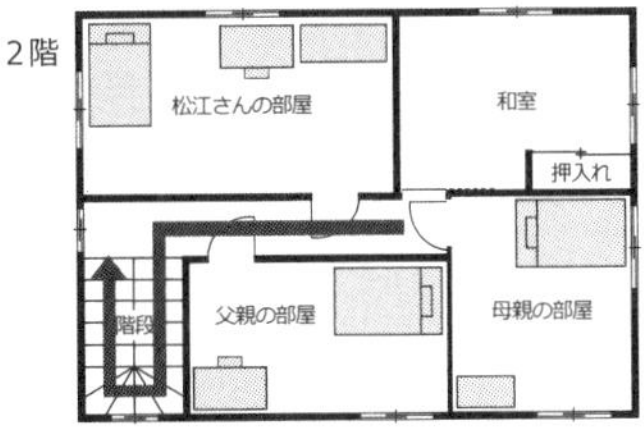

松江　10時過ぎ、父はたしかに、自室から廊下を歩いて、図面右側へ行きました。それから30分後、突然1階へ駆け下りてきて、僕を外に連れ出した。
父は30分間、何をしていたのか。母の近くにいたはずなのに、どうして焼身自殺を止められなかったのか。
それらの答えは、一つしかありません。父は、母を殺したんです。

松江　10時過ぎ、父は母の部屋へ行った。そこで母に睡眠薬を飲ませた。方法はわかりませんが、お酒とかに混ぜて「たまには夫婦で話をしよう」とでも言ったんでしょう。眠らせた母を和室の押し入れに運び、灯油をかけて火をつけた。放火殺人です。もともと夫婦仲は最悪でした。我慢の限界が来たんでしょうね。

たしかに、そう考えれば「30分」の謎は解ける。
しかし……。

筆者　……どうしてお父さんは、わざわざお母さんを、和室の押し入れに運んでから火をつけたんでしょうか？

松江　それはたぶん、僕のためです。

筆者　え？

松江　もしも、家にいたのが父と母だけなら、母の部屋で火をつければよかった。でも、1階には僕がいた。父はきっと、僕だけは守りたかったんですよ。子煩悩《こぼんのう》でしたから。絶対に、危険にさらしたくなかった。だから、火をつける前に僕を外に連れ出したんです。

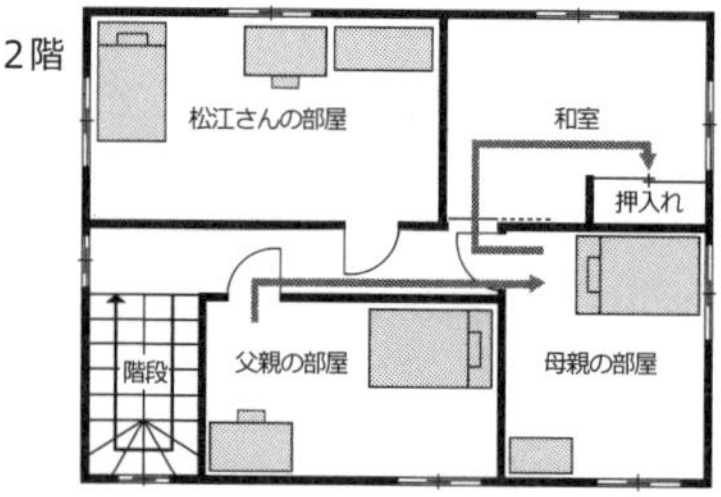

父親の行動

妻を眠らせる
↓
息子を外に連れ出す
↓
家に戻り放火

筆者 つまり、松江さんが外に連れ出された時点では、まだ火事にはなっておらず、お父さんは、息子を安全な場所に避難させてから、ふたたび家の中に戻り、火をつけたってことですか。……ん？　それと、お母さんを押し入れに運ぶことと、どういう関係があるんですか？

松江 「言い訳」ですよ。おそらく父の計画では、火をつけたあと、逃げるつもりだったんです。燃える母を家の中に残して、自分だけ外に逃げる。そして、一人親として僕を育てるつもりだった。そうなっていたら、僕はこう思ったでしょうね。
「どうしてお父さんは、お母さんを助けられなかったの？」

筆者 あ……。

松江　父は、僕にそう聞かれたときの、言い訳が欲しかったんだと思います。「お母さんがあんな場所にいたんじゃ、見つけられないのも仕方がない」というね。父はあのとき言ってました。

――「お父さんは今からお母さんを探しに行く。お母さん、どういうわけか部屋にいないんだ」

松江　わざわざ「部屋にいない」と言ったのは、そのための布石だったんでしょう。

筆者　なるほど……。でも、お父さんは逃げられなかった……。

松江　思った以上に、火の回りが早かったんでしょうね。階段の途中で、煙を吸って動けなくなったんじゃないかな。正直「自業自得」以外の言葉は出てきませんね。

松江さんは、父と母の死を、まるで他人事のように語る。しかし、その軽快な口調とは裏腹に、彼の手は、石のように固く握られている。

そこに、彼の本心が見えた気がした。

＊＊＊

松江　当時、もしも僕が警察に今のことを話していれば、父は殺人の容疑で捜査されていたかもしれません。でも、僕は言いませんでした。父の名誉のためではなく「犯罪者の子供」として生きるのが辛いからです。だってそうでしょ？　妻を焼き殺して逃げるつもりが、逃げ遅れて自分も巻き添えになって死んだ、愚かな男の息子……恥ですよ。一生の恥です。だから……本当は、誰にも話すつもりはありませんでした。それなのに……。

彼は突然、私の顔をジロッと見た。

松江　どうして今日、あなたにこの話をしたか、わかりますか？
筆者　え……？
松江　あなたがこれから死ぬからですよ。この話を聞いて、生きて帰れると思わないでください。
筆者　え!?　……待ってください！　何を言って……。
松江　よく「証券マンは嘘つき」だと言われます。気分はよくないですが、おおむね正しい。長年、嘘をつき続けているとね、他人の嘘が見抜けるようになるんですよ。「民家の火災の歴史に関する記事」……そんなの、書くつもりないんでしょ？

思わず声が出た。
全身から冷や汗が噴き出す。

松江　あなたが僕に嘘をついていることは、はじめからわかっていました。最初に言いましたよね。「不誠実な人は嫌い」って。嘘をつくのは、誠実な行為ですか？

筆者　それは……その……。

松江　秘密を知ってしまったからには、あなたには「命をかけて」忘れてもらわなければなりません。

筆者　いや……ちょっとだけ冷静になって、話を……！

そのとき、松江さんの顔が突然ふにゃっと崩れた。

松江　………ふふ……ふふふふ………はははははは！　……ああ、面白かった。驚きました？

筆者　え……？

松江　すみません。少しからかってみたくなっただけです。何もしないんで安心してください。

状況が呑み込めない。が、心臓はまだドキドキと鳴っている。
松江さんは戸惑う私を見て、いたずらっぽくニヤリと笑った。

松江　実は、あなたのことは前から知ってました。笠原千恵さんから聞いていたんですよ。

筆者　笠原さん⁉

松江　僕、彼女とは今でも友達なんです。5年前に偶然再会して、一緒にお酒を飲みました。自然のなりゆきで、あの火事の話になって、そのとき、お互いの推理を発表しあったんです。驚きましたよ。まさか彼女も自分の父親が犯人だと思ってたなんて。たしかに、その可能性もあり得るなと、話を聞いて思いました。

それ以来、ときどき二人で会って、遊んだり食事をするようになったんです。

筆者　でも、笠原さんのお父さんが犯人かもしれないんですよね？　トラブルになったりしないんですか？

松江　関係ないでしょ。彼女は犯人じゃないんだから。むしろ、千恵さんほど心を許せる友達はいません。僕にとって、一番深い心の傷を分かち合えるのは、彼女だけですから。

筆者　……なるほど……。

松江　種明かしをすると、先月、彼女から連絡があったんです。

「この前、怪しい記者に取材を受けて、火事のことを話した。弘樹くんの話もしちゃったから、もしかしたら近々そっちに連絡が来るかも」って。本当に来たから笑いました。

筆者　あ……そういうことだったんだ。

私は、笠原さんが恨めしくなった。

松江　いやー、それにしても、笑いをこらえるのが大変でした。えーと、なんでしたっけ？「民家の火災の歴史に関する記事を書こうと思って……」とかなんとか。
筆者　すみません……それは忘れてください。
松江　もう少し嘘を練習したほうがいいですよ。
筆者　はい……。
松江　あと、家と家族を火事で失った人間に、そういう嘘はつかないほうがいいです。

穏やかな口調だったが、目は笑っていなかった。

筆者　本当に、申し訳ありませんでした。
松江　まあ、許してあげてもいいですが、代わりに条件があります。
筆者　え？
松江　火事の真相を突き止めてください。それがどんな結論でもかまいません。僕の父親が犯人でも、笠原さんの父親が犯人でも。もちろん、それ以外でも。
僕たちは、本当のことが知りたいんです。

＊＊＊

松江さんが帰ったあと、私は一人部屋に残り、情報を整理した。

松江家の火事について、笠原さんと松江さんは、それぞれ異なる結論を出した。正直なところ、私はどちらにも賛同できなかった。

笠原さんの父親の、火事当日の様子はたしかに怪しい。

ただ「アリバイ工作のために、娘と糸電話で会話をしながら殺人をする」というのはあまりにも非現実的だ。それに対して松江さんの推理は、より現実的だと感じた。ただ、それでも違和感は残る。

一番の疑問は「放火」だ。

人を殺す方法は多くあるが、なぜ父親は「放火」を選んだのだろうか。妻を殺すために自分の家を燃やす……あまりにも失うものが多すぎる。

真相は別にある。そんな気がした。

笠原さんのものでも、松江さんのものでもない、第三の真相。

見つけなければならない。


私は心に決め、レンタルスペースを後にした。

資料⑨「殺人現場へ向かう足音」おわり

笠原さんの推理	松江さんの推理
犯人＝笠原さんの父親	犯人＝松江さんの父親
窓から隣の家へ忍び込み 糸電話で会話しながら 松江家の妻を殺害	妻を睡眠薬で眠らせ 息子を外に避難させたあと 妻に火をつけて殺害
その後、放火	逃げ遅れ、死亡

資料⑩

逃げられないアパート

2023年1月25日
西春明美さんへの取材記録

中目黒《なかめぐろ》に建つ雑居ビルの地下に、隠れ家のような居酒屋がある。8つのカウンター席しかない小さな店だが、会社帰りのサラリーマンに愛され、40年以上営業を続けている。

2023年1月、私は取材のために、この店を訪れた。指定された時間は、開店の1時間前。私が店内に入ると、白い調理服を着た50代くらいの男性が、厨房で料理の仕込みをしていた。

私に気づくと、彼は深々と頭を下げ、奥にある休憩室に案内してくれた。3畳の座敷では、一人の女性が日本酒を飲んでいた。彼女が今回の取材相手、西春明美《にしはるあけみ》さんだ。

来年で80歳になるというのに、いまだに毎日深夜まで、常連客の話し相手をしている。いわゆる名物女将《おかみ》だ。46年前にこの店を開業して以来、一人息子の満《みつる》さんとともに、たった二人で切り盛りしてきたという。

明美　厨房は20年前にこの子（満さん）に任せたんだ。私は客と一緒に飲むだけのバアちゃんだよ。ところが案外これが喜ばれるんだ。今の時代、みんな寂しいから飲み仲間が欲しいんだろうね。満！　お客さんにお茶とおしんこをお出しして！

「おかまいなく」と言う暇もなく、満さんは厨房へ素早く戻り、お茶を淹《い》れはじめた。

明美　あんなんでも料理の腕は一人前なんだ。立派になったもんだよ。
中学の頃までは、アタシと一緒じゃなきゃ風呂入れなかったのにさ。子供の成長ってのは早いいね。あとは嫁さんさえ来てくれたら、安心してあの世に行けるんだけど。

そう言って明美さんは豪快に笑った。

陽気な母と、仕事熱心な息子。微笑ましい親子に見えるが、二人には辛い過去がある。

明美さんと満さんは、昔「逃げられないアパート」に住んでいた。

＊＊＊

昭和19年、明美さんは静岡県で生まれた。

家は貧しく、空腹を満たすために、たびたび近所の畑の農作物を盗んで食べていたという。

父親は日雇いの土木作業員として働いており、毎晩、仕事のストレスをぶつけるように、明美さんを殴った。15歳の年に母親が病死してからは、性的な虐待を受けるようにもなったという。

中学を卒業すると同時に、明美さんは逃げるように家を出た。

仕事を求めて移り住んだのは、東京の歌舞伎町《かぶきちょう》……日本一の歓楽街だ。当時は高度経済成長の真っただ中で、夜の街は活気と金にあふれていた。明美さんは年齢を偽り、ホステスになった。

明美　あの頃はすごかったね。私も今はしわくちゃだけど、若い頃はなかなか美人だったんだよ。その上、口も上手くて、酒だってガブガブ飲めるもんだから、いつの間にか店で一番人気になってたんだ。多いときで、月に100万以上稼いだこともあったな。当時なら高級車が一台買えるくらいの金額だよ。まあ、良いときは長く続かないんだけどね。

19歳のとき、明美さんは男性客の子供を妊娠する。彼は、小さな会社の経営者を名乗り、たびたび「君と幸せな家庭を築きたい」と真剣な顔で話していた。明美さんも、彼の誠実さに惹《ひ》かれ、本気で結婚を考えていた。

ところが、妊娠を告げたその日を最後に、彼は店に現れなくなる。それからしばらくして、妙な噂を聞いた。彼は経営者などではなく、妻子持ちの会社員だったという。

明美　あの男を恨んじゃいないよ。飲みの席での口説《くど》き文句を信じるほうがバカなんだ。19歳にもなって世間知らずだったんだね。そんなわけで、一人で満を産むことになったんだ。でも、不安はなかったよ。金だけは腐るほどあったからね。

明美　だけど、先々のことを考えたら、貯金だけに頼るのも心もとなくてさ。思い切って、自分の店を出すことにしたんだ。いわゆるオーナーだね。
若い娘を雇って、接客を教えて、あとはふんぞり返ってれば、金が自然に入ってくると思ってたんだ。この期《ご》に及んで、大バカ者だよ。

経営の基礎も知らないまま、勢いではじめた店は、みるみるうちに赤字が膨らんでいった。すぐに店を畳めばよかったが「いずれ良くなるだろう」と甘く考え、借金を重ねてしまった。

明美　27歳のときに、とうとうどうにもならなくなって自己破産したんだ。でも、それで許してくれるのは銀行くらいなもんでね。危ないところからも、かなりの額を借りてたから大変だったよ。
ヤクザ相手に「自己破産したからお金返せません」なんて理屈が通るわけない。満と一緒に車に乗せられて、気づいたらあの部屋だよ。

そこは「置棟《おきとう》」というアパートだった。

＊＊＊

かつての日本には「売春宿」と呼ばれる施設が存在した。そこには女性が住み、訪れた男性客と性行為を行うことで、収入を得ていた。しかし、1958年に売春防止法が施行されると、そのほとんどが姿を消した。

それと入れ替わるように、法の目をかいくぐる形で、ソープランドやファッションヘルスなどの風俗産業が誕生するが、それらとほぼ同時期に「置棟」という売春施設が、一部の反社会的組織によって営まれていた。

明美さんと満さんが連れていかれたのは、山梨県中央の山間部に建つ、2階建てのアパートを改造した置棟だった。

1階と2階にはそれぞれ4部屋ずつあり、1階には監視役の組員、2階には明美さんと同じように、借金を抱えた者たちが住まわされていた。

明美 わざわざアパートを改造したのは「アパートに住む女のもとに、恋人が訪ねてきてセックスをしてるだけ。法的に問題はない」っていう言い訳のためだろうよ。まあ、実際はそうでないことくらい、ちょっと調べればわかるんだけど、当時は警察もヤクザには気を使ってたからね。違法とわかりつつ、黙認してたんだと思うよ。

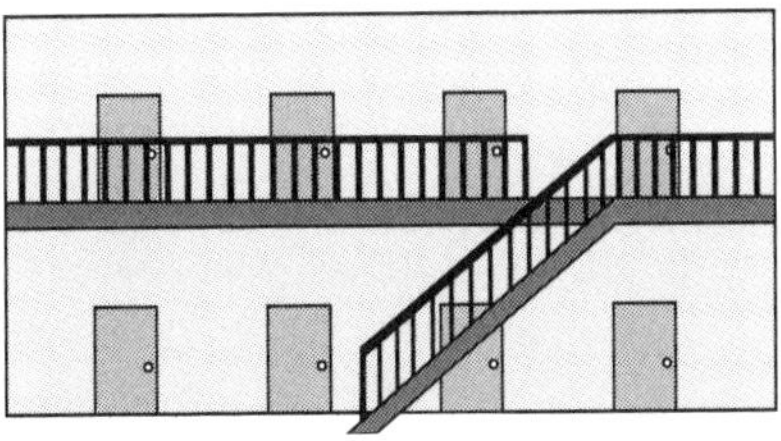

明美さんたちは、2階の角部屋を割り当てられた。

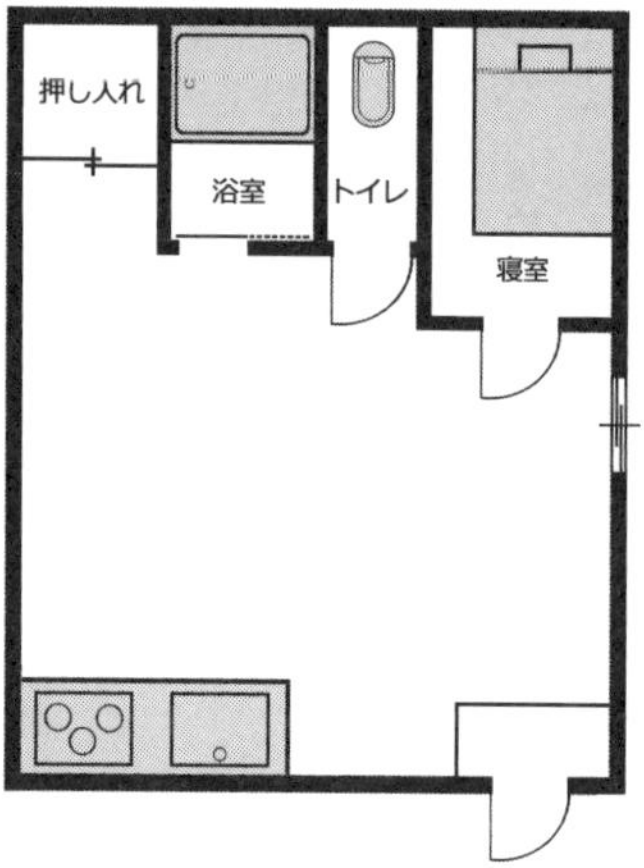

明美　畳敷の、カビ臭い部屋だった。そこに、便所と風呂場と押し入れ、粗末な台所もあったね。飯は毎日、二人分の弁当が支給されるんだけど、冷えてるもんだから、よくコンロでおかずをあぶってたな。あとは、小さい「寝室」ね。言わなくてもわかるだろうけど「寝室」は寝るための場所じゃないよ。いかがわしいオモチャと、ベッドが一台あるだけの暗い部屋。そこに客を入れて相手をするんだ。壁で仕切られてるから、満に見られずに済むのが救いだったよ。まあ、親が毎晩そこで何やらされてるかくらい、感づいていただろうけど。

私はちらりと厨房を見た。明美さんの声は聞こえているはずだが、満さんは反応せず、料理の仕込みを続けている。取材場所を考えるべきだったと、彼に対して申し訳なくなった。

明美　客が来るのは、毎晩深夜を過ぎてからだった。どいつもこいつも、高級車に乗ってやってくるんだ。置棟っていうのは、金持ち相手の商売だからね。
1回あたり10万とってたらしい。その9割は組に抜かれて、1割が借金の返済に充てられる。借金を返し終わるまで、ずっと部屋に閉じ込められるんだ。ただ、閉じ込めるとはいっても、さすがに外から鍵をかけたら監禁罪になるから、奴らもそこは工夫してたね。

明美さんによると、ドアに鍵はかかっておらず、その代わりに、アパートの出入口には、常に監視役が立っていたという。1階に住む組員たちが、交代制で見張りをしていたのだ。

2階に住んでいるのは、力のない女子供だけなので、仮に全員で団結して脱走をはかっても、成功は不可能だったはずだと明美さんは語る。組側も、それは重々承知だったと思われるが、彼らは念を入れ、とある予防策を施していた。

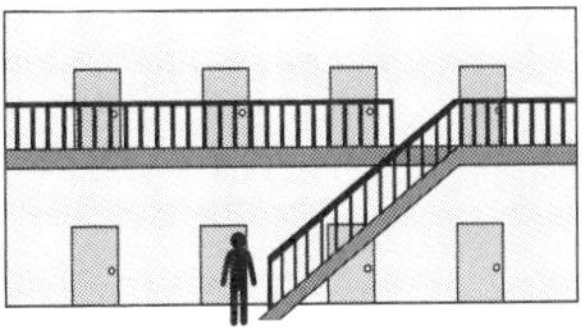

明美　私たちの部屋には、窓が1か所だけあった。その窓からはね、隣の部屋が見えるんだ。

自室と隣室を隔てる壁には、開閉式の窓がついていたという。「隣人が逃げようとしている」という証拠をつかんだら、借金が半分帳消しになる約束があったのだ。いわば、相互監視である。

明美　でも実際は、逃亡の証拠なんて、めったに押さえられるもんじゃないよ。カメラも録音機もないしね。それに「借金を半分チャラ」なんて気前のいいこと、奴らがするとは思えない。要は「こういう規則を作っておけば、濡れ衣着せられるのが怖くて、怪しい行動ができなくなる」ってことさ。まあ、うちの隣は良い人だったから、そんな心配はせずに済んだけどね。

明美さんの隣人は、彼女より6つ年上の女性だった。

明美　ヤエコさんっていうきれいな人でね。その人も子連れで、11歳の娘さんと一緒だった。親同士、お互いの辛さはわかるから、逃亡の証拠を見つけてやろうなんて浅ましいことは、どっちも考えなかったよ。むしろ窓を開けてよくおしゃべりしたもんだ。

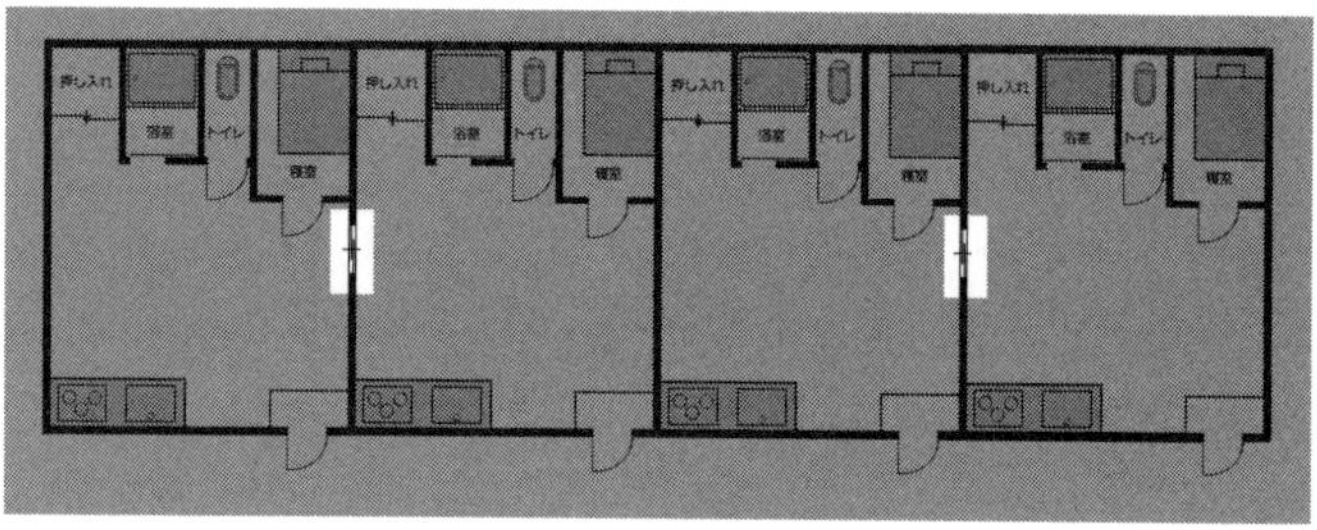

そんなヤエコさんには、とある身体的な特徴があった。

明美　しばらく経ってから気づいたんだけどね、彼女には……左腕がなかったんだ。生まれてすぐに、事故で失ったらしい。

筆者　その方について、もう少し詳しく教えていただけますでしょうか。

明美　そうだね……。子供らがいないとき、お互いの身の上話をしたことがあるんだけど、あの人には色々と複雑な過去があったらしいんだ。

ヤエコさんは、長野県の裕福な家庭で育ったという。
しかし18歳の頃、両親から、ある事実を聞かされる。

明美　彼女、捨て子だったんだって。小屋……？　とか言ってたな。なんでも、林の中の小屋に捨てられてたのを拾われたらしい。
つまり、これまで両親だと思ってたのは、養父母だったっていう……まあ、よくある話だと思うけどね。それにショックを受けて、家を飛び出したんだってさ。「養父母《ふたり》のことは今でも恨んでる」って言ってた。

筆者　でも、実の親じゃないとはいえ、自分を拾って育ててくれた人たちなんですよね。恨むのには、何か理由があったんでしょうか？

明美　さあ。本人にしかわからない事情があるんだろうと思って、あえて深くは聞かなかったよ。別に尋問じゃないんだからね。

で、家を出たあとは、東京に移り住んで職を探したけど、体にハンデがあるぶん、相当苦労したらしい。宛名書きのアルバイトなんかで、なんとか食費を稼いでたみたいだよ。

しかし、あるとき転機が訪れる。

ヤエコさんが21歳の頃、アルバイト先の社長と恋に落ち、プロポーズされたのだという。

明美　いきなり社長夫人だからね。すごいもんだよ。

すぐに子供も生まれて人生安泰……かと思いきや、だよ。人生ってのは、そこら中に落とし穴があるんだから難儀だよね。

証券不況のあおりで会社が倒産して、旦那は大きな借金を残したまま自殺したらしい。残された母娘《おやこ》に返すあてもなくて、二人揃って置棟に連れてこられた、というわけ。

筆者　それは……不運ですね……。

明美　ほんとに。あの人が悪いわけじゃないんだよね……。私と違って。

明美さんは、苦々しい顔で酒をあおった。

明美　しかしね、そんな不幸のどん底でも、きれいな心は持ち続けなきゃいけないって、あの人は教えてくれたんだ。ヤエコさんはね、満の命を救ってくれた恩人なんだよ。

筆者　恩人？　……何があったんですか？

明美　あれは、私たちが置棟に来て、半年ほど経った頃だった。

＊＊＊

明美さんたちが暮らしていた置棟は、原則として部屋から出ることは禁止されていた。しかし、ある条件を満たせば、外出が許可されたという。

その条件とは「子供の交換」だった。

仮に「Aさん親子」と「Bさん親子」が隣同士だったとする。

たとえば、Aさんが外出をしたい場合は、隣室に住むBさんの子供を一緒に連れていく。その間、残ったBさんは、Aさんの子供が逃げ出さないように監視する。

Aさんからすれば、自分の子供が部屋にいるため、一人で逃げるわけにはいかない。Bさんの子供にしても、親がいなければ一人で生きていけないため、逃げ出すことはしない。

いわば、肉親を人質にとることで、精神的な鎖をつけるようなシステムだ。

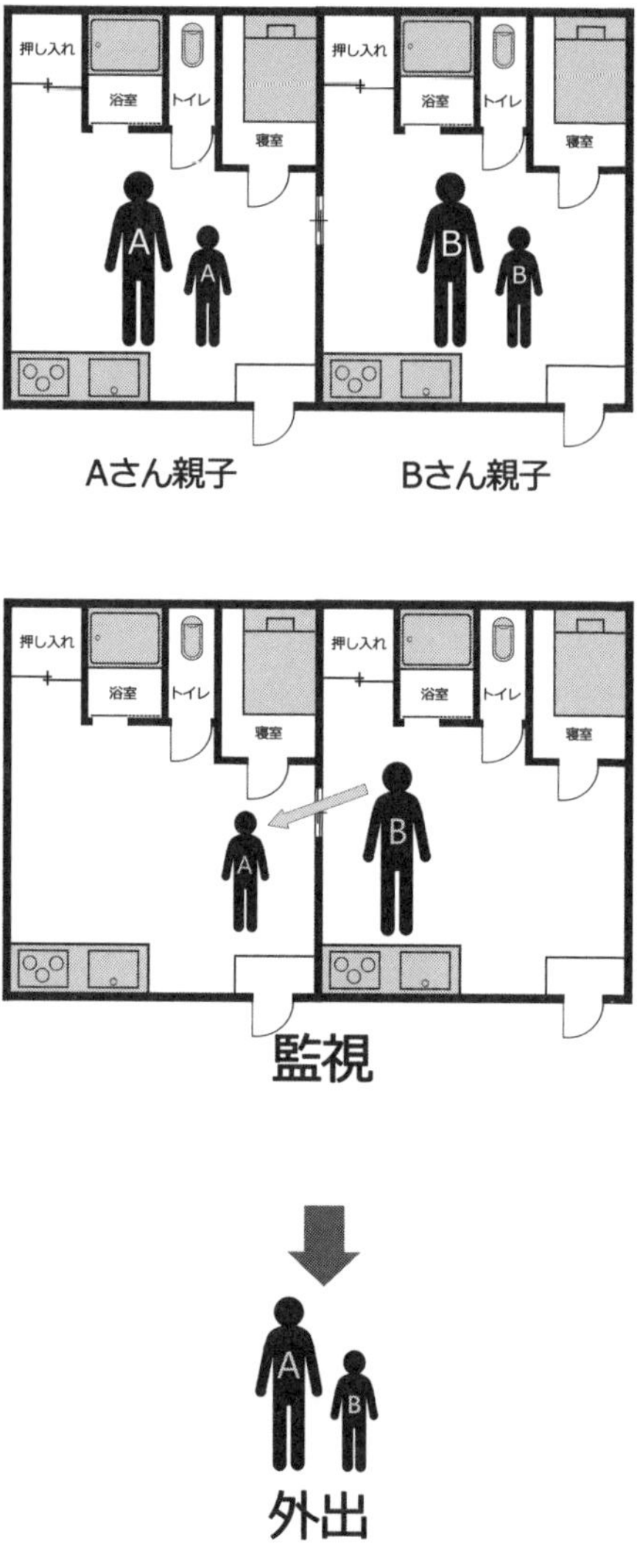

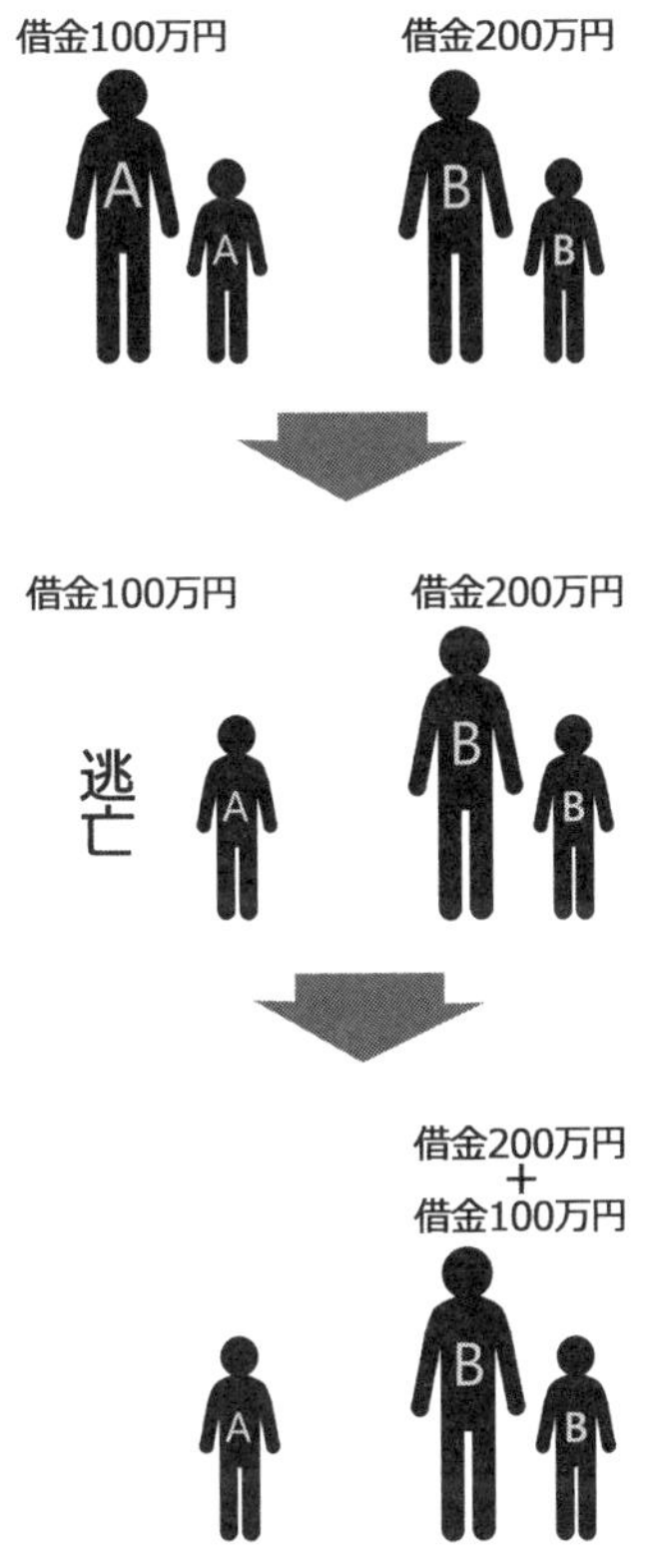

万が一、Aさんが自分の子供を見捨てて逃げ出した場合は、Bさんがその責任を負うことになるため、よほど仲のいい隣人同士でなければ、交換は成立しない。しかし、明美さんとヤエコさんは信頼しあっていたので、たびたびこの制度を使っていたという。

日暮れまでに帰れば、行き場所は自由だったらしく、よくお互いの子供を連れて、近くの公園に遊びに行っていたらしい。

そんなあるとき、悲劇が起きた。

明美　ある日、満が「町に行きたい」って言いだしたの。都会の景色が見たい、って。

筆者　都会？　たしか、明美さんたちのいた置棟は、山梨の山間にあったんですよね。都会なんて行けるんですか？

明美　山間とはいっても、そんなに奥まった場所じゃないからね。2時間くらい歩けば市街地に行けたのよ。

ヤエコさんも「満くんがそんなに行きたいなら、お供しますよ」って言ってくれたから、お言葉に甘えて連れていってもらうことにしたんだ。

外出当日、ヤエコさんと満さんは、支給されたお茶と弁当、そして、組員に借りた地図を持って出かけていった。

「3時頃までには戻ります」とヤエコさんは言ったが、日が暮れても二人は帰らなかった。

心配する明美さんのもとに、組員がやってきた。彼はコワモテに似合わない小さな声で言った。

「今、二人は病院にいる」

なんでも、町の交差点で、満さんが信号を見間違え、車道に飛び出したらしい。車にひかれかけたのを、ヤエコさんが身を挺《てい》して守ったのだという。

明美　本当に、そのときばかりは神に祈ったよ。生きた心地がしなかった。しばらく経って、満が無事だって聞いて、心底ほっとしたけど……まさか、ヤエコさんがあんなことになるなんて……。

満さんは打撲と擦り傷で済んだが、ヤエコさんは重傷だった。

特に、車の下敷きになった右脚は、長時間、血流が止まったことで組織が壊死してしまい、手術で切断されることになった。

彼女は左腕だけでなく、右脚も失った。

明美　なんてお詫びしていいかわからなくてね。ヤエコさんが退院して帰ってきた日、満と一緒に土下座して、何度も謝ったよ。

死ぬまで謝り続けても足りないくらいなのに、ヤエコさん、恨み言一つ言わないの。それどころか「満くんを危ない目に遭わせてしまってごめんなさい」って……。

私はさ、こんな性格だから、誰かに憧れたり、尊敬したことなんてないけど、ヤエコさんだけは特別。

今でも人生の目標だし、ああいうふうになれたらなって思ってるの。まあ、私なんかには、１００年かかっても無理だろうけどね。

ヤエコさんたちとの別れは、突然訪れた。

明美　当時、ヤエコさんの部屋に、頻繁に通ってた男がいたんだよ。「ヒクラ」っていう、建築会社の御曹司らしいんだけどさ。その男がヤエコさんにべた惚れでね。借金を全部肩代わりしたそうなの。もちろん、善意でそんなことするわけなくて、母娘ともども連れていったよ。

よく、壁の窓から姿を見たけど、あいつはクソ男だよ。だいたい、親の金で女を買うような奴だ。ロクなもんじゃない。ひょろっひょろに痩せてて、若いくせに覇気がなくて。鷲みたいな鼻だけが目立つ、気持ちの悪い変態だった。

そんな奴でも「社長の息子」ってだけで会社継いで、今じゃ会長やってんだからね。世も末だよ。だけどまあ、そいつがいなかったら、ヤエコさんたちは、もっと長いこと置棟に閉じ込められてたわけだから、その点は良かったのかもしれないけど。

ヤエコさんたちが出ていった翌年、明美さんもようやく借金を返し終え、3年間過ごした置棟を後にした。その時点で明美さんは29歳、満さんは9歳だった。

その後は東京へ戻り、飲食店で働きながら資金をため、この店をオープンさせた。様々な苦難はあったものの、満さんと二人で、なんとか乗り越えてきたという。

ヤエコさんには、あれから一度も会っていないらしい。

＊＊＊

取材を終えたのは、開店の10分前だった。私は明美さんに謝礼を渡し、足早に退散した。

帰り際、厨房の満さんに（辛い思い出を母親に話させてしまったことへの）謝罪もこめて挨拶をした。

彼は私と目を合わせず、黙って会釈をした。

帰りの電車の中で、取材メモを読み返す。途中、いくつか引っかかる箇所があった。

――置棟っていうのは、金持ち相手の商売だからね。1回あたり10万とってたらしい。

1回の売春で10万円というのは、現在の相場から考えても高すぎる。いくら金持ちでも、そこまでの高額を払おうと思うだろうか。それだけではない。

――1階と2階にはそれぞれ4部屋ずつあり、1階には監視役の組員、2階には明美さんと同じように、借金を抱えた者たちが住まわされていた。

つまり、一つの置棟には、4人の売春婦しか住めなかったことになる。商売として考えた場合、あまりにも非効率ではないか。

おそらく、明美さんの話には、所々記憶違いがあると思われる。50年前の話だ。正確に覚えていなくても無理はない。ただ、それだけでは説明しきれない違和感があった。

明美さんが嘘をついているとは思わない。嘘をつく必要もない。

しかし、彼女は何かを隠している。この話の根幹を揺るがすような、大事な何かを……。

私は、もう一度、取材メモを読み直すことにした。

資料⑩「逃げられないアパート」おわり

資料⑪

一度だけ現れた部屋

2022年7月

入間蓮さんへの取材と、調査の記録

「夢にしては、やけに現実感があったんですよね。床の冷たさとか、壁の手触りとか、今でも思い出せるくらいで」

そう語るのは、24歳のフリーデザイナー・入間蓮《いるまれん》さんだ。

以前から、仕事を通して交流があったため、書籍『変な家』が完成した際、献本として一冊を贈った。彼から電話が来たのは、それから1年後のことだった。

「今更《いまさら》ながら本を読んだ」という報告のあと、彼の「家」に関する不思議な思い出を話してくれた。

入間 僕の実家は新潟にあって、高校を卒業するまで両親と一緒に暮らしてました。その家で、子供のときに妙な体験をしたんです。

小学校に入る前の年だから、5~6歳の頃ですかね。ほら、小さいときの記憶って、断片的で前後関係が曖昧だったりするでしょ? 僕のもそんな感じです。

その記憶は、強烈な眩暈《めまい》からはじまるという。

入間 家の中だったことはたしかなんですけど、詳しい場所までは覚えてません。なぜか急に頭がぐらぐらして、立ってるのが辛くて、思わず床にしゃがんじゃいました。眩暈がおさまって、ふと前を見ると、そこに扉があったんです。

「あれ？　こんなところに扉なんかあったかな？」って不思議に思って、近づいて引っ張ると、その中は小さい部屋でした。小部屋とか、そういうレベルじゃなくて、もう、ものすごくちっちゃいんですよ。床は、畳半分くらいの正方形で、大人が３人入ったらぎゅうぎゅうになるくらい。高さは結構ありましたけど。

一歩踏み入れると、足がひやっとしたのを覚えてます。だから、フローリング的な材質だったのかな。窓がなくて、真っ白な壁紙が貼ってあるだけの、変な部屋でした。きょろきょろ見回していると、床に小さい木箱が置いてあるのに気づいて、蓋《ふた》を開けると……すごく怖いものが入ってたんです。

筆者 怖いもの？

入間 はい。ただ、それが何だったか、よく覚えてないんですよね。たしか……こう……両手で握るように持ち上げた記憶があるんで、細長い物体だったのかな……。感触は、かなり硬かった気がします……。怖すぎて、すぐに箱に戻して、部屋を出て自室に走りました。怖い気持ちを消すために、当時一番好きだったギャグ漫画を、必死になって読んでたら、しばらくして両親が帰ってきました。

筆者 つまり、入間さんがその部屋に入ったときは、ご両親は出かけてたってことですね。

入間　そうです。で、安心して、気持ちが大きくなったんでしょうね。その夜、もう一度あそこに入ってみようと思ったんです。でも、どこにもないんですよ。部屋が消えた、ということですか？

筆者　部屋が消えた、ということですか？

入間　はい。家中、すべての扉を開けて探したんですけど、あの奇妙な小部屋は見つかりませんでした。両親に聞いてみると「夢でも見てたんじゃない？」と笑われてしまって。まあ、たしかにリアリティのない出来事ではあるんですけど。でも、夢にしては、やけに現実感があったんですよね。床の冷たさとか、壁の手触りとか、今でも思い出せるくらいで。

筆者　うーん……。ちなみに、それ以来その部屋に入れたことは？

入間　ありません。あのとき一回きりでした。

一度だけ現れた部屋……なんともオカルトチックな話だ。両親の言う通り、夢の中の出来事と考えるのが、一番現実的なのかもしれない。

ただ、唯一気になったのは、彼が私の本を読んだあとにこの話をしたという点だ。

入間　「夢の中の出来事」……いつの間にか、僕もそう思うようになっていました。でも、もらった本を読んでみて、別の考えが出てきたんです。『変な家』の中に、隠し部屋に関する内容がありましたよね。

筆者　ええ。仏壇で部屋の入口を隠す、っていう……。

入間　あの部分を読んだとき「もしかして」って思ったんですよ。

筆者　つまり、その部屋は隠し部屋だった……と？

入間　はい。……正直、普通の民家に隠し部屋なんて、非現実的な考えだとは思います。でも、あの日の出来事が夢じゃないとすると、それ以外に説明がつかないんですよ。
ありそうなところで言うと、たとえば、うちの親父が家を建てるときに趣味で作った……とかね。ほら、隠し部屋って、男のロマンみたいなとこがあるじゃないですか。
だけど、うちに仏壇はないし、どうやって部屋……というか、扉を隠してたのかな、って気になっちゃって。

筆者　入間さんの記憶が事実だとすると、扉は消えたり現れたりするってことですよね。

入間　そうです。そんな魔法みたいなことがあるのかな、って。で、お願いがあるんですけど……一緒に探してくれませんか？

筆者　え？

入間　二人で僕の実家に行って、隠し部屋の秘密を探りましょうよ。どうせ続編出すんでしょ？　そのときのネタに使えばいいじゃないですか。

筆者　いやいや……ネタ提供はありがたいですけど、さすがにご実家にお邪魔するのは……。

入間　大丈夫ですよ。うちの実家、今は親父が一人で住んでるんですけど、日中は会社に行ってるから誰もいなくなるんです。僕もよく一人で帰って勝手に鍵開けて入ったりしてますし。

筆者　入間さんは家族だからいいでしょうけど、私は部外者ですよ。

入間　平気平気。僕ね、たまにデザイナー仲間連れていって、庭でバーベキューやったりするんです。一人っ子の僕に父は甘くて、だいたいのことは黙認してくれますから、他人が勝手に入ること自体は問題ありません。

結局、入間さんの熱意に押し負け（そして、私自身もかなり興味があったため）、翌週、二人で彼の実家に行くことになった。

＊＊＊

電話を切ったあと、情報を整理した。

子供の頃に一度だけ現れた部屋……それが夢でないとしたら、なぜ、一度しか現れなかったのかという疑問を解決しなければいけない。

部屋が出現したのは、入間さんが小学校に入る前年……6歳の年だ。彼は２０２２年の5月で24歳になったので、単純計算で18年前……２００４年の出来事ということになる。

２００４年のある日、彼の家で「何か」があった。そこまで考えたとき、私はある可能性に気づいた。

ネットで一つの言葉を検索する。……結果は、思った通りだった。
私の考えが正しければ、隠し部屋の場所を見つけられるかもしれない。

＊＊＊

翌週の月曜日、東京駅で待ち合わせをし、彼の運転する車に乗って、新潟県に向かった。その途中、気になっていたことを質問した。

筆者　今、ご実家には、お父さんが一人で住んでるんですよね。
入間　はい。
筆者　失礼ですが、お母さんはどうされたんですか？
入間　離婚しました。ちょうど僕が大学に進学した年です。険悪だった様子はないけど、かといって仲がよさそうでもなかったんで、そういうこともあるかな、って感じで受け止めました。
筆者　お母さんとは、今も会うんですか？
入間　ええ。この前も二人で食事しました。会うたびに色々心配してきて鬱陶《うっとう》しいんですよ。「野菜はちゃんと摂ってるか」とか「健康診断は受けてるか」とか。
筆者　親はそういうものです。ありがたいじゃないですか。

入間さんの実家は、田園風景広がる、妙高市《みょうこう》ののどかな場所に建っていた。白とネイビーのツートンカラーでデザインされた外壁に、大きい窓がいくつもついた近代的な家だった。両親が結婚した年に新築で購入し、その8年後、長男の入間さんが生まれたのをきっかけに、大規模な改築をしたらしい。

筆者 きれいな家ですね。

入間 親父は美的感覚にうるさい人でね。色々こだわったんじゃないかな。

筆者 へえ。もしかして、お父さんもデザイン系の仕事をしてるんですか?

入間 うーん、デザインといえばデザインかな。ただ、アート系ではなくて、金属メーカーの商品デザインです。レアアース関連の製品を作ってる、って聞いたことがあるけど、あんまりよく知らないんですよね。さあ、立ち話もなんだし、入りましょう。

彼はポケットから鍵を取り出し、ドアを開けた。

光沢のあるフローリングに、白い布地の壁紙。外観と同じく、モダンでセンスが良い。

時刻は午前11時。父親が帰宅するのは、夜の8時頃だそうなので、時間はたっぷりある。ひとまず、彼の案内で家の中を回ることにした。歩きながら、私はノートに簡単な間取り図を描いていった。

ルームツアーを終えると、リビングに案内され、紅茶とクッキーをご馳走になった。

南北のガラス戸から、それぞれ庭が見える贅沢な設計だ。

筆者　あの、もしかして入間さんの実家って、お金持ちなんですか？

入間　いやいや、全然たいしたことないですよ。

筆者　でも、両サイドに庭があるリビングなんてはじめて見ましたよ。

入間　田舎だからですよ。都心だったらこんな贅沢な土地の使い方はできません。……ところで、どうですか？　一通り家を回ってみて。

筆者　ああ、そのことなんですが……。

私はテーブルの上に、間取り図をメモしたノートを開いた。

筆者　私が見たかぎり、隠し扉のようなものはありませんでした。ですので、入間さんの記憶と間取り図を照らし合わせて、どこに隠し部屋があるのか、推測するしかないですね。ひとまず、要点をまとめましょう。

入間さんの記憶の中で、私が特に重要だと思うのは、次の4つです。

①突然眩暈がして、おさまったあとに前を見ると、扉があった。

②扉を引っ張ると、小さな部屋があった。

③床は畳半分くらいの正方形だった。

④床に置いてある小さな箱を開けると、怖いものが入っていた。その後、走って自分の部屋まで逃げた。

筆者　まず、④に関してですが「走って自分の部屋まで逃げた」ことから、隠し部屋と入間さんの部屋は、ある程度距離があった、と考えられます。

入間　ですね。

筆者　次に③に関して「床は畳半分くらいの正方形だった」ということは、扉の幅も畳半分の長さとほぼ同じである、といえます。で、ここで考えるべきなのが、扉はどのように隠されていたか、です。

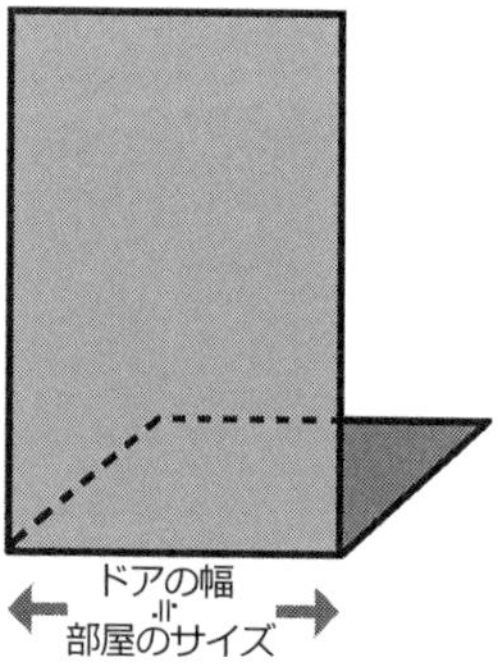

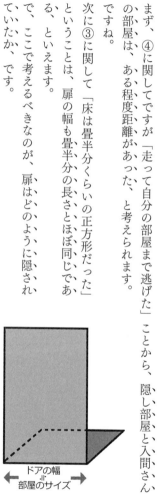

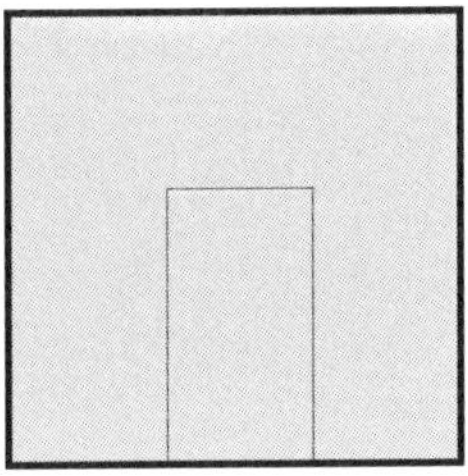

筆者　たとえば、大きな壁に隠し扉がつけられていたとしたら、どうしたってその輪郭が見えてしまうと思うんです。

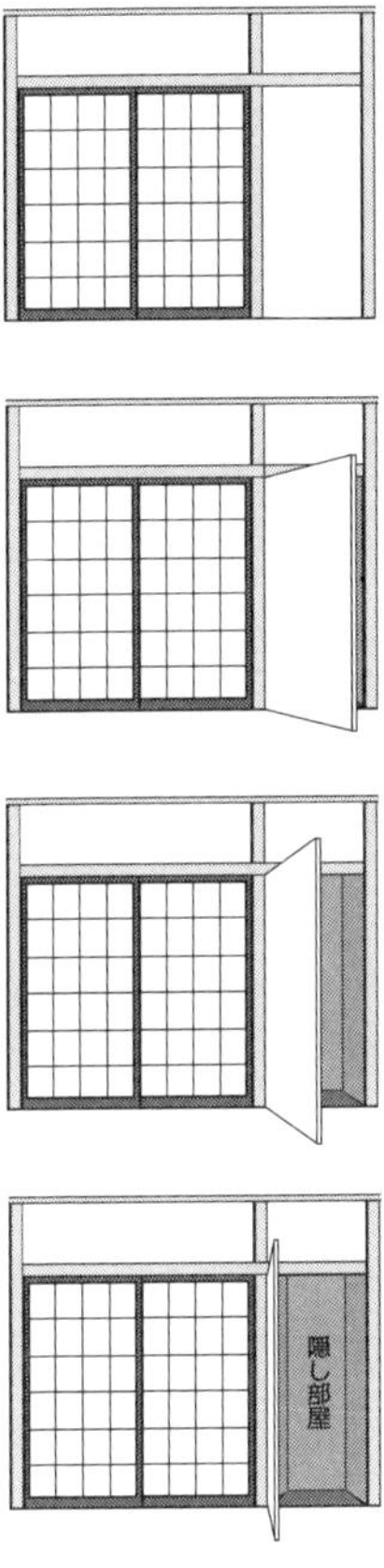

筆者　だから、扉が隠されているとすれば、たとえば柱で囲われた長方形の壁などでしょう。ルームツアーの最中に、そういう場所がないか探してみたところ、1か所だけ見つかりました。

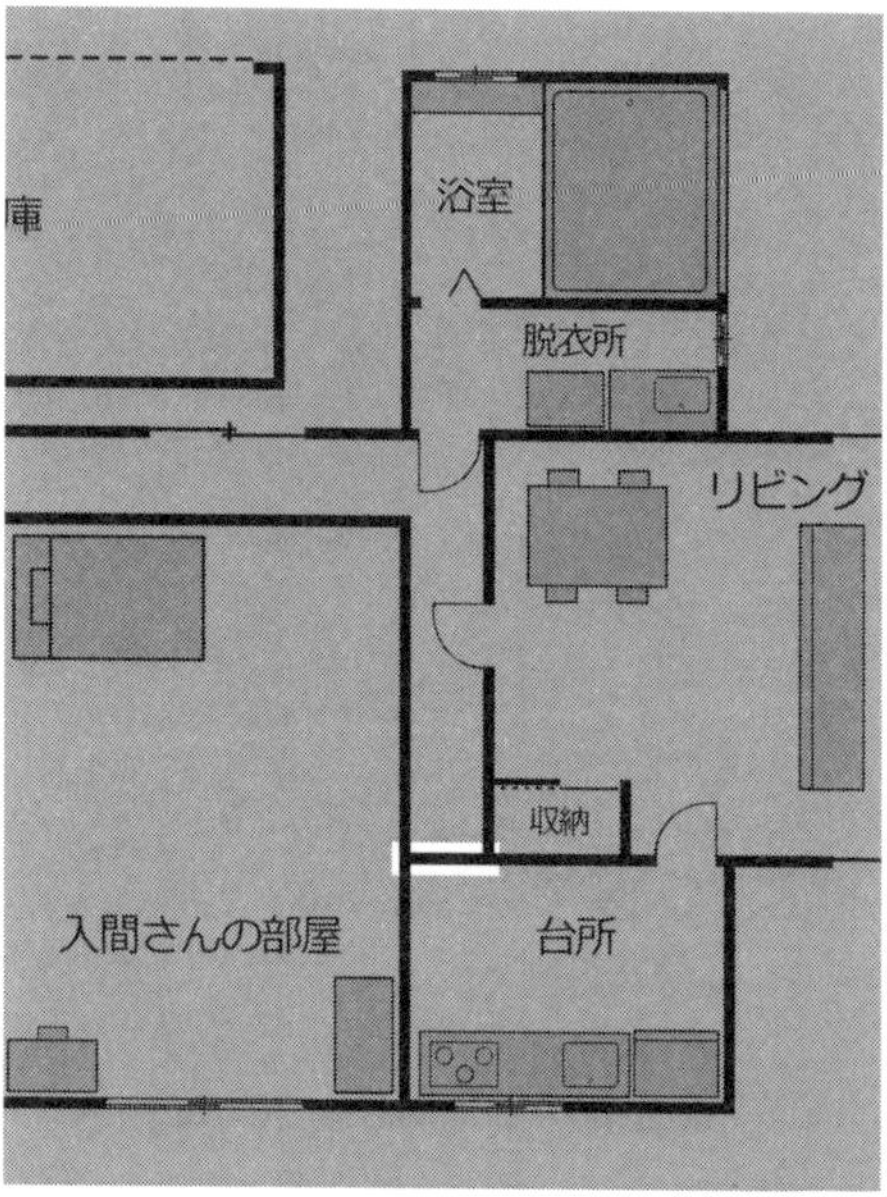

筆者　リビングの隣の、廊下の突き当たりです。

ここ、壁の向こうに台所があるので、本来であれば、扉をつけたほうが便利ですよね。なぜそうしなかったのか。もしかして、廊下と台所の間に何かがあるんじゃないでしょうか。たとえば、小さい空間とか。

入間　小さい空間……？

筆者　確かめてみましょう。入間さんは廊下へ出てください。私は台所へ行きます。

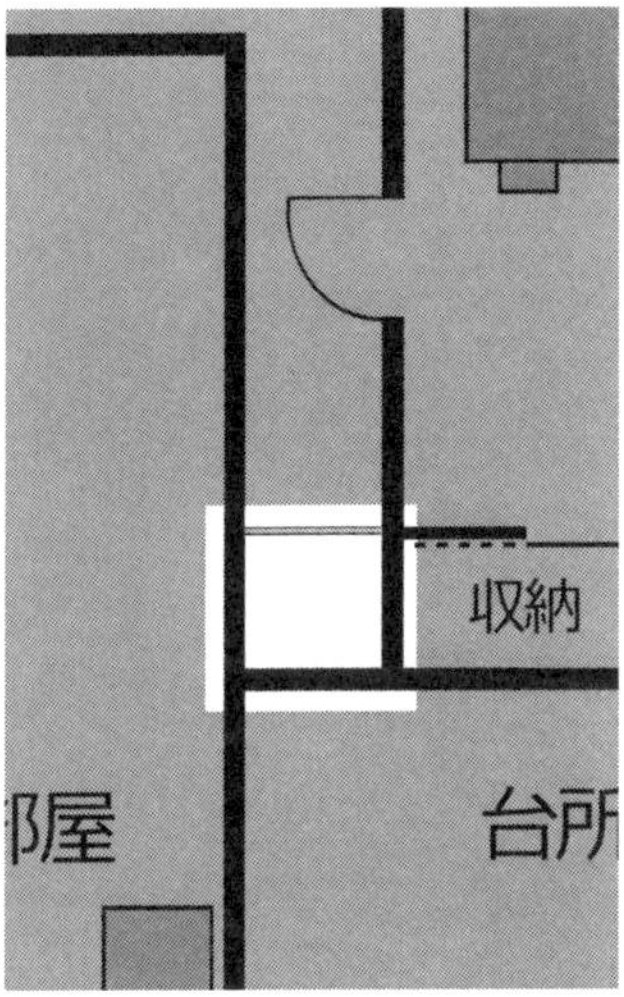

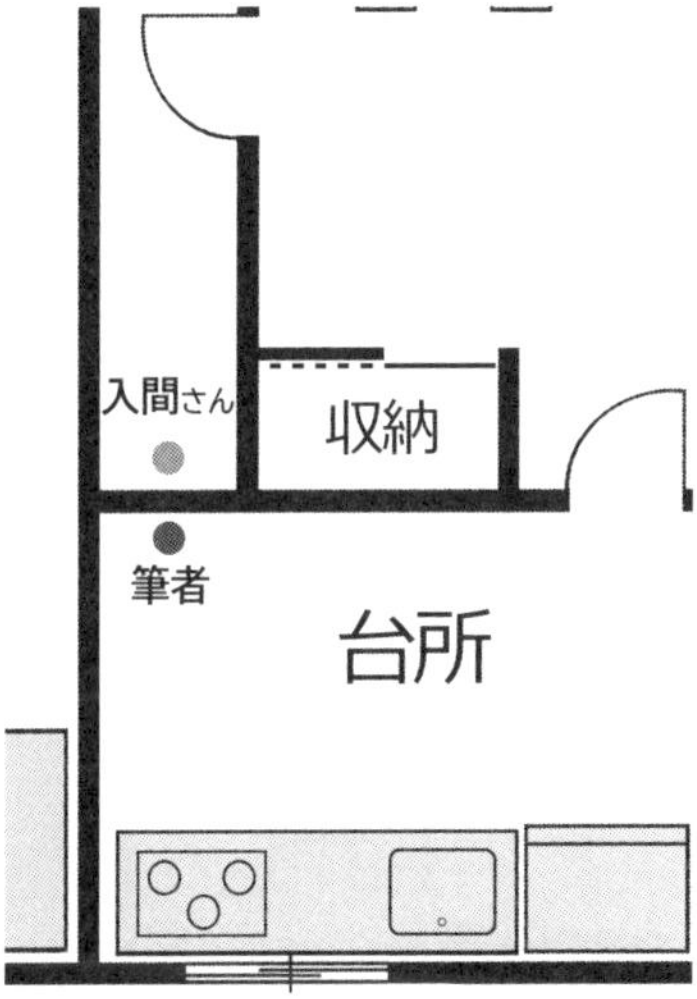

私は、台所の壁に耳を当てた。

筆者　入間さん！　準備ＯＫです！　壁を強く叩いてください！

入間　わかりました！

壁の向こうから「コンコン」という音が聞こえた。音は小さく、遠くで鳴っているように感じた。やはり思った通りだ。

廊下と台所の間には、おそらく空間がある。隠し部屋だ。

私は急いで廊下に出た。

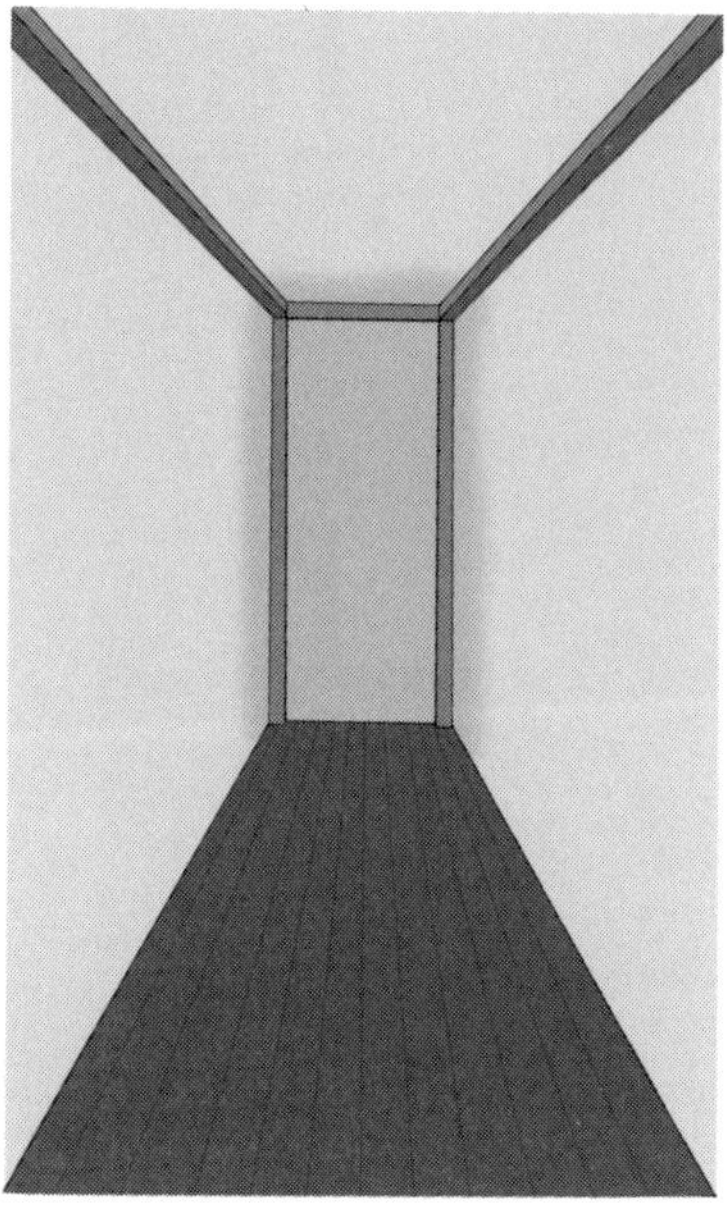

突き当たりの壁には、左右と上部に細い木枠があった。私の推測が正しければ、木枠に囲われた長方形の壁が「扉」ということになる。

入間さんは壁に手を当て、力を込めて押した。しかし、びくともしない。

入間　どうやって開ければいいんだ……？

筆者　次に参考にすべきは、**②扉を引っ張ると、小さな部屋があった**。という点です。

当時の入間さんは、扉を「押した」のではなく「引いて」開けた。

つまり、扉は廊下側に引くタイプの開き戸ということになります。すると、開けるためには取っ手が必要なんですが、この壁のどこにも取っ手はありません。じゃあ、当時の入間さんはどうやって開けたのか。
思い出してほしいんですが、もしかしてそのとき、すでに扉は少しだけ開いていたんじゃないですか？

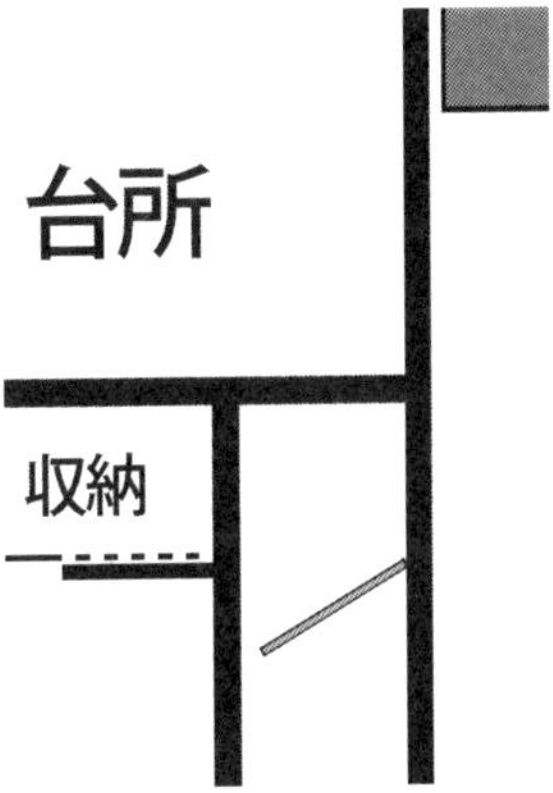

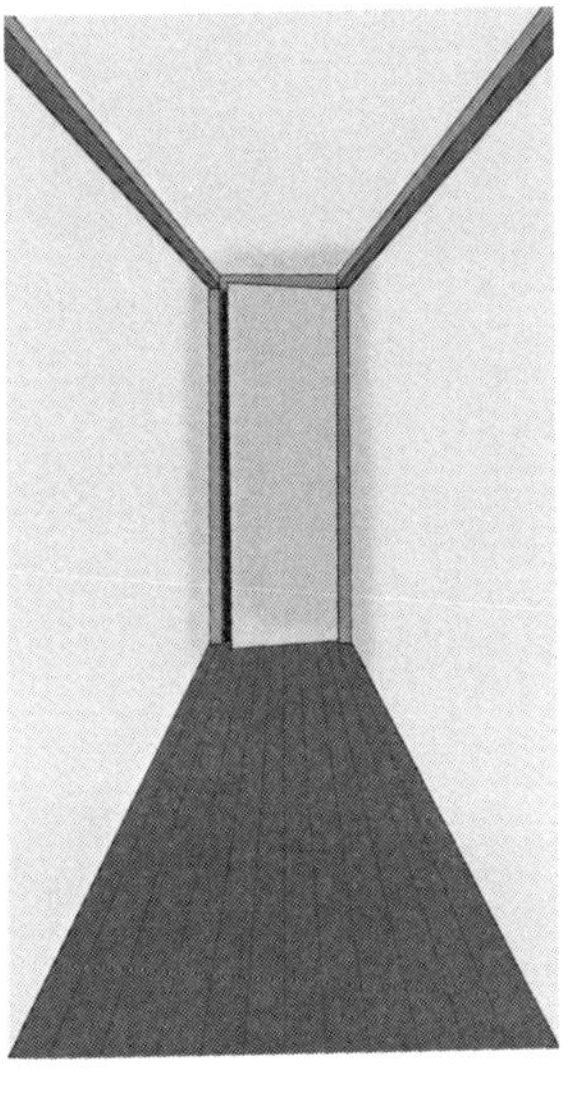

入間 つまり僕は、少し開いていた扉の端をつかんで開けた、ということですか。

筆者 そうだと思います。
「部屋が突然現れた」と感じたのは、何らかの理由で壁が開いたからです。そのとき入間さんは、はじめて壁を「扉」と認識できたんですよ。それ以来、部屋が一度も現れなかったのは、ずっと扉が閉まっているから……と考えれば説明がつきます。

入間　でも、どうしてそのときだけ開いたんだろう……。

筆者　ここで参考になるのが①**突然眩暈がして、おさまったあとに前を見ると、扉があった。**という記憶です。きっと、眩暈が関係してるんだと思います。

入間　眩暈……。

筆者　実は私、最初に電話で一連の出来事を聞いたとき、ちょっと気になったことがあるんです。入間さん、部屋に入ったときの状況はよく覚えているのに、箱の中に入っていた「怖いもの」が何だったかは忘れてしまったんですよね。

入間　はい。

――床に小さい木箱が置いてあるのに気づいて、蓋を開けると……すごく怖いものが入ってたんです。ただ、それが何だったか、よく覚えてないんですよね。

筆者　この極端な記憶のムラは、一種の防衛本能だと思うんですよ。

筆者　あとから思い出して怖くならないように、脳が勝手に「怖い記憶」だけを削除してしまったんだと思います。
で、今回のケースなんですが、入間さんの記憶は部屋に入る前も曖昧なんです。

―――

家の中だったことはたしかなんですけど、詳しい場所までは覚えてません。なぜか急に頭がぐらぐらして、立ってるのが辛くて、思わず床にしゃがんじゃいました。眩暈がおさまって、ふと前を見ると、そこに扉があったんです。

筆者　眩暈がする前のこと、覚えてないんですよね。
入間　はい、まったく。
筆者　ということは、眩暈が起きる直前に、入間さんにとって「とても怖いこと」が起きた。だから、脳がその記憶を削除してしまった。
入間　でも……家の中で、そこまで怖いことってあるかな……。
筆者　もしかして、地震じゃないですか？
入間　地震？
筆者　入間さんの年齢から逆算すると、扉が開いたのは２００４年。そして「一歩踏み入れると、足がひやっとした」という記憶から、寒い時期だったと推測できます。
入間　あ！　……中越地震か……。

2004年10月23日、新潟県中越地方を震源として、マグニチュード6・8の大地震が発生した。入間家がある地域は、震源地付近に比べれば揺れは小さかったものの、かなりの被害がもたらされたという。

扉が開いたのは、その震動が原因だったのではないか。

入間さんはしばらく、呆然《ぼうぜん》としたような、不思議そうな顔をしていた。

筆者 ……納得できませんか……?

入間 いえ……納得はしてるんです。ただ、今までどうしてその可能性を思いつかなかったのか不思議で。あの日のことは、テレビとか、学校の授業で何回も聞かされたのに。

筆者 たぶん、幼かった入間さんの中で、二つの出来事が結びつかなかったんだと思いますよ。地域の住民として、向き合わなければいけない、過去の悲惨な現実である大地震と「謎の部屋が出現した」という、おとぎ話のような記憶が、水と油のように頭の中ではじきあって、地続きのものとして考えられなかったんじゃないでしょうか。

入間 そう……なのかもしれません。

筆者 地震の揺れで開いたということは、たぶん、鍵はかかってないんだと思います。

でも、扉は木枠の中にすっぽりはまってしまっているので、取っ手なしでは開けられないんです。

入間 家を揺らすしかない、ってことか。もしくは、吸盤でもくっつけて引っ張るとか。

筆者 それができればいいんですけど、壁紙の材質が布だから、吸盤はつかないでしょうね。

入間 なら、チェーンソーでも買ってきますか。

筆者 怖いこと言わないでくださいよ。まあ……隠し部屋を作ったということは、きっと開ける方法もあるはずです。

色々やってみましょうよ。ほら、まだ12時です。お父さんが帰るまで、時間はたっぷりありますから。

それから私たちは、触る、叩く、天井裏に上る……など、思いつくかぎりのことを試した。しかし、何の進展もないまま、気づけば午後2時を過ぎていた。

筆者 なかなか上手くいかないですね。

入間 気分転換に休憩しませんか？　また、お茶でも飲みましょうよ。

私たちは、再びリビングに入った。

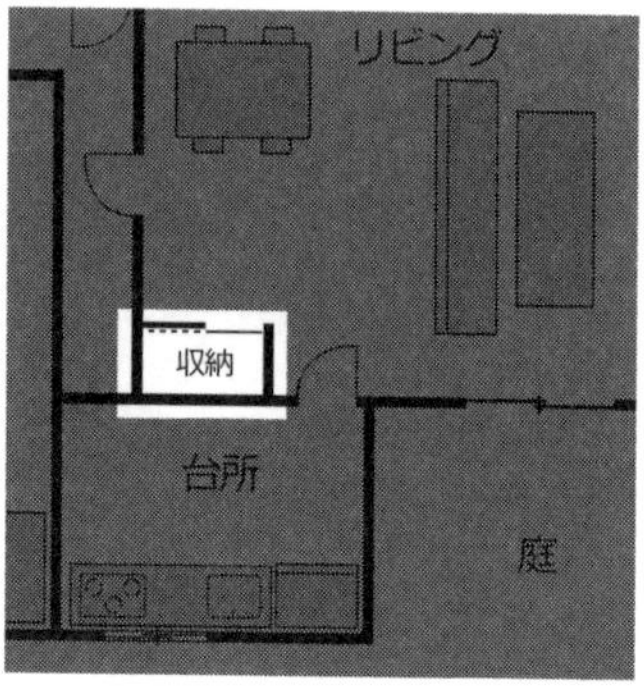

そのとき、部屋の隅に備え付けられた、収納スペースが目にとまった。その扉を見て、少し不思議に感じた。収納スペースには珍しく「片引き戸」が使われているのだ。

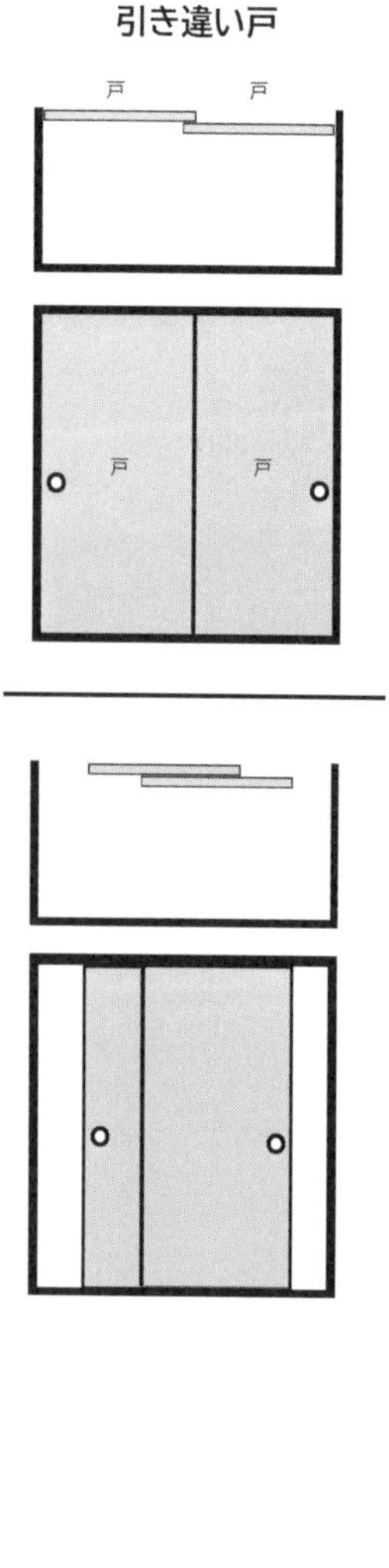

普通、収納スペースは「引き違い戸」である場合が多い。両方の扉が開くため、中にしまったものを取り出しやすいからだ。

片引き戸

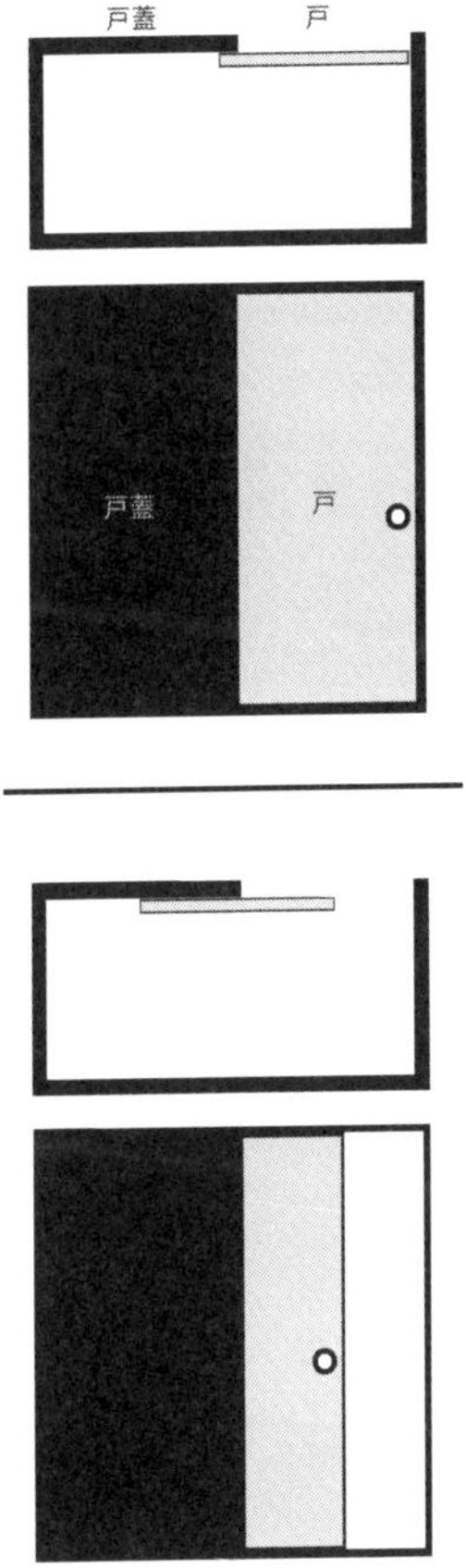

それに対して「片引き戸」は、片方にしか扉がないため、奥のものを取り出すのが困難だ。なぜ、わざわざこのタイプの扉にしたのか。

不思議な気持ちで眺めていたところ、突如、あるイメージが浮かんできた。

急いでテーブルへ行き、開いたままのノートに描かれた間取り図を見る。

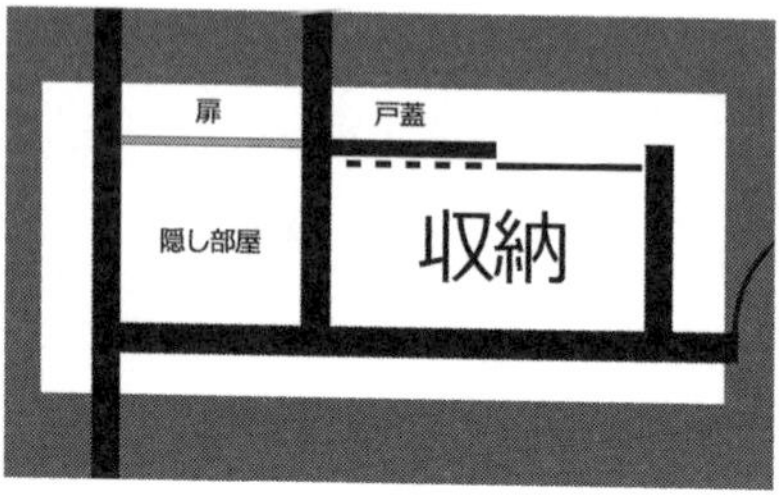

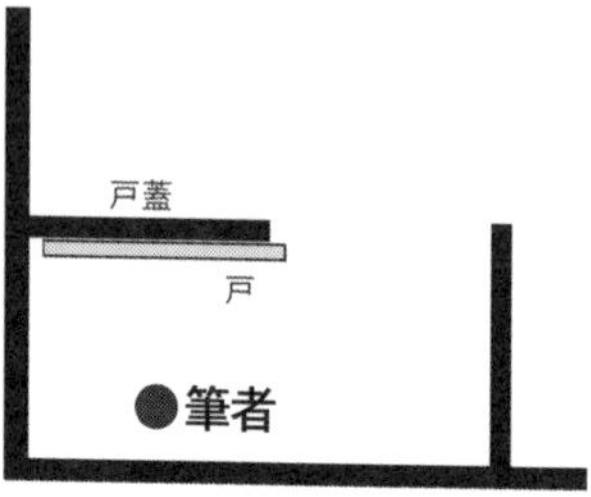

筆者　この収納スペース「隠し部屋」と隣り合っていますよね。
入間　……ですね。
……もしかして、収納スペース《ここ》に何か秘密が？
筆者　確証はありませんが、調べてみますか。

私たちは、収納スペースの中に仕舞われたものを、すべて外に出し、からっぽにした。
そこに、私が一人で懐中電灯を持って入る。
隅々までライトで照らしてみたが、おかしなところは見つからなかった。

入間　どうです？　何かありましたか？
筆者　……ないですね。
入間　ほこりっぽいでしょ。何もないなら、早く出たほうがいいですよ。
筆者　いや、まだ見てない部分があります。

私は中に入ったまま、戸を閉めた。

完全に閉じ切ったとき、懐中電灯の明かりが「何か」を照らした。

それは、戸蓋の内側に彫られた、小さな四角い「くぼみ」だった。

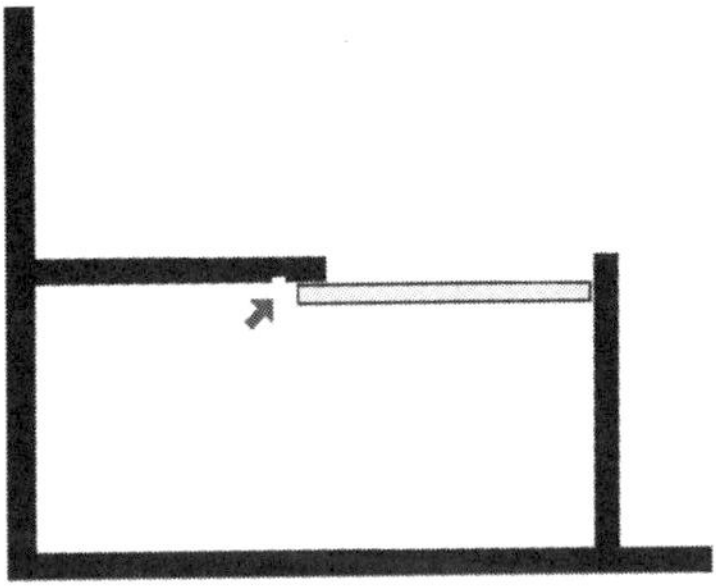

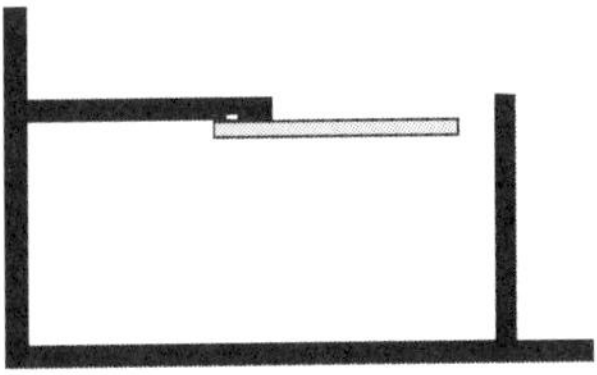

扉が少しでも開いていれば、へこみは扉に隠れて見えない

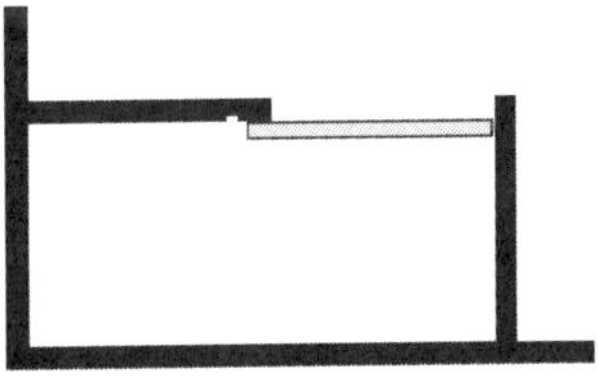

扉を完全に閉めたら、内側を見ることはできない

片引き戸の構造によって、上手く隠されていたのだ。

幅約1センチ。深さは2~3ミリほど。まるで、扉の取っ手のようだと思った。

私はくぼみに指をかけ、左（廊下側）に引っ張った。すると「ざざ」という音とともに、戸蓋が少しだけ動いた。

筆者　入間さん！　今の見ましたか？
入間　え？　何をですか？
筆者　戸蓋ですよ。１センチくらい廊下側にスライドしたでしょ？
入間　ずっと見てましたけど、まったく動きませんでしたよ。
筆者　そんな。もう一回動かすので、よく見ててください。

私はもう一度、くぼみに指をかけた。ずっしりとした重みを感じながら、廊下側にもう１センチほど動かす。

筆者　どうですか？
入間　「ざざ」っていう音はしましたけど、動きはないです。
筆者　おかしいな……。

戸蓋は確実に、左側にスライドした。しかし、外側に変化はない。
すると、次のような可能性が考えられる。
戸蓋は「固定された外側の板」と「可動する内側の板」が重なってできている。
つまり、二重構造だ。

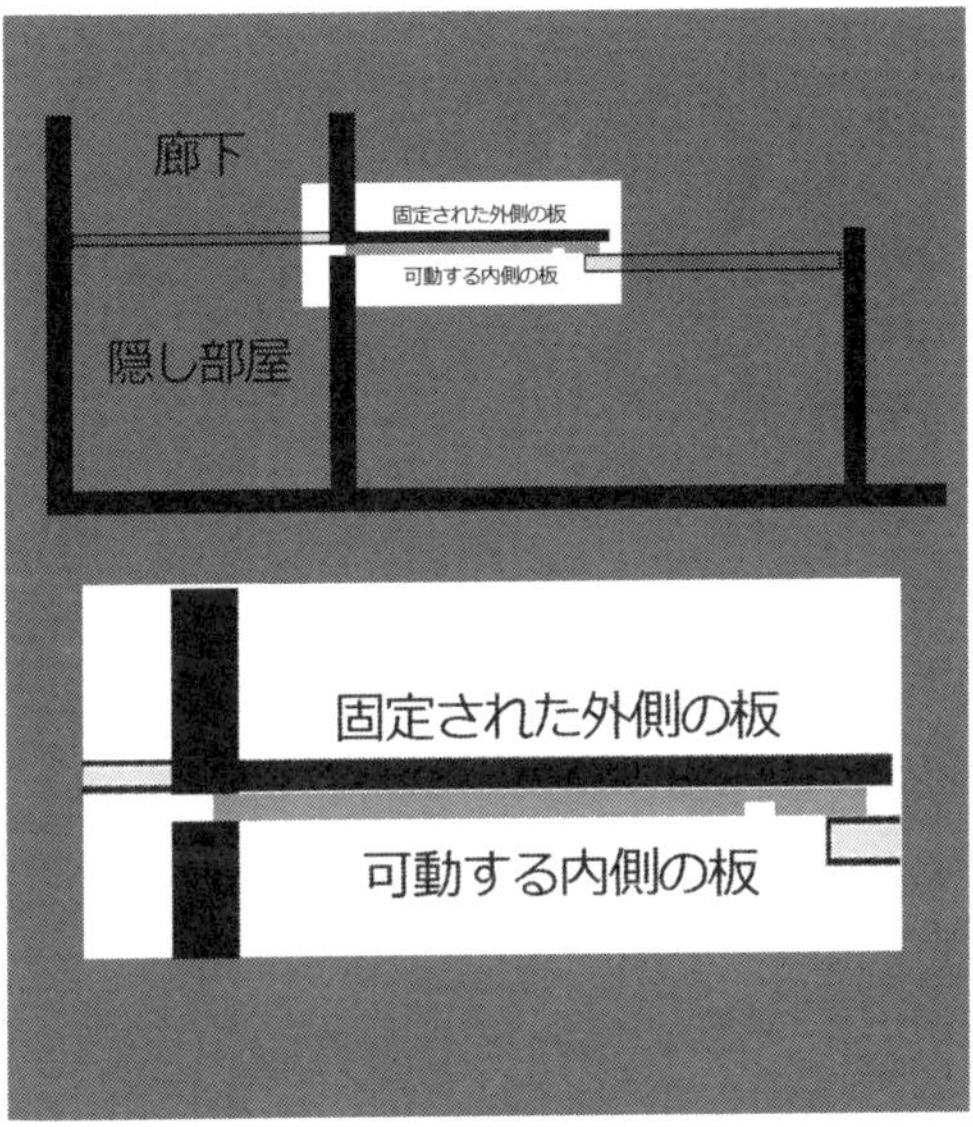

「内側の板」が廊下側にスライドしたということは、リビングと廊下を隔てる壁に隙間があるということ。そしてその先は、隠し部屋。

もしや「内側の板」を限界まで廊下側にスライドさせることで、隠し部屋の扉が開く仕組みになっているのではないか。その仕組みがどのようなものかはわからないが、扉が開けばすべて判明することだ。

私はもう一度、くぼみに指をかけ、力をこめて廊下側に引っ張った。「ざざざざ」という音が鳴る。

その音を聞き、なぜか急に不安になった。

本当に、これで扉が開くのだろうか。

手をとめ、冷静になる。……よく考えるとおかしい。

板が重すぎる。内側の板は木でできている。数センチ動かすだけで、指が痛くなるほど重いのはおかしくはないか。

そのとき、意識の片隅にあった記憶がよみがえった。それは、つい先ほど、入間さんと交わした何気ない会話だった。それを思い出した瞬間、これまでのあらゆる情報が、頭の中で結びつきはじめた。

そして、一つの結論に達した。

筆者　入間さん。

入間　はい。

筆者　探し物を頼んでもいいですか？　お父さんの部屋に行って、磁石を探してきてほしいんです。

入間　磁石？

筆者　たぶん、部屋のどこかに、大きな磁石があるはずです。

＊＊＊

数分後、彼は不思議そうな顔をしてリビングに戻ってきた。手には、直径10センチほどの巨大な磁石が握られていた。

入間　親父の部屋の引き出しに入ってました。でも、どうして大きな磁石があるってわかったんですか？

筆者　どういう仕組みで隠し部屋の扉が開くのか、色々考えたんです。その結果、磁石に行きつきました。磁石が、扉を開けるための取っ手になるんです。

入間さん。お願いがあります。今からそれを持って廊下に出て、突き当たりの壁に押し付けて、しばらくそのままにしてください。

入間　え？

私の結論は、次のようなものだった。

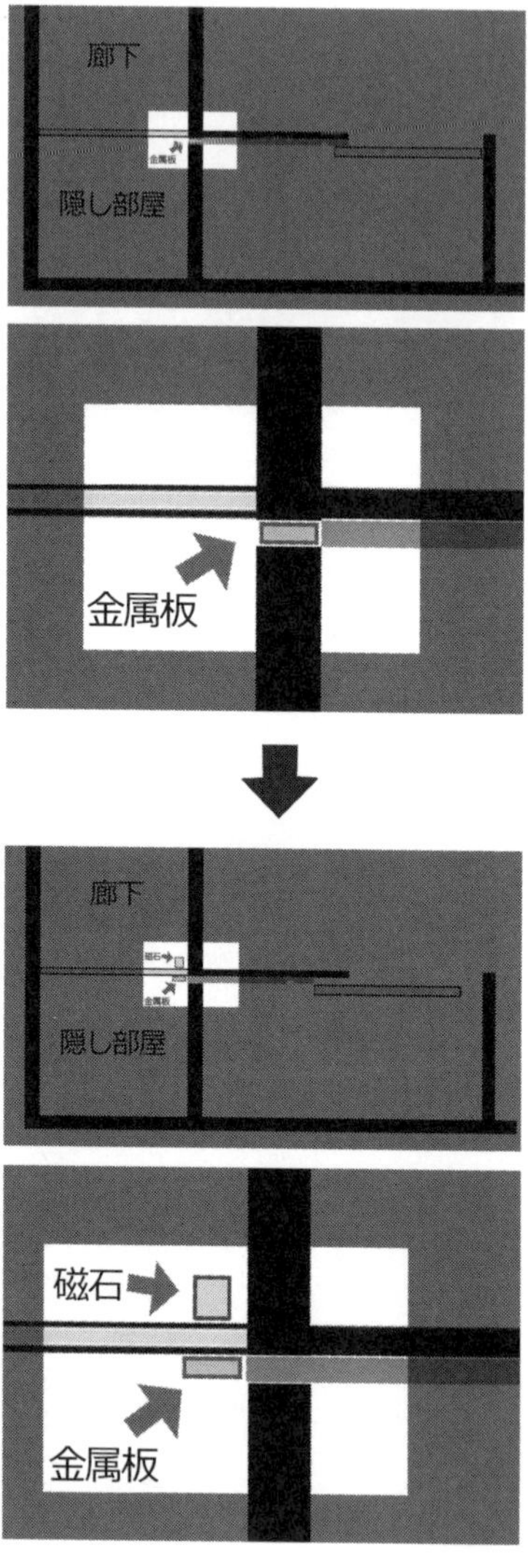

おそらく、廊下とリビングを仕切る壁の内部には、金属板が挟まっている。内側の板をスライドさせると、金属板は隠し部屋の中へと押し出されていく。
そのタイミングで、扉の外側から磁石を当てれば、隠し部屋内の金属板とくっつき、取っ手が完成するのだ。
もちろん、並大抵の磁石では、扉を開ける前に、磁力が持たず、取れてしまうだろう。だが、ネオジム磁石を使えば話は違う。ネオジム磁石は通称「世界最強の磁石」と呼ばれており、大きいものなら、間に木材などを挟んでも、かなりの磁力を維持することができる。

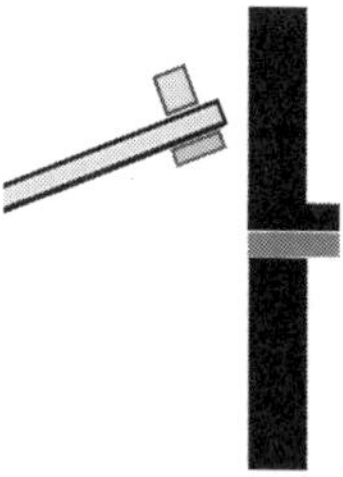

そして、ネオジム磁石の原料は希土類磁石。別名・レアアースだ。

うーん、デザインといえばデザインかな。ただ、アート系ではなくて、金属メーカーの商品デザインです。レアアース関連の製品を作ってる、って聞いたことがあるけど、あんまりよく知らないんですよね。

———

入間さんの父親の専門分野といっていい。

しばらくすると、廊下から「準備ＯＫです」という入間さんの声が聞こえた。私は指に全力をこめ、板を動かす。

次の瞬間、入間さんが叫んだ。

入間　うわ！　すごい！　ついた！　つきましたよ！

筆者　入間さん！　慎重に、ゆっくり手前に引っ張ってください。

やがて、廊下のほうから「ぎー」という音が聞こえた。私は収納スペースから抜け出し、廊下に出る。すでに、扉は開いていた。

筆者　入間さん……やりましたね……ついに！

入間　……はい。

入間さんはゆっくりと、部屋の中へ入る。

部屋は、おおよそ彼の記憶通りだった。白い壁紙。正方形の床。そして、木箱。

彼はその場にしゃがみ、ゆっくりと木箱の蓋に手をかけた。遠くからでも、手が小刻みに震えているのがわかる。彼は緊張しながら、なんとか箱を開けた。

その中に入っていたものは……。

筆者　人形………ですか？

それは、木彫りの小さな女性の人形だった。

まるで天女の羽衣《はごろも》のように、裸に絹布をまとっている。若くはないが、顔立ちは美しい。

ただ、それ以上に目を引き付けたのは、彼女の体だ。

左腕と右脚がない。

私は、まるでキツネにつままれたような気分になった。

知っている。私はその女性を、すでに知っているのだ。

そのとき、入間さんがぼそりとつぶやいた。

入間　この人形……似てますね。
筆者　似てる？
入間　家の形に……似てる。

私は、その言葉の意味がしばらく理解できなかった。

しかし、彼の手に握られた人形を眺めているうちに、頭の中で何かがリンクした。私は走ってリビングに向かい、ノートを持って入間さんの元へ戻った。

間取り図を縦にして、人形と見比べる。

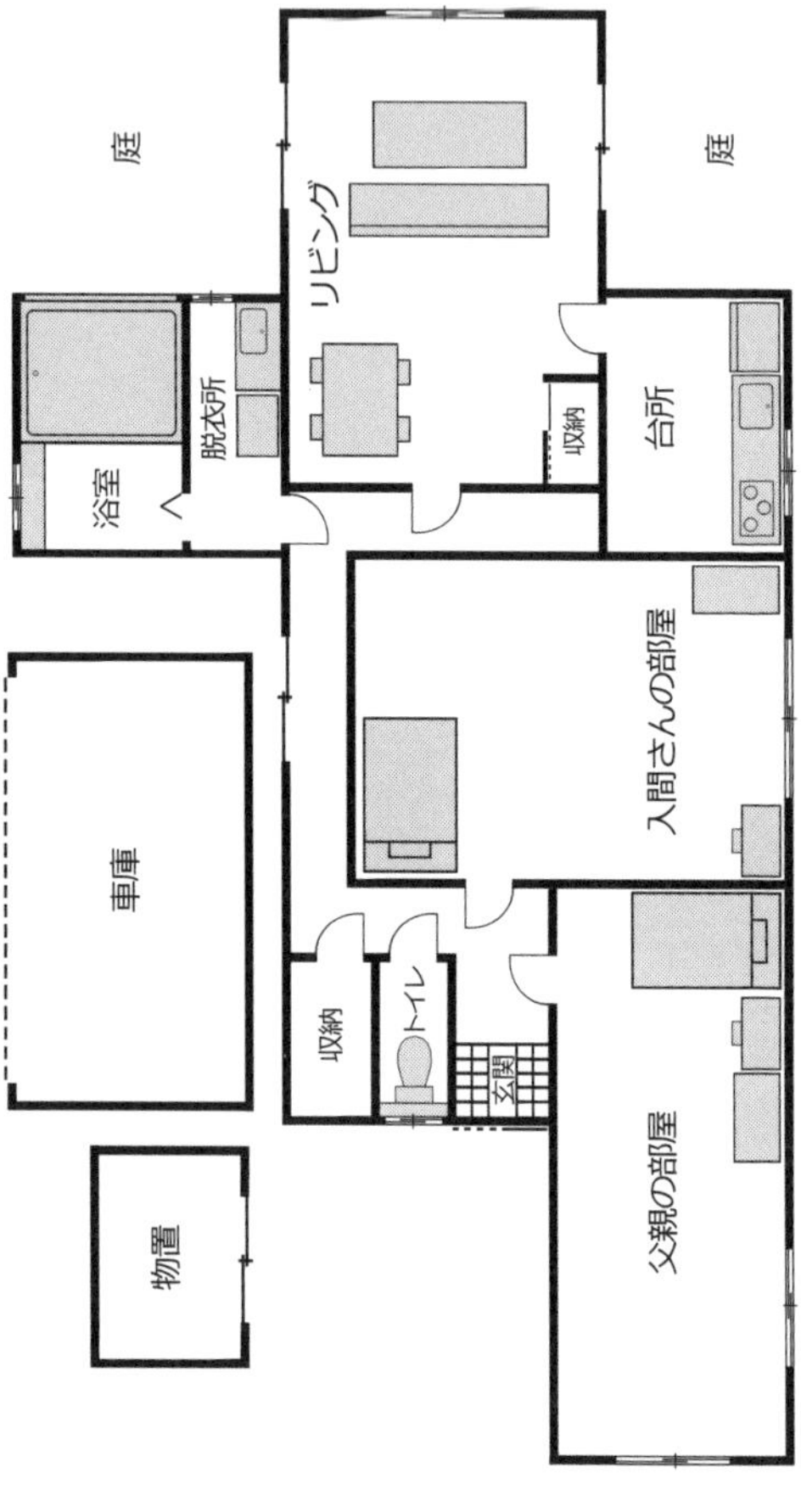

そうだ。そうだった。ようやく思い出した。

以前、偶然手に入れた古い雑誌に、とあるカルト教団へ潜入したレポート記事が載っていた。

教団の名前は「再生のつどい」……彼らは、教祖の体を模した宗教施設「再生の館」で修行を行っていた。

「聖母様」と呼ばれる教祖には、左腕と右脚がなかった。

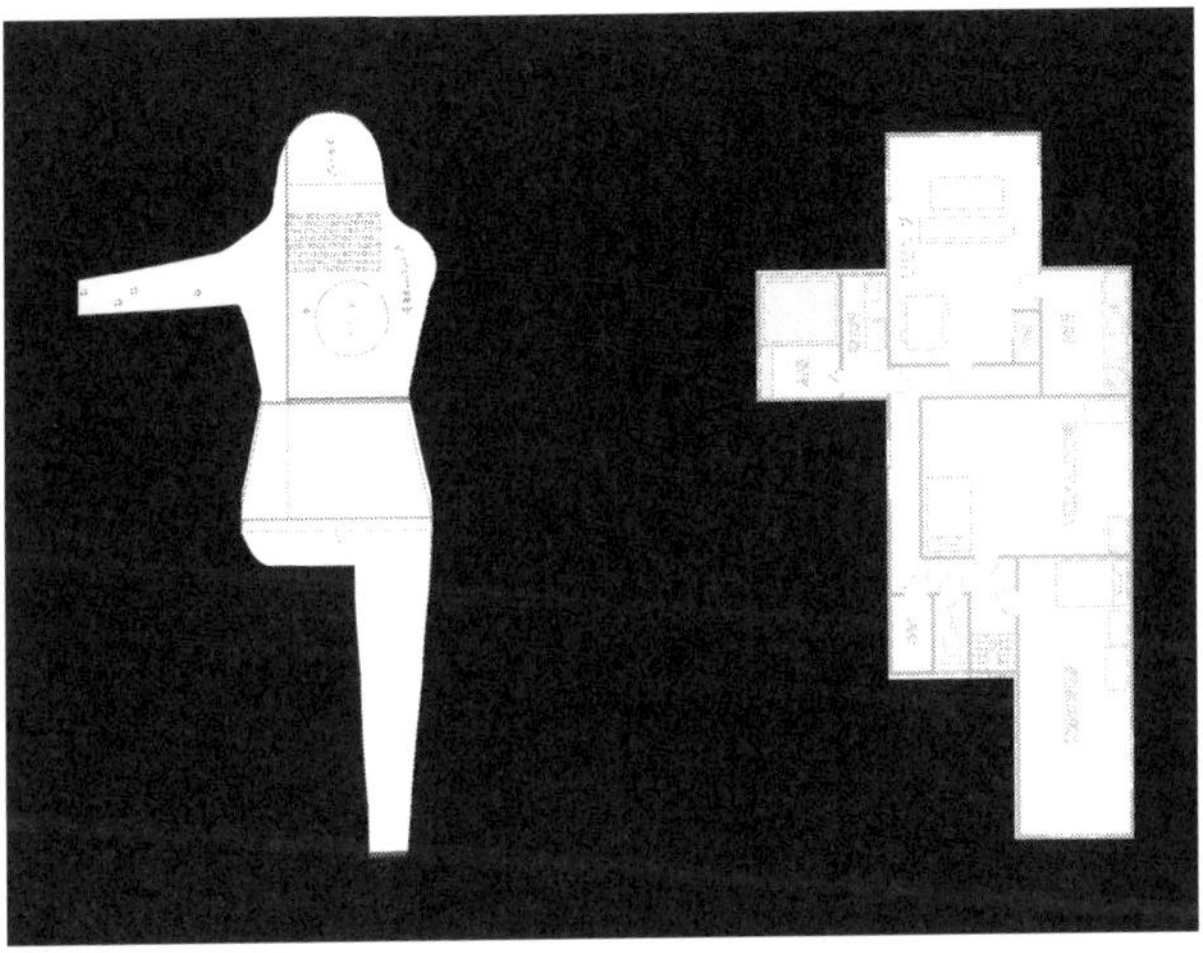

たしかに似ている。人形、聖母様の体、再生の館、そして、入間家。
まさか、こんな所でつながりが生まれるとは。

入間さんは、人形を箱に戻すと、小さな声で言った。

入間 ……やっぱり、そうか。

筆者 ……やっぱり……？

入間 子供の頃から、薄々感づいてたんですよ。二人が……両親が、怪しげな宗教にハマっていること。

筆者 え？

入間 これ、たぶんそういうことですよね。宗教の……お祈り？　……みたいな。

筆者 あの……。

入間 別に、いいんですよ。神に祈る人たちを悪く言うつもりはありません。だけど……今でも思うんですよね。二人とも、何かにすがらないといけないくらい、幸せじゃなかったのかな。

……僕は、二人にとっての幸せにはなれなかったのかな……。

資料⑪「一度だけ現れた部屋」おわり

栗原の推理

梅ヶ丘《うめがおか》の駅から徒歩20分。アパートに到着した。

私は、11冊の資料が入った封筒を片手に、階段をのぼる。錆《さ》びついた鉄の階段は、一段のぼるたびにギシギシと軋《きし》む。このアパート、今年で築45年になるという。さすがに年季が入っている。

2階の一番奥が「彼」の部屋だ。呼び鈴を押すと、すぐに扉が開いた。


「お待ちしてました。寒かったでしょ。中へどうぞ」


灰色のトレーナーに、ぶかぶかのGパン。短く刈った髪、そしてまだらの顎《あご》ひげ。

私の知人、設計士の栗原《くりはら》さんだ。


中に入ると、ふわっと暖かい空気に包まれる。エアコンとストーブが、同時にごうごうと大きな音を立てている。彼は「寒がりなものでね」と言って、さらにストーブの温度を上げた。

部屋は、小さなキッチンと、8畳ほどのリビングが地続きになっている。リビングには大量の本が散乱しており、私はなんとか座れそうな隙間を見つけて、腰を下ろした。

栗原さんは台所で紅茶を淹《い》れながら、ひとり言のように言った。

「懐かしいですね。あのとき
も
こうして話しましたっけ」

以前、とある家に関する謎を解くため、私はこの部屋を訪ねた。

栗原さんは間取り図を見ただけで、その家で何が起こったのかを解明してみせた。それ以来、私はたびたび彼の推理力に頼るようになった。

筆者 その節はお世話になりました。ところで、今日は仕事は休みですか?

栗原 はい。最近、休んでばっかですよ。今の時代、家を建てようって人がそもそも少ないんですよね。

まあ、私は仕事よりも、本を読んだりゲームをするほうが好きなんで、むしろありがたいですけど。

彼は、二人分の紅茶をテーブルに置くと、床の本をどけて、私の向かい側に座った。

栗原 では、見せてもらいましょうか。電話で言ってた、例の資料。

筆者 はい。

私は封筒の中から、11冊の資料を取り出した。それぞれの冊子には、私がこれまで調査した「情報」がまとめられている。

資料①「行先のない廊下」
資料②「闇をはぐくむ家」
資料③「林の中の水車小屋」
資料④「ネズミ捕りの家」
資料⑤「そこにあった事故物件」
資料⑥「再生の館」
資料⑦「おじさんの家」
資料⑧「部屋をつなぐ糸電話」
資料⑨「殺人現場へ向かう足音」
資料⑩「逃げられないアパート」
資料⑪「一度だけ現れた部屋」

この本の冒頭にも書いたが、前作『変な家』を出版して以来、家にまつわる奇妙な体験談をたくさんいただくようになった。その数は100を超える。

すでに謎が解明されているものは少なく、大半は未解決……言い方を変えれば「オチのない話」だった。私は「オチ」を知るべく、調査を行った。

調査を進めるにつれ、それぞれの体験談から枝分かれするように、いくつもの情報が集まった。

それらを見返してみると、偶然にも、別々の体験談から派生した情報同士が、奇妙な「つながり」を見せることがあった。私は、この「つながり」に着目し、さらに調査を行った。

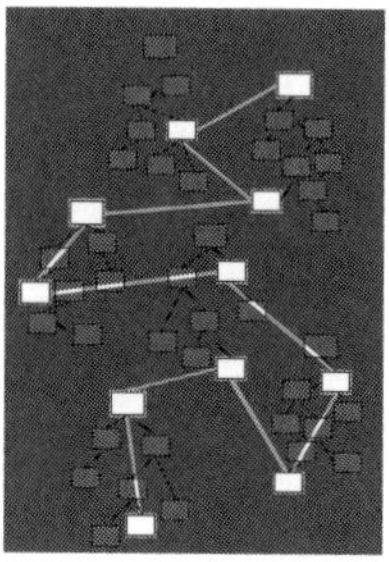

栗原　その結果、11個、つなぎの謎が抽出《ドリップ》されたということですね。

筆者　はい。この11個、どこかしらにつながりを感じるんですけど、それが具体的にどういうつながりなのか推理できなくて。それでまた、栗原さんの力を借りようと思ったんです。

栗原　ふーん。ちょっと待っててください。今、読みます。

栗原さんは、資料を一つ手に取った。

彼の読み方は、いわゆる「速読」とは真逆の……一文字ずつ舐《な》めて飲み込むような、ゆっくりとしたものだった。私は、紅茶を飲みながら、彼がすべての資料を読み終えるのを待ち続けた。

数時間後、最後の一冊を閉じてテーブルに置くと、彼は腕を組んで目を閉じ、動かなくなってしまった。何か声をかけるべきか迷っていると、彼は急に目を開いて、もう冷めてしまったであろう紅茶を、一気に飲み干した。

筆者　本当ですか⁉

栗原　なかなか面白いですね。

筆者　……どうでしょう。何かわかりましたか……？

栗原　かなりの部分を推測に頼らざるを得ませんが、今出ている情報だけで、おおよそのストーリーを描くことはできます。

核

栗原　一通り読んでみたところ、11冊の中に、明らかに「核」となる話がありました。どれだかわかりますか？

筆者　核となる話……。うーん。どれも重要に思えるんですが……。

栗原　難しく考えることはありません。地図をイメージすればいいんです。

栗原さんは、テーブルの上のメモ帳を1枚ちぎり、日本地図を描きはじめた。

栗原　資料①の舞台は富山県高岡市。資料②のは静岡市葵区北部。資料③は……。

そうつぶやきながら、地図上に点を打っていく。それぞれの資料の舞台になった場所を記しているのだろう。11個の点がすべて打たれたとき、私ははっとした。

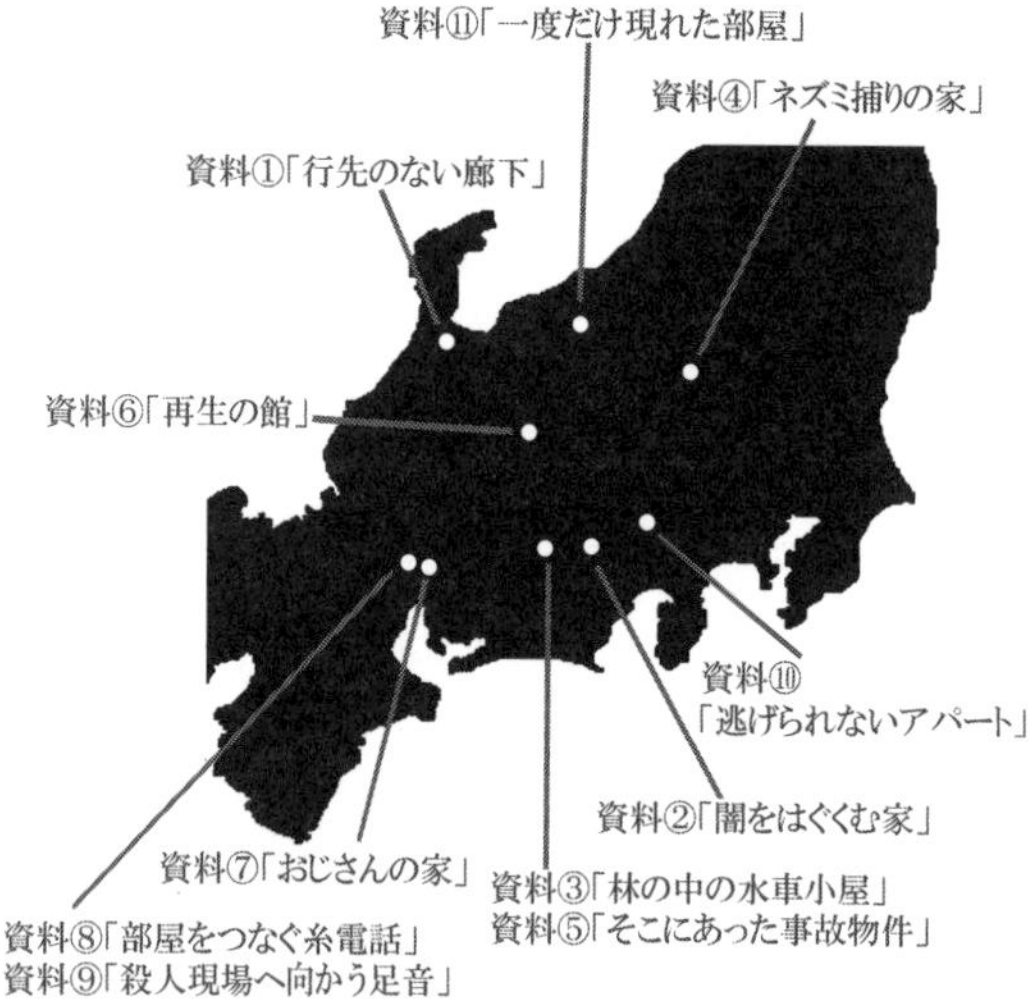

筆者　あ……そういうことか……。

栗原　わかりましたか？

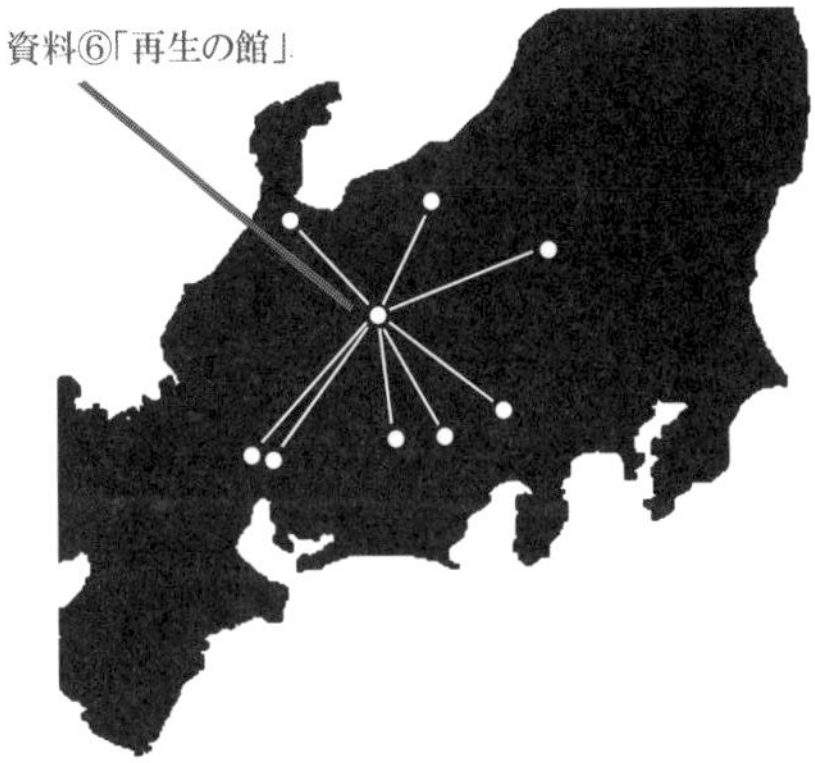

栗原　これらの出来事は、かつて長野県西部に存在した宗教施設「再生の館」を中心として起きているんです。つまり、この施設がすべての根源……「核」と考えるべきでしょう。

栗原さんは資料⑥「再生の館」の冊子を手に取った。

資料⑥「再生の館」

雑誌記者による、謎の宗教施設への潜入レポート

- かつて「再生のつどい」という謎のカルト教団が存在した
- 「再生のつどい」には、いくつかの風変わりな特徴があった
  - ↳電話勧誘と口コミだけで数多くの信者を獲得していた
  - ↳信者たちに数百万〜数千万円の高額な「商品」を買わせていた
  - ↳宗教施設「再生の館」で月に数回集会を開き、奇妙な修行をしていた

1994年 雑誌の記者が、実態を探るべく「再生の館」に潜入

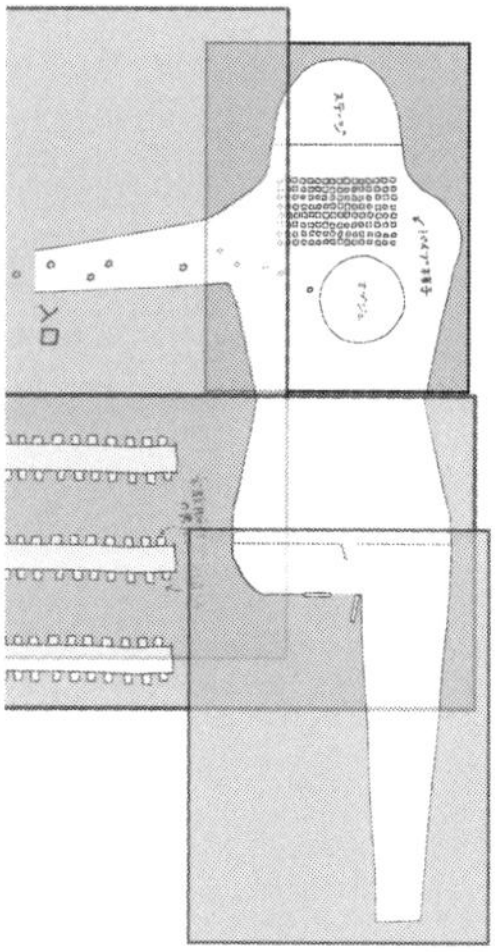

「再生の館」とは？

長野県西部にある、教団の施設。

教祖である、通称「聖母様」の体の形を模した巨大な建築物。

上部は集会場となっており、そこにはステージ、パイプ椅子、そして、オブジェ(神殿)がある。

オブジェ(神殿)の中には、聖母様がいる。

彼女は、左腕と右脚のない女性である。

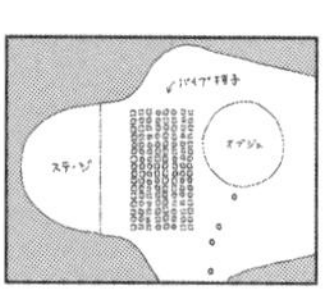

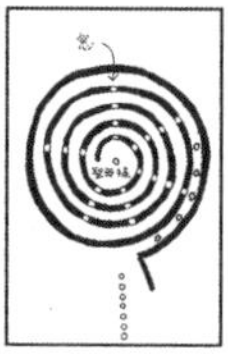

集会場とオブジェ(神殿)

記者が体験したこと

・教団幹部・緋倉正彦氏が信者たちの前で演説
↳緋倉氏は建築会社「ヒクラハウス」の社長←なぜそんな人がカルトに関与？
↳「あなたたちは罪深いが、ここで修行すれば罪は浄化される」と熱弁

・オブジェ(神殿)の中で、聖母様との対面

・聖母様に暴言を吐く信者が出現
↳「インチキ女め！お前の心臓をふさいでやる！」と意味不明な言葉を叫ぶ
↳すぐに外に連れ出される

・修行部屋へ移動

どのような修行が行われていたのか？

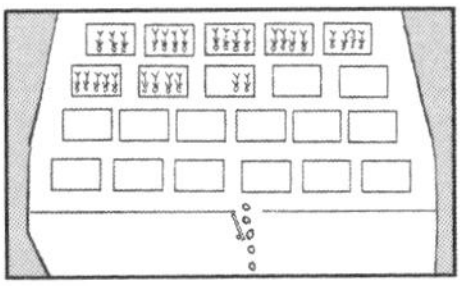

「眠ること」が修行⁉

修行部屋は「寝室」だった。
信者たちはベッドで寝ている
だけ。これが「修行」なのか？

翌朝の出来事

翌朝、施設の庭で信者と
宗教服を着た謎の男達が
間取り図を見ながら何か
を話していた。

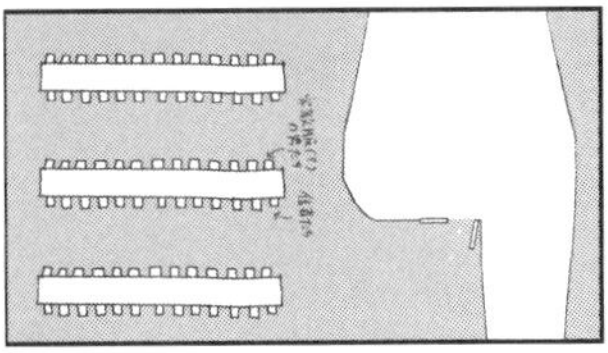

その後

・記者は自身の体験を「前編」「後編」に分けて記事にした
・前編のみ雑誌に掲載　後編は事情により世に出なかった
・「再生のつどい」は1999年に解散
・翌年「再生の館」も取り壊される

栗原　残念ながら「謎解き編」にあたる後編は未発表。ならば、前編の内容から、自力で謎を解くしかありません。はじめに、前編において解明されていない謎を整理しておきます。

①なぜ「再生のつどい」の修行は「眠ること」なのか？
②教団が信者に売りつけていた、数百万〜数千万円の「商品」とは何なのか。
③白い宗教服の男たちと信者は、長いテーブルに向かい合って、何をしていたのか。
④信者たちが共通して抱えていた「特別な事情」とは何か。
⑤なぜ信者たちは、月に数回程度の修行だけで洗脳されてしまったのか。

栗原　これら5つの謎を解くため「再生の館」の正体を、少しずつ紐解いていきます。記事に書かれているように「再生の館」は、教祖・聖母様の体をモチーフに造られたのでしょう。実は、こういった建築は珍しくありません。

教会

栗原　たとえば、カトリックの教会の多くは「磔《はりつけ》にされたキリスト」を模して造られています。「自分たちが信頼する者の体内に入りたい＝守られたい」というのは、多くの人が共通して持っている欲求なんでしょうね。さて、「再生の館」の内部をよく見ると、面白いことがわかります。神殿が「心臓」の位置にあるんです。

筆者　ああ……たしかに。「心臓に聖母様が住んでいる」ということか。

栗原　聖母様は教団のシンボルですから。体にとって一番大事な心臓に居てもらわなきゃ困る、ってことなんでしょう。ちなみに、昔は「人間の心臓は中央より少し左側にある」というのが定説でした。その時代に造られた建物なので、神殿も少しだけ中央からずらしてあるんだと思います。

栗原　ここからわかるのは『再生の館』は聖母様の外見だけでなく、中身も模している」ということです。それを理解した上で、信者たちがグーグー眠っていた「寝室」の場所を見てみましょう。

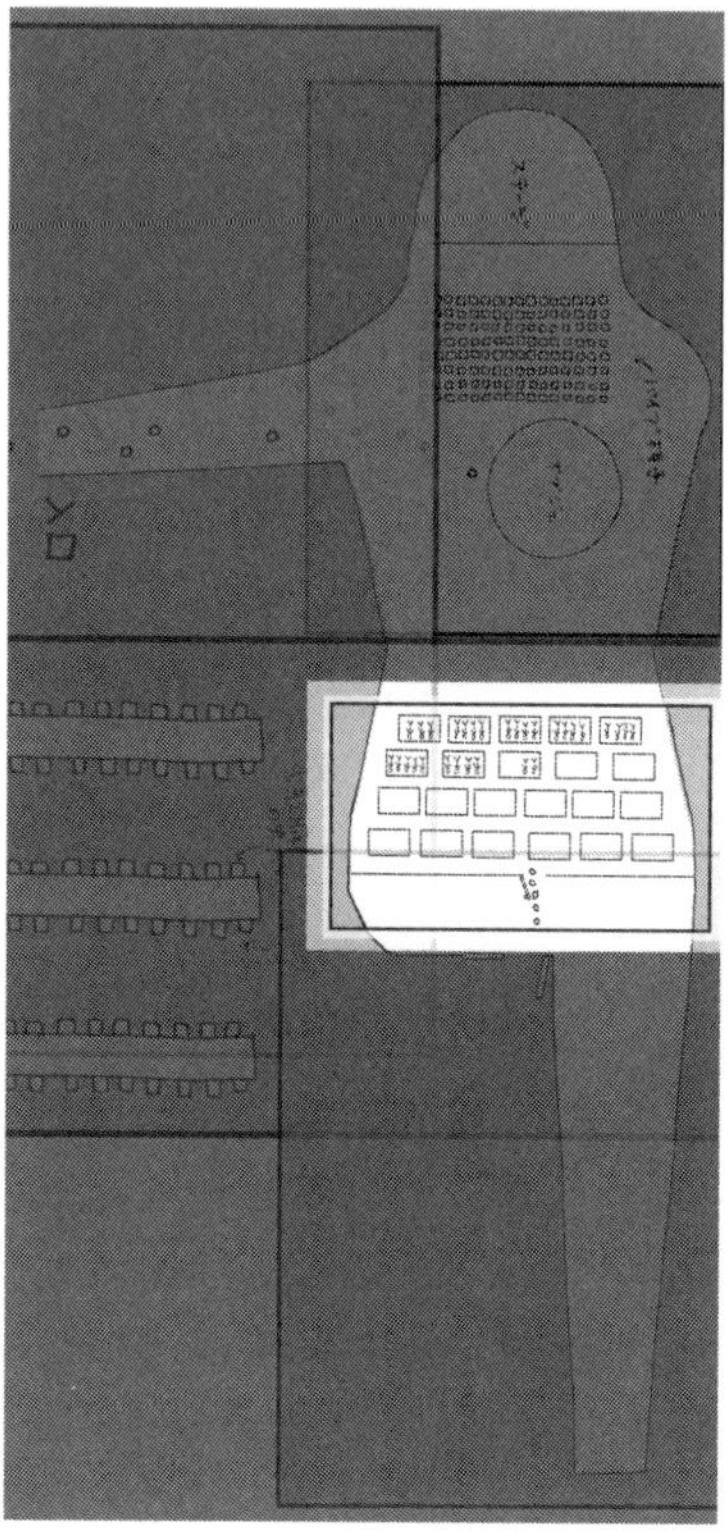

栗原　下腹部に位置しています。「女性の下腹部で眠る人間」……これが何を意味しているか、わかりますよね。

筆者　……胎児ですか？

栗原　その通りです。

栗原　下の扉（膣《ちつ》）から寝室（子宮）に入って眠り、ふたたび扉（膣）から外に出る。明らかに「妊娠」と「出産」の暗喩《メタファー》です。これで、1つ目の謎が解けました。

①なぜ「再生のつどい」の修行は「眠ること」なのか？

栗原　答えは「聖母様の子供になるため」です。信者たちが行っていた修行とは、聖母様の子宮で眠り、彼女の子供として生まれ変わる疑似体験だった、と考えられる。

筆者　生まれ変わる……再び生まれる……。だから「再生のつどい」なのか。

栗原　ここで、教団幹部・緋倉正彦氏の演説を引用しましょう。

「すでに、自覚なさっていることでしょう。己の抱えたおぞましい罪を。その罪は、あなた方の哀れな子へ受け継がれてしまったのです。（中略）残念ながら、穢れは決して消えることはありません。しかし、薄めることはできる。修行を重ねることで、浄化できるのです。まずはあなた方が、この館で穢れを清めましょう」

栗原　「自覚なさっていることでしょう。己の抱えたおぞましい罪を」という言葉からわかるように「再生のつどい」の信者は皆、何らかの罪悪感を抱えていた。

そんな信者たちに、緋倉氏はこう言っている。

「あなたたちは罪を背負ってるから不幸になるよ」

「でも、聖母様の子供として生まれ変われば、罪はちょっとだけ清められるよ」

「あくまでちょっとだけだからね。全部消えるわけじゃないよ」

「だから何度も再生の館《こ》に泊まりに来て、地道に罪を清めていこうね」

要は、罪の意識を抱えた人たちを集めて、それを清める方法を教えていたんです。

筆者　その方法は「聖母様の子宮を模した寝室で、何度も眠ること」だった……。

栗原　インチキ臭いですが「生まれ変わって罪を清める」という考え方は、仏教にも近しいものがありますし、日本人には受け入れやすかったのかもしれません。

ただ奇妙なのは、子供を巻き込んでいる点です。

「その罪は、あなた方の哀れな子へ受け継がれてしまったのです。親の罪によって生まれた子。罪の子。（中略）そして明日の朝、今よりも少しだけ穢れの薄らいだ身で家に帰り、今度はあなた方の子に、修行の手ほどきをしてあげてください」

栗原 「修行の手ほどきをしてあげてください」……つまり緋倉氏は「家に帰ったあと、自分の子供を聖母様の子宮で眠らせなさい」と言っているんです。……無理ですよね。普通の家には、聖母様の体をモチーフにした建物なんてありませんし、子宮を模した寝室もありません。じゃあ、どうやって信者たちは、自分の子供に「修行」をさせていたのか。

そのとき、脳裏に1枚の間取り図が浮かんだ。

筆者 自分の家を……「再生の館」に改築する。

栗原 そうです。事実、この11冊の資料の中にも、自宅を「再生の館」に改築した人たちが登場します。

筆者 ……入間さんの両親ですか。

栗原 はい。

栗原さんは、資料⑪「一度だけ現れた部屋」を手に取った。

資料⑪「一度だけ現れた部屋」

実家の「隠し部屋」探索

・フリーデザイナーの入間さんは、子供の頃に実家で一度だけ「謎の小部屋」に入ったことがあるという

その部屋がどこにあるのか探すため、入間さんの実家へ

・入間さんの実家は、新潟県の一軒家だった
・両親が結婚した年に新築で購入し、その８年後に改築

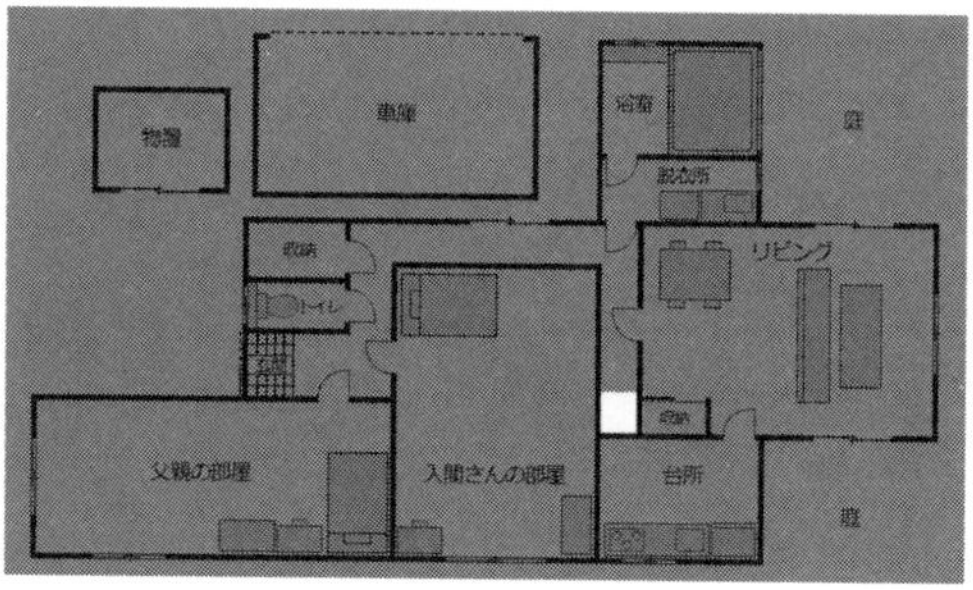

・廊下の突き当たりが怪しいと考え、隠し扉を開ける方法を模索
・リビングの収納スペースに仕掛けがあることが判明

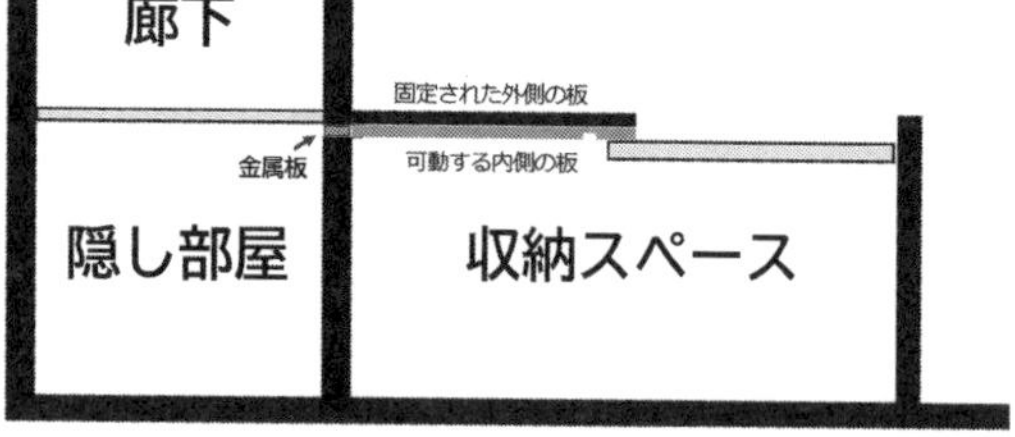

隠し扉の開け方

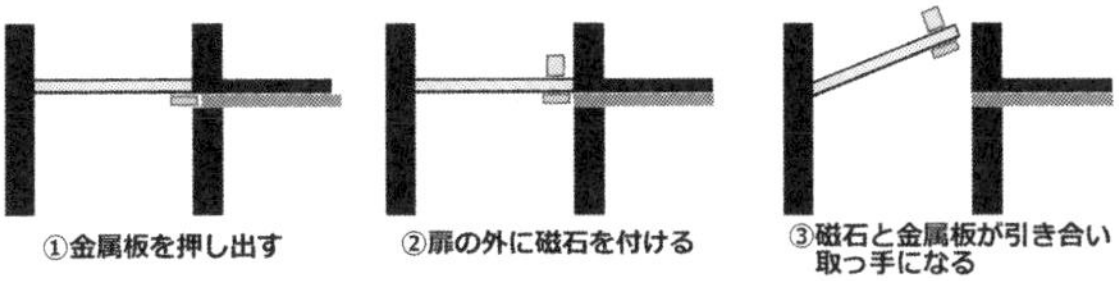
①金属板を押し出す
②扉の外に磁石を付ける
③磁石と金属板が引き合い
取っ手になる

小部屋の中にあったものは？

・木箱に入った女の人形
・人形は左腕と右脚がなかった
・入間さんいわく「この人形、家の形に似ている」

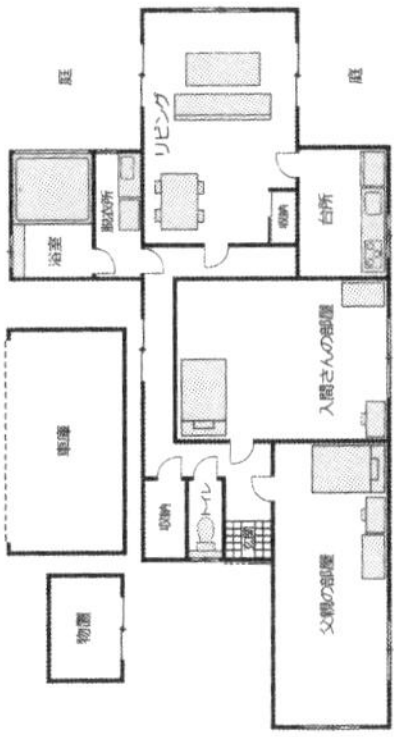

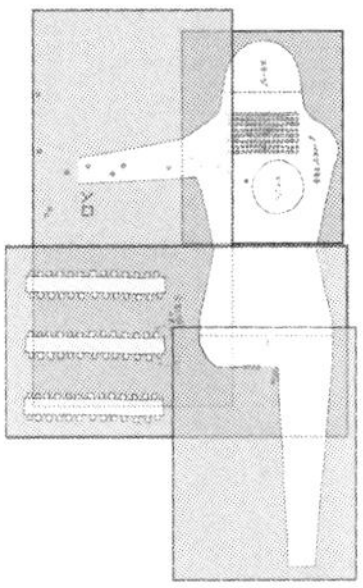

左腕と右脚のない女を模した建物
「再生の館」と何か関係が…？

入間さんはどう思った？

「子供の頃から、薄々感づいてたんですよ。
二人が……両親が、怪しげな宗教にハマっていること」

模造品

――両親が結婚した年に新築で購入し、その8年後、長男の入間さんが生まれたのをきっかけに、大規模な改築をしたらしい。

栗原　第一子が誕生した頃、入間夫婦は「再生のつどい」に入信したんでしょう。

筆者　それで……自分たちの家を「再生の館」に近づけるために、大規模な改築をした……。

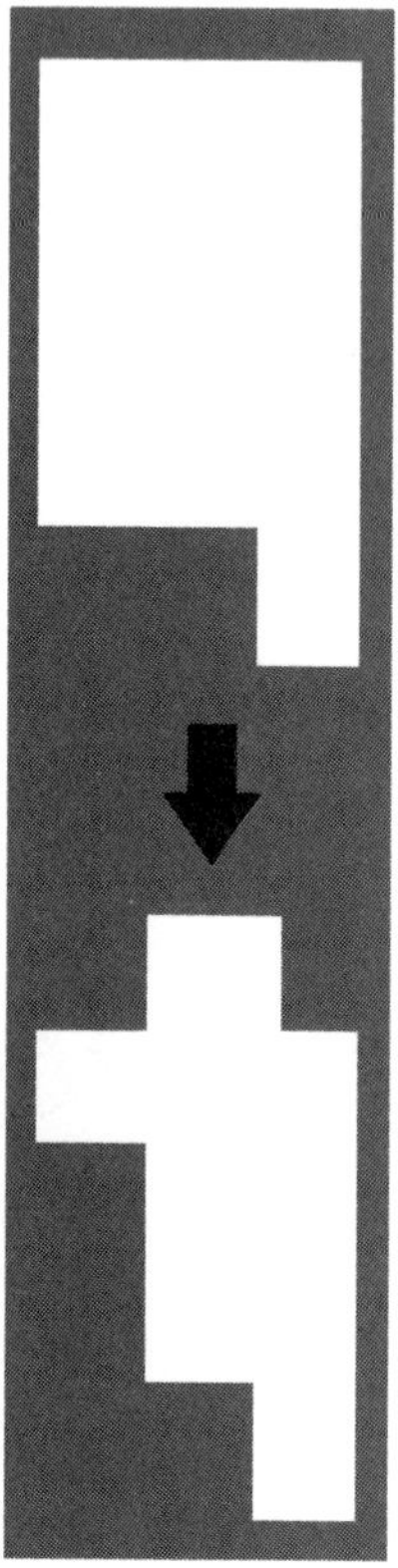

栗原　もともとは普通の家だったんだと思います。おそらく、減築工事をすることで、聖母様の体を再現したんです。もちろん、再現したのは外見だけではありません。

それは、木彫りの小さな女性の人形だった。

まるで天女の羽衣のように、裸に絹布をまとっている。若くはないが、顔立ちは美しい。

ただ、それ以上に目を引き付けたのは、彼女の体だ。左腕と右脚が、な、い。

栗原　人形があった場所……「隠し部屋」の位置に注目してください。

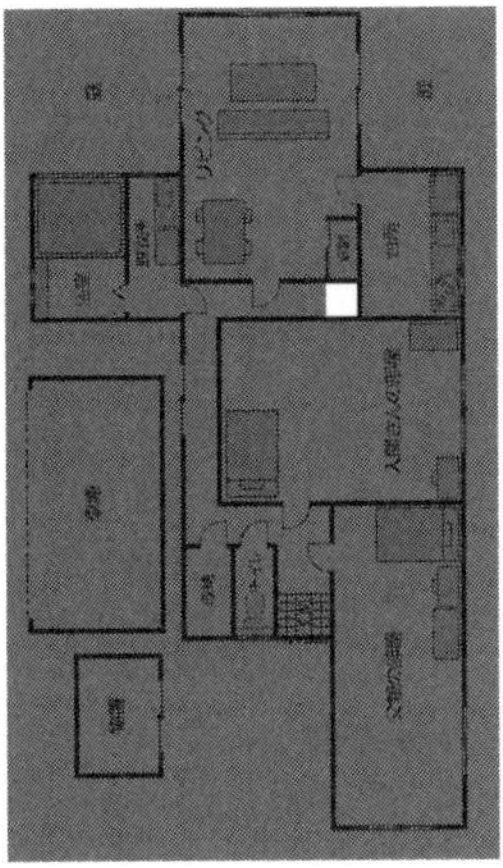

栗原　家を体に見立てた場合、胸の中央から少しズレたところにありますよね。
筆者　心臓……「再生の館」の神殿と同じですね。
栗原　隠し部屋の正体は「神殿」だったというわけです。本家「再生の館」の神殿には聖母様がいますが、入間家の神殿には人形が置いてある。つまり、人形は聖母様の代わり……いわば偶像です。神棚に七福神を飾るようなものですね。

筆者　「本物を置くことはできないから、人形で代用する」ってことか。

栗原　そうです。さて、次に注目すべきは、入間蓮さんのベッドです。

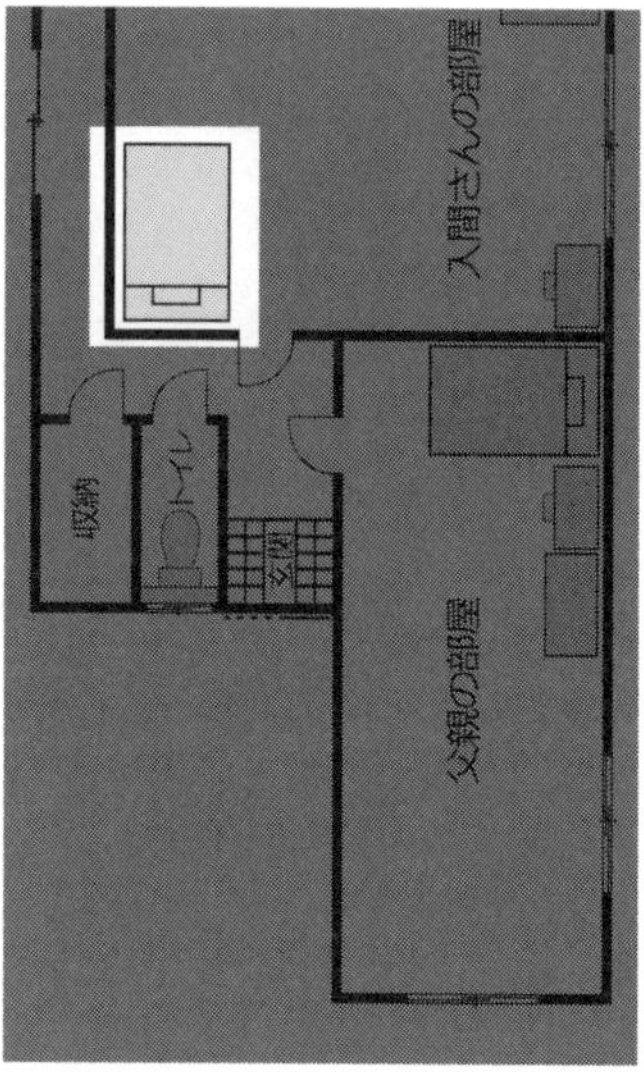

栗原　この場所、明らかに「子宮」ですよね。
教団の理屈にしたがえば、彼は実家に住んでいるとき、毎日、聖母様の子供として生まれ変わっていた、ということになります。

入間さんの両親は、第一子が誕生した頃「再生のつどい」に入信した。彼らは当時、何らかの罪悪感を抱いていた、ということだ。

教団から「その罪は、あなた方の哀れな子へ受け継がれてしまったのです」と聞かされ怯えた二人は、息子に伝染した罪を清めるため、自宅を「再生の館」に改築した。

筆者 でも、部屋を丸ごと取り除いたり、奇妙な隠し部屋を作ったり……そんな意味不明な改築工事、現実的に可能なんですか？

栗原 普通の業者に頼んだら断られるでしょうね。だからこそ、教団は暴利を貪《むさぼ》れたわけです。

②教団が信者に売りつけていた、数百万～数千万円の「商品」とは何なのか。

栗原 「家」……より正確に言えば「家の改築工事」です。教団幹部の緋倉氏は、中部地方で大きなシェアを持つ建築会社「ヒクラハウス」の社長。彼の力があれば、多少無茶な改築も可能だったはずです。

中部地方に拠点を置き、信者に改築を勧めるカルト教団「再生のつどい」。
そして、同じく中部地方で影響力を持つ建築会社「ヒクラハウス」。
Win-Win の関係にある両者が連携していたということか。

栗原 それがわかれば、次の謎も解けます。

③白い宗教服の男たちと信者は、長いテーブルに向かい合って何をしていたのか。

栗原　一言で言えば商談です。「白い宗教服を着た男たち」はヒクラハウスの営業マンでしょう。

> 広い敷地に長いテーブルが置かれ、昨夜、寝室をともにした信者たちと、白い宗教服を着た男たちが、向かい合って何かを話しているのだ。テーブルに近づいて見てみると、その上には、いくつもの間取り図が並べられていた。

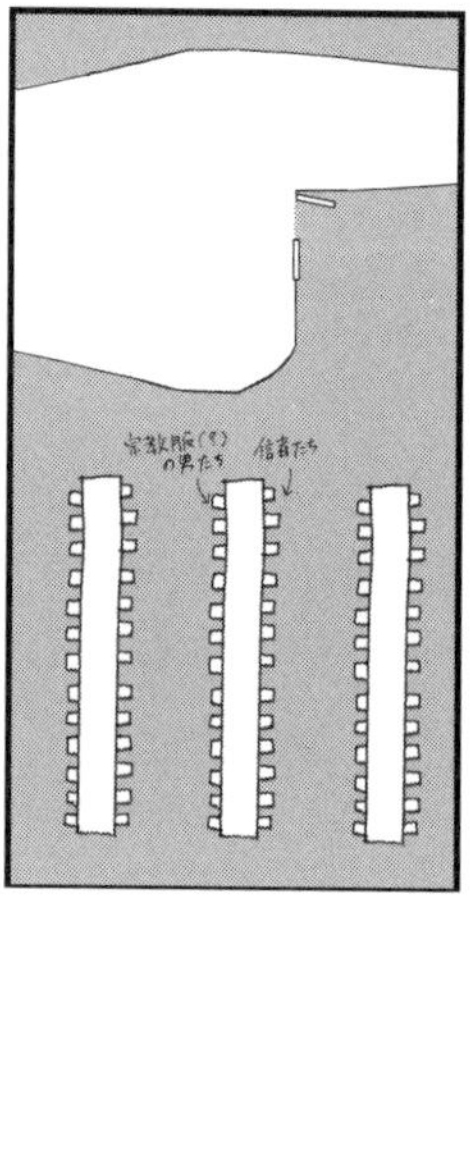

栗原　テーブルの上に間取り図が置いてあったことから考えて、改築の相談・見積りでもしていたのではないかと思います。信者たちの家を「再生の館」に変えるための改築です。宗教服は信者を騙すための衣装。さすがにスーツを着ていたら、ビジネス目的なのがバレバレですからね。

さて、入間さんの両親が信者であったことは明白ですが、11冊の資料の中には、他にも教団に洗脳された人物が登場します。

栗原さんは、資料⑦「おじさんの家」を指さした。

資料⑦「おじさんの家」

虐待を受け、死亡した男の子の日記

・三橋成貴くん(9)はアパートで母親と暮らす男の子

・普段から十分に食事を与えられず、母親から虐待を受けていた

・あるとき、アパートに謎の男性「おじさん」が訪ねてきて
成貴くんと母親を自分の家に招待する

・「おじさん」は成貴くんにおいしい食事を与え優しく接する

・以降、数か月に一度「おじさん」は成貴くんを家に招いた

・あるとき、成貴くんが虐待を受けていることに気づいた
「おじさん」は、母親から成貴くんを引き離し、自分の家で
保護することにした

・後日、母親が「金髪の男」と一緒に「おじさんの家」に成貴
くんを取り返しに来る

・成貴くんは母親とともに「金髪の男」の家に連れていかれる

・成貴くんは男から激しい虐待を受け、数週間後に死亡

・成貴くんの死後、彼が死の間際まで書いていた日記が
『少年の独白～三橋成貴くん、最後の手記～』という題名で
出版された

＊＊＊

栗原　痛ましい事件です。読むだけで気分が悪くなりました。
しかし、亡くなった三橋成貴くんは、重要な情報をいくつも残してくれています。彼の文章から「おじさんの家」の間取りを推測してみましょう。

栗原さんは、メモ帳に図を描きはじめた。

――ドアのところの左に、大きい花だんがあって、すごいと思った。中にはいると、まん中にろうかがあって、ドアがたくさんあった。

栗原　玄関の左には花壇がある。ドアを開けると中央に廊下。廊下にはたくさんのドア。

――一ばんちかい、右のドアにはいると、大きなテレビと、テーブルがあった。まどから花だんと、家のドアが見えた。反たいのまどから、車がぶんぶん走ってるのが見えて……

栗原　「一ばんちかい、右のドア」とは「一番手前の、向かって右側のドア」という意味でしょう。前後の文章からリビングと思われます。重要なのは、リビングの窓から玄関のドアが見える、という点です。

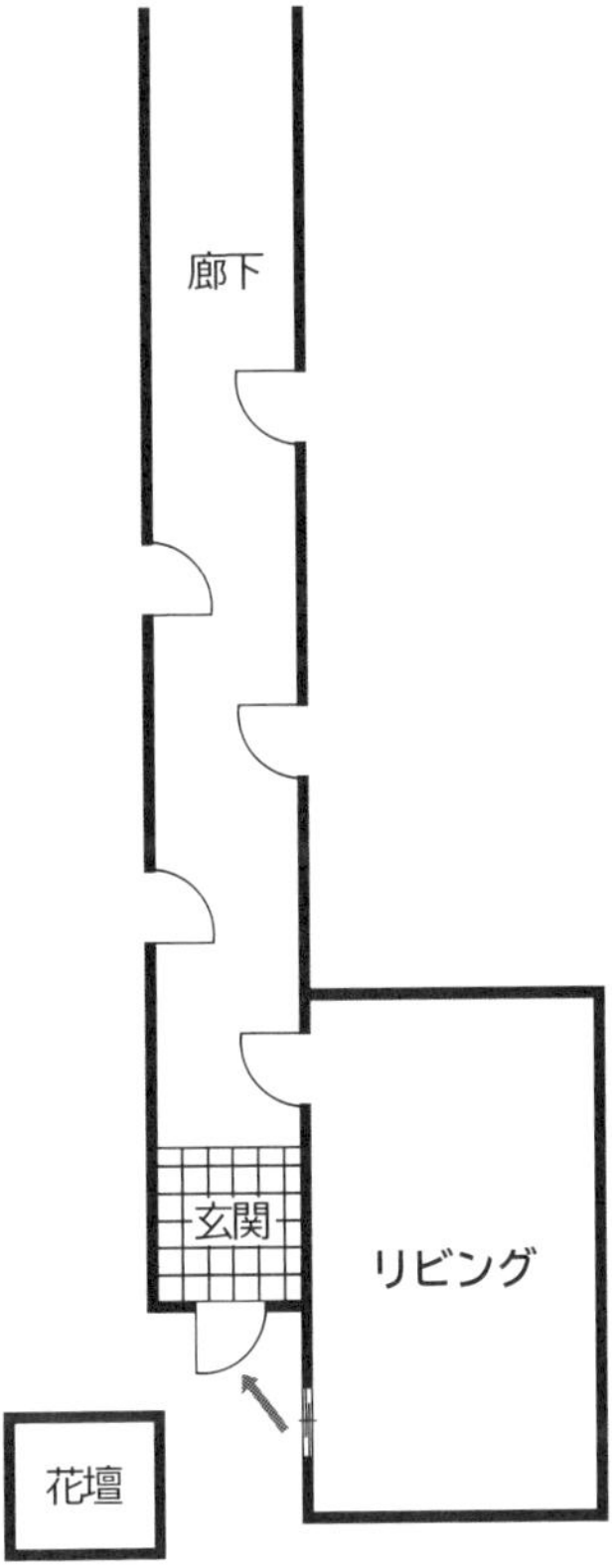

栗原　おそらく、前庭に向かって突き出しているのでしょう。

栗原　そして「反たいのまどから、車がぶんぶん走ってるのが見えて」という記述から、リビングの片側は、道路に面しているとわかる。

成貴くんとお母さん、そして「おじさん」の3人は、毎回この部屋で食事をしています。

成貴くんは自然と、ここを「ごはんを食べるへや」と認識するようになる。

さて、この部屋の隣室に関して、2種類の記述が出てきます。

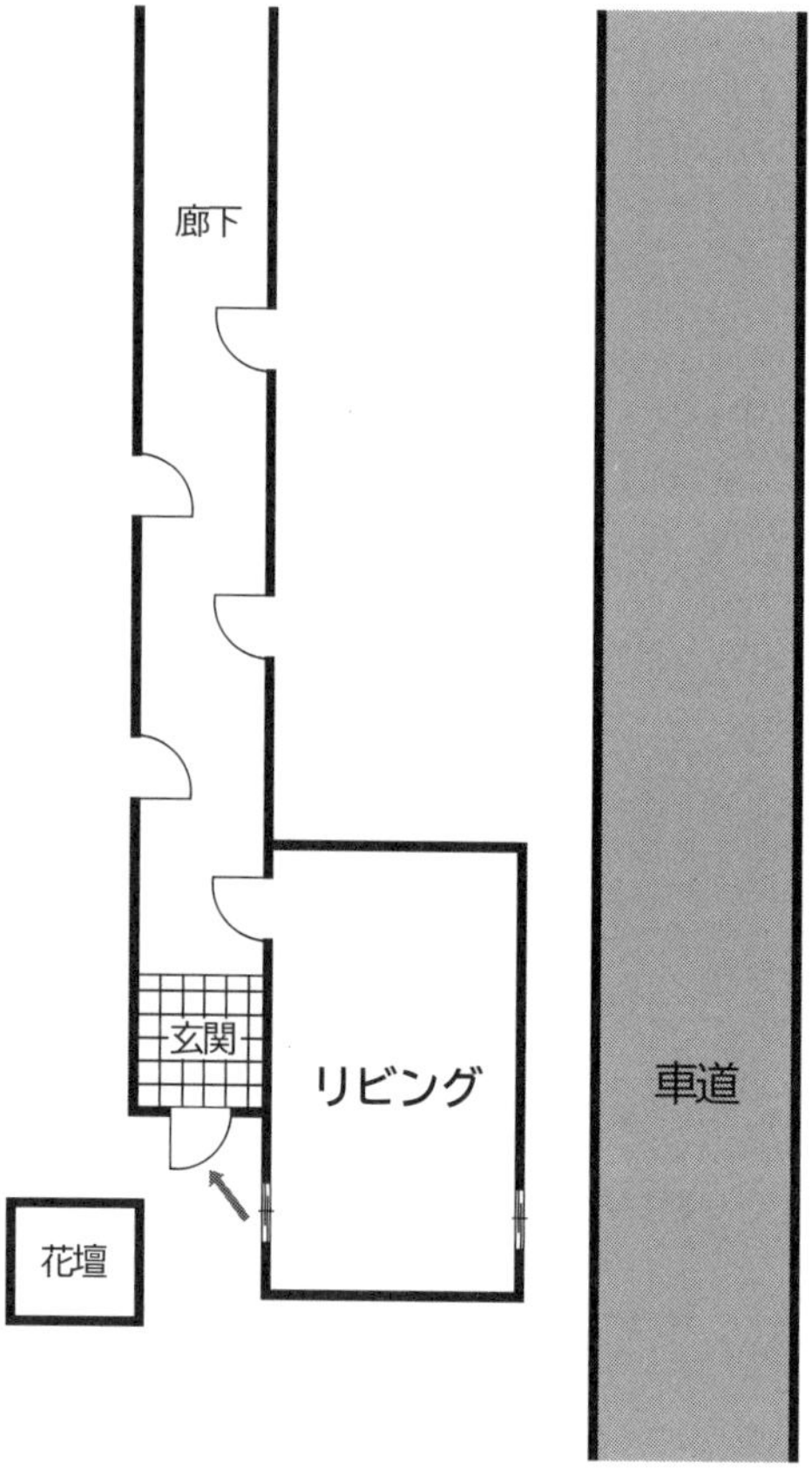

①ごはんを食べたあと、ろうかに出て、となりのへやにいった。「ここがナルキのへやだよ」とおじさんが言った。

---

②そのあと、ろうかに出て、ごはんを食べるへやの、となりのへやに行った。大きいまどがあって、花だんが見えた。へやの中に、自てんしゃみたいなのがあった。おじさんは「エアロバイクだよ」と言っていた。こいでみて、たのしいと思った。そのへやに、べつのドアがあった。あけると、なにもないへやだった。そのへやも、まどから花だんが見えて、べつのまどから川が見えた。

栗原　どちらも「ごはんを食べるへやの、となりのへや」と取れる言葉が書かれていますが、記述を見るかぎり、同じ部屋とは思えません。
「となりのへや」は二つ存在すると考えるべきでしょう。では、それぞれの位置関係はどうなっているのか。

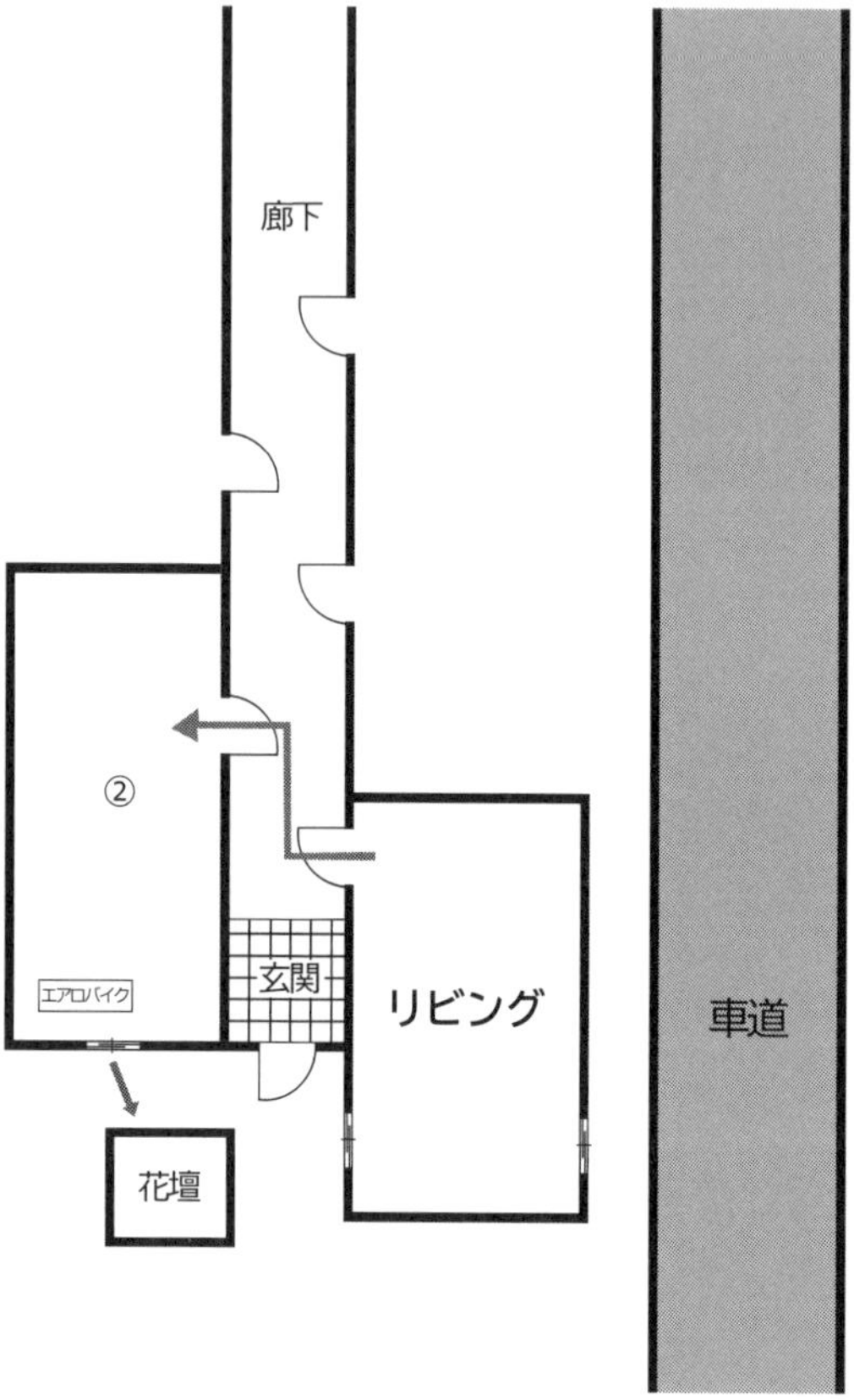

栗原　リビングから②の部屋に行くために、成貴くんは一度、廊下に出ています。さらに、その部屋からは「花だんが見えた」と書かれている。ゆえに②は、廊下を挟んで向かい側の部屋だと推測できます。幼い成貴くんは「向かい」という言い回しを知らなかったんでしょうね。

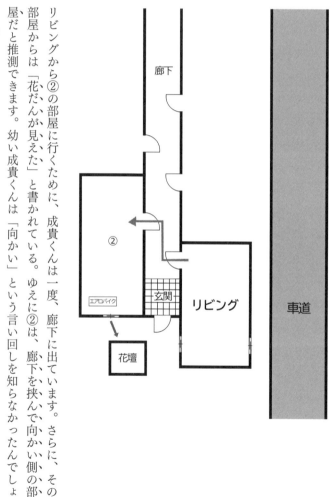

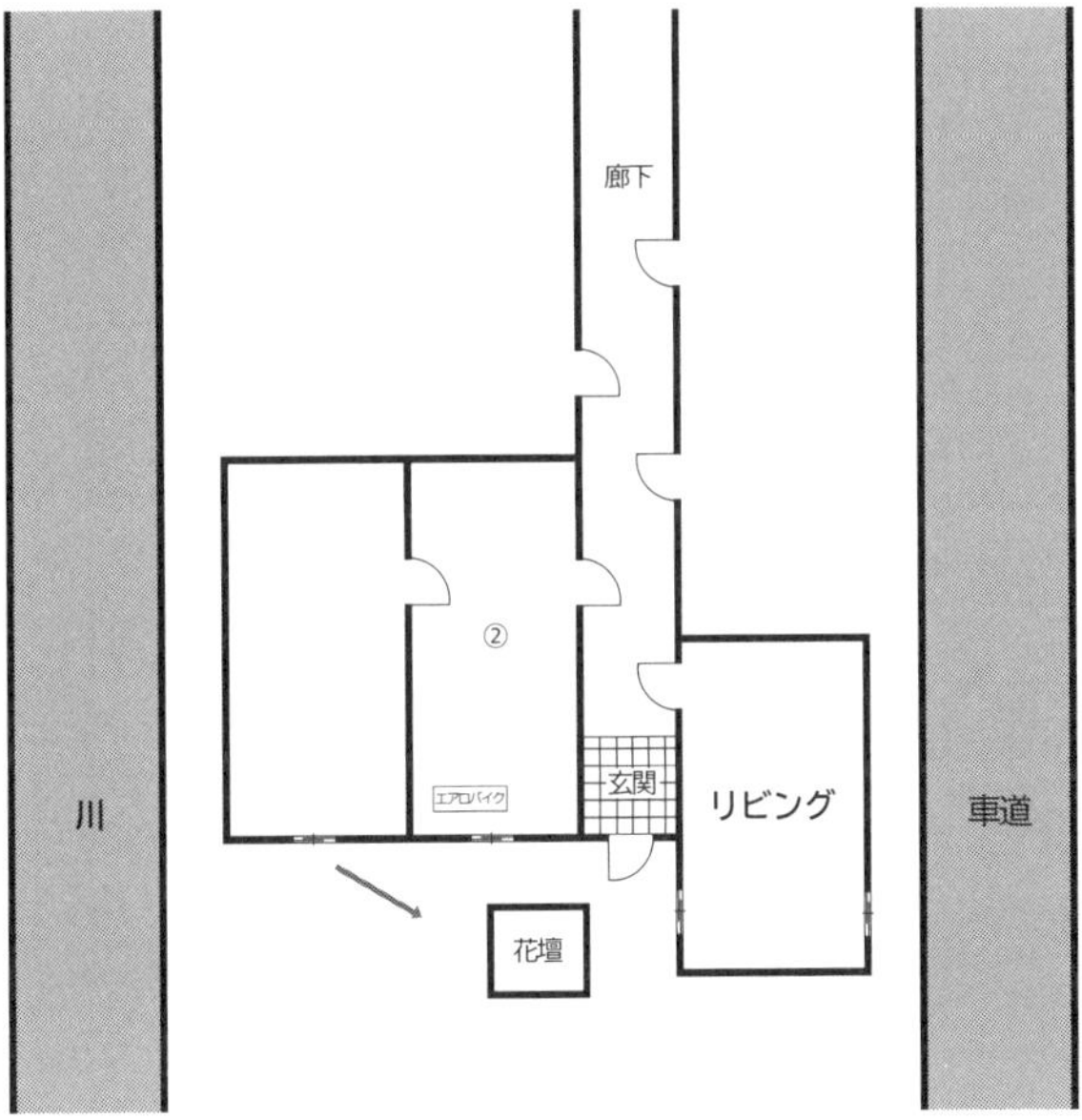

栗原　②の部屋にはドアがあり、別の部屋につながっている。その部屋からも花壇が見えることから、図面向かって左側に位置していると考えられます。「べつのまどから川が見えた」というのも重要な情報です。

栗原　そうなると①……成貴くんの部屋の位置は、おのずと決まりますよね。

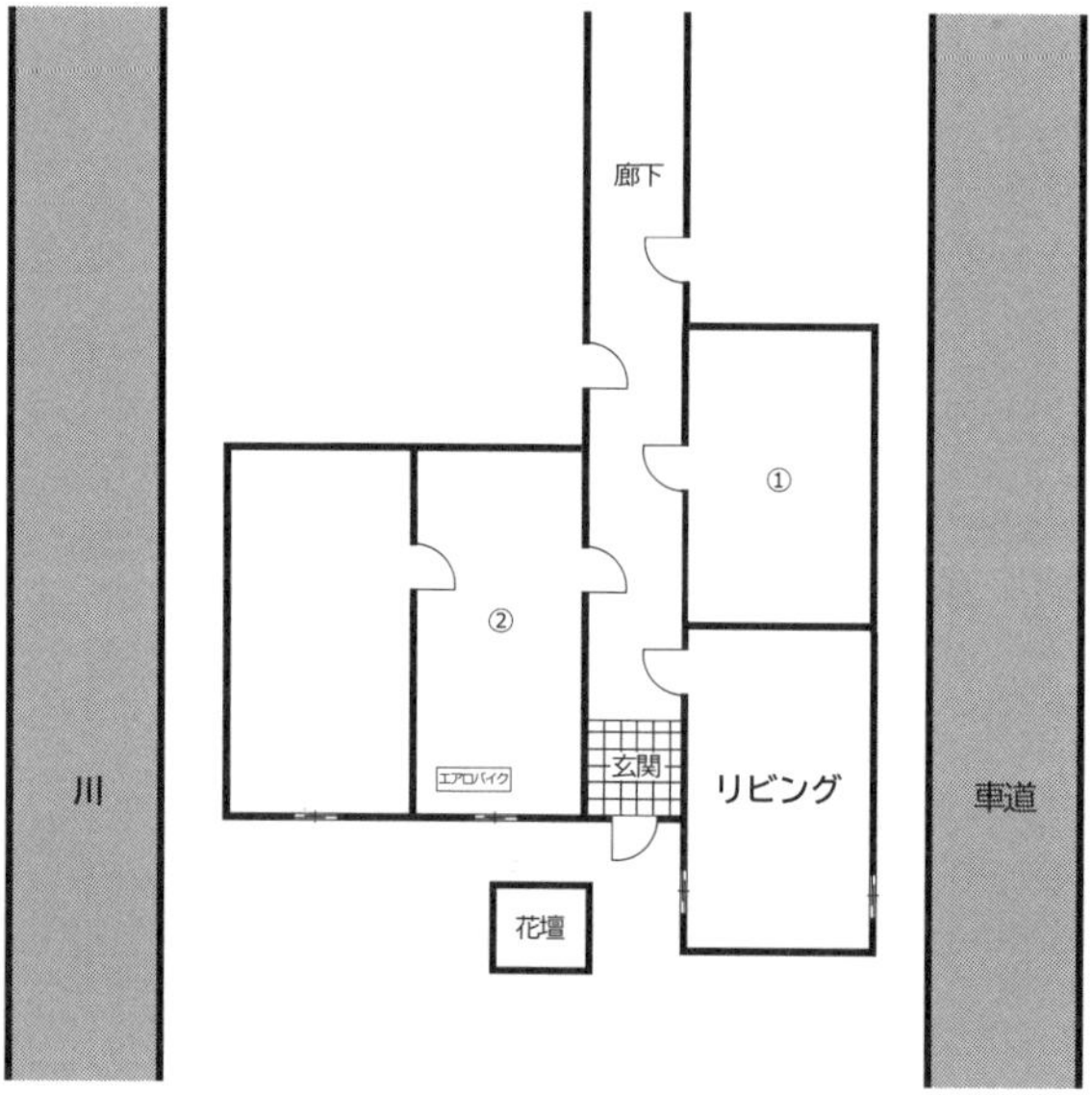

栗原　ここまでくると家の全体像が見えてきます。

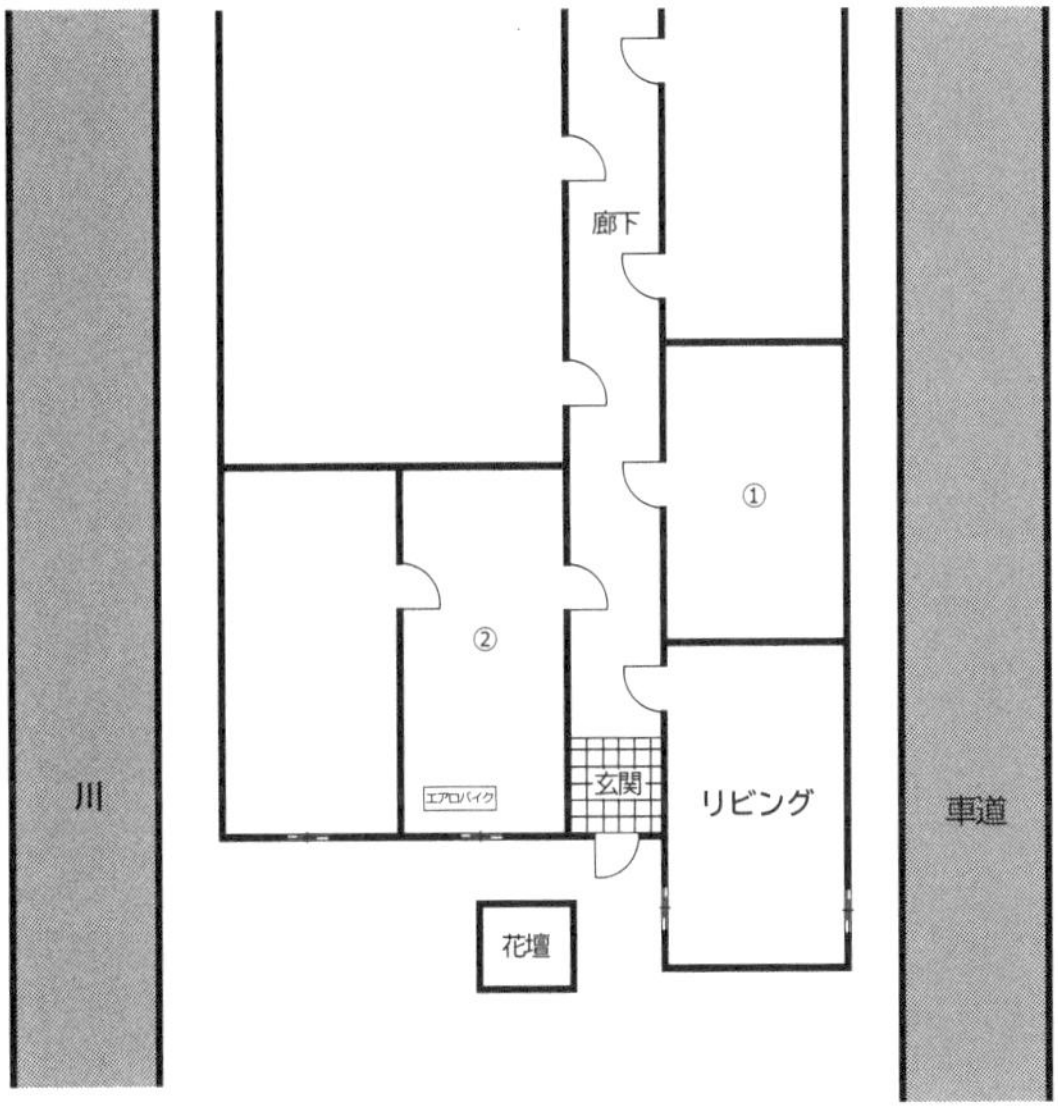

筆者　すごい。こんな少ない情報から間取り図が描けるなんて。

栗原　成貴くんのおかげですよ。彼、相当頭の良い子供だったんでしょうね。無駄のない言葉で、的確に事実を表現しています。

ただそんな中、１か所だけ現実とは思えない奇妙な描写が登場するんです。

栗原　2月27日。3か月ぶりに、おじさんの家を訪問したときの日記です。

朝ごはんの、コーンスープとめだまやきが、おいしかった。そのあと、また、うごかない自てんしゃがこぎたくなって、ごはんを食べるへやの、となりのへやにいって、うごかない自てんしゃをこいだ。ごはんを食べたばっかりだから、おなかがちょっといたくなった。

栗原　エアロバイクの記述から、②の部屋だとわかります。

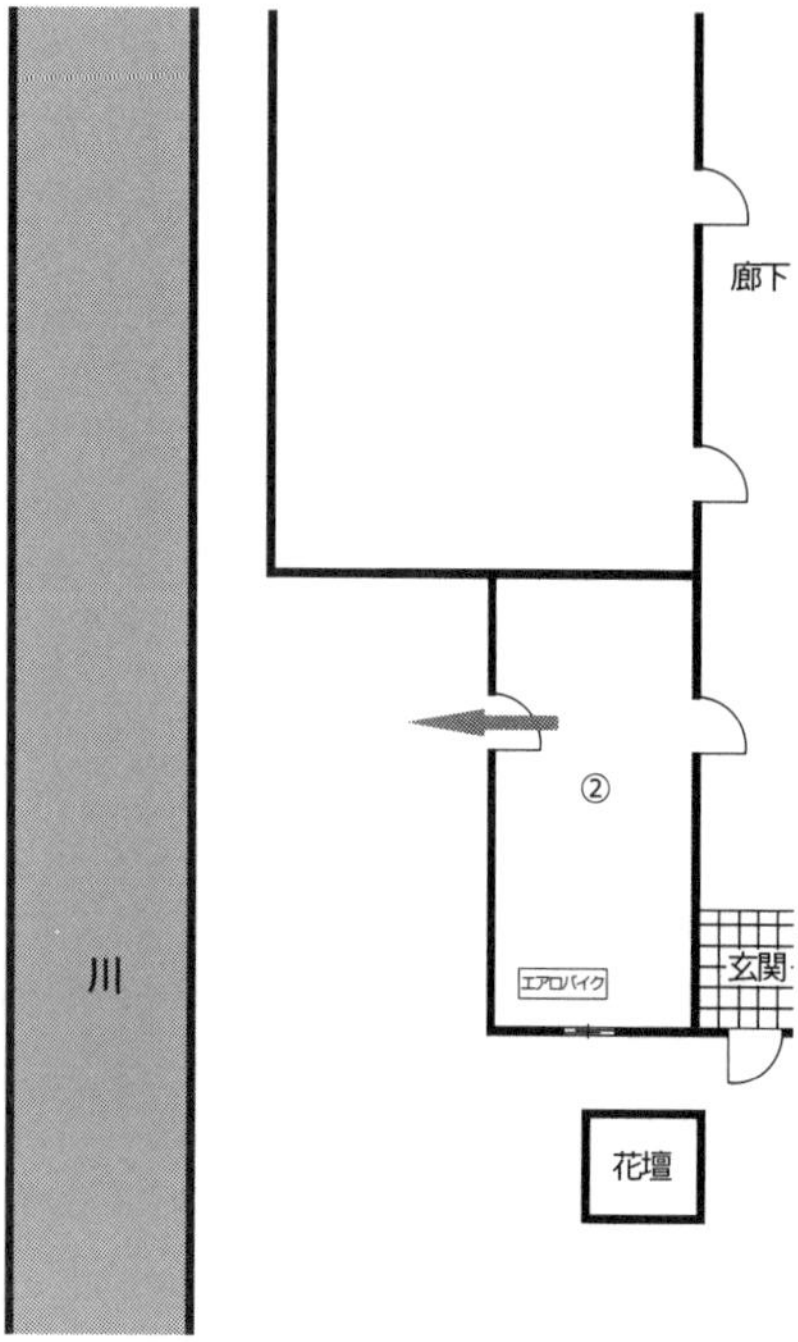

——そのあと、もうひとつのドアをあけたら、前にあったへやがなくて、川がザーザーながれていた。へんだと思った。

栗原 「もうひとつのドア」は、奥の部屋につながるドアのことでしょう。そのドアを開けると、なぜか外に出てしまった。

筆者 部屋が消えたってことですか……。

栗原 マジックショーでもないかぎり、普通はそんなことありえません。しかし、仮に成貴くんが見た景色が現実だったとすれば、一つの仮説が立てられます。

おじさんは、3か月の間に減築工事を行った。

工事によって、部屋を一つ取り除いたわけです。すると、家の形はこのようになったと考えられます。

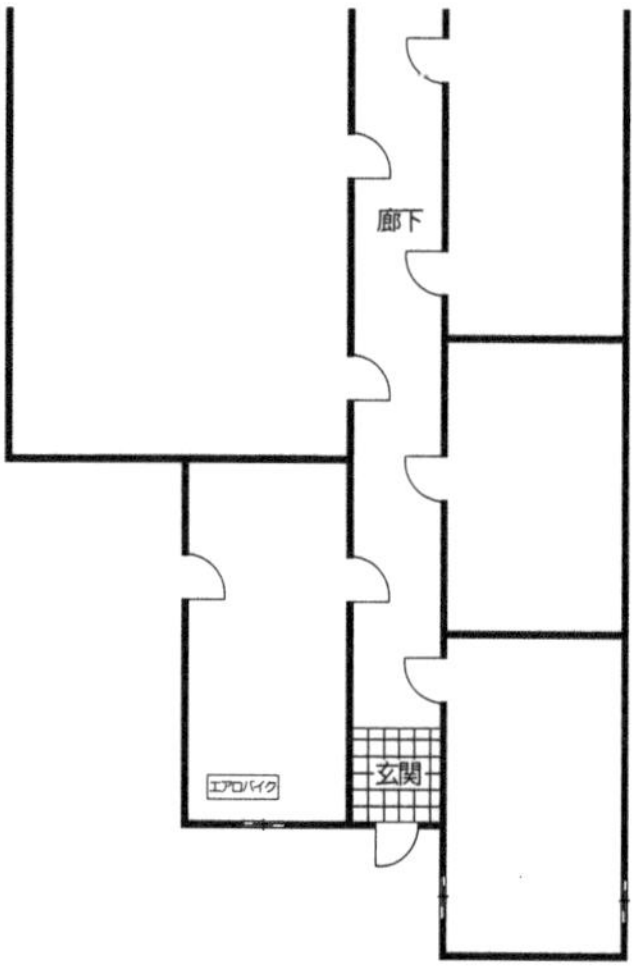

栗原　入間さんの家に似ていると思いませんか？

筆者　まさか、おじさんは自分の家を「再生の館」に近づけるために改築を……？

栗原　彼が「再生のつどい」の信者だったことを裏付ける記述があります。

——そのあと、ろうかの遠くにあるへやに、おじさんがつれていってくれた。ちいさいへやで、茶いろい人形があって、こわかった。

栗原　その部屋がどこにあるか、具体的にはわかりませんが「ろうかの遠くにある」という表現から、大まかな場所は推測できます。

成貴くんは、おじさんの家ではいつも、玄関付近で生活していました。であれば、玄関から離れた場所に対して「遠い所」というイメージを抱いてもおかしくない。

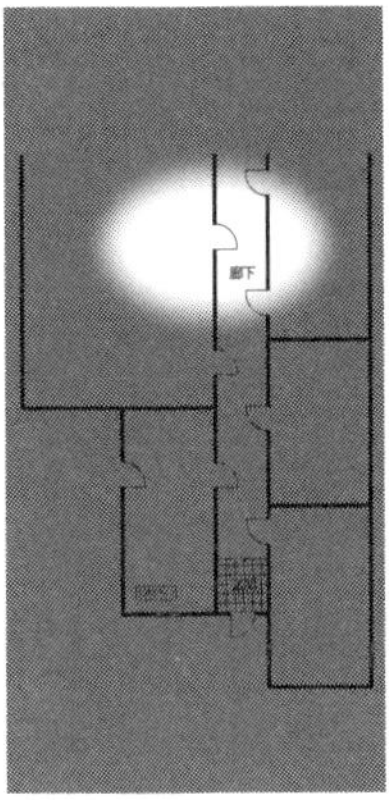

栗原 すると「ろうかの遠くにあるへや」は、図面上部に位置していると考えられる。心臓の位置です。

——おじさんは「ここは家の心ぞうだよ」といった。「だから、かぎをかけたらダメだよ」と言っていた。

筆者 心臓の位置にある小部屋……その中に人形。「神殿」ですか。

栗原 「ここは家の心ぞうだよ」という、おじさんの発言からも、間違いないでしょう。

筆者 でも、そのあとの「だから、かぎをかけたらダメだよ」っていうのは、どういう意味なんでしょうか。

栗原　「家の心臓だから、鍵をかけてはいけない」……一見よくわからない言葉ですが、仮にこれが教団の教えだとするなら、ぼんやりと意味が見えてきます。

筆者　教団の教え？

栗原　教祖の体を模した施設を造ったり、心臓の位置に神殿を設置したり……「再生のつどい」は、何かと建物を人に見立てますよね。「家はものではなく、生命体である」……それが彼らの思想なんでしょう。これを念頭に置けば、おじさんの言葉の意味がぼんやりと見えてきます。

ご存じの通り心臓は、血管を通して、体全体に血液を送るポンプです。もしも心臓が止まったり、心臓周辺の血管が詰まってしまったら、手足や脳に血液が届かなくなり、最悪の場合死んでしまう。

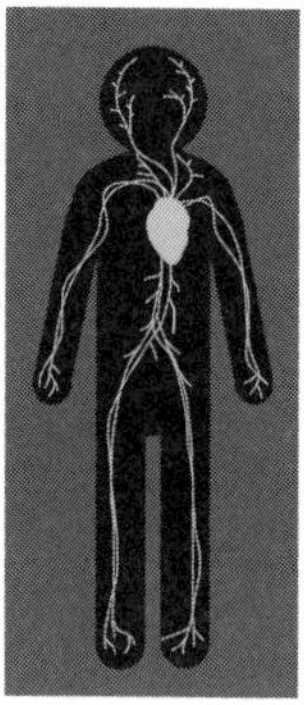

「神殿に鍵をかける」という行為は、すなわち「心臓をふさぐ」と同じ意味を持つのではないでしょうか。すると、家全体にエネルギーが届かなくなり……。

筆者　家が死んでしまう……？

栗原　……という「思想」を、教団は信者に教え込んでいた。こう考えれば、おじさんの言葉も理解できますし、入間家の隠し扉に、鍵がかかっていなかった理由も説明がつきます。

「心臓をふさぐ」……その言葉を聞いて、私はある資料の一節を思い出した。

「再生の館」潜入レポートにおいて、記者が聖母様へのお参りを済ませたあとのシーンだ。

突然、神殿内部から音が聞こえた。それが、男の怒鳴り声であることに気づくまで数秒かかった。耳をすますと、男の放つ言葉が聞き取れた。「聖母様！　あなたは嘘をつかれたのですか！　私と息子を救ってくださるのではなかったのですか！」
すぐに数名の教会員が駆け込む。1分もしないうちに、彼らに羽交《はが》い絞《じ》めにされた男が一人、連れ出された。目をぎらぎらさせていた、最後尾の男だ。年齢は40代くらい。二重瞼《ふたえまぶた》に鼻筋が通った顔は、ハンサムの部類に入るだろう。ハンサム男は「インチキ女め！　お前が本物の神なら、どうして俺の息子は……ナルキは死んだんだ!?　殺してやる！　お前の心臓をふさいでやる！」と、叫びながら外へ運ばれていった。

筆者　もしかして「再生の館」の神殿で騒ぎを起こした男が叫んだ「お前の心臓をふさいでやる」というのは……？
栗原　きっと、彼はこう言いたかったんでしょう。……「神殿に鍵をかけてやる」。
筆者　なるほど……。
栗原　では、ハンサム男はその後どうなったのか。……この資料に書かれています。

栗原さんは資料⑧「部屋をつなぐ糸電話」を開いた。

資料⑧「部屋をつなぐ糸電話」

亡き父の犯罪を疑う女性

・笠原千恵さんの父親は、仕事で大金を稼いでいた

・しかし、家には金を入れず一人で遊び歩く「最低な父親」だった

・笠原さんは、そんな父親と「糸電話」で遊ぶことがあった

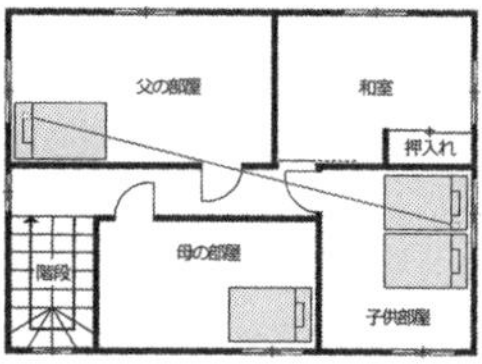

「部屋をつなぐ糸電話」

父親が考えた遊び。
笠原さんと父親の部屋を糸電話でつなぎ、ベッドでおしゃべりをする、というもの。

そんな中、事件が起きる

・ある夜、笠原さんは父親と糸電話でおしゃべりをしていた

・なぜか父親の様子がおかしく、言動が支離滅裂だった

・そのすぐ後、隣宅「松江さん」の家が火事になった

・松江家の一人息子・ヒロキくんは無事だったが、彼の両親は死亡した

・後日、笠原さんはニュースで火事の真相を知る
↳ヒロキくんの母親が、2階の和室で焼身自殺をした

松江家の火事が笠原家に与えた影響は？

・火事のあと、笠原さんの父親は性格が変わり陰気になる

・ある日、彼は離婚届と手切れ金を残し、家を出ていった

・数か月後、父親が恋しくなった笠原さんは、久しぶりに糸電話で部屋をつないだ

そのとき気づいた事実とは？

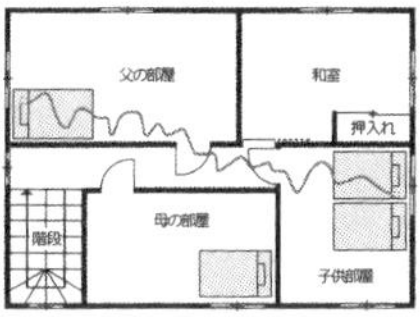

なぜか糸がゆるんでいた＝「糸が長すぎる」
これでは相手の声は聞こえない。
では、父親はどうやって笠原さんと会話をしていたのか？

笠原さんが出した答えは？

火事の夜、父親は松江家の和室に忍び込み、糸電話をしながらヒロキくんの母親を殺害→その後、放火した

↳糸電話は「アリバイづくり」のため

↳自分の犯罪に対する罪悪感から、性格が変わってしまった(？)

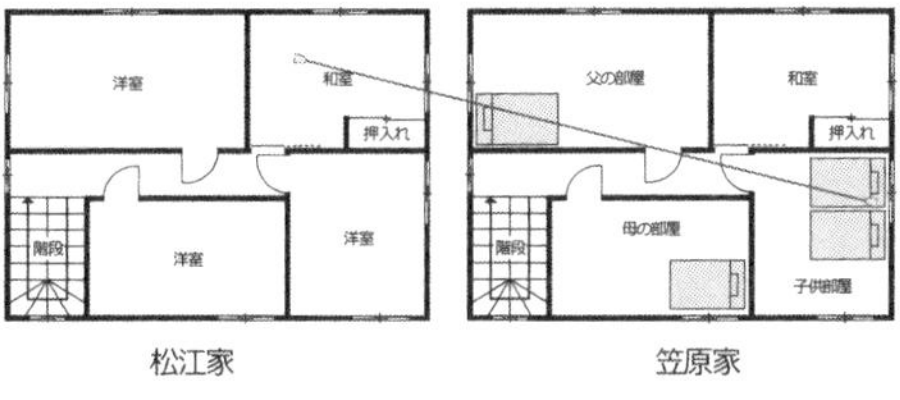

笠原宅と松江宅はどちらも建売住宅で、間取りがまったく同じだった。

その後、父親はどうなったか？

・引っ越し先の新居の一室で自殺

・近隣住民の話によると、彼は死ぬ直前まで改築工事をしていた

・父親の遺品の中に、なぜか三橋成貴くんの写真があった

3人の男

そんなある日、父親が亡くなったという報せが入った。松江家の火事から2年後……1994年のことだった。

笠原 自殺だったみたい。自分の家の一室に内側から鍵をかけて、テープで目張りして、睡眠薬を大量に飲んだんだって。遺体のそばには、変な人形が落ちてたって聞いたけど……もう、何がなんだか。たぶん、精神的におかしくなっていたんだと思う。

筆者 「自分の家」というのは、お父さんの新居のことですか?

笠原 そう。離婚してから、愛知県の一宮市に、中古の一軒家を買ってたみたい。お葬式のとき、はじめて行ったんだけど、玄関前に花壇のある、平屋建ての大きな家だった。ご近所さんの話によると、亡くなる少し前まで、改築工事をしていたらしいの。

筆者 改築工事?

笠原 うん。それもよくわからない改築でね。たしか減築……って言ったかしら。部屋をまるごと削り取るようなことをしていたって聞いたわ。(中略)あ、そうだ。父の家に関して、もう一つ不思議なことがあるの。遺品を整理していたら、写真が1枚出てきたのよ。小さな男の子が、父の新居でオムライスを食べてる写真。ずいぶん痩せっぽっちで、体にはたくさん痣《あざ》があった。

筆者 痣……？

笠原 痛々しかった。親戚にそんな子はいないし、面識もなかったんだけど、私はその顔に見おぼえがあったのよ。あとになって思い出したんだけど、テレビのニュースで顔写真を見たことがあったの。

三橋成貴くんっていう、親から虐待を受けて亡くなった子……。

今、改めて思った。やはり、つながっている。

栗原 笠原千恵さんの父親が自殺したのも、成貴くんが虐待によって死亡したのも、記者が「再生の館」に潜入したのも、すべて1994年の出来事です。疑いようがないですね。「笠原さんの父親」「おじさん」「再生の館で暴れた男」……この3人は、すべて同一人物です。3つの資料を組み合わせて、笠原氏の人生を振り返りましょう。

笠原氏は岐阜県羽島市に住む、外車のトップセールスマンだった。彼には、妻と二人の子供（笠原千恵さんと兄）がいたが、家に金を入れることもなく、一人で毎晩遊び歩く「最低の父親」だった。

ところが、隣家で火事が発生したのを境に、陰気な性格に変わってしまう。やがて、離婚届と手切れ金を残して、一人家を出ていった。

栗原　笠原氏はその後、愛知県一宮市に引っ越し、中古の一軒家を購入する。少なくともこの頃には「再生のつどい」に入信していたと思われる。教団の教えに従い、彼はその家を「再生の館」に近づけるため、改築工事を行った。

彼はそこに、三橋母子を何度も招いた。つまり成貴くんに「修行」をさせていたんです。

しかしあるとき、突然現れた金髪の男に、成貴くんを奪われる。成貴くんは男に虐待を受け、死亡。その後、笠原氏は「再生のつどい」の集会に乗り込み、聖母様に「インチキ女め！　お前が本物の神なら、どうして俺の息子は……ナルキは死んだんだ⁉　殺してやる！　お前の心臓をふさいでやる！」と直接抗議した。

相手にされず、追い返されたことに怒った彼は……。

笠原　自殺だったみたい。自分の家の一室に内側から鍵をかけて、テープで目張りして、睡眠薬を大量に飲んだんだって。遺体のそばには、変な人形が落ちてたって聞いたけど……もう、何がなんだか。たぶん、精神的におかしくなっていたんだと思う。

栗原　自分の家の神殿に鍵をかけ、家を殺そうとした。なぜか。家＝聖母様だからです。

笠原氏は聖母様の教えを信じて家を改築し、成貴くんに修行をさせた。にもかかわらず、成貴くんは死んでしまった。笠原氏からすれば、聖母様に裏切られたわけです。

家を殺すことで、聖母様に復讐しようとしたんでしょうね。悲しいですよね。そんなことをしたところで、聖母様は痛くもかゆくもないでしょうに。
「家を殺せば聖母様も死ぬ」……裏切られたと感じながらも、彼は最後まで、教団の洗脳から抜け出せなかったのだろう。

筆者　でも、笠原氏と成貴くんはどういう関係だったんでしょう。
栗原　二人の関係を知るためには、まず、松江家の火事の真相を明らかにする必要があります。

栗原さんは資料⑧の隣に資料⑨「殺人現場へ向かう足音」を並べた。

資料⑨「殺人現場へ向かう足音」

松江家の長男 弘樹さんが語る火事の真相

弘樹さんは火事についてどう考えている？

「自分の父親が、母親を殺害するために放火した」

その理由は？

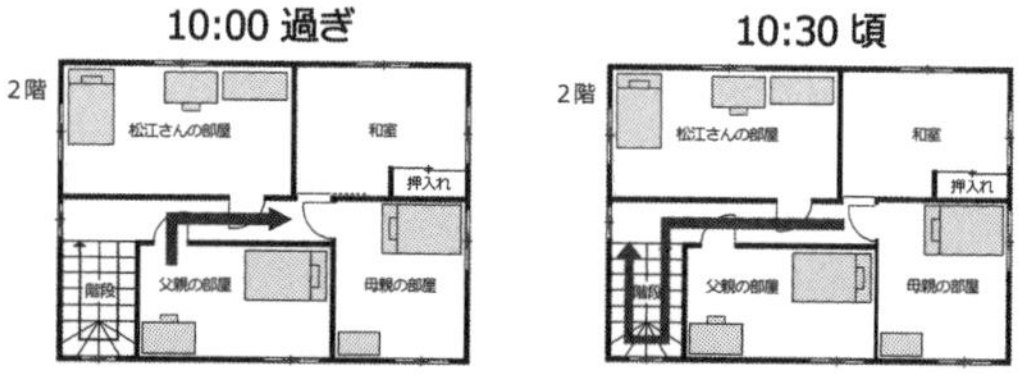

・火事当夜、父親は自室から母親の部屋に向かった

・30分後、父親は階段を駆け下り「火事だ！」と言って
リビングにいた息子の弘樹さんを外に連れだす

父親は弘樹さんに、100円玉と十字架を渡し、言った

「公衆電話で消防署に電話をかけてくれ。
お父さんは今からお母さんを探しに行く。
お母さん、どういうわけか部屋にいないんだ」

・父親は、母親を助けるため、家の中に戻った

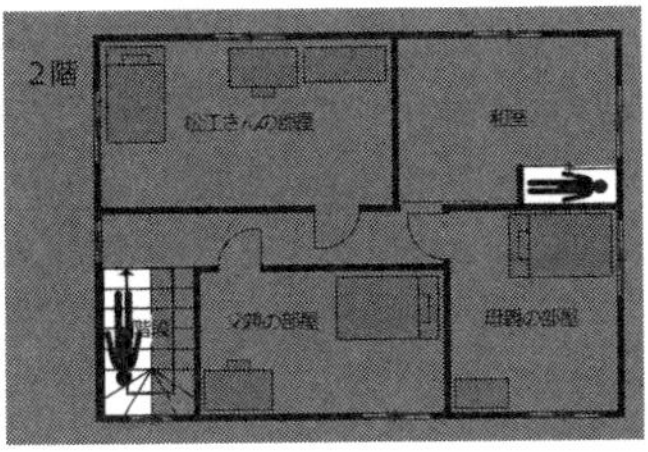

後日、二人は遺体で発見。父親は階段の途中に倒れており、母親は２階の和室の押し入れの中にいた。母の遺体のそばには、灯油缶があり、警察は「母親が焼身自殺をはかった」と断定。

松江さんの推理

・10時過ぎ、父親は母親の部屋に行き、睡眠薬で眠らせた
・その後、弘樹さんを外に避難させる
・父親はふたたび家に戻り、母親を和室の押し入れに運び、放火
・逃げる途中で力尽きて死亡

なぜ「押し入れ」に運んだのか？

弘樹さんに「どうしてお母さんを助けられなかったの？」と聞かれたときの言い訳を作るため

「言い訳」とは？

「お母さんがあんな場所(押し入れ)にいたんじゃ、
見つけられないのも仕方がない」

栗原　松江家の長男・弘樹さんと、笠原家の長女・千恵さんは、どちらも自分の父親が犯人だと思っている。たしかに二人の父親は、火事が起きた夜に不可解な行動を取っています。であれば、どちらか一方が犯人だと断定するのはナンセンス。二人とも火事に関係していたと考えるべきです。

筆者　共犯だったということですか？

栗原　いいえ、そこまで単純な話ではありません。とりあえず、解明すべきポイントをまとめましょう。

・笠原氏と松江氏の奇妙な行動には、どんな理由があったのか。
・松江弘樹さんの母親は本当に殺されたのか。殺されたとしたら、犯人は誰なのか。
・なぜ遺体は和室の押し入れから発見されたのか。
・火事の原因が放火だとしたら、誰が何のために火をつけたのか。

まず、笠原氏の奇妙な行動について考えましょう。娘の千恵さんは、次のように話しています。

笠原　ある夜、父と糸電話でおしゃべりをしていたの。夜の10時前だったかな。でもね、なんかいつもと様子が違うの。声が震えてて、言ってることも支離滅裂で。言葉は返し

てくれるんだけど、会話になってないっていうか……全然かみ合わないの。途中でノイズ？……っていうのかしら。ガサガサ変な音が聞こえてくるし。数分間、意味のないやりとりを繰り返したあと、突然「もう寝なさい、おやすみ」で勝手に終了されちゃった。

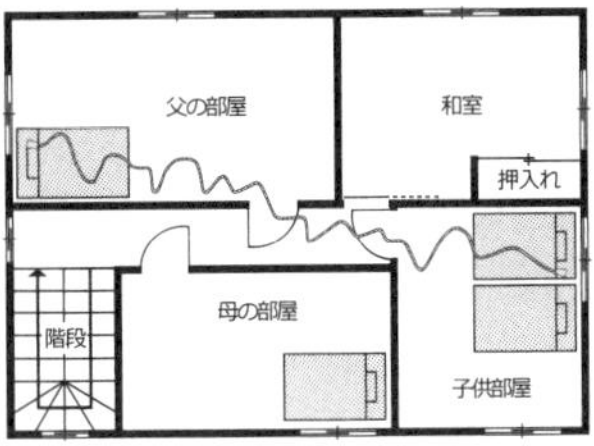

栗原　糸電話の長さから考えて、笠原氏がこのとき、松江家の2階にいたことは確実です。問題は、2階のど・こ・に・い・た・か。

筆者　え？

栗原　笠原千恵さんは「和室」だと考えているようですが、私はそうは思いません。ここを読んでください。

――笠原　夜、眠れずにいるとね、ドアがほんの少しだけ開いて、片方の紙コップが「コロン」って部屋に投げ込まれるの。私はそれを取りに行って、ベッドに入って、耳に当てる。

栗原　笠原父娘が糸電話をするとき、いつもドアは「ほんの少しだけ」しか開いていなかった。おかしくないですか？

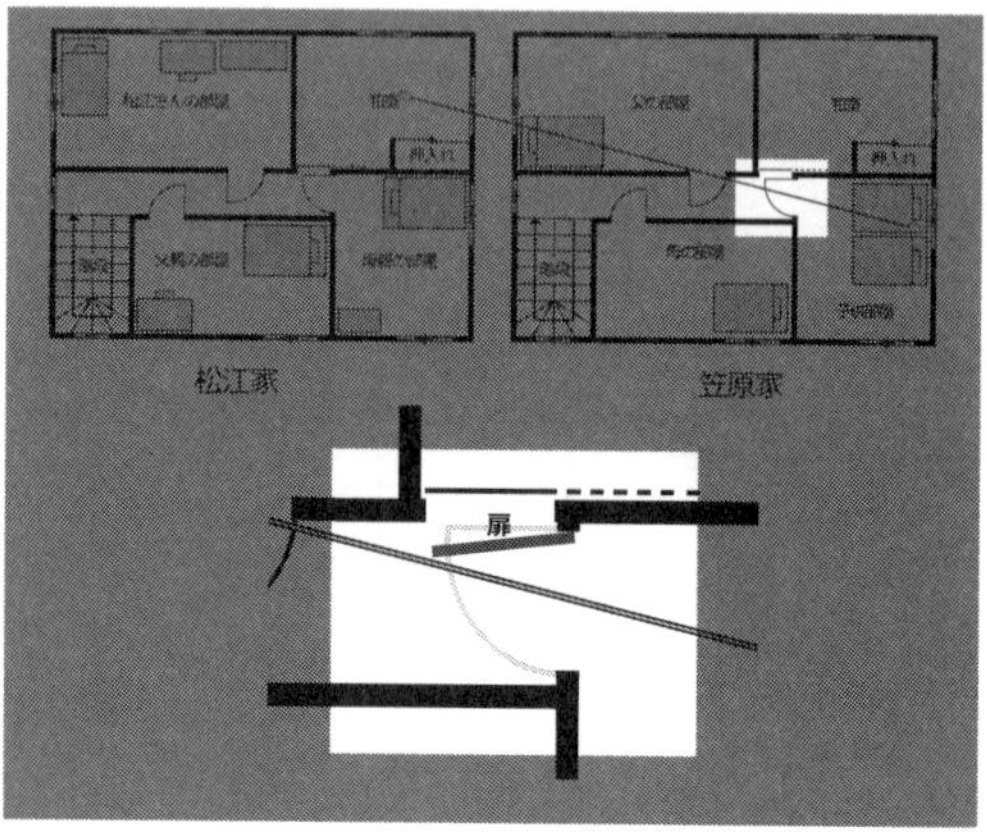

栗原　千恵さんのベッドと、松江家の和室をつなぐ場合、千恵さんの部屋のドアを全開にする必要があるんです。

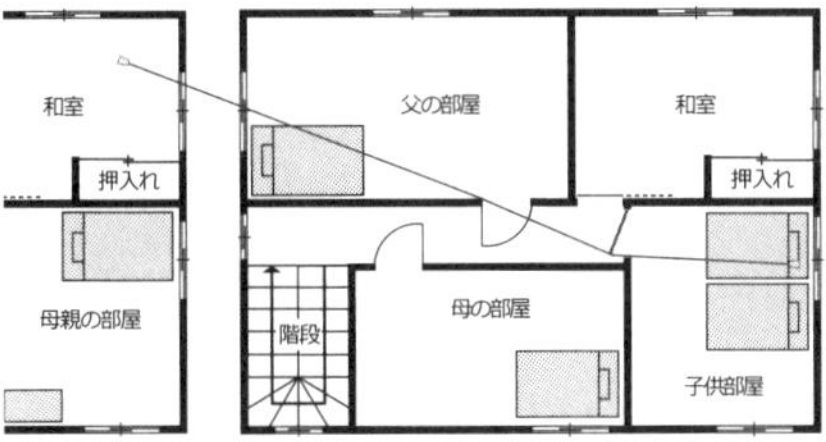

栗原　ドアが半開きの状態では、途中で糸が邪魔されて、相手の声は聞こえない。つまり火事当日……いや、火事当日も含め、笠原父娘が糸電話をするとき、笠原氏は自分の部屋にも、松江家の和室にもいなかった、ということです。

筆者　……じゃあ、どこに？

栗原　ドアが半開きでも糸電話がつながる場所です。図面を見るかぎり、1か所しかありません。

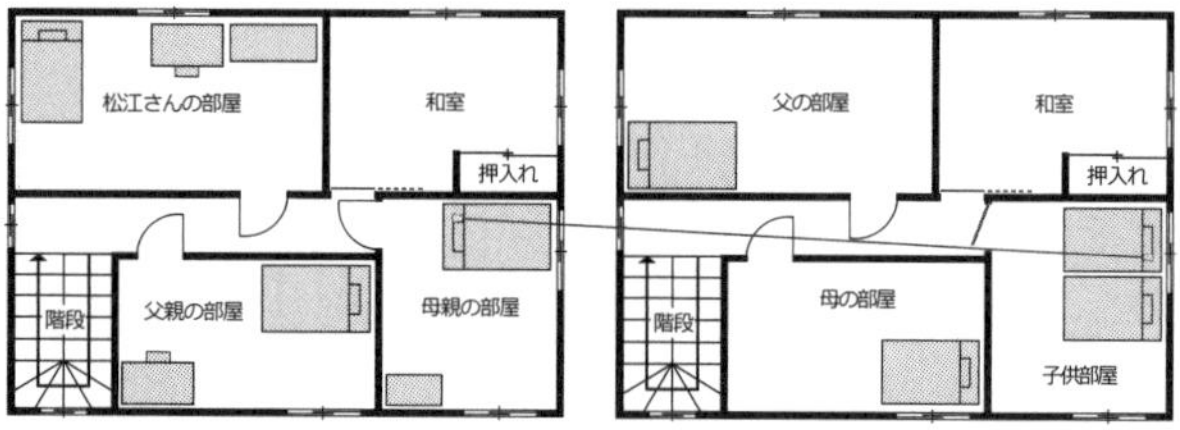

松江家　笠原家

栗原　弘樹さんの母親のベッドです。

秘密

筆者　でも……笠原氏はそこで何を……？

栗原　これは私の勝手な憶測ですが、笠原氏は……弘樹さんの母親と不倫をしていたのではないでしょうか？

――笠原　父は、年の割には男前でね。性格は軽薄だけど、時々、ちらっと見せる優しさがあったりして。いわゆる色男だったのよ。

――笠原　どこで遊んでくるんだか、毎晩夜遅くに、お酒の匂いをぷんぷんさせて帰ってきて、いびきかいて寝ちゃうの。いい気なものよね。

栗原　彼は男前で軽薄な遊び人。しかも稼ぎもよかった。さぞ、モテたでしょうね。笠原家、松江家ともに夫婦仲が悪かったことは、資料を読めば明白。

――笠原　父に直接言えない代わりに、母はいつも私たち兄妹に、愚痴を聞かせてた。「あんな男と結婚するんじゃなかった」って。

――松江　父と母は仲が悪かったんです。一緒にいても全然しゃべらないし、顔も見たくないって感じでした。性交渉もなかったんじゃないかな。

栗原　そして、両家は家族ぐるみの付き合いがあった。笠原家の夫と、松江家の妻が結びついたとしても不自然ではありません。
やがて「ただの不倫」に飽きた彼らは、より強い刺激……スリルを求めるようになる。そこで笠原氏が考えたのが「自分の娘とおしゃべりしながら性行為をする」という奇妙なプレイだったのではないでしょうか。何が楽しいのか、私にはさっぱりわかりませんが、性的嗜好は人それぞれですからね。

笠原氏が糸電話を作ったのは、怖がる娘を思いやる親心からだと思っていた。
そうではなかったのか？　性的快感を得るために、娘をオモチャとして利用しただけなのか？

――笠原　耳に響く父の声も、普段より甘くて優しい気がして……秘密にしてたことも、いっぱいしゃべった。

笠原千恵さんの言葉を思い出し、暗い気持ちになった。

栗原　火事当日も、笠原氏は糸電話を持ち、窓を通って、不倫相手の部屋を訪れたのでしょう。しかし、そこで彼は恐ろしいものを目にしてしまった。彼女の遺体です。

筆者　遺体!?

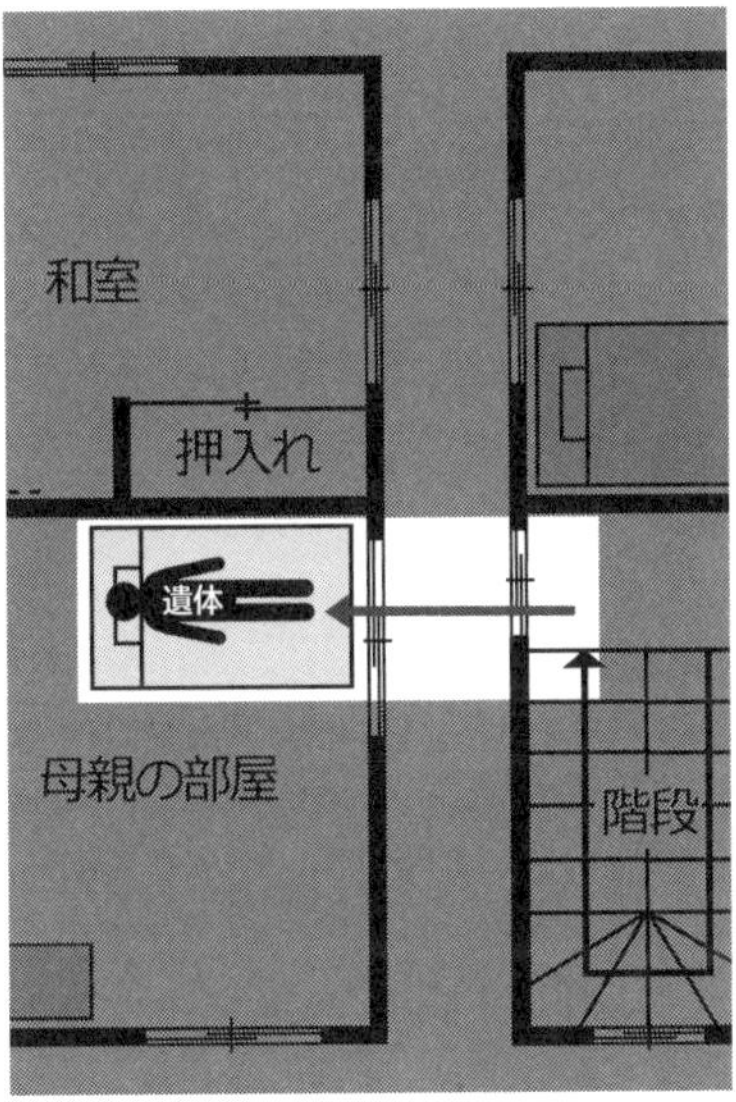

筆者　つまり、その時点で弘樹さんの母親は亡くなっていた、ってことですか？

栗原　はい。私が思うに、笠原氏は殺人ができるような人間ではありません。もしそんな人間なら、聖母様を直接襲うはずです。彼は犯人ではなく、遺体を発見しただけ。そのことに驚き、怯え、千恵さんとの会話が支離滅裂になってしまったんでしょう。

一　笠原　でもね、なんかいつもと様子が違うの。声が震えてて、言ってることも支離滅裂で。

筆者　すると、犯人は松江弘樹さんの父親……？

栗原　いいえ。それも違います。彼はカトリック教徒ですから。

松江さんは、胸のポケットから銀色のペンダントを取り出した。キリストが磔《はりつけ》にされた、十字架のペンダントだった。

松江　父は熱心なクリスチャンだったんです。（中略）家が全焼してしまったんで、唯一の形見なんですよね。

栗原　キリストがデザインされた十字架って、一般人にはあまり馴染みがないですよね。実はこれ、カトリック教徒がつける十字架なんです。

カトリックは、キリスト教の中でも特に厳格な宗派で、殺人を強く禁じています。息子に洗礼を受けさせようとするほどの熱心なカトリック教徒が、自ら人を殺すとは思えません。

筆者　じゃあ、犯人は誰なんですか？

栗原　ヒントは、千恵さんの証言の中にあります。

笠原　途中でノイズ？……っていうのかしら。ガサガサ変な音が聞こえてくるし。

栗原　糸電話の途中、彼女は「ガサガサ」という音を聞いた。これは何なのか。
糸電話は、基本的に周囲の音を拾いません。するとその音は、笠原氏が紙コップのそばで、自ら立てた音だと考えられる。イメージしてください。
彼は、紙コップを持った状態で「何か」を触った。それは「ガサガサ」と音を立てた。
……紙ではないでしょうか。

筆者　紙……？

栗原　遺体のそばには、紙の封筒が置かれていた。笠原氏はそれを手に取り、開いて中身を取り出した。ここまで言えば、もうわかりますよね。

筆者　もしかして……遺書ですか？

栗原　はい。弘樹さんの母親は、自殺したんです。

遺言

栗原　遺書を読んだ笠原氏は、その内容にショックを受ける。彼は、怯えながら自分の家に逃げ帰った。

栗原　逃げる途中、動揺のあまり、何か音を立ててしまったんだと思います。その音を聞いて不審に思った松江氏は、奥さんの部屋に様子を見に行った。

そこで彼は妻の遺体を発見する。彼はそのとき、奇妙な行動に出ます。

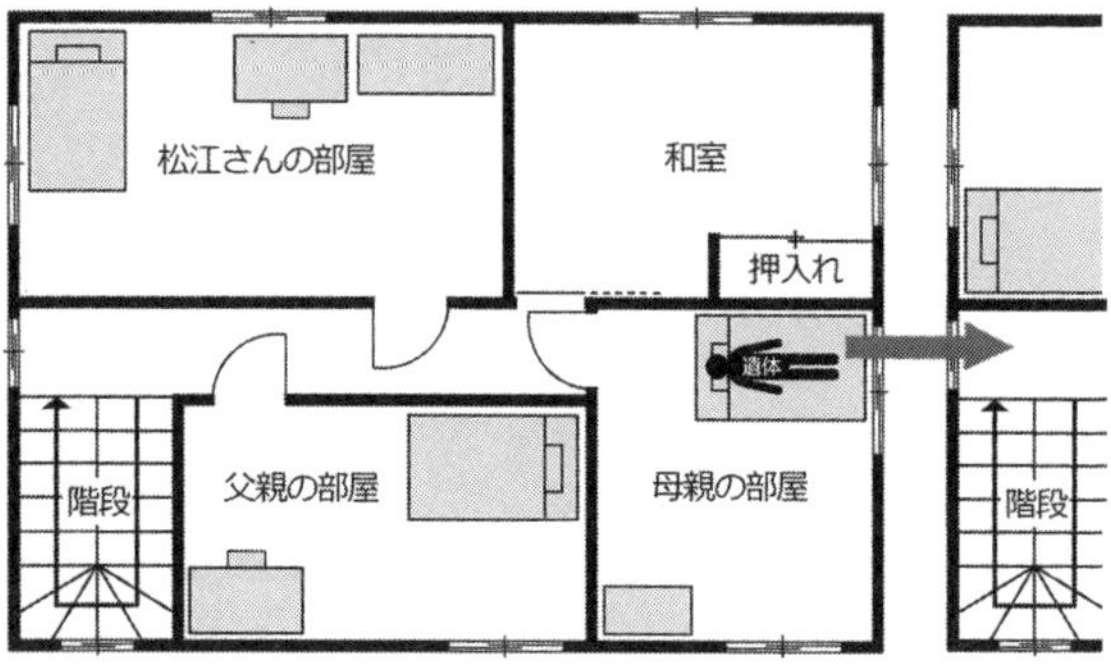

笠原氏、自分の家に逃げ帰る

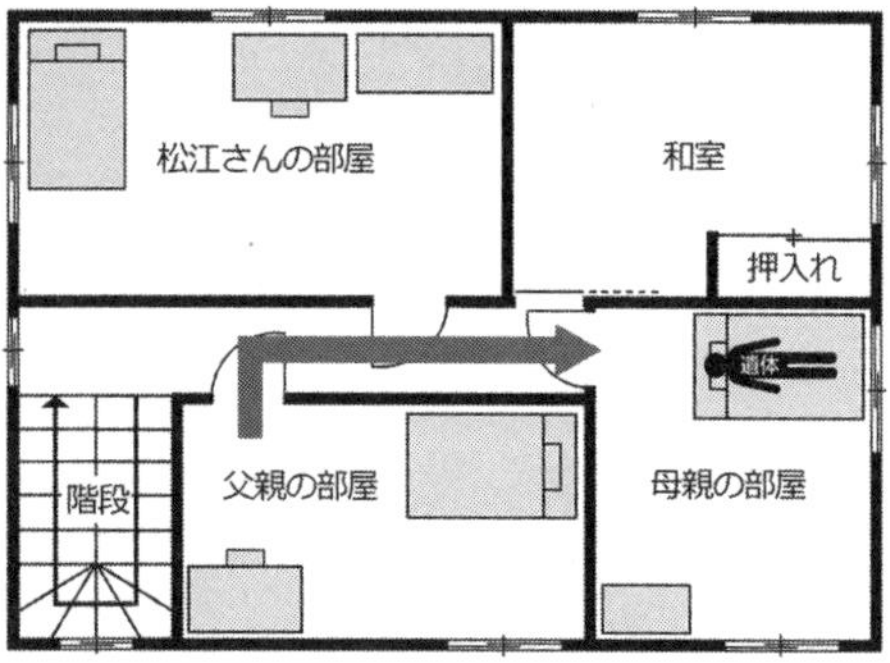

松江氏、様子を見に妻の部屋へ

栗原　30分間の沈黙の後、1階に降りて息子の弘樹さんを外に連れ出し、その後、もう一度家の中に戻り、奥さんの遺体を和室の押し入れに運んだ。そして、遺体に灯油をかけて火をつけた。

筆者　うーん……その理由がどうしてもわからないんですよね。

栗原　単に遺体を発見しただけなら、警察に通報すればいいはずです。しかし、松江氏はそうしなかった。なぜか。
おそらく、彼も「遺書」を読んだのでしょう。そして、ある事実を知った。その結果、放火という凶行に及んだ。では、遺書には何が書いてあったのか。

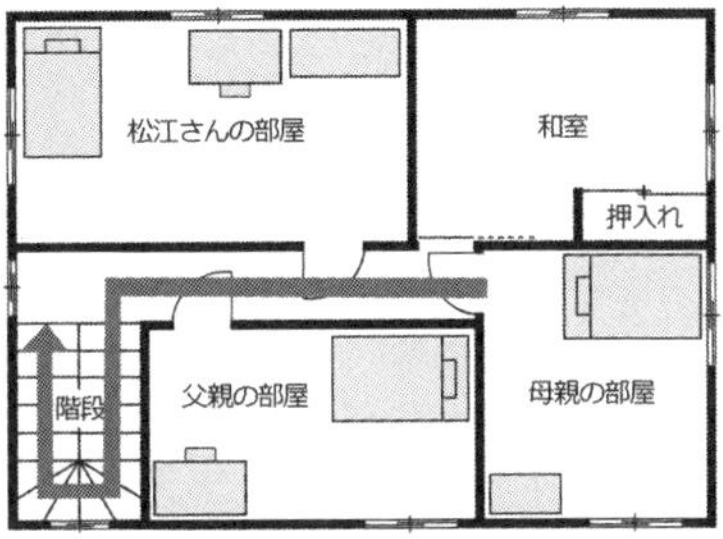

弘樹さんを外へ避難させる

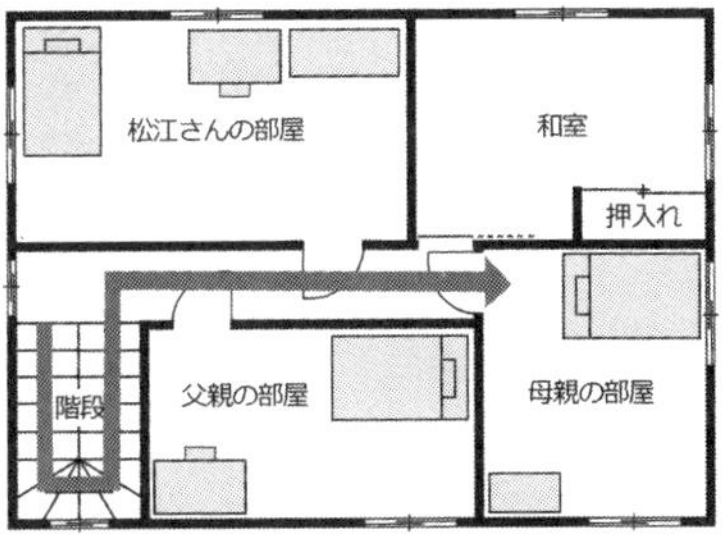

妻の部屋に戻る

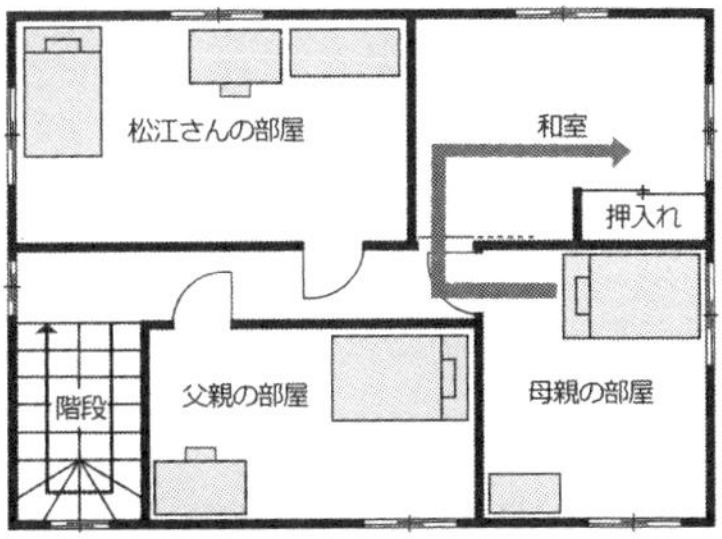

妻の遺体を押し入れに運ぶ

栗原さんはボールペンを握り、メモ帳に大きな十字を描いた。

栗原 そこにも、彼がカトリック教徒であることが深く関係しています。実は、カトリックは殺人以外にも、子作り以外の性行為……特に不倫を禁じているんです。

——**松江** 父と母は仲が悪かったんです。一緒にいても全然しゃべらないし、顔も見たくないって感じでした。性交渉もなかったんじゃないかな。母には経済力がないし、父は家事ができない。だから離婚しないでいるだけの、仮面夫婦のような状態だったんです。

栗原 奥さんは、禁欲的な夫に欲求不満を抱いていたのかもしれません。笠原氏と不倫をしてしまったのは、そういう背景があったのではないかと思います。そして、重要なのはここからです。もしかしたら奥さんは、笠原氏の子供を妊娠してしまったのではないでしょうか。

筆者 え？

栗原 夫とは性交渉がありませんから、妊娠が発覚した時点で、自動的に不倫がバレてしまいます。夫は厳格なカトリック教徒。許してくれるはずがない。22週未満なら中絶という手段もありますが、悩んでいるうちにタイムリミットを過ぎてしまったのだとしたら……彼女に逃げ場はありません。

精神的に追い詰められ、遺書を残して自殺をした……ということか。

栗原　松江氏は傷ついたでしょう。しかし、彼にとってもっと重要な問題があった。

――

松江　父は熱心なクリスチャンだったんです。僕にも洗礼を受けさせるつもりだったみたいですが、母に反対されて、なかなか実現できずにいたようです。

栗原　息子がクリスチャンになることを望んでいた彼は、遺書を読んでこう思ったはずです。「このままでは弘樹は、不倫をした女の子供として生きなければならなくなる」カトリック教徒としては不名誉なことでしょう。だから彼は、妻の不倫を隠すことにした。

筆者　不倫を隠す？

栗原　遺書は捨てればいい。しかし、お腹の子供を消すことはできない。自殺した人の遺体は、警察で司法解剖を受けることになります。そうなれば、妊娠の事実は簡単に発覚してしまう。だから彼は、証拠隠滅のために遺体を燃やすことにしたんです。

筆者　赤ちゃんごと燃やしてしまおう……と？

栗原　はい。とはいえ、ただ燃やすだけではお腹の子供が燃え残ってしまう危険があると考えたのでしょう。どうするべきか30分間悩んだすえ、彼は「あるもの」を使うことに決めた。押し入れです。

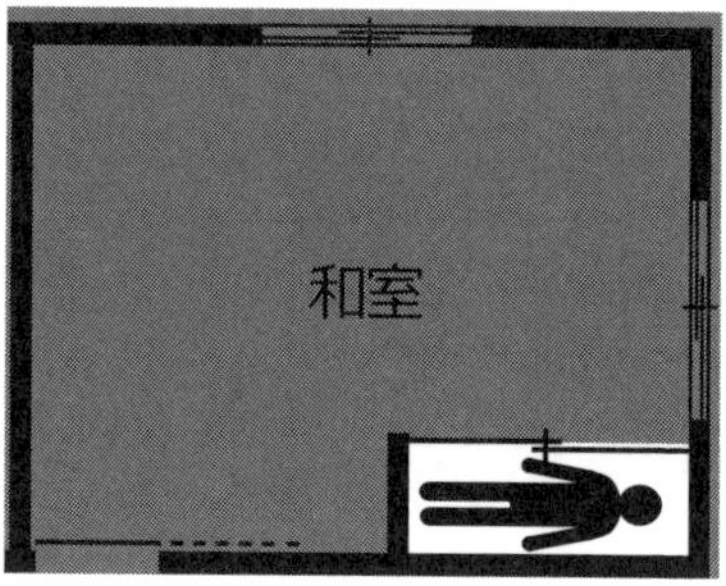

栗原　狭い押し入れの中に遺体を密閉して、司法解剖が不可能になるまで燃やし尽くそうと考えた。

筆者　押し入れを棺桶代わりにしたってことですか。

栗原　「棺桶代わり」とは上手い言い方ですね。でも、葬儀場と違って、松江家は普通の民家です。押し入れだけを燃やすことはできない。火をつければ、家全体が火事になる。彼はそれでもかまわないと思ったんでしょう。

筆者　そんな……。子供からしたら、不倫した母親の息子として生きるより、家を失うほうがずっと辛いはずなのに……。

栗原　人は時として、信念のために愚かな選択をすることがあるんですよ。特に宗教が絡むとね。
筆者　そうなんでしょうか……。
栗原　さて、この大事件のきっかけを作った、浮気者の笠原氏はその後どうなったか。

——笠原　そのあと、どういうわけか、父の様子がおかしくなったの。軽薄で陽気な性格だったのに、人が変わったみたいに陰気になっちゃって。

栗原　軽薄な遊び人の内面は、臆病な小心者だったんでしょう。「自分のせいで不倫相手が自殺した」「お腹の子供も死んでしまった」という、二つの罪悪感に耐え切れなかったんだと思います。そんな彼は、宗教に救いを求めた。
筆者　それで笠原氏は「再生のつどい」に……。
栗原　これでようやく教団の本質が見えてきましたね。

罪の親　罪の子

④信者たちが共通して抱えていた「特別な事情」とは何か。

栗原　ここでもう一度、教団幹部・緋倉正彦氏の演説を読み直してみましょう。

「すでに、自覚なさっていることでしょう。己の抱えたおぞましい罪を。その罪は、あなた方の哀れな子へ受け継がれてしまったのです。親の罪によって生まれた子。罪の子。その穢《けが》れは、様々な不幸を呼び込み、あなた方を地獄の沼へ沈めることでしょう。
残念ながら、穢れは決して消えることはありません。しかし、薄めることはできる。修行を重ねることで、浄化できるのです。まずはあなた方が、この館で穢れを清めましょう。そして明日の朝、今よりも少しだけ穢れの薄らいだ身で家に帰り、今度はあなた方の子に、修行の手ほどきをしてあげてください」

栗原 「その罪は、あなた方の哀れな子へ受け継がれてしまったのです」……これ、相手に子供がいることを前提とした言い回しですよね。
つまり「再生のつどい」の信者は全員子供がいる……言い換えれば、子供がいなければ入れない教団なんです。しかもそれはただの子供ではない。

筆者 「親の罪によって生まれた子」……不倫によって生まれた子、ということですか。

栗原 その通りです。我々が思う以上に、そういう子供は多いらしく、彼らの親は、誰にも相談できない悩みに、日々苦しんでいるといいます。「再生のつどい」は、そういった人々の孤独と罪悪感につけこみ、洗脳していたんです。

⑤なぜ信者たちは、月に数回程度の修行だけで洗脳されてしまったのか。

栗原　洗脳において重要なのは「罪悪感を植え付けること」そして「相手の弱みを握ること」です。「再生のつどい」の信者は、最初から大きな罪悪感と弱みを抱えている。脅したり、なだめたりして、マインドコントロールをすることは容易《たやす》かったはずです。

筆者　なるほど……。

栗原　そして奇しくも、教団の教えは、不倫相手とその子供を失った、笠原氏の状況にぴったりマッチしていた。

——「親の罪によって生まれた子。罪の子。その穢れは、様々な不幸を呼び込み、あなた方を地獄の沼へ沈めることでしょう」

筆者　松江家の奥さんが自殺したのは「罪が不幸を呼んだから」だと思い込んでしまったわけですね。

栗原　そうです。同時に、笠原氏の中には、新たな不安が生まれたことでしょう。なぜなら彼には、もう一人の不倫相手との間に、隠し子がいたからです。

筆者　隠し子……成貴くんですか……。

栗原　はい。「再生のつどい」の教えに染まった彼は、不倫によって生まれた成貴くんに不幸がふりかかることを恐れた。そこで彼は家族を捨て、成貴くんのために家を買い「再生の館」に改築することを決めた。

栗原　彼はたびたび成貴くんを家に呼び、宿泊させることで、罪を浄化しようとしたんでしょう。ところがその最中「金髪の男」が現れて成貴くんを奪っていってしまった。男の正体は、母親の新しい恋人か、彼女の弱みを握ったチンピラ……そんなところでしょう。

——「インチキ女め！　お前が本物の神なら、どうして俺の息子は……ナルキは死んだんだ!?殺してやる！　お前の心臓をふさいでやる！」

筆者　教えに従ったのに、成貴くんが死んでしまったことにショックを受けた彼は、聖母様に怒りをぶつけたんですね。

栗原　ええ。そして「部屋に鍵をかける」という意味のない復讐をしたあと、自ら命を絶った。哀れな男だと思います。でも、彼なりに過去の行いを反省して、必死に償おうとしていたのかもしれませんね。

笠原氏は、中古物件の部屋を削ることで「再生の館」を造ろうとした。
「部屋を削る」……その言葉には既視感があった。

筆者　栗原さん。もしかして根岸さんの実家も……。

栗原　間違いなく「再生のつどい」が関係しています。

資料①「行先のない廊下」

母親の態度と、実家の奇妙な間取り

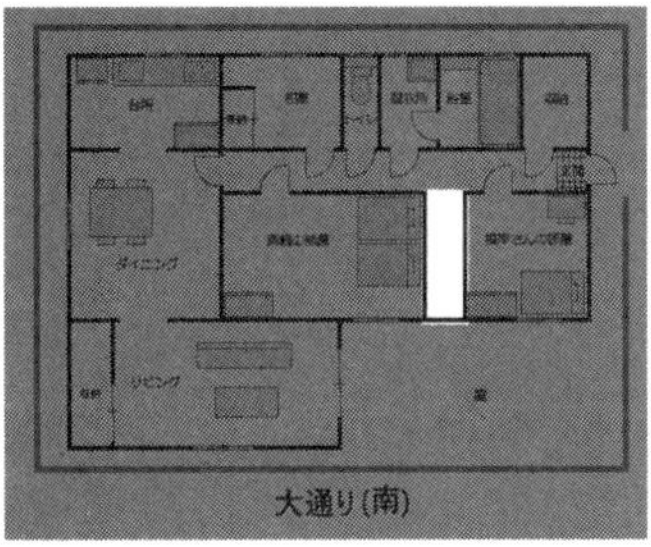

・根岸弥生さんの実家には用途不明の廊下があった

手がかりは母親の異様な過保護さ？

・根岸さんは母親から「危ないから大通りには行くな」と厳しく言いつけられていた

そこから導かれた結論は？

・この家は、根岸さんが生まれた年「ハウスメーカー美崎」という建築会社によって建てられた

・間取りは「美崎」の社員と両親が相談しながら作った

・当初、玄関は南側に配置される予定だった

・しかし建築工事中「美崎」のトラックが、玄関先の道路で近隣に住む子供をひいて死亡させてしまう

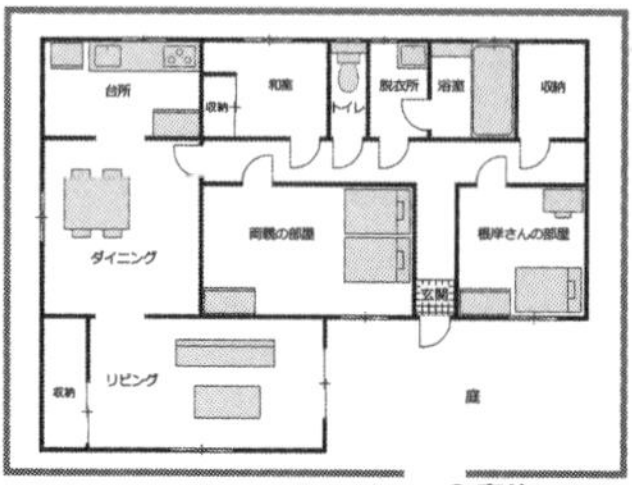

●事故

このままでは「玄関先で死亡事故が起きた家」になってしまう。

縁起がよくないし、そこを通るたびに事故のことを思い出してしまう。

そのとき母親が「美崎」にした提案とは？

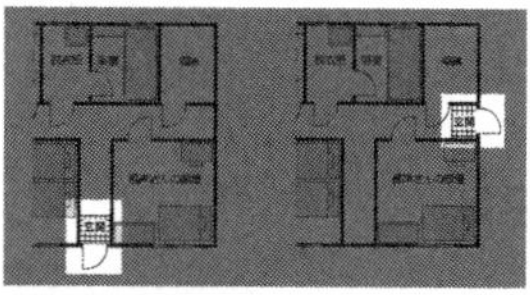

・「玄関の位置を変えること」
↳事故現場が家の中から見えなくなる

ここから解明された二つの謎

・「行先のない廊下」はもともと「玄関」になる予定だった
・母親が根岸さんに「大通りに行くな」と言ったのは、自分の娘が同じように事故に遭うのを恐れたから

これですべて解決…と思いきや…

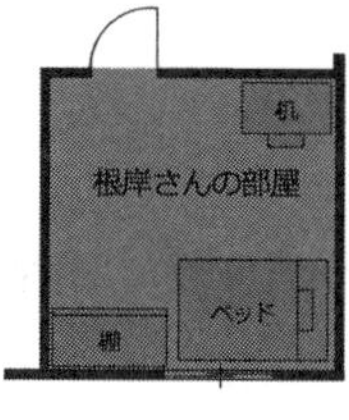

家が完成してから数年後、母親は「美崎」に、娘の部屋を取り除く減築工事を依頼しようとしていたことが発覚。

工事が行われる前に母親が亡くなったためその理由は不明のまま。

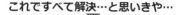

根岸さんの母親は生前、建築会社に「娘の部屋を取り除く減築工事をしたい」と相談していた。最初にこの話を聞いたときは不可解に思えたが「再生のつどい」を知った今なら、彼女の意図が理解できる。

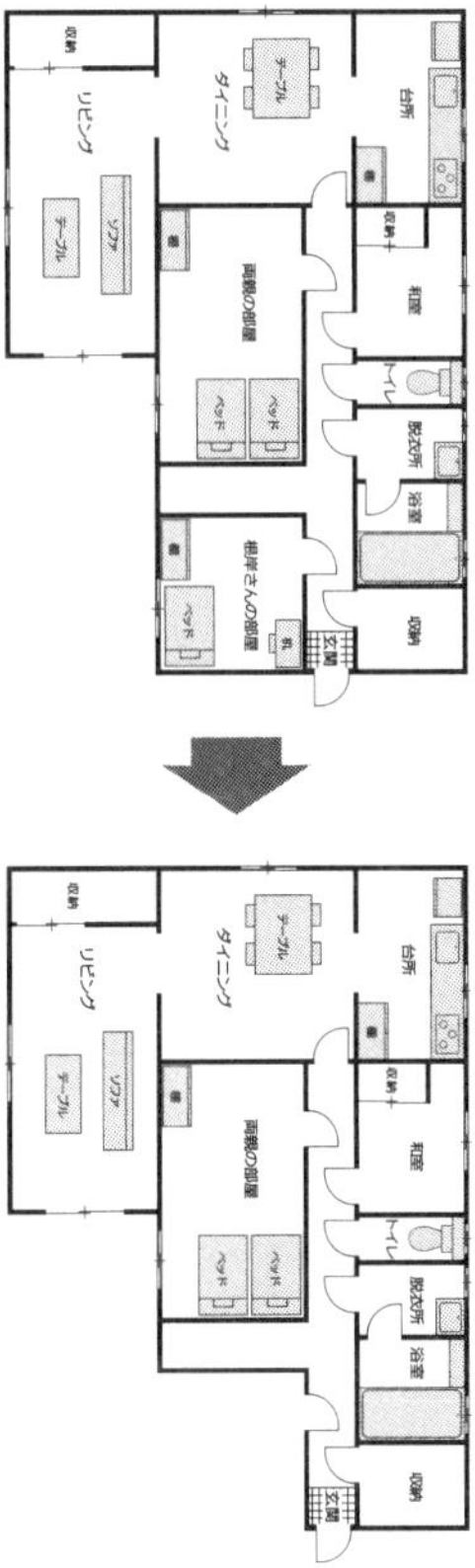

この家から根岸さんの部屋を取り除くと、家の形が聖母様の体に近づくのだ。母親が望んだ減築工事は、家から右脚を切り取る作業だったといえる。

筆者 ということは、根岸さんの母親も不倫をしていて、隠し子を作ってしまったということでしょうか。

栗原 でしょうね。彼女はその子供を、我が子として育てることにしたんです。

筆者 え？　……待ってください。まさか……。

栗原　はい。根岸弥生さんは、母親の不倫によって生まれた子供です。

過保護

栗原　私が一番引っかかったのは、家の前の「大通り」の話です。

根岸　母は「何があっても大通りには出ちゃダメ。出かけるときは路地を通りなさい」って言うんです。たしかに、家の前の大通りは歩道が狭くて、危ないといえば危ないんですが、田舎ですから、そこまで車が多いわけでもないですし、ちょっと心配性すぎるな、と思っていました。

栗原　母親は根岸さんに対して、常に冷たく、きつく当たっていた。しかし、事故に関しては異様に過保護だった。この温度差はなんなのか。

思うに、母親が恐れていたのは、娘が事故に遭って大怪我を負い、輸血が必要になること……それによって、血液型が判明することだったのではないでしょうか。

筆者　どうしてですか？

栗原　子供の血液型がきっかけで、不倫が発覚するケースが多いからです。

栗原　たとえば、O型の夫とO型の妻から、A型の子供が生まれることはありえません。

栗原　もしそんなことがあったとしたら、A型もしくはAB型の男性と妻が不倫をした、ということになる。昔はどの産婦人科でも、新生児の血液型を検査していました。そのため「子供が生まれてすぐ、不倫がバレて離婚」なんてこともあったそうです。

筆者　では、根岸さんの母親は、輸血の際に娘の血液型が判明し、過去の不倫が発覚することを恐れていた……と。……ん？　でも、昔はどの病院でも新生児の血液型を調べていたんですよね。そのタイミングでバレなかったんでしょうか？

栗原　おそらく、根岸さんはある事情から、血液型検査を受けることができなかったんです。

――**根岸**　先ほども言いましたが、私は早産で、予定日より2か月も早く生まれたんです。しかも帝王切開。母子ともに、相当危険なお産だったはずです。

栗原　早産というのは、赤ん坊がまだ十分に育ち切っていない状態で生まれてしまうことです。いわゆる、未熟児ですね。未熟児は体が小さいので、当然、血液の量も少ない。だから余分な採血をする余裕がなく、血液型検査が行われない場合があったといいます。もちろん、根岸さんが未熟児で生まれたのは偶然でしょう。しかしこの偶然は、母親にとっては幸運だったはずです。さて、ここで時系列を確認しましょう。

不倫によって妊娠
←
事実を隠し、出産を決意
←
「再生のつどい」に入信

栗原　根岸さんの母親は、不倫によって子供を妊娠する。彼女はその事実を隠し「夫の子供」と偽って産むことにした。とはいえ、秘密を一人で抱え続けるのは苦しかったことでしょう。そんなとき、彼女は「再生のつどい」の存在を知り、その教義に感銘を受ける。隠れキリシタンのように、夫に内緒で聖母様を信仰する日々を送る中、思いがけないことが起きます。例の死亡事故です。

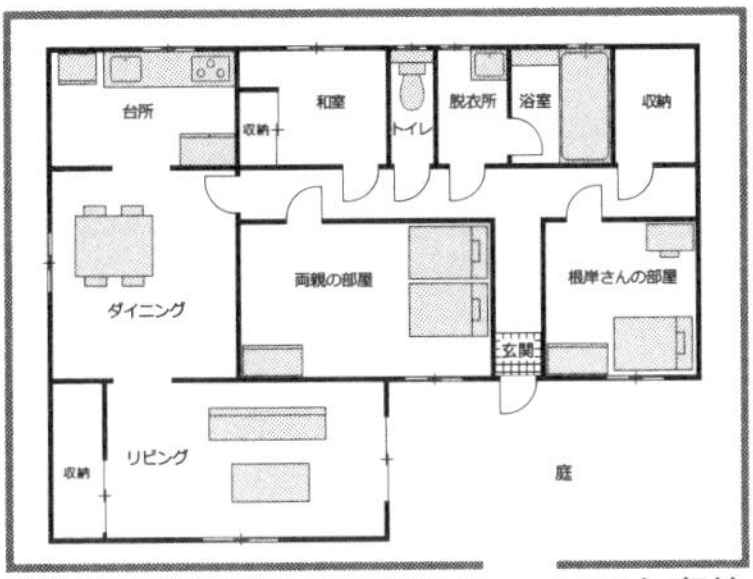

●死亡事故

栗原　自宅の建築現場のすぐ近く、しかも玄関となる場所の目の前で、「ハウスメーカー美崎」の業者が子供をひき殺してしまった。そのとき、彼女はあることに気づいた。

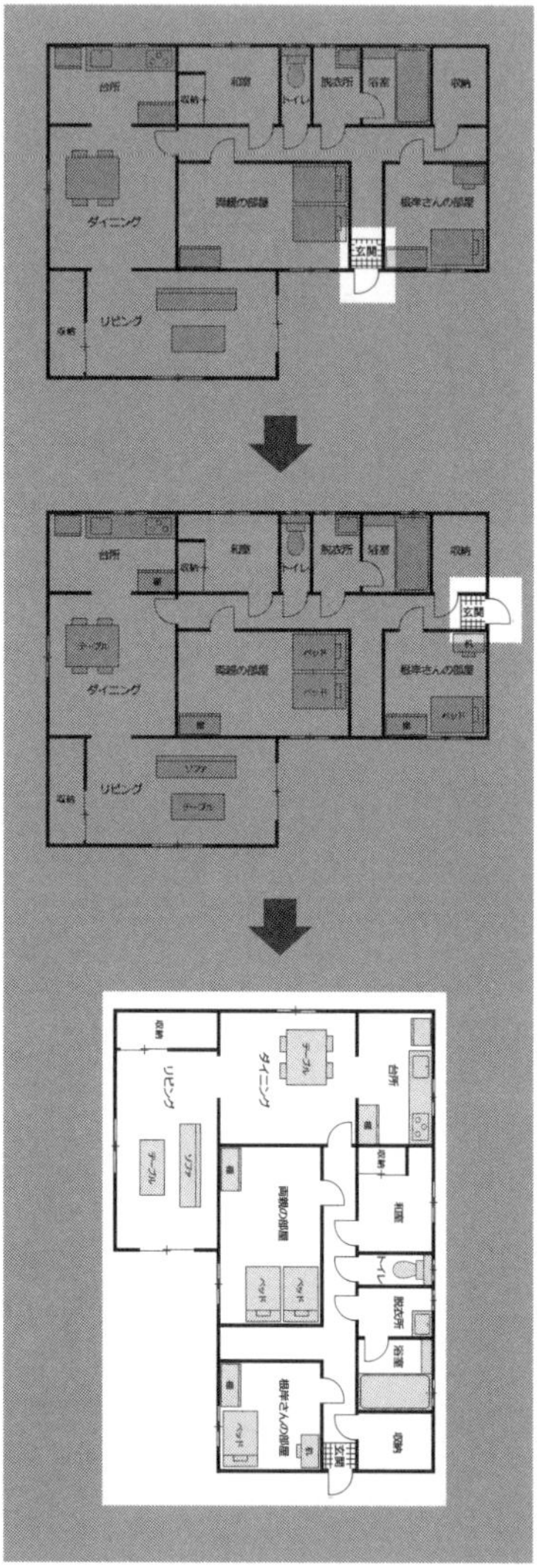

栗原　玄関の位置を変えれば「再生の館」に近づく……偶然のラッキーです。

彼女は、夫に提案することにした。

根岸さんの父親は、会社に激怒したという。

それをなだめたのは母親だった。彼女は代わりに、あることを要求した。

「玄関の場所を変えてほしい」……それが、母親が会社を許す条件だった。

栗原 その後、彼女にとって2度目のラッキーが起こる。娘が未熟児で生まれたことで、血液型を調べられずに済んだのです。ただ、このラッキーは新たな苦悩を生んだことでしょう。

母親にとって根岸さんは、パンドラの箱のような存在だったのではないでしょうか。事故・病気・献血……どんなタイミングで血液型が判明するか……自分の罪が発覚するかわからない。

不安な気持ちは、宗教への依存を加速させる。彼女はより「再生のつどい」にのめりこむようになる。するとだんだん、あることが気になってくる。

栗原 「この家は『再生の館』として不十分だ」……そう感じていたのではないでしょうか。聖母様の体とは程遠いですからね。そこで彼女は、改築工事をするため、お金を貯めることにした。

――根岸　母の引き出しに封筒があって、中には1万円札が68枚入っていました。（中略）母は元気な頃、弁当屋でパートをしていたので……

栗原　しかし、弁当屋のパートでは、どんなに頑張っても数十万円が限界だった。

――数百万円、時には数千万円の超高額商品を売りさばいているのだ。

栗原　教団は、最低でも数百万円の費用を要求していた。とても届きそうにない。彼女は「再生のつどい」に改築工事を頼むのを諦め、代わりに「ハウスメーカー美崎」に足を運ぶ。

――池田　実は、家が完成してから5年ほど経った頃、お母様が一人で弊社にいらしたんです。そのとき、お母様は私に、不思議なことをおっしゃいました。「南東の角部屋だけを取り壊す工事はできますか」と。

栗原　過去のこともありますし、もしかしたら安い値段で改築工事を引き受けてくれるかもしれない、という淡い期待を抱いていたのでしょう。
しかし、さすがにそんな意味不明な工事を、会社が善意でサービスすることはなかった。
彼女は不安から抜け出せないまま、短い生涯を終えた。ざっとこんな感じです。

筆者　……こんなことを栗原さんに聞くのは、見当違いかもしれませんが……結局のところ、母親は根岸さんを愛していたんでしょうか。

栗原　「再生のつどい」のコンセプトは「不倫で生まれた子供を救う」ですから、娘に対する愛情はあった、と考えるべきでしょう。
……ただ、部屋の配置を見ると、別の見方ができることも事実です。

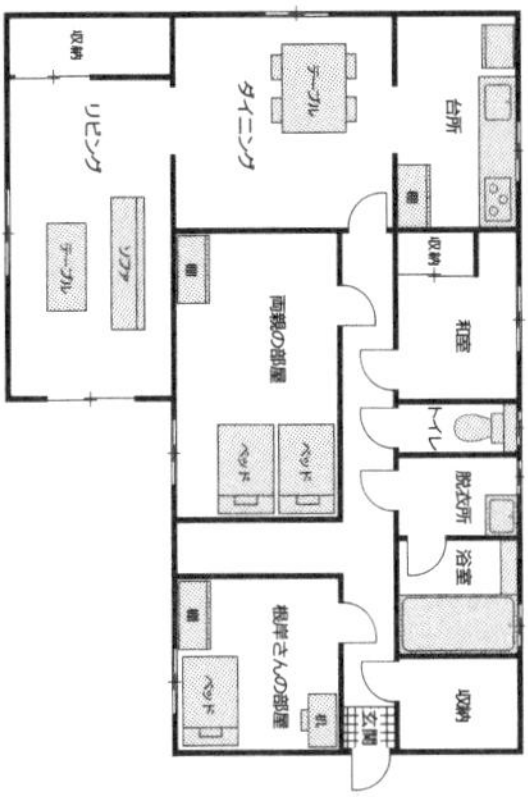

栗原　本来、子供部屋を「子宮」の場所に配置するのが理想形なはずです。
しかし、根岸さんの部屋は、どう見ても子宮の位置にはない。どちらかといえば「脚」です。むしろ、母親のベッドのほうが子宮に近い。
もしかしたら彼女は、娘を救うより、自分が救われることを望んでいたのかもしれません。
まあ、想像にすぎませんが。

休憩

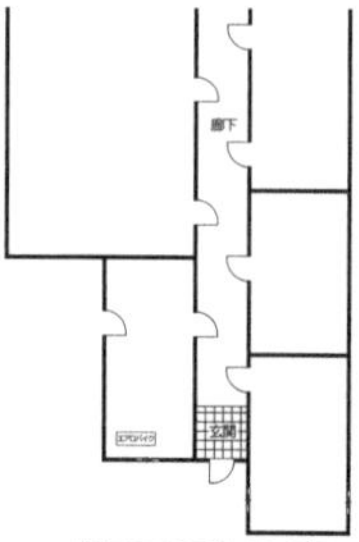
笠原氏の家

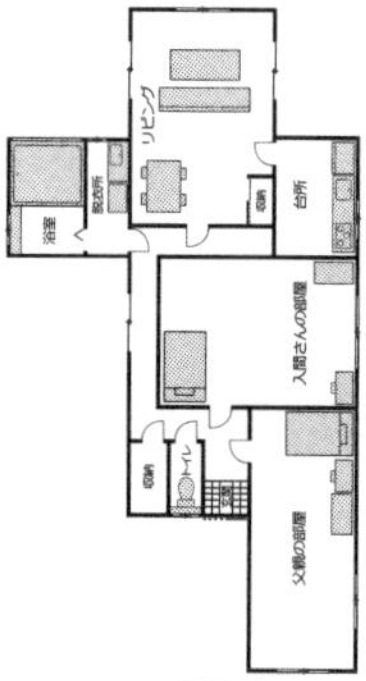
入間家

根岸さんの実家

栗原　これで、根岸さんの実家、笠原氏の家、そして入間家が「再生のつどい」に関係していたことが、おわかりいただけたと思います。

筆者　入間さんの親も不倫をしていたんでしょうか。

栗原　きっと、根岸さんと同じパターンでしょう。

筆者　つまり……入間さんは、母親の不倫で生まれた……?

栗原　私はそう思います。ただし、入間家が特殊なのは、父親が改築に関わったという点です。妻の不倫を承知した上で、二人で教団に入ったのでしょう。

筆者　なんというか……寛容なお父さんですね……。

栗原　すべては子供のため、ってことなのかもしれません。ただ、あえて無責任に邪推するならば、別の可能性も考えられます。

両親が結婚した年に新築で購入し、その8年後、長男の入間さんが生まれたのをきっかけに、大規模な改築をしたらしい。

栗原　入間さんは、両親が結婚してから8年後に生まれた。少しだけ遅いですよね。あくまで一つの可能性ですが、入間さんの父親は子供を作れない体だったのではないでしょうか。

筆者　無精子症ですか。

栗原　はい。しかし、夫婦はどうしても子供が欲しかった。そこで……まあ、邪推が過ぎましたね。これくらいにしておきましょう。

栗原さんは座ったまま、大きく背伸びをした。

栗原　これでやっと前半戦終了です。後半戦を始める前にちょっと休憩しますか。紅茶を淹れなおしましょう。

誕生

コーヒーカップに熱い湯が注がれる。窓の外は、いつの間にか薄暗くなっていた。

栗原 これまで「再生のつどい」がどのような教団だったかを考察してきました。ここからは、教団がなぜ誕生したのか、そして、どのように解散したのかに焦点を当てて話していきたいと思います。

さて「再生のつどい」を語る上で外せないのが、教祖・聖母様の存在です。彼女がなぜ教祖になったのか、その歴史をたどっていきましょう。

栗原さんは、資料⑩「逃げられないアパート」の冊子を開く。

資料⑩「逃げられないアパート」

売春施設「置棟」に閉じ込められた親子

・居酒屋の名物女将 西春明美さんは若い頃、人気ホステスだった

・あるとき妻子ある男性客に騙され妊娠→一人親として出産

・将来を考え店を開業するも経営に失敗して借金を重ねる

・27歳のときに自己破産し、当時7歳だった息子の満さんとともに「置棟」に連れていかれる

「置棟」とは？

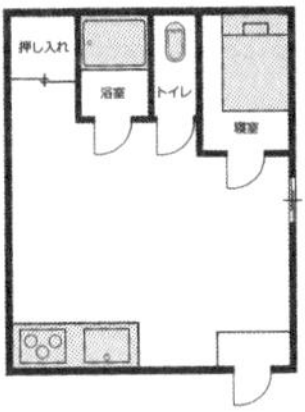

かつて反社会勢力によって営まれていた売春施設。改造したアパートに売春婦たちを住まわせ、客を部屋に呼び込み性行為を行う。その売上の一部は借金の返済に充てられる。借金を返し終えるまで 部屋から出ることはできない。

逃亡防止のため部屋には「ある工夫」が施されていた

隣の部屋との間に開閉式の窓がありお互いを監視し合う制度があった。

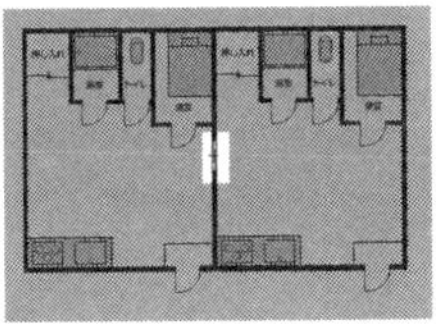

・明美さんの隣には、同じ境遇の女性「ヤエコさん」がいた

・ヤエコさんも借金返済のため、11歳の娘とともに置棟に閉じ込められていた

・隣人「ヤエコさん」には左腕がなかった

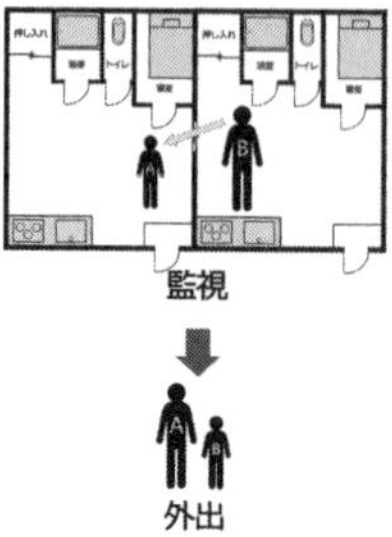

置棟は基本的に外出禁止だが、ある条件を満たせば、外に出かけることが許された。

その条件とは「隣の子供を連れていくこと」…その間、部屋に残った子は隣の親が監視する。

明美さんとヤエコさんは、たびたびこの制度を使っていた。

あるとき、悲劇が起きる

・明美さんの息子・満さんが「町へ行きたい」と言ったため
　ヤエコさんに連れて行ってもらうことになった

・外出当日、満さんが信号を間違え車道に飛び出し、車にひかれそうになる

・ヤエコさんが身を挺して守ってくれたおかげで満さんは軽傷だったが、ヤエコさんは右脚を切断することになった

その後、ヤエコさんは？

・常連客だったとある男性が、ヤエコさんの借金を肩代わりし、母娘は置棟から解放された

その常連客とは？

・建築会社「ヒクラハウス」の御曹司

・ヤエコさんは彼と結婚した(させられた)と思われる

栗原　「置棟」という売春施設で、西春明美さんの隣に住んでいた「ヤエコさん」。ヤエコさんには左腕がなく、その上、明美さんの息子・満さんを助けるため、右脚まで失ってしまった。左腕と右脚のない女性……ヤエコさんと聖母様が同一人物であることは、資料後半の記述からも明らかです。

明美　当時、ヤエコさんの部屋に、頻繁に通ってた男がいたんだよ。「ヒクラ」っていう、建築会社の御曹司らしいんだけどさ。その男がヤエコさんにべた惚れでね。借金を全部肩代わりしたそうなの。もちろん、善意でそんなことするわけなくて、母娘ともども連れていったよ。（中略）そんな奴でも「社長の息子」ってだけで会社継いで、今じゃ会長やってんだからね。世も末だよ。

栗原　「今じゃ会長やってんだからね」……つまり、常連客＝緋倉正彦氏ということです。このとき、緋倉氏と聖母様《ヤエコさん》がつながったわけですね。
ここで思い出してほしいのが「再生の館」の神殿で、聖母様が信者たちに語った言葉です。

「ご存じのとおり、私は罪の子として生まれました。罪の母に左腕を奪われ、そして、罪の子を救うため、右脚を失いました。残された体で、あなたがたを、そしてあなたがたのお子を救いたいのです。さあ、再生しましょう。何度でも」

栗原　「罪の子を救うため、右脚を失いました」……これは、交通事故のことを言っているんだと思います。たしかに彼女は、身を挺《てい》して満さんを守り、結果、右脚を切断することになりました。ではなぜ満さんは「罪の子」なのでしょう。資料の中にこんな記述があります。

19歳のとき、明美さんは男性客の子供を妊娠する。彼は、小さな会社の経営者を名乗り、たびたび「君と幸せな家庭を築きたい」と真剣な顔で話していた。明美さんも、彼の誠実さに惹《ひ》かれ、本気で結婚を考えていた。
ところが、妊娠を告げたその日を最後に、彼は店に現れなくなる。それからしばらくして、妙な噂を聞いた。彼は経営者などではなく、妻子持ちの会社員だったという。

栗原　明美さんは、妻子持ちの会社員に騙され妊娠した。つまり満さんは、不倫によってできた子供……「罪によって生まれた、罪の子」です。

明美　そうだね……。子供らがいないとき、お互いの身の上話をしたことがあるんだけど、あの人には色々と複雑な過去があったらしいんだ。

栗原　聖母様《ヤエコさん》は、置棟で明美さんと身の上話をしています。そのとき、満さんの出生のいきさつを知ったんでしょうね。

筆者　では、聖母様《ヤエコさん》はテキトーにスピリチュアルなことを言っていたわけではなく、事実を話していたんですね。

栗原　はい。……と、いうことはですよ。

「私は罪の子として生まれました。罪の母に左腕を奪われ、そして、罪の子を救うため、右脚を失いました」

栗原　「罪の子として生まれた」「罪の母に左腕を奪われた」というのも、事実ということです。では、具体的に何があったのか。

明美　彼女、捨て子だったんだって。小屋……？　とか言ってたな。なんでも、林の中の小屋に捨てられてたのを拾われたらしい。つまり、これまで両親だと思ってたのは、養父母だったっていう……まあ、よくある話だと思うけどね。それにショックを受けて、家を飛び出したんだってさ。「養父母《ふたり》のことは今でも恨んでる」って言ってた。

栗原　「林の中の小屋」……どこかで聞いたことがありますね。

栗原さんは資料③「林の中の水車小屋」を手に取った。

資料③「林の中の水車小屋」

水車小屋の奇妙な仕掛け

・昭和13年、財閥令嬢の水無宇季が叔父の家に逗留した際
近くの林を散策していたところ、水車小屋を見つける

水車小屋の特徴

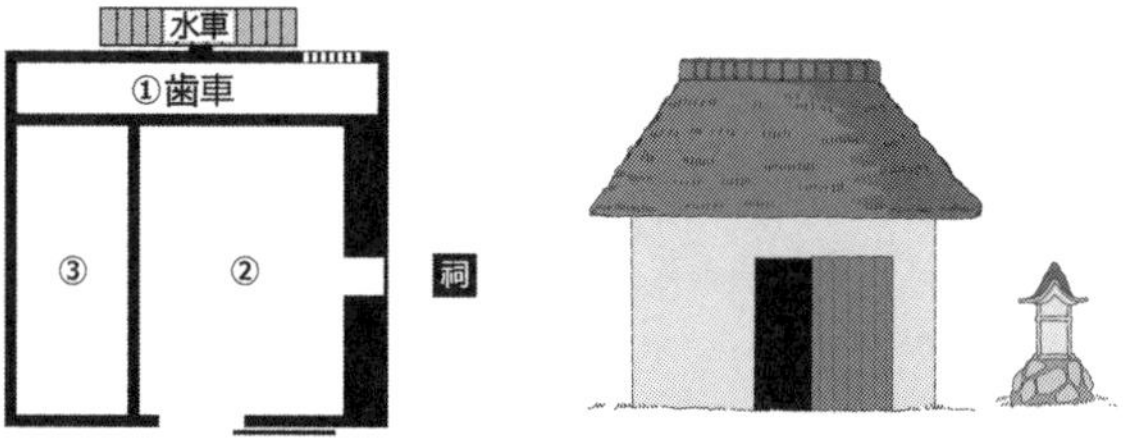

・小屋の近くには祠があり、その中には「片手に果物を持った
女の神様の石像」が置かれていた

・小屋には３つの部屋があった
↳①歯車の置かれた部屋 ②扉がついている部屋 ③開かずの間

・②の部屋の壁には「へこみ」があった

宇季はある「仕掛け」に気づく

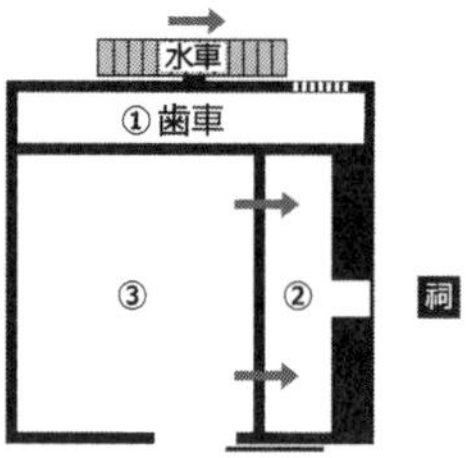

水車を回転させると、回転させた
方向に内壁が動く。

それによって「開かずの間」と思
われた③の部屋の入口ができた。

③の部屋にあったものとは？

宇季いわく「シラサギの死体」
それを見た宇季は逃げ出した。

その夜、宇季は叔父叔母に水車小屋について質問するつもりだったが…

叔父叔母の家の「赤ちゃん」の具合が悪くなる。

「なんでも、術後の経過がよくないらしく、
赤ちゃんの左腕の付け根が、膿んでしまったようでした」

そのせいで、質問する機会を逃す。

宇季はその後、どのような考えに至ったか？

・水車小屋は、懺悔室のようなものだったのではないか
・罪を犯したのに悪びれない者を、②の部屋に閉じ込め水車を回転させる
・迫りくる壁から逃れるため、罪人は「へこみ」の中に体を丸めて入り込む
・その先には神様の祠→まるで神様に土下座しているような姿になる

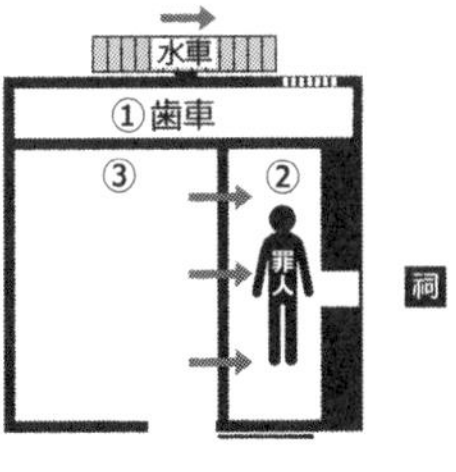

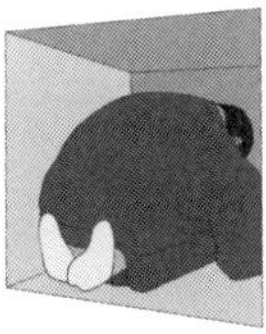

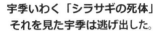

栗原　財閥の令嬢・水無宇季が林の中で見つけた水車小屋。これはいったい何だったのでしょうか。注目すべきは、次の一節です。

さて、あたりを見渡しますと、小屋の左手に、祠のようなものが見えましたので、そこへ歩を進めました。
可愛らしい三角屋根の祠は、まだいくぶん新しく、白くきれいな木で作られておりました。その中には、石像が置かれています。丸い果物を片手に持った、女性の神様の像でした。

栗原　「丸い果物を片手に持った、女性の神様」……仏教に詳しい人なら、これだけで何の神様かわかるでしょう。「鬼子母神《きしもじん》」です。
筆者　鬼子母神……。名前だけは聞いたことがあるような……。
栗原　インドで生まれた神様で、子供を守ってくれると言われています。多くの場合、鬼子母神の像は、片手に「吉祥果《きちじょうか》」という果物を持ち、もう片方の手で赤ん坊を抱いています。
筆者　子守りの神様ですか。
栗原　はい。ただ、私が気になったのは、宇季が「果物」にしか言及していないところです。おそらく、その石像は赤ん坊を抱いていなかったのではないでしょうか。
筆者　赤ちゃんを抱いていない鬼子母神というのは、珍しいんですか？

栗原　もちろん、地域や作り手によって色々なバリエーションはありますが、片手に吉祥果を持っている場合は、セットとして赤ん坊が付属していることがほとんどです。
ではなぜ、水車小屋のそばにあった石像には、赤ん坊がついていなかったのか。水車小屋の図面を見ると、その理由がわかります。
石像は、水車小屋の「へこみ」に近い場所に位置しているんです。

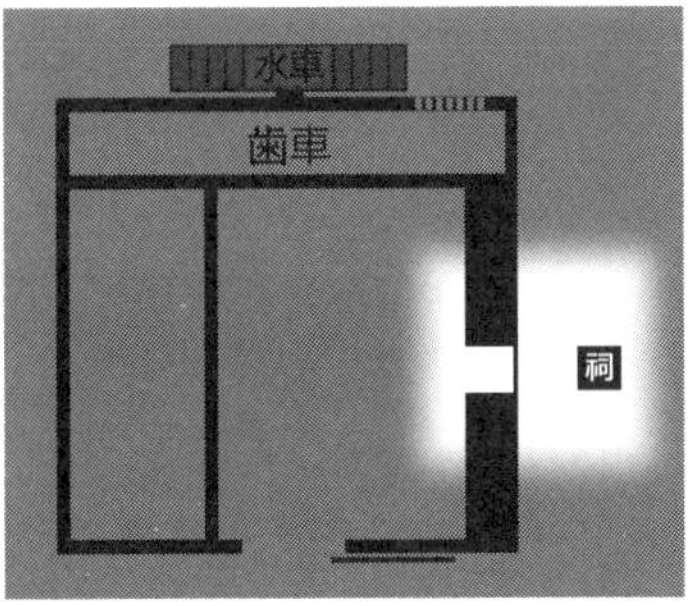

穴と申しましても、貫通して外が見えるわけではありません。ですので「へこみ」と表現すべきでしょうか。
壁の中央を、四角くくり貫《ぬ》いたような、その「へこみ」は、私が体を小さく丸めれば、すっぽりと入るくらいの大きさでした。

栗原　このへこみ、赤ん坊を入れるために作られたのではないでしょうか。

筆者　赤ん坊を「入れる」？

栗原　はい。この資料を読んでいるときに、その考えに至りました。

彼が指さしたのは、資料⑤「そこにあった事故物件」だった。

資料⑤「そこにあった事故物件」

80年以上前に発見された女の遺体

・会社員の平内健司さんは長野県の中古物件を購入した
・その家の歴史を紐解くと、恐ろしい事実が判明した

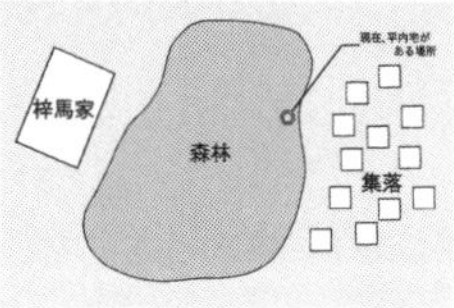

・現在、平内宅のある場所は、かつて森林に覆われていた
・森林の西側には「梓馬家」という名家の屋敷があった

梓馬家で何があった？

・当主の清親が、女中「お絹」と不倫関係になる
・そのことが発覚し、清親の妻は激怒→お絹を殺そうとする
・お絹は屋敷を出て森林に逃げ込む

お絹はどこへ行った？

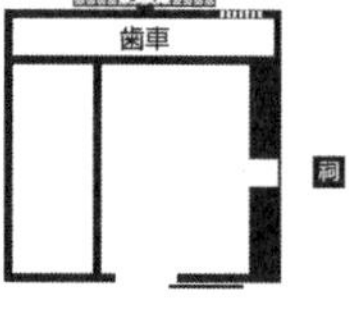

森林の中にあった「水車小屋」で雨風をしのぐことにした。

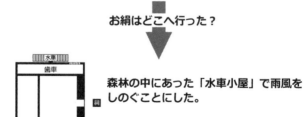

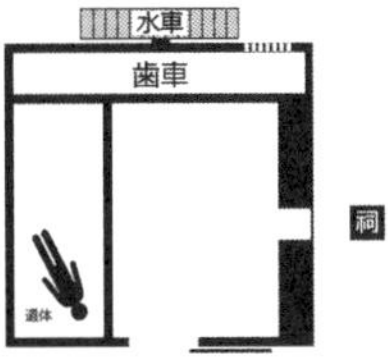

・しかし、食べるものもなく、お絹は小屋の中で餓死する

・水無宇季が見た「シラサギの死体」はお絹のことだった(?)

数十年後

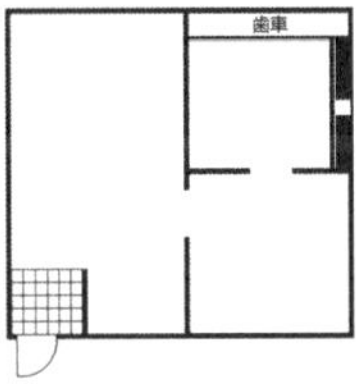

・何者かが、何らかの理由で、水車小屋を増築し、窓のない「倉庫」に作り変える

数年後

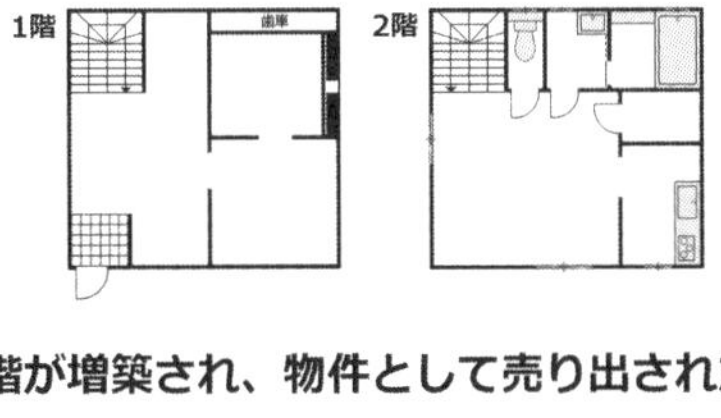

・さらに2階が増築され、物件として売り出された

栗原　もしかしてお絹さんは、梓馬清親の子供を妊娠していたんじゃないですかね。

筆者　え!?

今まで、その考えには及ばなかった。しかし、ありえない話ではない。梓馬清親はお絹を愛し、お絹もまた、清親を愛していた。二人の間に子供ができたとしてもおかしくはない。

栗原　お絹さんは、大きなお腹を抱えて、屋敷から逃げ出した。行くあてのない彼女のために、清親はこっそり、林の中に産屋《うぶや》（女性が出産するための小さな小屋）を造ることにした。おそらく、お抱えの大工にでも造らせたんでしょう。
しかし、ただの産屋では不十分だった。お絹さんの子供は清親の子供……つまり、梓馬家の跡取りになる可能性を秘めているわけです。奥さんに見つかったら確実に殺される。万が一を考えて、産屋には「赤ん坊の緊急避難所」が備え付けられた。

筆者　それが「へこみ」だった、ということか……。

栗原　ええ。そしてその近くには、鬼子母神の石像が置かれた。石像が赤ん坊を抱いていないのは、その手で赤ん坊を守ってもらうため……そんな意味が込められているのでしょう。清親がどれだけお絹さんを愛していたかが伝わってきますね。

やがてお絹は、産屋の中で子供を産んだ。問題はそこからだ。宇季が水車小屋を訪れたとき、赤ん坊はおらず、シラサギ……つまり、お絹の遺体だけがあった。赤ん坊はどこへ行ったのか。

栗原　宇季の紀行文に、興味深い記述があります。

その晩、叔父様、叔母様と夕食をいただいたあと、水車小屋について、尋ねることにいたしました。叔父様たちが所有しているものではないでしょうが、家から近い場所にありましたので、何かしら、ご存じのはずだと思ったのです。

しかし、私が口を開こうとした瞬間、奥の座敷で赤ちゃんが泣き出し、叔父様たちは急いで席を立ってしまいました。なんでも、術後の経過がよくないらしく、赤ちゃんの左腕の付け根が、膿《う》んでしまったようでした。

それから数日は、入院の世話でお二人とも忙しく、私が帰京するまで、結局、水車小屋については聞けずじまいでございました。

栗原　当時、21歳だった宇季の叔父叔母ですから、それなりの年齢だったはずです。そんな二人に赤ん坊がいる、というのは、時代背景から考えて、ちょっと違和感があるんですよね。もしかして彼らは、お絹さんの子供を拾ったのではないでしょうか。

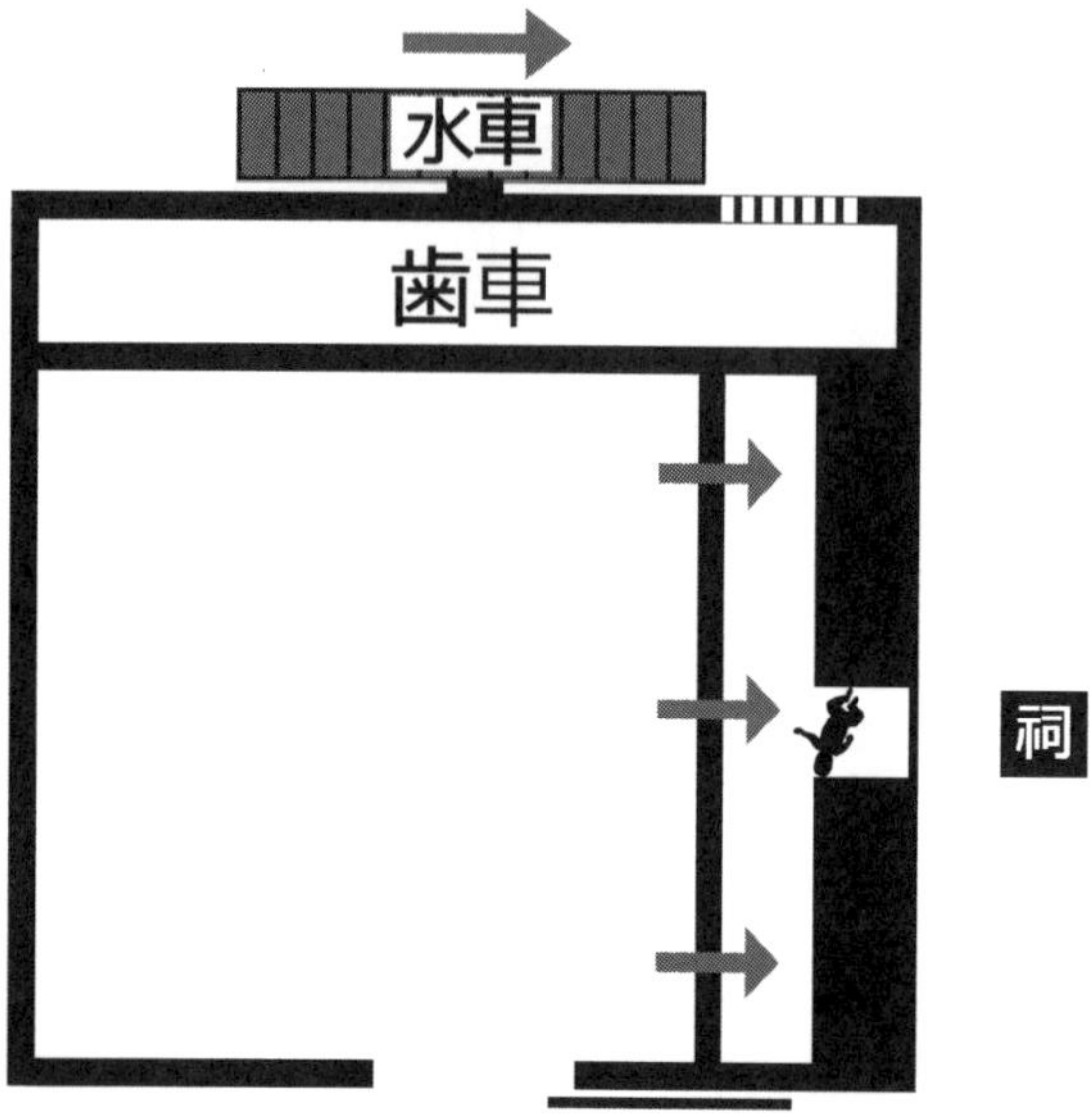

栗原　水車小屋の中で出産したお絹さんは、産後の肥立ちが悪く、死期を悟った。せめて自分が死ぬ前に、赤ん坊を隠そうと、最後の力を振り絞り、水車を回して壁を動かした。ただ、彼女はそのとき気づかなかったのでしょう。

栗原　母親を求める赤ん坊の左手が、壁の間に挟まり、圧迫されてしまったことを。

神

栗原　お絹さんが息絶えたあと、赤ん坊を救い出したのが、宇季の叔父叔母です。

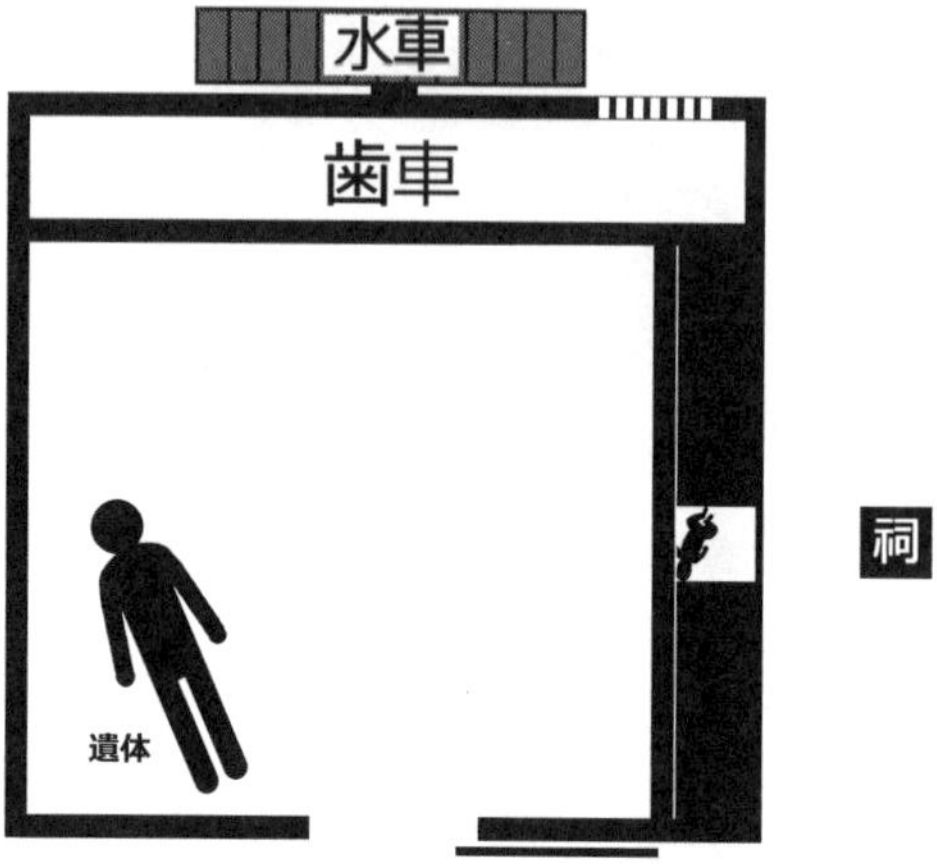

栗原　あるとき林に入った二人は、偶然水車小屋を発見する。宇季と同じように、水車の仕掛けに気づき、お絹さんの遺体と、「へこみ」の中の赤ん坊を見つける。赤ん坊の左腕は、長時間圧迫されたせいで、壊死《えし》してしまっていた。

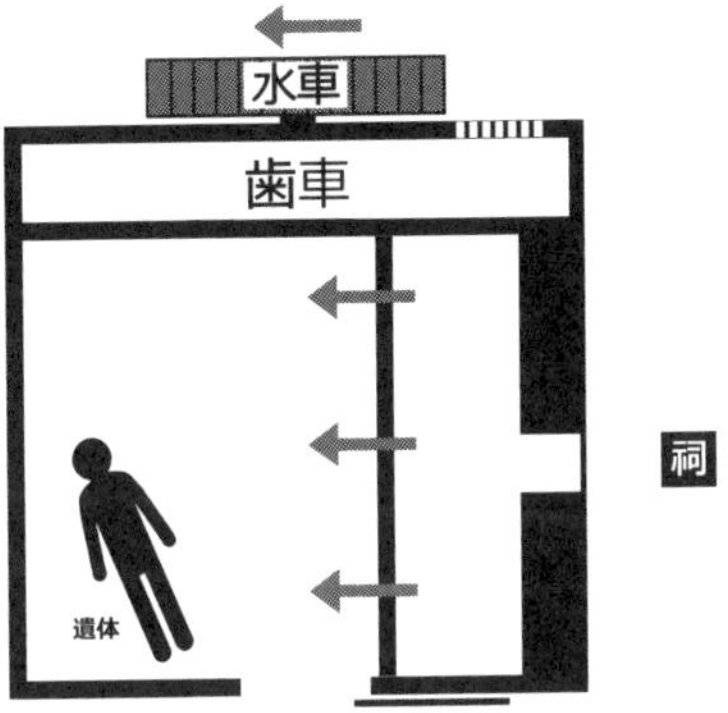

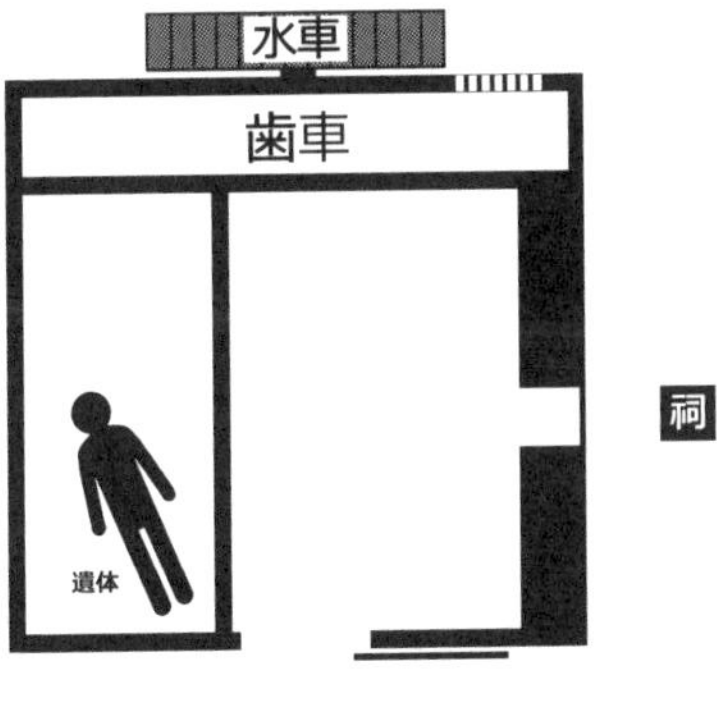

栗原　二人はせめてもの弔《とむら》いとして、お絹さんの遺体が外から見えないように壁を動かし、赤ん坊を連れて帰った。壊死した左腕は、手術によって切断された。
こうして、お絹さんの子供は二人の養子となった。彼女は「ヤエコ」という名前を与えられた。

ヤエコさんは、長野県の裕福な家庭で育ったという。しかし18歳の頃、両親から、ある事実を聞かされる。

明美　彼女、捨て子だったんだって。小屋……？　とか言ってたな。なんでも、林の中の小屋に捨てられてたのを拾われたらしい。つまり、これまで両親だと思ってたのは、養父母だったっていう……まあ、よくある話だと思うけどね。それにショックを受けて、家を飛び出したんだってさ。「養父母《ふたり》のことは今でも恨んでる」って言ってた。

栗原　「ある事実」とは、これまで話した出生の秘密でしょう。ヤエコさんはショックを受け、家出をした。

筆者　どうして彼女は、自分を育ててくれた二人を恨んだんでしょうか……？

栗原　さあ。他人にはわからない、家族同士の事情があったんでしょう。

筆者　うーん……。

明美　家を出たあとは、東京に移り住んで職を探したけど、体にハンデがあるぶん、相当苦労したらしい。宛名書きのアルバイトなんかで、なんとか食費を稼いでたみたいだよ。

しかし、あるとき転機が訪れる。

ヤエコさんが21歳の頃、アルバイト先の社長と恋に落ち、プロポーズされたのだという。

明美　いきなり社長夫人だからね。すごいもんだよ。すぐに子供も生まれて人生安泰……かと思いきや、だよ。人生ってのは、そこら中に落とし穴があるんだから難儀だよね。証券不況のあおりで会社が倒産して、旦那は大きな借金を残したまま自殺したらしい。残された母娘《おやこ》に返すあてもなくて、二人揃って置棟に連れてこられた、というわけ。

栗原　家を出たヤエコさんは、結婚、出産、夫の自殺を経て多額の借金を背負い、置棟に閉じ込められた。

明美　当時、ヤエコさんの部屋に、頻繁に通ってた男がいたんだよ。「ヒクラ」っていう、建築会社の御曹司らしいんだけどさ。その男がヤエコさんにべた惚れでね。借金を全部肩代わりしたそうなの。

栗原　こうして彼女は、ヒクラハウス次期社長・緋倉正彦氏の妻となったわけです。それが彼女にとって幸せだったか不幸だったかはわかりません。しかし少なくとも、彼女は一生安泰の地位と金を手にした。……と思いきや、それで終わりではなかった。

栗原さんは資料②「闇をはぐくむ家」を開いた。

資料②「闇をはぐくむ家」

「ヒクラハウス」の建売住宅

・2020年、少年が家族を殺害する事件が発生した

・その原因は、少年の家の「間取り」にあるという噂が流れる

間取りのどこに問題があったのか？

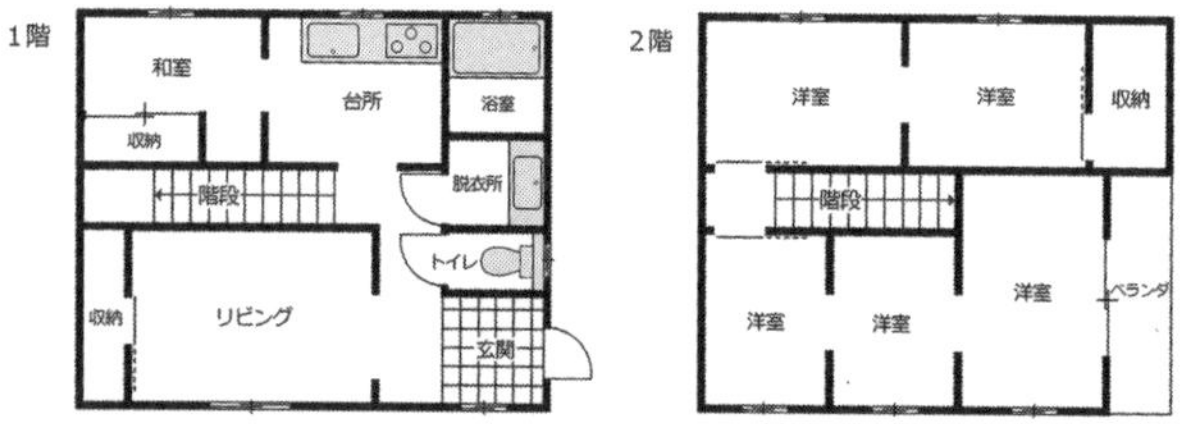

・部屋が多すぎる

↳本来必要な廊下などの「余白」が削られたせいで、窮屈で住み心地が悪い

・ドアが極端に少ない

↳個人のためのスペースがなく、プライバシーが確保できない

・生活動線が集中しすぎている箇所がある

↳家族同士のトラブルに発展しかねない

それら、小さな要因が重なり…

少年の心の闇が、増幅されてしまった…？

これに対して「ヒクラハウス」は？

・間取り図が世間に出ないよう、各メディアに働きかけた

なぜそこまで？

・ヒクラはかつて、社長・緋倉正彦氏に関する事実無根の噂をメディアに拡散され、信用と株価が急落した
・それがきっかけでライバル企業の「ハウスメーカー美崎」に差をつけられ、以降10年間、盛り返すことができなかった

その経験からヒクラが学んだことは？

・メディア対策の徹底
・メディアの力を積極的に利用し、自分たちの粗悪な住宅への悪評を覆い隠す戦略

現在、ヒクラを指揮しているのは？

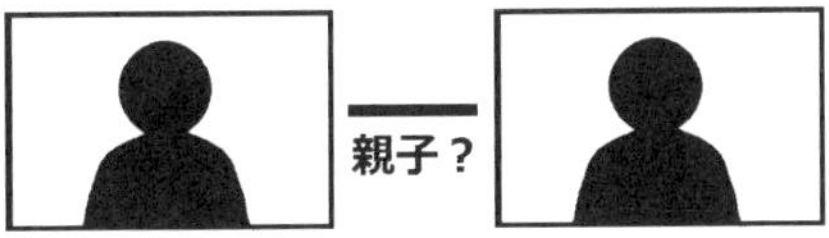

社長・緋倉明永　　会長・緋倉正彦

飯村　あれはたしか……俺がまだ大工見習いの頃だから、１９８０年代の後半か。ヒクラの社長に、妙な疑惑が持ち上がったんだ。「若い頃に、幼女虐待をしていた」っていう噂だ。

結局、それはガセネタだったらしいが、テレビや雑誌が面白がって取り上げたせいで、一般市民の間でも話題になった。今でいう「炎上」ってやつだ。

評判っていうのは恐ろしいもので、ヒクラの株価は急落した。それに関しちゃ「かわいそう」としか言いようがないがな。

で、その隙を突くように、当時、中部地方のライバルだった「ハウスメーカー美崎」っていう建築会社がシェアを拡大した。それから10年以上、ヒクラは盛り返すことができなかった。この苦い経験から「メディアの前で、事実は無力」ってことを学んだんだろうな。

栗原　１９８０年代後半、デマのせいでヒクラハウスの信用と株価は落ち、経営が傾いてしまった。当時社長だった緋倉正彦氏は、その状況を打開することを迫られた。そのとき、彼が目をつけたのが宗教だった。

当時、日本では空前のスピリチュアルブームが起き、カルト宗教がもてはやされていました。

今では考えられませんが、オウム真理教の麻原彰晃《あさはらしょうこう》がバラエティ番組に出演して、タレント的な扱いを受けていたほどです。１９９５年に彼らが無差別テロを起こしてからは、風当たりが強くなりましたが、少なくともそれまでは、カルト宗教は「先進的な若者の間で流行っている、ちょっと怪しいけどかっこいいもの」だったんです。
緋倉氏は、イメージアップと顧客開拓のため、会社の裏事業としてカルト教団を設立した。

筆者　え⁉　……では「再生のつどい」は、緋倉氏が自ら立ち上げたということですか？

栗原　そう考えたほうが、色々な点で辻褄が合います。

しばらくすると、ステージ上に一人の人物が現れた。教祖・御堂陽華璃ではない。スーツを着た、40代半ばあたりの男だった。不機嫌そうな眉間の皺、落ちくぼんだ目、そして特徴的な鷲鼻。その男の顔に、見覚えがあった。
中部地方有数の建築会社「ヒクラハウス」の社長・緋倉正彦氏である。事前に噂は聞いていた。「カルト教団『再生のつどい』には、ヒクラハウスの社長が深く関係しており、多額の資金援助をしている」……

栗原　この文章に騙されてはいけません。資金援助をしただけの人物が、ステージ上で信者に演説するなんてことが許されるはずがない。それでは教団の面目が丸つぶれですから。
緋倉氏はなぜ無遠慮に振る舞うことができたのか。それは、彼自身が設立者だったから、と考えるべきです。

筆者　……なるほど……。

栗原　さて、緋倉氏は教団を作るにあたり、自分の妻……ヤエコさんを「教祖」として利用することにした。古来、日本人は身体障碍者を「神」として崇めてきましたからね。

筆者　それ、記事にも書いてありましたけど、本当なんですか？

栗原　ええ。日本各地には「片目・片腕・一本足」などの特徴を持つ神を敬《うやま》った形跡がいくつも残っています。それはなぜか？　障碍を持って生まれた子供が「神」という役割を与えられたからである……と多くの民俗学者が分析しているんです。

筆者　そうなんですか……。

栗原　他にも「小人症の人は家を繁栄させる」という言い伝えから福助人形が作られた、なんて例もあります。大勢のありふれた人間とは異なる個性的な体に、人は神秘性を見出してきたんです。
その意味において、ヤエコさんは「神」として適役だったわけです。

噂によれば、聖母様は50歳を過ぎているらしいが、皺の少ない顔、長く艶やかな黒髪、そしてハリのあるなめらかな肌は、彼女を10歳は若く見せている。
付け根から先がない右脚の代わりに、スラッと長く伸びた左脚で体を支え、簡素な椅子の上で、少しも動かず座っている。身に着けているのは白い絹の布だけ。ほとんど半裸と言っていい。「神々しい」と言うべきかはわからないが、見る者を釘付けにする、異様な美しさがある。

栗原　緋倉氏はヤエコさんの体、そして彼女の生い立ちから「再生のつどい」のコンセプトを作った。「不倫によって生まれた子供を、教祖の子宮で眠らせることで救う教団」……緋倉氏は経営者よりも、小説家やアーティストのほうが向いていますね。

筆者　教祖を演じさせられることになったヤエコさんは、どんな気持ちだったんでしょうか。

栗原　わかりません。ただ、本心がどうであれ、もともと借金の肩代わりと引き換えに連れてこられた彼女に、拒否権などなかったことは想像にたやすい。ヤエコさんは神殿に座り、用意されたセリフを言うしかなかった。

「ご存じのとおり、私は罪の子として生まれました。罪の母に左腕を奪われ、そして、罪の子を救うため、右脚を失いました。残された体で、あなたがたを、そしてあなたがたのお子を救いたいのです。さあ、再生しましょう。何度でも」

栗原　「罪の母」とは、お絹さんのことでしょう。お絹さんは、女中の身でありながら、妻を持つ梓馬清親と不倫をした。その結果生まれたのが聖母様《ヤエコさん》です。そして、たしかに彼女は、母親《お絹さん》の不注意によって左腕を奪われた。

――「再生のつどい」は1999年に解散し、その翌年「再生の館」も取り壊されたという。

栗原　教団は一定の支持を集めましたが、長くは続かなかった。理由は様々でしょう。オウム真理教が起こしたテロ事件をきっかけに、カルト教団への風当たりが強くなったこと。笠原氏をはじめとして、救われなかった信者が「インチキ」を訴えはじめたこと。90年代後半、日本の景気が後退し、改築費用を払えるほどの金持ちが少なくなったこと。ただ、もっとも大きな要因は、ヒクラハウスにとって「再生のつどい」が不要になったからだと思います。

筆者　どうしてですか？

栗原　資料②「闇をはぐくむ家」を見てください。

飯村　評判っていうのは恐ろしいもので、ヒクラの株価は急落した。（中略）で、その隙を突くように、当時、中部地方のライバルだった「ハウスメーカー美崎」っていう建築会社がシェアを拡大した。それから10年以上、ヒクラは盛り返すことができなかった。

栗原　「10年以上、ヒクラは盛り返すことができなかった」……つまり裏を返せば、のちのち盛り返すことができた、ということです。なぜヒクラは復活できたのか。その理由は資料①「行先のない廊下」に書かれています。

1990年1月30日　朝刊
昨日29日の午後4時頃、富山県高岡市で死亡事故が発生した。亡くなったのは、同市に住む小学生 春日裕之介くん（8）。裕之介くんは大通りを歩行中、建築現場からバック走行で出てきたトラックと衝突したものとみられている。トラックは建築資材を運搬していた。運転手の男は「視界が悪く、男の子には気づかなかった」と供述している。男はハウスメーカー美崎に勤務する従業員で……

栗原　従業員が顧客の敷地前で子供をひき殺した。大変な出来事です。おそらく、これをきっかけに、ハウスメーカー美崎の信用は落ちたことでしょう。中部地方において、美崎はヒクラハウス最大のライバル。

筆者　ライバルの業績が落ちたことで、ヒクラハウスは再びシェアを伸ばしたってことですか。

栗原　その頃にはすでにデマも風化していたことでしょう。しかも、ヒクラハウスは過去の経験から、巧みなメディア戦略を身につけていた。復活は時間の問題だった。

本業が回復するにつれ、社内における「再生のつどい」の存在価値は徐々に低下し、やがて解散した。

では、教団が解散したあと、聖母様《ヤエコさん》はどうなったのか。

栗原さんは、資料④「ネズミ捕りの家」を手に取った。

資料④「ネズミ捕りの家」

お祖母さんはなぜ階段から落ちたのか？

・早坂詩織さんは子供の頃「ミツコちゃん」という友達にお泊り会に誘われたことがあった
・ミツコちゃんは「ヒクラハウス」社長の娘だった

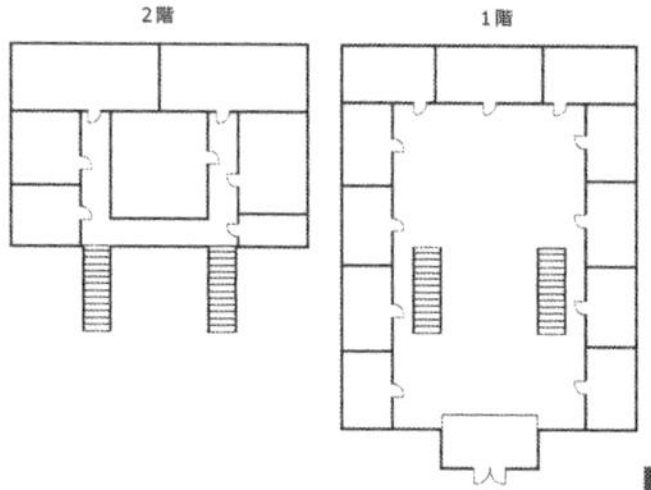

その家は、ミツコちゃんが祖母と住むために父親(社長)が建てた豪邸だった。

ミツコちゃんの部屋には、大きな本棚があった。

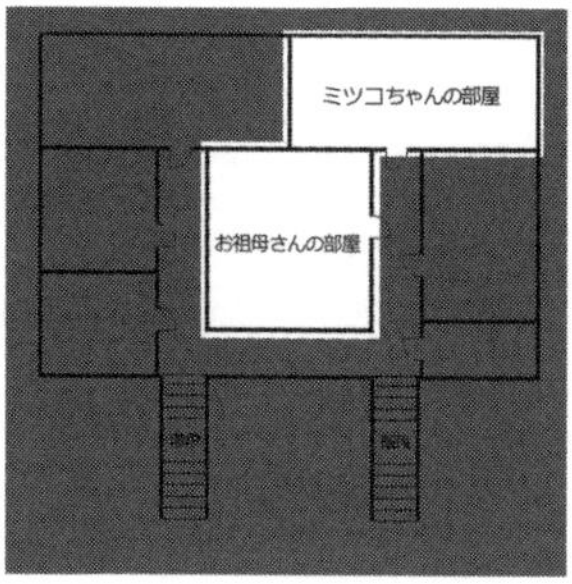

早坂さんは、ミツコちゃんがトイレに行っている間、本棚の中をこっそり覗いた。
なぜか二人の共通の趣味である漫画が入っておらず、早坂さんは奇妙に感じた。
その夜、ミツコちゃんが寝たあと、もう一度本棚を覗こうとしたが、なぜか扉に鍵がかかっていた。

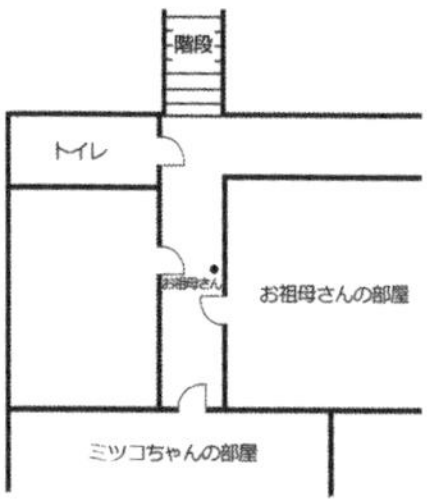

翌朝、早坂さんがトイレに行こうとすると、廊下にお祖母さんがいた。
足が悪いのか、右の壁に手をつきながら、よろけるように歩いていた。
早坂さんは肩を貸そうとしたが断られ先にトイレに行くことになった。
早坂さんがトイレを済ませ、手を洗っている途中、お祖母さんは階段から転落した。

早坂さんの推理

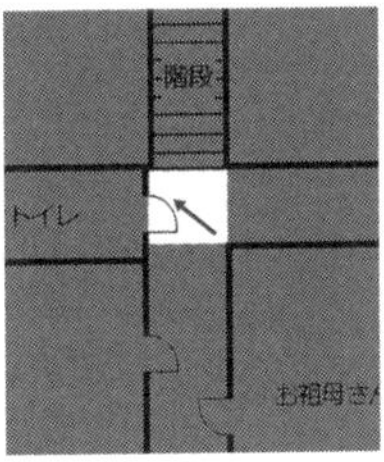

階段手前に「手をつくものが何もなくなる空間」がある。
お祖母さんはここでバランスをくずし階段から転落してしまった。

なぜか？

ミツコちゃんが深夜、お祖母さんの「杖」を自分の本棚に隠したから。

結論

・この家は「ヒクラハウス」社内で権力を持つお祖母さんを疎ましく思った社長が、彼女を殺すために建てた家

・階段の手前に危ない空間を設置したのはわざとだった

・しかし、お祖母さんは普段から杖をついていたため、「罠」にかかることはなかった

罠を作動させたのはミツコちゃん

・おそらく、父親(社長)にそそのかされて、杖を隠した
↳社長は自分の娘を、実行犯に利用した？

・早坂さんは、ミツコちゃんのアリバイ作りのために、お泊り会に呼ばれた

おばあさん

栗原 早坂詩織さんの年齢から逆算すると、この出来事が起きたのは2001年。教団の解散から約2年後です。

早坂 ドアを開けると、ふわっと甘い匂いがしました。たぶん、お香を焚いていたんでしょうね。部屋には、調度品や絵画が飾られていて、お祖母さんは、椅子に腰をかけて本を読んでいました。「お祖母さん」という言葉が不似合いに思えるくらい、若々しくてきれいな女性でした。足が完全に隠れるほど長いスカートをはいて、花柄のカーディガンを羽織って、両手には白い手袋をはめていました。

栗原 早坂さんが「ミツコちゃん」の家で会った品のいいおばあさん。彼女は、脚が隠れるほど長いスカートをはき、両手には白い手袋をはめていた。明らかに、手脚を隠しています。なぜか。もしかして彼女は、義手と義足をつけていたのではないでしょうか。

筆者 すると、このおばあさんが聖母様《ヤエコさん》ということですか。

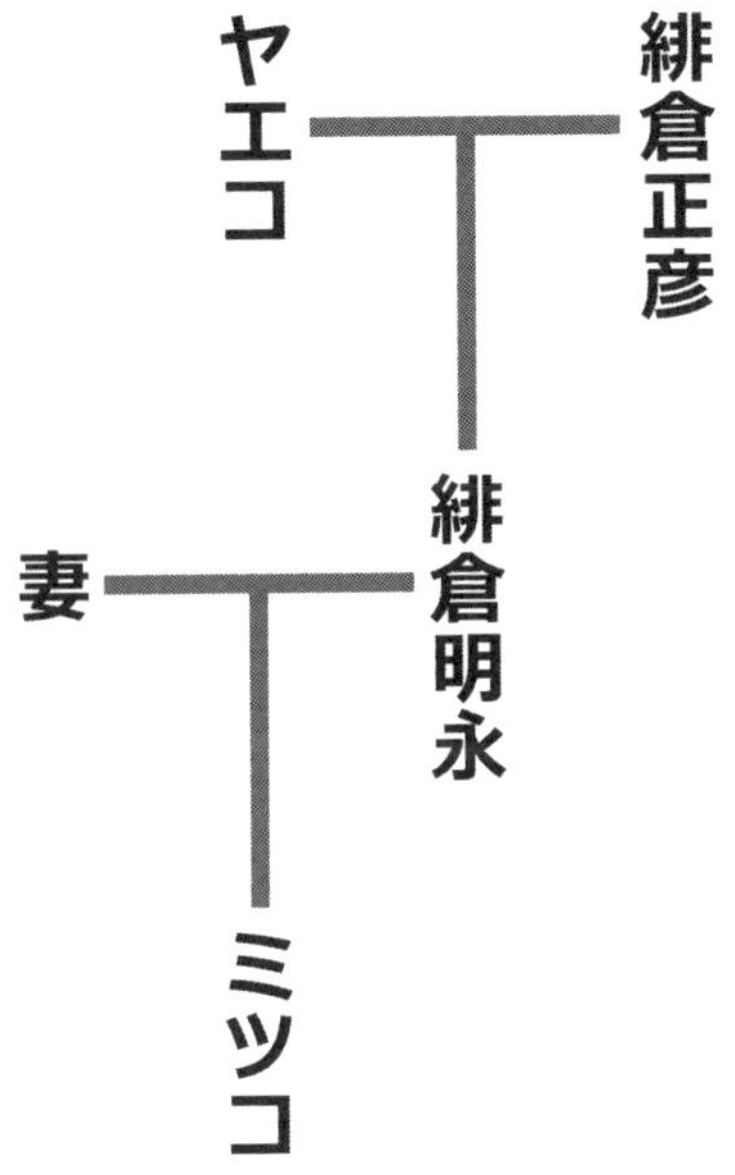

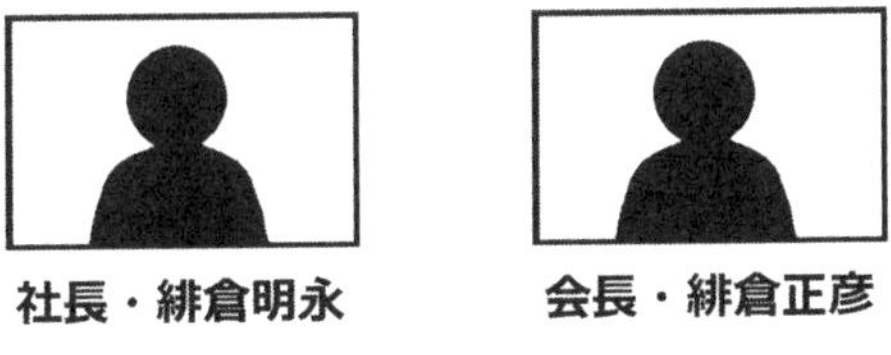
会長・緋倉正彦　社長・緋倉明永

栗原　緋倉氏はヤエコさんとの間に、明永さんという子供をもうけた。明永さんはヒクラハウスの現社長です。そんな彼の娘がミツコちゃん。彼女からすればヤエコさんは「お祖母さん」。つながりますよね。
問題は、緋倉一家にとってヤエコさんがどのような存在だったか、です。

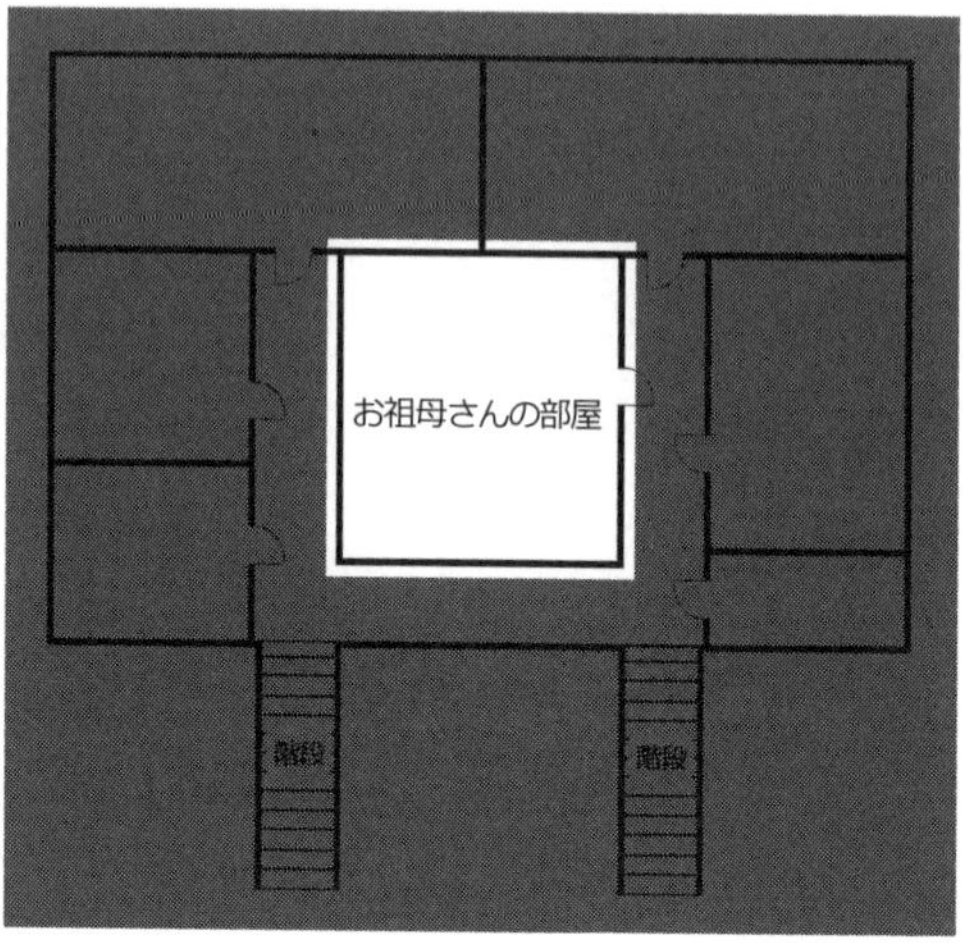

栗原　間取り図を見るとわかりますが、ヤエコさんの部屋、外に面していません。つまり、窓がないんですよ。

オウム真理教事件から、まだ数年しか経っていなかった当時、カルト教団はバッシングの対象でした。「カルト教団の元教祖が家族にいる」というのは、緋倉家にとって対外的にイメージが悪い。とはいえ、無下《むげ》にするわけにもいかない。

手厚く扱いつつ、世間から隠す。この部屋の造りが、当時の彼女の立場を物語っているようです。

筆者 身勝手ですね……。

栗原 そんな状況でも、ヤエコさんは穏やかに暮らそうとしていた。しかし、一家はそれすら許さなかった。

ヤエコさんの転落死について、早坂さんは次のように推理しています。

ミツコちゃんは夜中、お祖母さんの部屋に忍び込み、杖を盗んで本棚に隠した。翌朝、尿意で目を覚ましたお祖母さんは、トイレに行くため、杖を探した。しかし、なぜか見つからない。そのとき彼女はどうしただろうか。トイレは部屋の近くにあるのだから「杖なしでも行ける」と、安易に考えてしまったのではないか。

栗原 なかなか良い推理だと思いますが、ある箇所が間違っています。

ミツコちゃんが本棚に隠したのは、杖ではなく「義足」です。

筆者 あ……そうか……。

栗原 ある朝、ヤエコさんは尿意で目を覚ました。トイレに行くため、義手と義足を装着しようとしたが、なぜか義足がない。

彼女は仕方なく、片足でトイレに行くことにした。

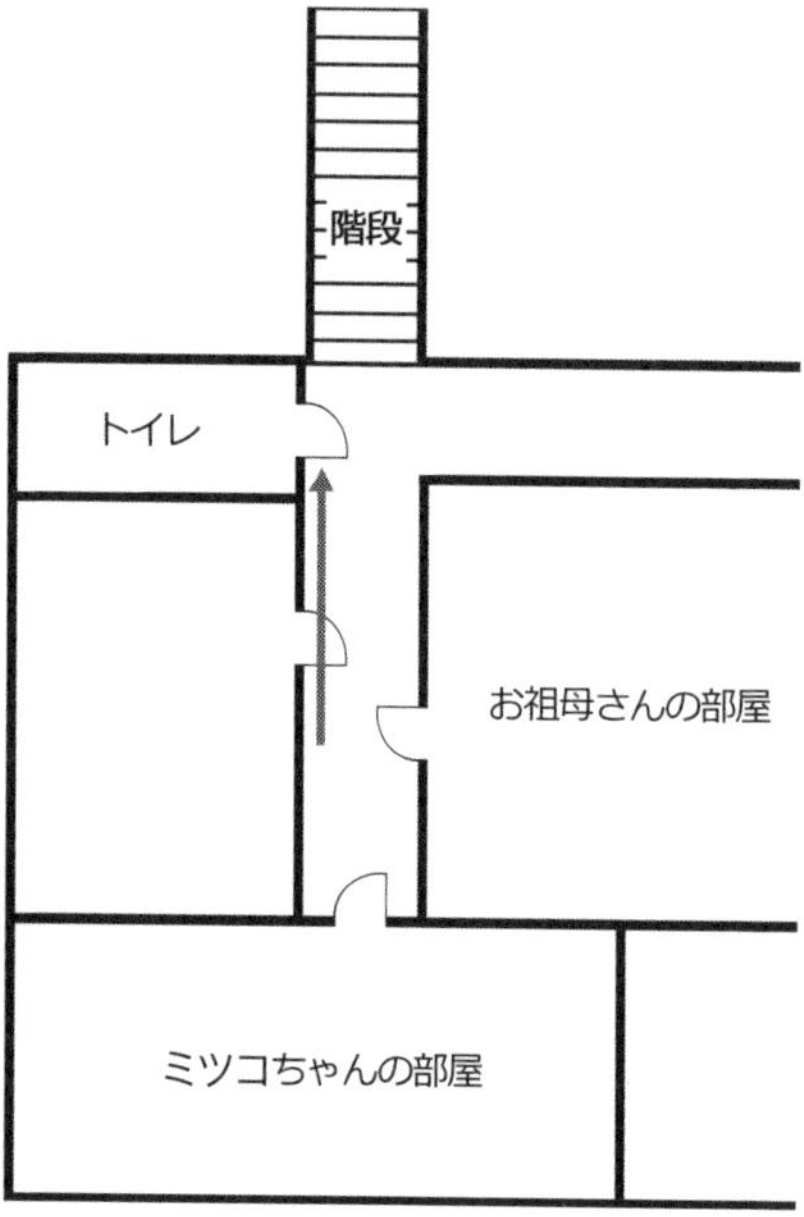

栗原　左側を歩けば「危険な空間」は通らずに済みますが、ヤエコさんはあえて右側を歩いた。い、い、い、い、い、い、い、い、い、右側を歩かざるを得なかったんです。なぜなら、彼女の左腕は義手だったから。さすがに、義手で体を支えるのは心もとないでしょう。あとは、すでにご存じの通りです。

筆者　やっぱり……明永さんが娘のミツコちゃんをそそのかして、厄介者のヤエコさんを殺したんでしょうか。

栗原　信じたくはないですけどね。同族企業っていうのは、暗い部分が生まれやすいんです。

仮説

栗原 さて、これでだいたいのことは説明したと思います。何か質問はありますか？

筆者 平内さんの家のことなんですけど……。

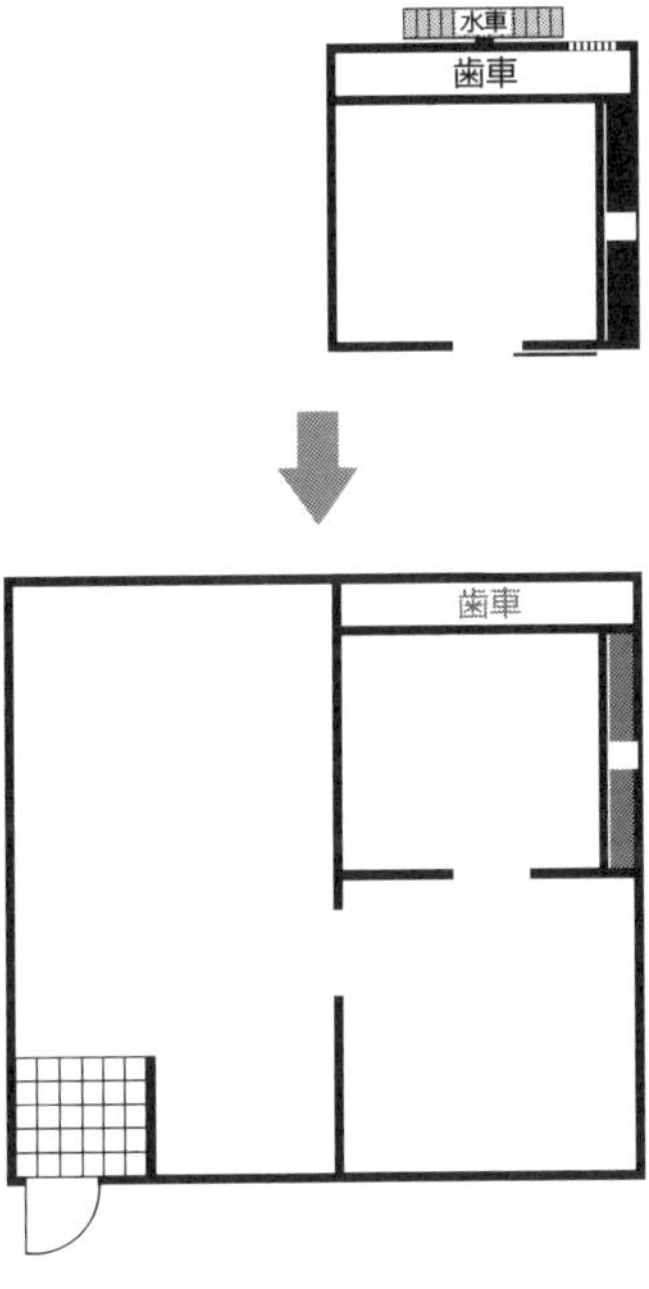

筆者 これ、明らかに水車小屋を増築して造られたものだと思うんです。誰が何のためにこんなことをしたんでしょうか。

栗原 たぶん、教団が観光施設にでもしようとしたんでしょう。「聖母様 生誕の地」みたいにね。

水車小屋だけでは狭すぎるから、増築してたくさんの人が入れるようにした……そんなところだと思いますよ。

女性 20年くらい前にね、大きい工事が入ったのよ。ほら、あの家って2階建てでしょ？私が越してきたときには、1階建てだったの。工事が終わると2階ができてたから「へー、増築したんだ」って思ったのを覚えてるわ。

栗原 ところが、運用開始する前に教団が解散した。使い道がなくなったので、トイレ・台所・風呂を付け加えて、物件として売ることにしたんでしょう。ほんとに、商魂たくましいですね。

その後、夕食をごちそうになり、私はアパートを出た。すでに外は暗くなっていた。駅に向かって歩きながら、栗原さんの推理を頭の中で整理する。資料を読むだけで、あそこまで筋の通ったストーリーを組み立ててしまう彼の頭の良さには、ただただ感服するしかなかった。

しかし……。

どういうわけか、心の中にわだかまりが残っていた。

栗原さんの推理が間違っているとは思わない。しかし、彼は何かを見落としているような気がする。重大な何かを……。

そうこうするうちに駅が見えてきた。私は、改札前の喫茶店に入り、もう一度資料を読み返すことにした。すると、ある資料の、ある箇所に、今まで気づかなかった、小さな矛盾を発見した。

なぜだ。

なぜ、矛盾が生まれた。

たしか、この取材をしているとき……。

しばらく考えた結果、一つの仮説が生まれた。

その仮説を念頭に置き、資料を読み直す。不思議なことに、すでに解決したと思っていたいくつかの謎が、別の顔を見せはじめた。

その一つ一つが結びつき、いつのまにか、まったく新しいストーリーが組みあがっていた。

息子

2023年2月28日　東京都中目黒

料理屋の個室で、私はある人物を待っていた。一連の事件の真相を解明する上で、おそらく、もっとも重要な事実を知る人だ。

やがて個室の扉が開き、彼が入ってきた。厚手のトレーナーに黒のスラックス。当たり前だが、この前会ったときとはまったく違う服装だ。

西春満さん……かつて「置棟」の住人だった、西春明美さんの一人息子だ。

筆者　お忙しい中、お呼び立てしてしまい申し訳ありません。
西春　いえ。昨日と今日は店を休んでますので。
筆者　え？　年中無休ではなかったんですか？
西春　もともとはそうだったんですけど、最近は母の体調が良くなくて、開けない日が多いんです。お客さんはみんな、母が目当てで来店されますから。
筆者　でも、満さんの料理の腕前は一流だそうじゃないですか。料理が食べたくて来る人もたくさんいるのでは？

西春　とんでもない。母はああ言ってますけど、私の腕なんてたいしたことないんです。修業したこともないし、料理は市販のレシピ本で覚えただけですから。母の健康のためにも、もう閉めようかと思ってまして。

筆者　店じまいしてしまうんですか？

西春　はい。まあ、辞めたところで、私の年では働き口が見つかるとも思えませんが……。

満さんは、小さく笑った。

この前、店を訪ねたときはわからなかったが、短い髪は白髪が多く、顔はひどくやつれている。

西春　あの、ところで今日はどういった用件で？

筆者　あ、失礼しました。実は、満さんに読んでいただきたいものがあるんです。この前、店にお邪魔したとき、お母様に聞いた話をまとめた資料です。たぶん、おおよその内容は聞こえていたかと思いますが、一度、目を通していただいてもよろしいでしょうか。

満さんは資料⑩「逃げられないアパート」の冊子をパラパラとめくり、無表情のまま読み終えた。

筆者　いかがでしょう。何か、気になるところや、事実と違う点はありますか？

西春　……あなたは、どうなんですか？　私にそれを聞くってことは、おかしな部分があると思ってるんですよね。

筆者　……はい。この箇所です。

――明美　そうだね……。子供らがいないとき、お互いの身の上話をしたことがあるんだけど、あの人には色々と複雑な過去があったらしいんだ。

筆者　「子供らがいないとき」……お母様は、たしかにそうおっしゃいました。でも、おかしいんです。置棟は基本的に、部屋から出ることが禁止されており、許可を得て外出する場合は、必ず隣同士の住人が、親と子を交換しなければいけませんでした。

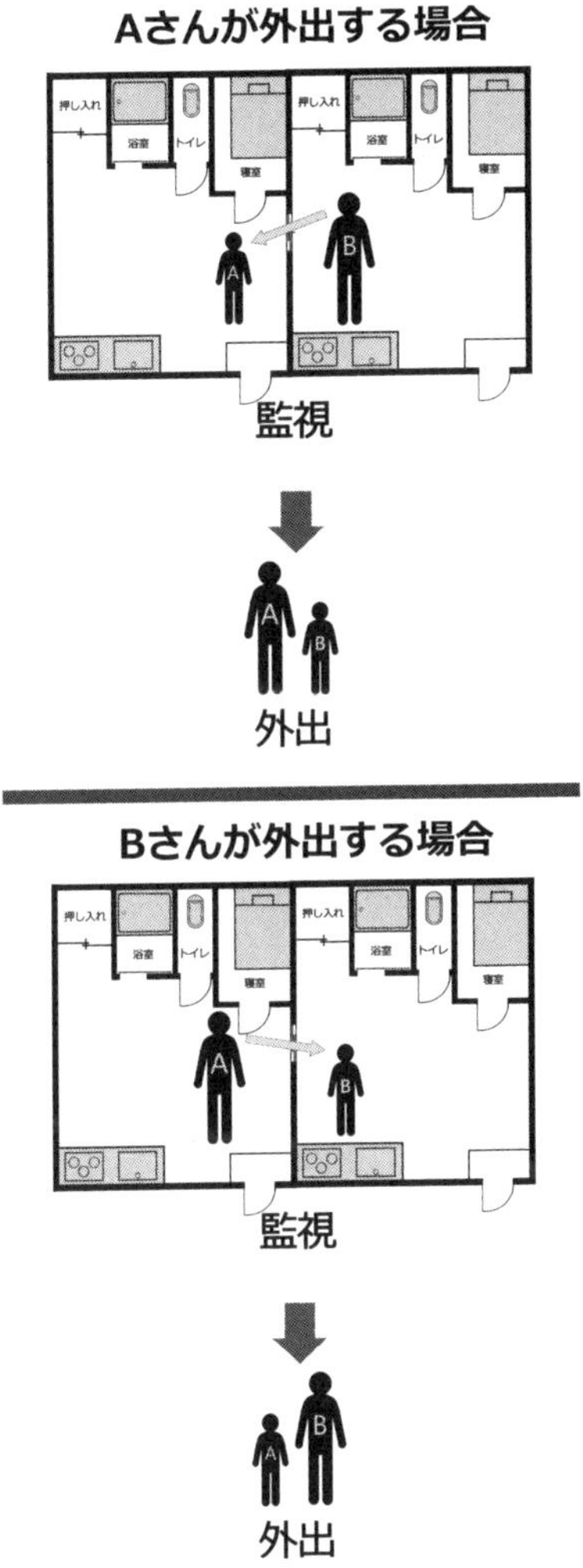

筆者 つまり、満さんが外出するときは、ヤエコさんが付き添わなければならない。反対に、ヤエコさんの娘さんが外出するときは、明美さんが一緒でないといけない。身の上話をできるほど長時間、子供たちが部屋からいなくなることなんて、なかったはずだと思うんです。

西春 トイレや、風呂に行っていたかもしれないじゃないですか。

筆者 二人の子供が同時にトイレに入って、長時間出てこないなんてあるでしょうか。風呂だってそうです。お母様はこうおっしゃっていました。

——明美　立派になったもんだよ。中学の頃までは、アタシと一緒じゃなきゃ風呂入れなかったのにさ。

筆者　二人が置棟を出たのは、満さんが9歳のときです。つまり置棟にいた頃、二人はいつも一緒に風呂に入っていた。

西春　………。

筆者　では、明美さんとヤエコさんが身の上話をしたとき、二人の子供はどこで何をしていたのか。色々考えた結果、一つの結論にたどり着きました。間違っていたら、申し訳ありません。置棟で売春をさせられていたのは……明美さんではなく、満さんだったのではないですか？

満さんは、しばらく苦虫をかみつぶしたような顔をして、洟《はな》をすすりはじめた。そして、低い声で小さくつぶやいた。

西春　母は………悪くないんです。

嘘

翌日、私はふたたび梅丘《うめがおか》のアパートを訪ねた。
栗原さんは緑茶を淹れながら言った。

栗原　なるほど。その置棟は、小児性愛者のための売春施設だったんですね。

――**明美**　客が来るのは、毎晩深夜を過ぎてからだった。どいつもこいつも、高級車に乗ってやってくるんだ。置棟っていうのは、金持ち相手の商売だからね。１回あたり10万とってたらしい。

筆者　1回あたり10万円というのは、今の相場から見ても高すぎます。それだけの金額を払う理由があったんですよ。客が毎晩夜中にやってくるのは、買春が違法行為であることはもちろん「子供を買っている」という事実が世間にバレたら困るからです。

――明美さんたちが暮らしていた置棟は、原則として部屋から出ることは禁止されていた。しかし、ある条件を満たせば、外出が許可されたという。その条件とは「子供の交換」だった。

筆者　本来、組側にとって何のメリットもない「外出」という制度が設けられていたのは、子供の機嫌と健康を維持するためだと思います。彼らは、いわば商売道具ですから。

栗原　どうして、明美さんは嘘をついたんでしょうね。

筆者　満さんは、こう語ってくれました。

「母は……悪くないんです。売春を断ったら、私ら親子ともども殺されてましたから。仕方がなかったんです……。

母は、店ではお客さんのために陽気を装ってますけど、ほんとはあんな人じゃないんです。今でも、毎晩二人きりになると、泣いて私に謝るんです。何回も何回も。『満、あのときはごめんね。悪い母ちゃんでごめんね』って。もう何十年もそうなんです。

取材のとき、母が嘘をついたことは、どうか許してやってください。あれは、私のためなんです。『昔、売春をさせられてた』なんてことが人に知られたら、私が白い目で見られると心配してるんです」

満さんはそのあと、交通事故の真相についても話してくれた。

筆者　満さんとヤエコさんが外出で町に行ったとき、満さんが車道に飛び出したのは、わざとだったそうです。満さんは、毎晩強いられる行為があまりにも辛すぎて、自殺をしようとした……そう言っていました。

栗原　なるほどね……。

筆者　彼らのいた置棟が児童売春施設だったとするなら、この言葉の意味も変わってきます。

明美　当時、ヤエコさんの部屋に、頻繁に通ってた男がいたんだよ。「ヒクラ」っていう、建築会社の御曹司らしいんだけどさ。その男がヤエコさんにべた惚れでね。借金を全部肩代わりしたそうなの。もちろん、善意でそんなことするわけなくて、母娘ともども連れていったよ。

栗原　緋倉正彦氏の目当ては、ヤエコさんではなく、娘のほうだったってことか。

筆者　ヤエコさんの娘は当時11歳。ネットで調べたところ、緋倉氏は現在70歳だそうで、つまり当時は20歳だったことになります。年の差は9歳。夫婦としてはそこまで珍しくはありません。

きっと、ヤエコさんの娘が大人になってから、正式に結婚したんだと思います。

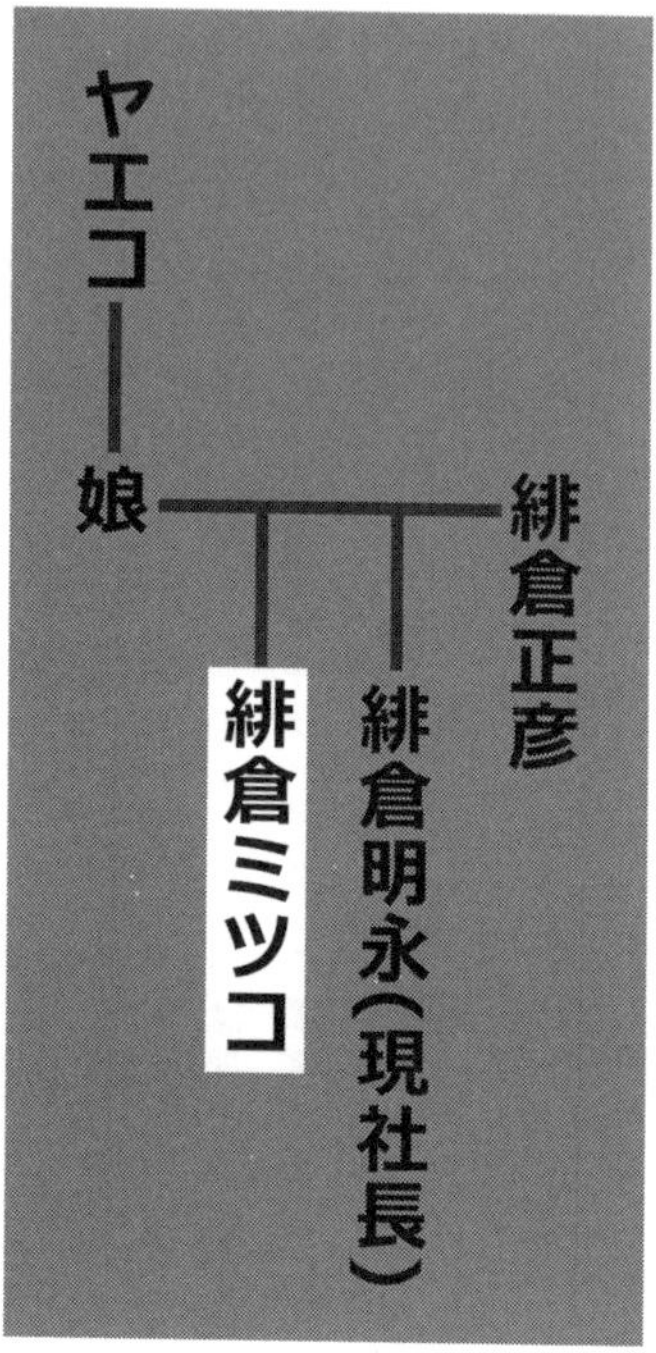

筆者 資料④「ネズミ捕りの家」のミツコちゃんは、緋倉正彦氏とヤエコさんの娘の子供なんだと思います。そして、現社長の明永さんは、ミツコちゃんの兄。

栗原 ミツコちゃんにとってヤエコさんが「お祖母さん」であることに変わりはないわけですか。

筆者 はい。そう考えると、1980年代後半に話題になった「ヒクラハウスの社長は若い頃に幼女虐待をしていた」という噂も、決してデマではないことがわかります。

飯村 あれはたしか……俺がまだ大工見習いの頃だから、1980年代の後半か。ヒクラの社長に、妙な疑惑が持ち上がったんだ。「若い頃に、幼女虐待をしていた」っていう噂だ。

筆者　彼がかつて児童買春をしていて、なおかつ、その児童を妻にした……その情報がどこかから漏れたんでしょう。

栗原　だとすると、そんな妻の実母を教祖に仕立てて、カルト教団を立ち上げるなんて、緋倉氏もずいぶんリスキーなことをしたものですね。

筆者　ですよね。……いや、デマの件を抜きにしても、やっぱり一企業がカルト宗教で利益を得ようとするなんておかしいと思うんです。

栗原　…………ん？

筆者　あ……いえ、もちろん、栗原さんの推理を否定するつもりはありません。事実として、緋倉氏は「再生のつどい」の幹部だったわけですし。
ただ……その、なんというか……彼は幹部であっても、主宰者ではなかったんじゃないかと思うんです。

栗原　つまり、主宰者は別にいた……と？

筆者　はい。これはあくまで私の推測ですが……「再生のつどい」を作ったのは、彼の奥さん……つまり、ヤエコさんの娘だったんじゃないでしょうか。

栗原　……なぜ、そう思うんですか？

筆者　ここをもう一度読んでください。

私は、資料④「ネズミ捕りの家」を開いた。

——早坂　足が完全に隠れるほど長いスカートをはいて、花柄のカーディガンを羽織《はお》って、両手には白い手袋をはめていました。

筆者　ヤエコさんは家の中でも、長いスカートと手袋で義手と義足を隠していた。さらに……。

——早坂　お祖母さんは、右側の壁に手をついて、階段のほうへ向かって、今にも倒れそうに歩いていました。たぶん足が悪かったんだと思います。その上、長いスカートを引きずりながら歩くので、つまずいて転んでしまうんじゃないかと心配になって、私は駆けよって、手助けしようとしました。
そしたら「いいのよ。すぐそこのお便所に行くだけだから」と断られてしまって。でも「はい、そうですか」と引き下がるわけにもいかず「私もトイレに行くから、一緒に行きましょう」と肩を貸そうとすると「気を使わなくていいわよ。お先に行ってらっしゃい。漏らしてしまったら大変よ」と言われてしまいました。

筆者　早坂さんは、ヤエコさんの左腕がないことにも、彼女が義手であることにも気づいていません。つまり、ヤエコさんはこのとき、義手をつけて、その上から手袋で隠していたということです。

「トイレに行きたいのに義足がないから、片脚で行かなければならない」という緊迫した状況でも、ヤエコさんは、自分が身体障碍者であることを隠すのを優先したんです。彼女は、本当は自分の体に、コンプレックスを抱いていたんじゃないでしょうか。

明美 しばらく経ってから気づいたんだけどね、彼女には……左腕がなかったんだ。生まれてすぐに、事故で失ったらしい。

――

筆者 隣に住んでいた明美さんでさえも、ヤエコさんの左腕がないことに気づくまで、しばらくかかった。ヤエコさんは、必死に隠していたんだと思います。それくらい、自分の体を恥じていた。

――

付け根から先がない右脚の代わりに、スラッと長く伸びた左脚で体を支え、簡素な椅子の上で、少しも動かず座っている。身に着けているのは白い絹の布だけ。ほとんど半裸と言っていい。

筆者 だとしたら、たくさんの人の前で裸を見せることは、かなりの屈辱だったのではないかと思います。

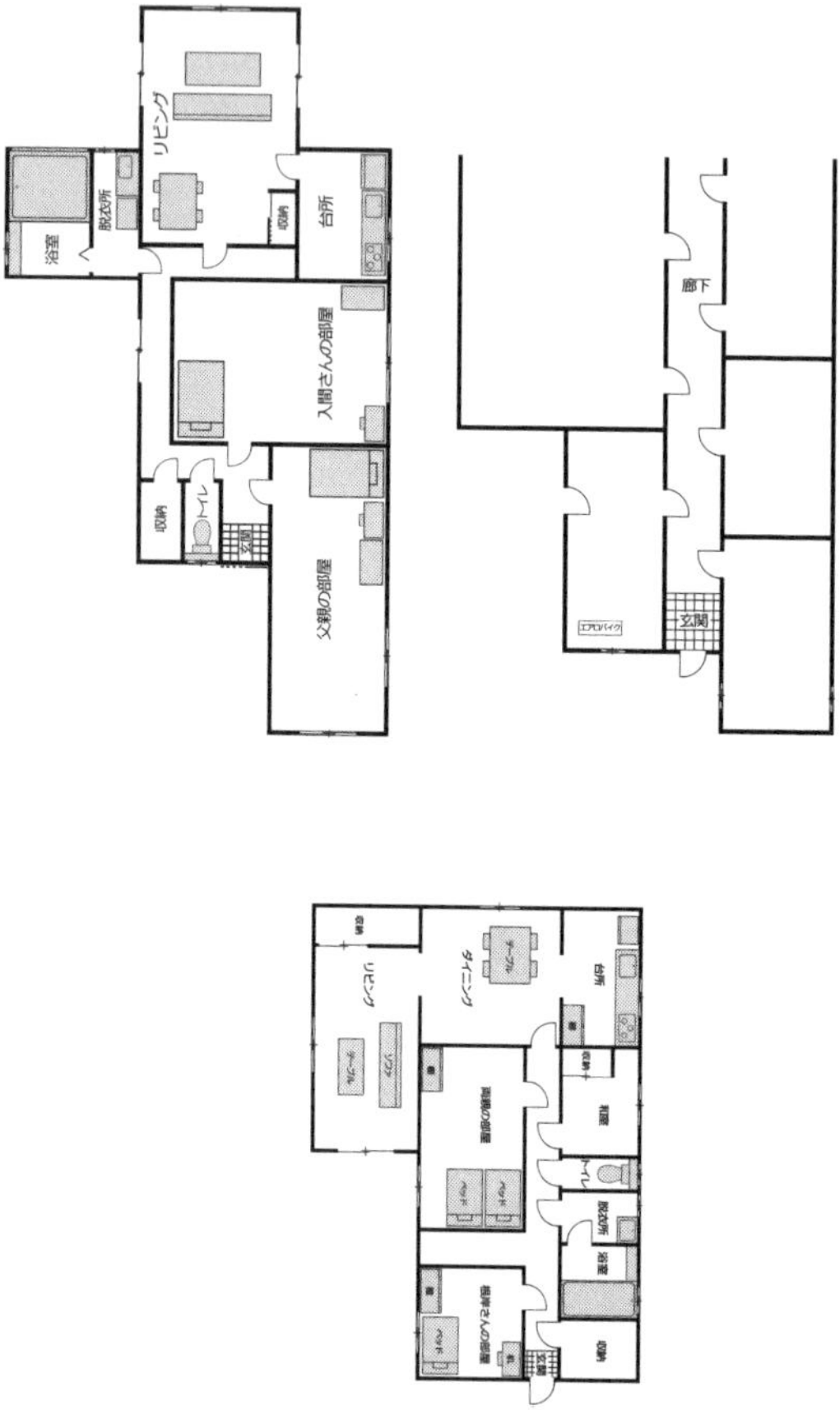

筆者　しかも、彼女の体を模した建物があらゆる場所に増えていく。……まるで晒《さら》しものです。
そこで思ったんですが、もしかしたら「再生のつどい」の本当の目的は、ヤエコさんに対するいやがらせだったのではないでしょうか？

復讐

筆者　満さんは、母親のことを恨んでいないと言っていました。でも、すべての人間が、彼のように許せるわけじゃないと思います。ヤエコさんの娘は、かつて自分に辛い売春行為をさせた母親を恨んでいた。そこで、母親に復讐するため「再生のつどい」を作った……というより、夫の緋倉正彦氏に作らせた。

栗原　しかし、そんな個人的な感情のために、会社の金を使って教団を立ち上げるなんてできるんでしょうか。

筆者　たぶん、緋倉氏は彼女に逆らえなかったんだと思います。「児童買春」という弱みを握られていますから。

栗原　ヤエコさんだってそうです。娘に対する罪の意識から、言いなりになるしかなかった。

二人は彼女に支配されていたということですか。

栗原さんは、緑茶をゆっくりとすすった。

栗原　今の話を聞いて、私も自分の新しい説に自信を持てました。

筆者　新しい説……って何ですか？

栗原 この前会った日からずっと考えていたんですよ。ヤエコさんが養父母を恨んでいた理由。

> **明美** 彼女、捨て子だったんだって。小屋……？ とか言ってたな。なんでも、林の中の小屋に捨てられてたのを拾われたらしい。つまり、これまで両親だと思ってたのは、養父母だったっていう……まあ、よくある話だと思うけどね。それにショックを受けて、家を飛び出したんだってさ。「養父母《ふたり》のことは今でも恨んでる」って言ってた。

栗原 自分が養子だったことを突然聞かされたら、たしかにショックを受けるでしょう。しかし、家を飛び出して、長年恨み続けるのは、さすがに度が過ぎています。もしかしたら、二人がヤエコさんに話した内容は「養子」のことだけではなかったのかもしれない。そう思ったとき、ある記述を思い出しました。
資料③「林の中の水車小屋」はありますか？

筆者 ええ。一応持ってきてます。

> シラサギでした。メスのシラサギが、死んでいるのです。きっと、誰かがいたずらで、閉じ込めたのでしょう。そうして、外に出られないまま餓死したのです。その状態になってから、長い時間が経過したのだと思われます。毛は抜け落ち、片方の羽の先は失われ、体は腐り、赤黒い液体が床に染みておりました。

栗原 この「片方の羽の先は失われ」っていうところ、あまりにさり気ないので見逃していましたが、よく考えると奇妙ですよね。

編集者の方いわく、このシラサギは「人間の女性の暗喩《メタファー》」……私も同感です。となると「片方の羽の先は失われ」は、イコール「片方の腕の先は失われ」と同じ意味になる。つまり「手がない」ということです。

筆者 あ、たしかに。

栗原 宇季がお絹さんの遺体を発見したとき、お絹さんは片手がなかった。それはなぜなのか。

次の描写にヒントがありました。

その晩、叔父様、叔母様と夕食をいただいたあと、水車小屋について、尋ねることにいたしました。叔父様たちが所有しているものではないでしょうが、家から近い場所にありましたので、何かしら、ご存じのはずだと思ったのです。

しかし、私が口を開こうとした瞬間、奥の座敷で赤ちゃんが泣き出し、叔父様たちは急いで席を立ってしまいました。なんでも、術後の経過がよくないらしく、赤ちゃんの左腕の付け根が、膿《う》んでしまったようでした。

栗原 宇季は、赤ん坊が水車小屋で拾われたということを知らされていなかった。なぜ叔父叔母は、宇季にそのことを話さなかったのでしょうか。

筆者　……うーん……。

栗原　もしかして二人には、赤ん坊に関して、何かうしろめたいことがあったのかもしれません。

筆者　うしろめたいこと……？

栗原　たとえば……叔父叔母が水車小屋を見つけたとき、お絹さんは生きていた、とか。

筆者　え……。

栗原　彼女は生まれたての赤ん坊を抱いて、二人に助けを求めた。そのとき、彼らは何をしたか。

筆者　まさか……。

栗原　宇季の描写から、二人には子供がいなかったことがうかがえます。もしも、子供が欲しかったのに、できなかったのだとしたら。瀕死の女性と赤ん坊を見つけ、邪心を抱いてしまったのかもしれない。

恐ろしいイメージが浮かぶ。

宇季の叔母が、赤ん坊を奪おうとする。お絹は奪われまいと、子供の左腕を強く握る。泣き叫ぶ赤ん坊。そのとき、叔父は手に持った刃物……たとえば、林の木を伐《き》るための斧を、お絹の手首に振り下ろす。二人は水車を回転させ、お絹を部屋に閉じ込め、その場をあとにした。

栗原　なぜ、赤ん坊の左腕を手術で切断しなければならなかったのか。……固く握りしめたまま切られたお絹さんの手首が、長時間、血流を止めていたからではないか。

安息の地

栗原 すると、あの家の見え方も変わってきます。

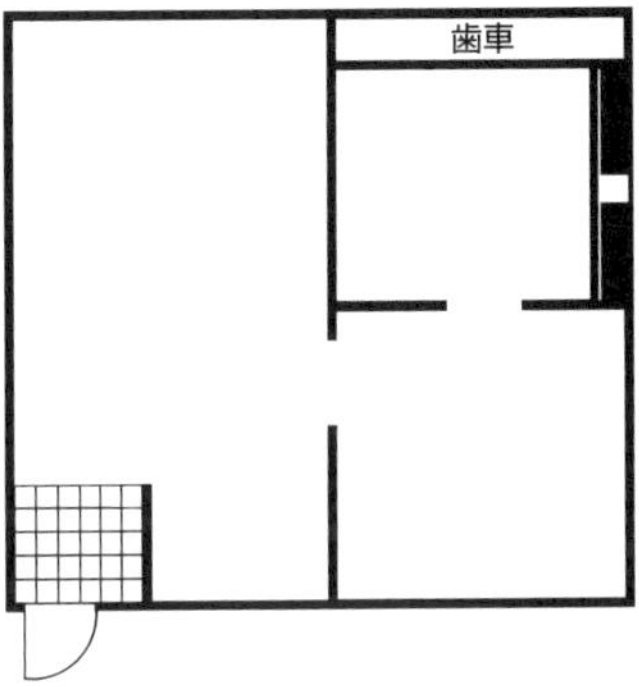

栗原 なぜ、水車小屋にこのような増築がなされたのか。
私は今まで、緋倉氏が「再生のつどい」の観光スポットとして利用するために工事をしたのだと思っていました。しかし、そうではないのかもしれません。増築を指示したのは、聖母様《ヤエコさん》だったのではないか。今はそう思っています。図面をよく見てください。

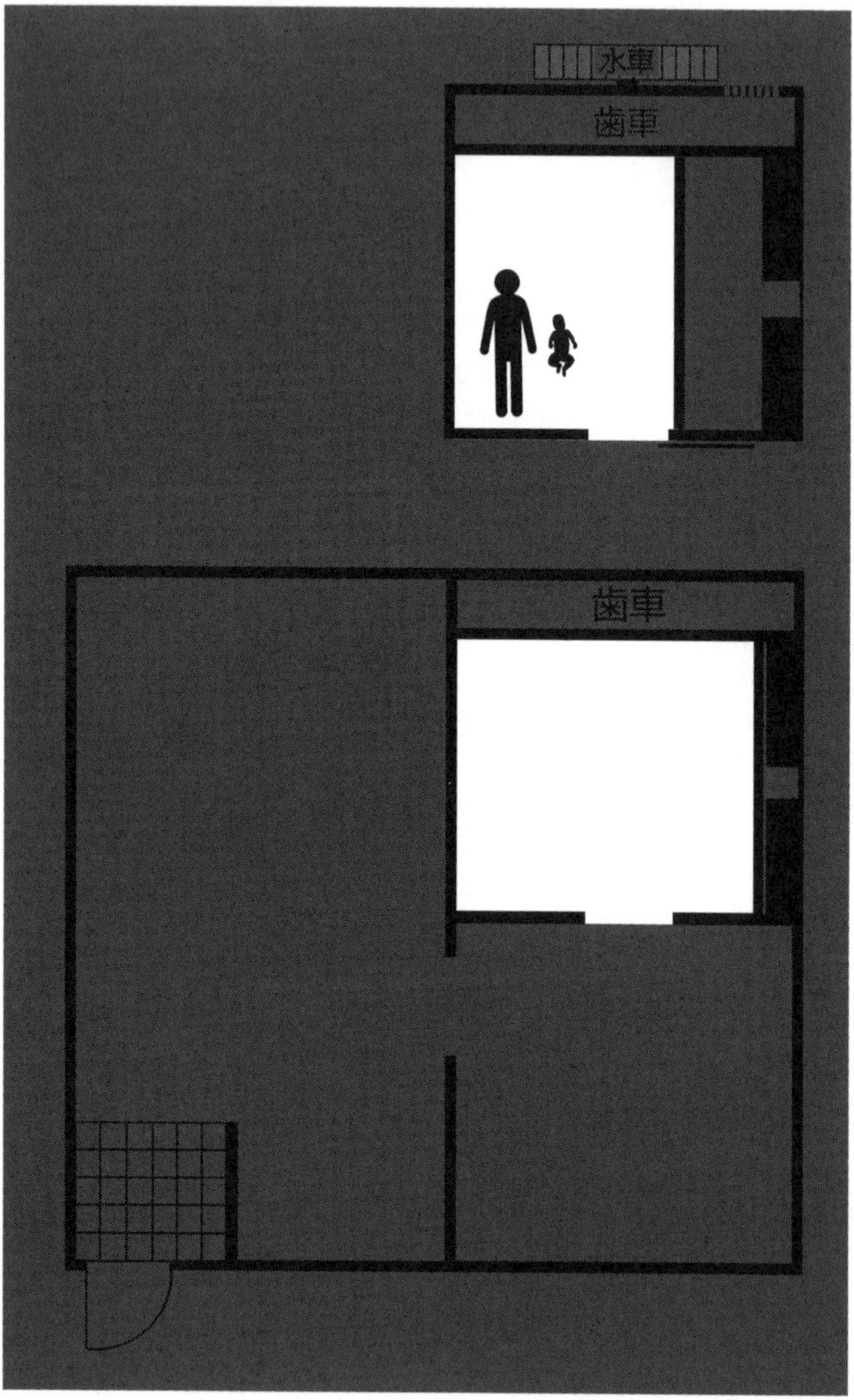
水車
歯車
歯車

栗原　水車小屋の左の部屋……つまり、お絹さんが死んだ部屋を、包み隠すような増築なんです。ここから、ヤエコさんの気持ちを想像しました。彼女は、疲れていたんじゃないでしょうか。

筆者　疲れていた？

栗原　彼女の人生は波乱そのものです。

信頼していた両親から衝撃の事実を聞かされ、片腕のない不自由な体で一人家を出る。

結婚、出産、夫の自殺を経て、山奥に閉じ込められ、毎晩娘を犯され、挙句、事故で片脚まで失うことになった。

娘が大企業の御曹司に買われて、地位と財産を手にしたあとも、彼女は幸せにはなれなかったのではないかと思います。きっと、娘への罪悪感で毎日いたたまれなかったことでしょう。追い打ちをかけたのは「再生のつどい」の発足……娘からの復讐です。

教祖様に担ぎ上げられ、見られたくない体をたくさんの人たちに見られ、時には「インチキ」と罵声《ばせい》を浴びせられ、それでも、娘への贖罪《しょくざい》の気持ちから、がまんし続けた。

やがてお役御免となり、一家の厄介者として、窓のない部屋に閉じ込められた彼女の気持ちは、いったいどんなものだったでしょうね。

筆者　……とても、想像しきれないです。

栗原　ヤエコさんは人生に疲れていた。そんな彼女が望んだのは、母親のもとへ帰ることだったのかもしれません。

女性　20年くらい前にね、大きい工事が入ったのよ。ほら、あの家って2階建てでしょ？
私が越してきたときには、1階建てだったの。工事が終わると2階ができてたから
「へー、増築したんだ」って思ったのを覚えてるわ。

その話が本当であれば、平内さんの家は当初、台所とトイレと風呂場がなかったということになる。そんな家に人が住むことはできない。

栗原　かつて、母親が自分を抱いていた場所を要塞のように取り囲み、最後くらいは、誰にも見られず真っ暗闇の中で眠りにつきたかった。
これは、彼女が自殺するための家だったのかもしれません。

その日、私は群馬県高崎《たかさき》市の小さな駅に降り立った。

アパートで栗原さんと話した日から、すでに2か月が過ぎていた。冬は終わり、肌に感じる風はやわらかく暖かい。

駅前からバスに乗り、20分ほどで目的地に到着する。そこは、市街地にひっそりと建つ、老人ホームだった。

入口の前で待つこと2時間、中から一人の女性が出てきた。短い髪を後ろにまとめ、施設の制服の上にカーディガンを羽織っている。私が声をかけると、彼女は深く一礼をした。

胸に名札が見える。そこには「緋倉美津子《ひくらみつこ》」とプリントされている。

犯人

栗原さんの推理を聞き、一連の事件に関する謎はすべて解けたと思っていた。しかし、資料を読み返すたび、あることが気になった。

ヤエコさんを殺したのは誰なのか。

栗原さんも、早坂詩織さんも「ミツコちゃん」が父親にそそのかされ、実行犯を引き受けたと推理していた。しかし、私はいまひとつ腑に落ちなかった。

13歳の中学生が、親から言われたからといって、殺人に手を貸したりするだろうか。どうしても、彼女に直接話を聞いて、本当のことが知りたかった。

緋倉美津子さんは、高校を卒業すると同時に緋倉家から独立し、以降、家族や会社関係者との連絡は一切取っていないらしく、居場所を探すまでに、長い時間と苦労を要した。人づてに情報を集め、ようやく見つけた美津子さんは、群馬県で介護士をしていた。その職業に、何か重たい意味があるように思えてならなかった。

メールを通して取材を依頼したが、怪しく思われたのだろう。当然のことながら、最初は断られてしまった。しかし、何度目かのやり取りで「ヤエコさんが亡くなった本当の理由を知りたい」と伝えると「仕事の休み時間に、職場の近くまで来てくれるなら」という条件で、取材を許可してくれた。

美津子　遅れてしまってすみません。休憩がなかなか取れないもので。
筆者　いえ、こちらこそお忙しい中、お時間をとらせてしまって申し訳ありません。
美津子　あそこでお話ししませんか？

彼女は、老人ホームの向かいにある、小さな児童公園を指さした。平日の昼間だからか、子供は一人もいない。私たちは、道路を渡って公園に入り、ペンキの剝げたベンチに腰を下ろした。ふと見ると、美津子さんの腕に大きな痣《あざ》があることに気づいた。

美津子　今朝、認知症のおじいちゃんに強くつかまれたんです。

筆者　湿布とかしなくて、大丈夫なんですか……？

美津子　こんなの、日常茶飯事ですから。毎回手当てしてたら包帯人間になっちゃいます。

美津子さんは冗談っぽく笑った。

本来であれば、緋倉家の長女として、何不自由なく暮らせるはずの彼女が、なぜ家を捨てて地道に働くことを選んだのか。

記憶

美津子　自分の境遇がおかしいと気づいたのは、小学校に入ってからでした。まわりの子たちが話す「家族」と、うちの家族は、決定的に何かが違っていたんです。当時、私は長野県の大きな家に住んでいました。父と母と祖母、そして兄の明永《あきなが》、そのほかに、たくさんのお手伝いさんがいました。

父は兄を溺愛していて、いつも仕事先とか、色んな場所に連れまわしていました。兄は頭が良いし長男だから、将来、自分の跡を継がせるために、色々経験させていたんでしょうね。私は女だし、優秀でもなかったから、家の中ではほとんど空気のような扱いでした。

一方、母はずっと自分の部屋に閉じこもって、人と交わることを避けているようでした。娘の私から見ても美しい人だったけど、なんとなく、近づきづらいオーラがありました。そんな私にとって、本当に心を許せる家族は、祖母だけでした。

「ヤエコおばあちゃん」……私はそう呼んでいました。部屋に行くといつも「どうしたの？ミッちゃん」と言って、何時間でも遊びに付き合ってくれました。

ご存じでしょうが、おばあちゃんは義手でした。だから、手を複雑に使うことはできなかったけど、お絵描きとか、紙風船とか、片手でもできる遊びを、二人でクスクス笑いながら楽しむのが、私の唯一の癒しでした。

美津子さんは、遠くを眺めながら、小さく息を吐いた。

美津子　家族からのけ者にされていた私ですが、ときどき、父が猫なで声で話しかけてくることがありました。そういうとき、あの人は必ず高価なプレゼントを持って、にやけた顔で寄ってくるんです。そして、いつも決まって私に「お願い」をしました。あれは、たしか6歳の頃だったと思います。大きなクマのぬいぐるみを抱えて、父は私にこう言いました。「お願いがあるんだ。今度の日曜日、カメラを持ったお兄さんたちが来るから『この前、家族みんなで旅行に行きました。私たちはとっても仲良しです』って言うんだよ」って。……実際は、家族旅行なんて行ったことありませんし、仲良しでもありませんでした。でも、私はぬいぐるみに目がくらんで、了承してしまいました。

次の日曜日、カメラを持った男の人たちが家にやってきました。そのときは、珍しく母もおしゃれをして部屋から出てきて、父と母、兄と私の4人で、カメラの前に並びました。私は、父と約束した「嘘」を、一生懸命しゃべりました。

その映像は後日、地方局のワイドショーで流れました。上手くしゃべったつもりでしたが、私の言葉は、どこかセリフじみていて不自然でした。でも、大人たちにはそれが「はじめてのテレビで緊張した女の子」に見えたんでしょうね。

「ヒクラハウスのお嬢さんは、とっても可愛い箱入り娘。ちょっぴり緊張しちゃったけど、大好きな家族に囲まれて、元気いっぱい話してくれました」という、能天気なナレーションをかぶせられて、私は見事、ヒクラのマスコットキャラとして、会社のイメージアップに利用されたんです。

それからも、たびたび父は「お願い」をしてきました。そのたび私は、インタビュアーに嘘をつき、カメラの前で無邪気に笑いました。正直、自分のやっていることが、あまりいいことではないという自覚はありましたが、それで誰かが傷つくわけではないので、まあ、いいかなと思っていたんです。……あのときまでは。

あるとき、父は笑顔を微妙にひきつらせながら、私に「お願い」をしました。その「お願い」は、なぜかいつもと違う内容で、私は意味をよく理解しないまま、了承しました。

話は変わりますが、当時、うちには「新井さん」という専属の料理人がいました。無愛想で、雇い主に媚《こ》びない頑固なおじさんでしたが、作る料理は絶品でした。ある日、私は父に言われた通り、家の人たちが大勢いる前でこう言いました。

「新井のおじさんに、この前、服をぬがされて体をいっぱい触られた」

一瞬で、その場が静まり返ったのを覚えています。……次の日から、新井さんは来なくなりました。原因が私であることは、幼いながらに何となく理解できました。

あの言葉のせいで、新井さんは無実の罪を着せられたんだ……そう思って、私は激しく後悔しました。同時に、そんなことをさせた父を恨みました。

それから、半年くらい経った頃でしょうか。父が、またお願いをしてきました。「カメラの前で嘘をつけ」という、いつものやつでした。でも、新井さんの一件で、父に反抗心を持っていた私は、了承するふりをして、裏切ることにしたんです。

本番当日、私はカメラの前で本当のこと、つまり、うちの家族は全然仲が良くないし、旅行なんて一度も行ったことがないと暴露しました。私のはじめての反抗に、父はうろたえ、真っ青な顔で慌てていました。その様子を見て、心の中で「してやったり」と、ガッツポーズを決めました。

ただ同時に、なぜか寒気がしました。横から、刺すような視線を感じたからです。視線の元には、母がいました。

その夜、夕食にビーフシチューが出ました。大好物だったんですが、少し変な味がしたので、半分くらい残してしまいました。味付けの問題というより、舌がぴりぴり痺れるような違和感があったんです。

食べ終わって歯を磨こうとしたとき、急に眩暈がして、床に倒れこんで、食べたものをすべて戻してしまいました。それから5日間ほど、高熱と嘔吐と下痢が止まらず、ベッドの上で、苦しみ続けました。

寝込んでいる間、おばあちゃんはずっと私の手をさすってくれました。意外なことに、兄も枕元にお見舞いに来てくれましたし、父はお医者さんを呼んでくれました。でも、家族の中でただ一人、母だけは、一度も姿を見せませんでした。

あとになって思い出すのは、夕食のとき、私にビーフシチューを出す配膳係の手が、わずかに震えていたこと。そして、他のお手伝いさんも、うつむきながら気まずそうにしていたことです。きっと、誰かに命令されて、私の皿に何かを入れたんです。

父ではありません。かばうわけではないですが、娘に毒を盛るなんて大それたこと、あの気が弱くて平凡な父にできるはずがありません。

父でないとしたら、お手伝いさんにそんな命令ができるのは、母だけです。


母が、父を利用してヒクラを裏で操っていたことを、当時の私は知りませんでした。でも、家の人たちが、母に接するときだけ、機嫌を伺うようにビクビクしていたのは、なんとなくわかっていました。そんな中、母に唯一意見を言えたのが、緋倉家に昔から勤めていた新井さんだったんです。

彼が去ってから、誰も母に逆らえなくなってしまったんでしょうね。


それ以来、美津子さんは次の「お願い」がいつ来るのか、怯えて暮らすようになったという。

美津子　中学に上がるとき、私は群馬県の女子校に進学することになりました。進学先を決めたのは父で、私が住むための家まで造ってくれました。おばあちゃんも一緒に引っ越すことになったと聞いたとき、決して口には出しませんでしたが「厄介払いだな」と思いました。私は大きくなって、もはやマスコットキャラとしての利用価値はなかったでしょうし、おばあちゃんも……そのときにはもう、お役御免でしたから。

両親と離れたからといって「お願い」の恐怖がなくなるわけではありませんでしたが、長野の家での、息がつまるような生活に比べれば、いくぶん気が楽でした。

学校でも、新しい友達ができました。「シオリちゃん」という女の子です。最初に声をかけたのは私でした。なんとなく、親近感を覚えたんです。ひとりぼっちで孤独を抱えているような寂しそうな表情が、家族からのけ者にされた自分と重なったんでしょうね。一緒におしゃべりしたり、交換日記をしたり……あれが私の人生にとって、唯一の青春でした。こんな毎日がずっと続けばいいな、と思っていました。

でも……夏休みが近くなってきたある日……父が家に来たんです。

私の部屋で、これまでに見たことがないくらい、ひきつった笑顔で、父は言いました。

「美津子。お願いがあるんだ。来週の土曜日の朝、おばあちゃんの義足を隠してくれないか」

そのとき、美津子さんははじめて、家の秘密を聞かされたという。

美津子　最初は、たちの悪い冗談だと思いました。でも父の、今にも泣きそうな……命乞いの懇願をするような表情を見ているうちに……その深刻さを悟りました。きっと、私が「お願い」を拒否したらどうなるか、父はすでに母から聞かされていたんだと思います。「やりたくない」「できない」って、何度も心の中で叫んだけど……それを言葉にしようとすると、あのときベッドの上で味わった苦しみがよみがえってきて……どうしても、声にならないんです。もしまた父に……いえ、母に背いたら、今度は本当に殺されるんじゃないかって、本気で怖くなってしまって……。
最低の人間だと思ってください。どれだけ蔑《さげす》まれてもかまいません。……私は、了承してしまいました。自分の命と、おばあちゃんの命を比べてしまったんです。

贖罪

美津子　決行の日、私はシオリちゃんをお泊りに誘いました。誰か、そばにいてほしかったんです。最低ですよね。友達をそんなことに巻き込むなんて。でも、一人ではとても耐えられそうになかったんです。
夜、シオリちゃんが眠ったのを確認すると、私はこっそり部屋を抜け出して、おばあちゃんの部屋へ行きました。おばあちゃんは、すでに寝息をかいていました。

私は、ベッドの脇に置いてある、肌色のゴム製の義足を持って、音を立てないように部屋を出ようとしました。そのとき、背後で「ガサ」という、かけ布団がこすれるような音がして、びっくりして立ち止まりました。振り向くのが怖くて、しばらく立ちすくんでいましたが、そのあとは何も聞こえないので「きっと寝返りを打ったんだろう」と安心して、自分の部屋に戻りました。

本棚の中に義足を隠して、鍵を閉めてベッドに横になると、だんだん、心が落ち着いてきました。そこで……私はようやく、現実を直視したんです。

自分はおばあちゃんを殺そうとしている、という、まぎれもない現実です。恐怖や罪悪感より先に、涙があふれてきました。

家族からのけ者にされた私に、唯一優しくしてくれたおばあちゃん。一緒にお絵描きや紙風船をして、クスクス笑いあったおばあちゃん。私が苦しんでいたとき、ずっと手をさすってくれたおばあちゃん。このままでは、大事なおばあちゃんを……たった一人の家族を失うことになる。

私は、ベッドから起き上がって、本棚の鍵を開けました。そして……義足を戻すことにしたんです。

筆者

え……？

美津子　おばあちゃんの部屋に行って、ベッドの脇に義足を置いて、自分の部屋に戻ると、不思議な気持ちになりました。
また、母に背いてしまった。次は何をされるかわからない。でも、怖くありませんでした。たぶん、自分の意志でおばあちゃんを守れたことが、嬉しかったんだと思います。危険を承知で人を守るなんて経験、はじめてでしたから。私は、ふわふわとした万能感に包まれながら、眠りに落ちました。

美津子さんは、膝の上に置いた手を固く握りしめた。

美津子　でも、ご存じの通り、事故は起きました。おばあちゃんは、母の思惑通り、階段から落ちて亡くなったんです。不思議なことに、おばあちゃんは義足をつけていませんでした。
それを見たとき、私は思いました。
「おばあちゃんは、私を守ってくれたんだ」。

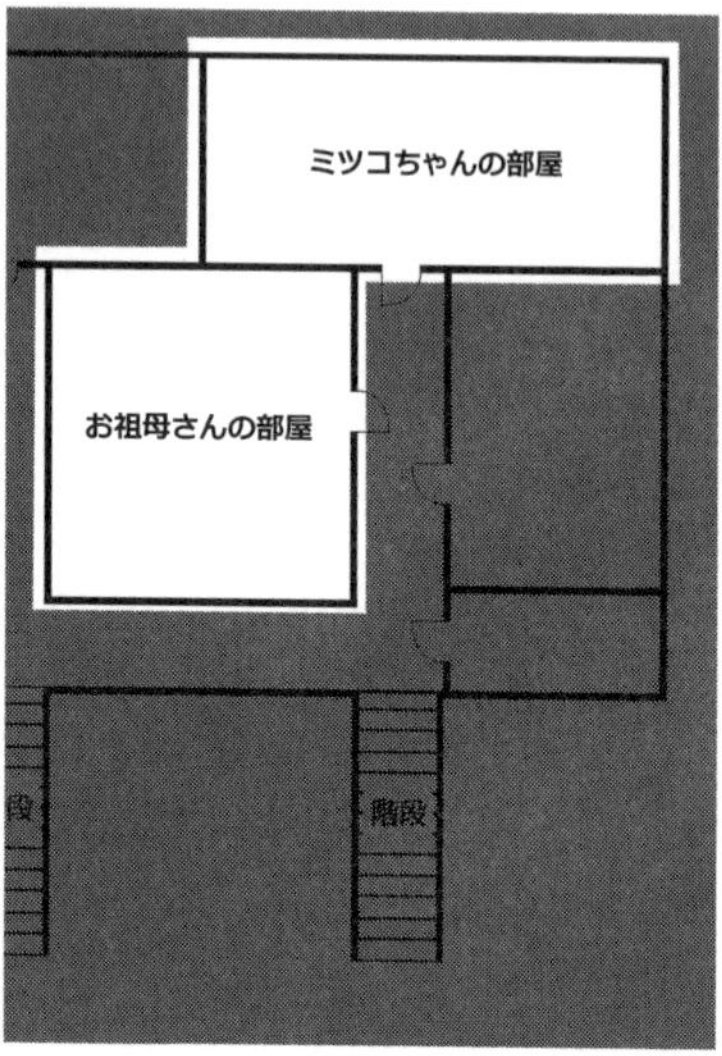

美津子

私の部屋と、おばあちゃんの部屋は、壁を隔てて隣にあります。きっと、父の言葉は聞こえていたはずです。いえ……というより、父はおばあちゃんに聞かせるために、わざとあの場所で「お願い」をしたんです。あれは、私ではなく、おばあちゃんへの懇願だったんです。もし背いたり、失敗すれば、孫《わたし》がどんな目に遭うかわからない。だから……死んでくれ……って。

おばあちゃんは私を守るために、わざと階段から落ちた……そう思いました。
お葬式の日、遺骨が骨壺に納まるまで、私は何度も心の中で「ごめんね」と繰り返していました。

美津子さんの言葉から、彼女のヤエコさんに対する思いは、十分すぎるほど伝わってきた。
だが、なぜだろう。彼女の口調は、あまりにも淡々としているように感じた。

美津子　お葬式が終わって、久しぶりに家に帰ったとき、不思議なことに気づきました。おばあちゃんの部屋に、義足がなかったんです。亡くなったとき、おばあちゃんの脚には、義足がついていませんでした。だとしたら、この部屋に置いたままのはずです。どこにあるんだろうと思って探しましたが、見つかりませんでした。そのとき、恐ろしい可能性が浮かんできました。
私は急いで自分の部屋に行って、本棚の扉を開けようとしました。でも、開きませんでした。……鍵がかかっていたんです。私は、机の引き出しの中にあるペンケースを開けて、鍵を取り出し、恐る恐る本棚を開けました。そこには、ゴム製の、肌色の義足がありました。
一気に血の気が引きました。本棚の鍵がペンケースに入っていることは、私しか知りません。だから、鍵をかけたのは……つまり、義足を本棚に入れたのは、私以外にはありえないんです。

筆者　……どういうことですか……？

美津子　私はきっと、義足をおばあちゃんの部屋に戻さなかったんです。あれは、夢だったんですよ。

また、母に背いてしまった。次は何をされるかわからない。でも、なぜか怖くありませんでした。たぶん、自分の意志でおばあちゃんを守れたことが、嬉しかったんだと思います。危険を承知で人を守るなんて経験、はじめてでしたから。私は、ふわふわとした万能感に包まれながら眠りに落ちました。

美津子 自分の命が惜しくて、おばあちゃんを殺す決断をしてしまった、そんな弱くて最低な自分を認められなくて「こうできたらよかった」「こんな自分ならよかった」っていう願望を……夢に見たんだと思います。それが、いつのまにか現実とごちゃまぜになってしまったんでしょうね。

あなたがどんな答えを望んでいたかは知りません。

でも……おばあちゃんを殺したのは、私です。

美津子さんは立ち上がって、私に背を向けた。

美津子 緋倉家から逃げ出したのは、次の「お願い」に怯えながら暮らすのが、耐えられなかったからです。高校を卒業するのと同時に家を出て、アルバイトをしながら専門学校に通いはじめました。

介護士という仕事を選んだのは……たぶん、許されたいからです。

彼女は、腕の痣に手をあてる。


美津子 今日、わざわざ仕事の休憩時間に来てもらったのは、介護職員として働く姿を見てほしかったからです。

「親に強制されておばあちゃんを殺してしまったことを悔やんでいて、だから罪滅ぼしのために、辛い環境に身を置いて健気《けなげ》に働いているんだ」って、思ってほしかったからです。

でも、今こうして過去のことを話して、ようやくわかりました。

私は、被害者のふりをして、罪から逃げているだけですね。

どんなふうに書いていただいてもかまいません。


老人ホームに向かって歩いていく美津子さんの背中を、私はただ見つめることしかできなかった。

雨穴《うけつ》

インターネットを中心に活動するホラー作家。
ウェブライター、YouTuberとしても活動している。

〈装　幀〉
辻中浩一（ウフ）

〈間取り図清書〉
雨穴

〈イラスト〉
mao

〈本文デザイン・DTP〉
飛鳥新社デザイン室

〈校　正〉
麦秋アートセンター

〈調査協力〉
小野浩志　大良祐貴

〈協力〉
オモコロ

変な家2　～11の間取り図～

2023年12月19日　第1刷発行
2024年4月20日　第11刷発行

著　者　　雨穴

発行者　　矢島和郎
発行所　　株式会社　飛鳥新社
〒101-0003
東京都千代田区一ツ橋2-4-3　光文恒産ビル
電話（営業）03-3263-7770　（編集）03-3263-7773
https://www.asukashinsha.co.jp

印刷・製本　中央精版印刷株式会社

この作品は、フィクションです。

ISBN978-4-86410-982-6

編集担当　杉山茂勲

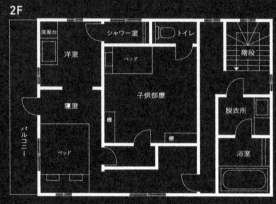

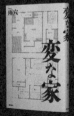